故事会

2011 · 48

(11月–12月)

合订本

I0553136

STORIES

上海故事会文化传媒有限公司　出品

图书在版编目（CIP）数据

2011《故事会》合订本.48/《故事会》编辑部编.

上海：上海锦绣文章出版社，2012.2

ISBN 978-7-5452-0816-0

Ⅰ.① 2… Ⅱ.①故… Ⅲ.①故事－作品集－中国－当代 Ⅳ.Ⅰ①1247.8

中国版本图书馆 CIP 数据核字（2012）第 014077 号

责任编辑：刘迎曦
封面设计：李宝强
责任督印：张　凯

2011 故事会合订本 48

（11 月 –12 月）

《故事会》编辑部　编

上海锦绣文章出版社·上海故事会文化传媒有限公司出版

地址：上海绍兴路 74 号

电子信箱：gushihui@263.net

网址：www.slcm.com

中国图书进出口上海公司发行

地址：上海市广中路88号

电话：36357888

ISBN 978-7-5452-0816-0/Ⅰ·347

498 2011 SEMIMONTHLY 上半月刊 11月 STORIES

欢迎登录本刊主办的"故事中国网"（www.storychina.cn）

故事会 -STORIES-

2011 年 11 月
上半月刊·红版

何承伟：社 长、主 编
夏一鸣：副社长
吴 伦：常务副主编（兼绿版负责人）
姚自豪：副主编（兼红版负责人）
本期责任编辑：李天然 石莎莎（见习）
电子邮箱：ssasha@163.com

红版发稿编辑：
姚自豪 吕 佳 叶小萌
美术编辑：李宝强
电脑制作：郭瑾玮
本社办公室电话：021-64375030
上半月刊编辑部电话：021-64332325
下半月刊编辑部电话：021-64336469
（上海市绍兴路74号 邮编：200020）
主管、主办：上海文艺出版（集团）有限公司
出版单位：《故事会》编辑部
发行范围：公开

出版、发行总监：张 凯
电话：021-64313938
广告业务：上海故事会文化传媒有限公司
广告总监：张 淮
广告业务：021-34010383
广告投诉：021-64333738
广告经营许可证
沪工商广字3100320080016号
发行：中国图书进出口上海公司

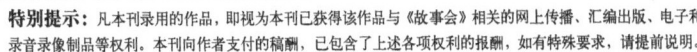

讨说法

有个人去商场买彩电，付完款之后，发现有一对夫妻也来买同样的彩电，售货员给他们的价格却优惠了不少。

这人见状，怒不可遏地对售货员说："为什么他们能优惠那么多啊？这太不公平了，你要给我一个说法！"

售货员还没开口，只听见那位妇女冷冷地说"我这个酗酒的丈夫，两个月里砸掉了三台电视机，我们只好来买第四台，你还要说法，我去哪儿要说法啊？"

（李从渊）

（本栏插图：包丰一）

航空公司的飞机老是误点，有个人得知他的航班要延迟24个小时，气得快发疯了，他打电话给航空公司，向他们抱怨。

售票处负责人听了他的抱怨，说："先生，很抱歉，如果你急着要上飞机，我们可以帮你换一张票，我这儿有一张昨天的机票，那班飞机将于今天下午起飞。"

（中村宽）

误点

洗碗与喂奶

吃完晚饭，丈夫就坐在沙发上看报纸。

妻子望着桌上的杯盘碗筷，催促丈夫去洗碗，丈夫不耐烦地说："饭是我做的，碗该你去洗。"

正在这时，躺在摇篮里的女儿大声哭了起来，妻子得意地瞪了丈夫一眼，笑着说："女儿是我生的，奶该你去喂！"丈夫听了，哭笑不得。

（李贵海）

等公交时的聊天

两个男同事在公交车站一边等车一边聊天，旁边还有一个漂亮女孩在喝豆浆。

同事甲想开个玩笑，就对同事乙说："你的车呢？"同事乙不明其意，回答说："送去修了。"说完，边上的美女很认真地看了他们一眼，显然对他们的聊天产生了兴趣。

同事甲顺势说："怎么回事？"同事乙接口道："这不，那天请客户吃完饭出来，和一辆大奔追尾了。"

同事甲越说越来劲："哎呀，那得多少钱啊？要不我给你去找找4S店的人，我认识几个朋友。"同事乙还没反应过来，他说："哎呀，不用，一个脚蹬子能值几个钱？"

只听"扑哧"一声，边上美女一口豆浆喷了一地……（雾中行）

出 纳 员

有个出纳员，一天，他和几个朋友打麻将，刚开始几圈，手气特别顺，连和好几盘，他得意洋洋地对大家说："我是银行出纳员，怎么说也要多吸收点存款。"

谁知，风水轮流转，没过多久，出纳员不但把赢来的钱全都吐了出来，还倒输几千元。

这时，大伙儿开始起哄了，有的说："出纳员同志，我还要取一千！"有的说："我取五百！"

这时，有人叹了口气，说："银行柜台前排着长队，我何时才能取到钱呢？"

（成　东）

健忘的演员

有个演员，十分健忘。一天，他接到一个角色，只有一句台词——"听，我听到炮声了！"开演之前，他一直在默念那句台词，怕自己忘了。

终于轮到他出场了，按照剧情，舞台后面响起了轰隆隆的炮声。只见这个演员突然转向后台，诧异地问道："这声音到底是怎么回事？"

（刘　立）

怕老婆

有一对夫妇逛街时经过一家首饰店，妻子看中一条非常漂亮的项链，他们正想买，老板却准备锁门打烊。

丈夫对老板说："先生，我们想看看那条项链，可以晚点打烊吗？"

老板笑着摇摇头，说："很抱歉，我太太正在等我回家吃晚饭，你们明天再来吧。"

丈夫恳求老板说："先生，拜托你了，要是她今天买不到这条项链，会很不高兴，我的日子就不好过了。"

没想到老板眉毛一挑，瞪了他一眼，说："要是我回家晚了，我太太会更不高兴，我的日子会更不好过，你以为只有你才怕老婆？"

（芍　药）

一对小夫妻在看科幻片，看完后，妻子激动地问丈夫："如果你飞上太空，最想干的是什么？"

丈夫回答："我想看看外星球的女人什么样。"

妻子听了，也没说话，起身拿起桌上的茶杯，然后手一松，杯子掉在地上，摔了个粉碎。

丈夫自知失言，惶恐地问道："你这是干什么？"

妻子不动声色地说："没什么，我就是测试一下，地球引力有多强。你还是别上太空的好……"

（郝翠英）

测试引力

网开一面

一个赌徒赌博之后回家，对妻子说："亲爱的，我明天要开车带你出去，好好兜兜风。"

妻子听了很高兴，问道："是吗？你今天赌博赢了多少钱？应该不少吧？"

赌徒说："没有，我把钱全输给了一哥们儿，连家里的汽车也输掉了。不过那哥们儿挺仗义，说他只要车，至于车里的汽油，给我一天时间，让我处理掉。"

（刘　立）

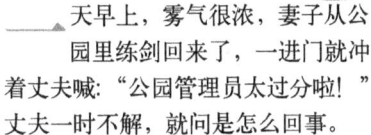

调错时间

两个劫匪去抢劫银行，劫匪甲拿出定时炸弹，让劫匪乙去炸开金库，并对他说："炸弹爆炸倒计时只要10秒就够了。"

劫匪乙安装好定时炸弹，调好时间，赶紧跑了出来，两人等待炸弹爆炸。

10秒钟过去了，炸弹还是没有爆炸，劫匪乙冒险跑进去一看，马上又走了出来，内疚地说："伙计，我不小心把时间调晚了整整一年，看来我们得等到明年了！"

（刘　立）

怀孕了

一个男网友在家上网，突然，不知哪个聊天软件跳出一个窗口，上面写着"亲，我怀孕了。"

男网友顿时一惊，心想，自己没闯什么祸吧？正发愣时，对方又说："明天我要去医院检查。"

男网友心想，你到底是谁啊，还要我陪你去检查，想讹我不成？正琢磨着，对方却说道："我只能后天给你发货了。"

男网友再仔细一看，乐了，原来是网上商城的卖家啊！

（袁东芹）

割　草

一天早上，雾气很浓，妻子从公园里练剑回来了，一进门就冲着丈夫喊："公园管理员太过分啦！"丈夫一时不解，就问是怎么回事。

妻子说"你不知道，我正练得兴起，一个扫剑式，长剑掠地，这当口，管草坪的老头老远就冲我喊——'是谁在那儿割草呢？这儿禁止割草！'你说说，这气不气人？"

（太阳树）

本栏欢迎来稿，读者、作者可将有新鲜感、有精彩细节的笑话佳作投寄给我们。来稿一经采用，最高稿费为一则100元。本期责任编辑电子信箱：ssasha@163.com。

不平凡的雕塑

□ 谢丰荣

淳朴和善良，总能给人带来难忘的记忆……

我是一个雕塑家，在城里也算小有名气，但最近灵感枯竭，对自己的创作都不满意，于是，我决定去远方采风。

就这样，我带着相机，徒步而行，进了大山里。这天，我到了一个只有几十户人家的小村边上。远远地，我看到一个农妇在地里除草，她身上的衣服很破旧，那身影看上去虽然饱经风霜，但除草的动作干净利落而有节奏感，在辽阔的苍天下展现出一种充沛的生命力。我看着，不知不觉呆了，这真是个难得的素材！我情不自禁地举起相机，"嚓"的一响，拍起照来。农妇一直背对着我，这会儿转过身来，冲我和善地一笑，这一笑，更是把我迷住了，我那颗寻求艺术的心像是被什么重重撞击了一下，立时激动不已。于是我走上前，向农妇征求意见，说是想为她照几张相。

农妇不解地问："照相？照我干什么？"

"我是搞雕塑的，可能你不懂这个职业……"我想解释，但考虑到对方的理解力，一时不知如何措辞，正在犹豫，农妇却像是突然明白了，说"我懂的，我懂的！"我注意到，农妇眼里猛地放出光来了。

原来，农妇有个女儿正在读大

学，学的就是美术专业，今年春节回家时，还专门带回了一个自己创作的雕塑作品，农妇正是从女儿嘴里了解到这方面有限的一点常识的。她现在看到我，就好比看到了女儿的未来，激动不已，她站在地里，任由我拍了照，还热情邀请我回村里做客。这正合我意，因为我实在不愿错过观察这个鲜活的人物形象的机会。

农妇收拾好农具，带着我回村。路上，我想到一个问题，就问她："你女儿读大学，一定用去你家不少钱吧？"

这一下，勾起了农妇的伤心事：要说女儿读书的钱，其实准备得还算充裕，无奈天有不测风云，女儿进大学那年，农妇的丈夫大病一场，这才弄得捉襟见肘。不过农妇又说，等女儿有工作后会好起来的，说罢憨厚地一笑。

我有些过意不去，想到自己这么一来，无疑会打扰这家人的生活，决定先把话说明了，于是就开了口："嗯……我是搞雕塑的，回家后我想以你为原型塑个像，今天下午我帮你干活，明天再赶路，你看——100块钱怎样？"

农妇突然停步，神情异样地看着我。我见她半天没吭声，以为她嫌少，又补充说，自己这些天在山里遇到别人，都是以这个标准提出塑像的，我还提醒说，能为农妇讲点有关雕塑方

面的事，兴许对她女儿有用。大概因为这句话起了作用，农妇又笑了，声音低低地说："钱呀……老师，就 50 元吧。"

我感激地点点头，显然农妇在替我着想，这令我心里一热，决定先答应下来，明天走时再悄悄多留点钱。

到农妇家里，我见了她的丈夫，那是个老实巴交的农夫。当天，午饭除了一小盘腊肉之外，都是素菜，但我知道，在很多农村家庭，腊肉是在过年或祭祖时才会拿出来的。

我们边吃边聊，夫妻俩不断打听有关雕塑方面的事，我则暗暗构思怎么为农妇塑像。饭后，我留在屋里喝茶，农妇却把丈夫神秘兮兮地拉到外

边，两人在院门口嘀咕了一阵子，然后我看到农夫去了邻居家里。

我说到做到，一下午都跟在农妇身后，她干活，我就在旁边帮忙，随着自己对农妇的生活渐渐熟悉，我心中雕像的样子也更加清晰了。

晚上的饭菜变得很丰盛，而且来了好些邻居，他们陪着我喝酒聊天，气氛非常热烈。我当然不笨，知道这些饭菜肯定是全村乡亲凑份子来招待我的，心里十分感动。这天晚上我失眠了，恨不能马上回到工作室，把农妇的形象雕塑出来，这将会是我迄今为止最好的作品，对于这一点，我很自信。

第二天一大早，我就向这家人道别，我说"感谢你们的款待！等我为你塑的像完成之后，我会拍成照片寄来的！"然后，我伸手在衣兜里掏钱，昨晚我就准备好200元钱，农妇一家对我这么好，我可不能让他们吃亏。

谁知这时，却见农妇拿着50元钱交到我的手里，我一头雾水，忙问这是怎么回事。农妇说："实在不好意思，昨天你说100块钱，可我们手头一时拿不出这钱，这50块钱还是女儿她爸向邻居借的，所以请你不要嫌少。"

我还是没有明白，就问："明明是我在你家吃住，为什么你要给我钱呢？"

农妇说："你不是给我们拍了照吗？再说你还帮我们干活了。我想，一定是你在外边时间久了，钱快花完了，就想帮人干活挣点钱，这样才能回家，要这样的话，我们不能不帮你的忙呀！再说，我们也想听你说雕塑的事，以后对女儿会有用的。"

我的眼睛湿了，天哪，是农妇把我的话理解反了，可正因为这一错，才让我看到了他们金子般的心灵！

我的雕塑不久便问世了，在城里引起了不小的轰动。一天，一个女大学生也来看我的作品，看着看着，她泪流成河，颤抖着嘴唇叫了一声："娘啊……"

（**题图、插图**：安玉民　梁　丽）

减肥秘方

大史平时贪吃、贪睡，还贪财，人也胖得像只球，"三高"等问题越来越严重，媳妇向他发出"最后通牒"，再不去减肥，迟早要玩完。

这天，老爹从乡下来了，他对大史说："是你媳妇让我来的，她说，你减了三次肥，因为怕苦怕累怕花钱，都没坚持到底。"接着，他把大史夫妇叫到阳台上，说："试试这法子吧，说不定能管用。"

从这天开始，大史开始了艰苦的减肥生涯，一晃三个月过去了，令人惊讶的是，大史竟然每天都能坚持，而且一分钱没花，足足减掉了30斤！

原来，大史家住六楼，老爹让媳妇每天五次，从阳台上往楼下扔一张百元大钞，大史一看，拼命跑下楼去捡，就这样，减肥终于成功！

（作者：汪志）

眼镜有学问

林涛的爸爸在单位资历不算深，可没几年，竟然平步青云。这天，林涛问爸爸，其中到底有什么玄机。

爸爸打开抽屉，指着里面各式各样的眼镜，说："我的法宝就是它们。"说着，他拿出一副很旧的眼镜，镜架都已经脱漆褪色了，他说："这是我下基层时戴的，戴着它，显得朴实、受群众欢迎。"

还没等林涛回过神来，爸爸又拿出一副眼镜，说："俗话说'眼睛是心灵的窗户'，在单位时我就戴这副眼镜，能避免流露自己的想法。"果然，爸爸戴上这副眼镜，镜片上白光一片，看不到里面的眼睛了。接着，爸爸拿出第三副眼镜，说："这副眼镜镜架粗大，颜色深沉，让人觉得我稳重、有能力，这样领导才愿意提拔我。"

看来，眼镜虽小，学问大啊！爸爸最后拿出的这副眼镜只有镜架，没有镜片。爸爸说："这是我小时候，你爷爷给我的，他跟我说过，想当官，就得从娃娃抓起，戴着眼镜，才有官样！"

（作者：杜耀磊）

最值钱的遗产

马老爷子是个书痴，家中藏书数万。眼看身体不行了，他把家中晚辈都叫来，还请了律师。

他对大家说："我一生最值钱的财产就是这些书，今天叫大家来，就是要找一个合适的继承人。你们谁愿意呀？"等了老半天，竟没有一个人愿意。

马老爷子又问道"这些可都是宝贝呀，你们都不想要？"还是没有人回答。

马老爷子叹了口气，说："好吧，既然你们都不要，我只能把这些书都送给小王了。"小王是马老爷子

的忘年交，是个酷爱读书的年轻人。

这时，有人问道："老爷子，您那一百多平米的房子怎么处置啊？那才真的值钱啊！"

马老爷子嘿嘿一笑："房子值什么钱？这套房子，自然是给小王放书的。"

大家一听，面面相觑，都傻了眼。

（作者：云 弓）

眼 睛

有一对恩爱夫妻，男人双目失明，女人生命垂危。

女人临终前，将眼角膜给了男人，移植手术非常成功，男人重见天日。

不久，男人和别人结了婚，可不知为什么，第二任妻子总觉得男人看她的眼神怒气冲冲的。很快，两人离了婚。

男人又娶了第三任妻子，经历了上次的婚变，男人对这个妻子特别好，可她还是受不了男人的眼神。很快，她也离开了男人。后来，男人又有过几段感情，可都未成正果。从此，男人一直孤身一人。

弥留之际，男人听见第一任妻子说："原谅我吧，我实在无法接受你和别人在一起……"话还没说完，男人眼中流下了眼泪……

（作者：宋炳成）

龙 鱼

清朝乾隆年间，有一个小山城遭遇了旱灾，灾情越来越严重。

这天，城里一家当铺刚开门，来了一个怪人，抱着个大缸，缸里养着一条大鲤鱼。怪人对当铺管事说，他有急事要办，想把鱼缸寄放在当铺门边。管事同意了。中午，日头很毒，管事见缸里的鲤鱼浮出水面，大口大口喘着气，快被太阳晒死了，他就把鱼缸挪到屋檐阴影下面。

傍晚，怪人回来了，见鱼缸换了位置，笑着道了谢，抱走了鱼缸。

夜里，管事梦见一个人自称东海龙太子，向他道谢救命之恩，并说了原委：这座山城里的人不做善事，天帝准备让当地大旱三年，龙太子却

不信，说千万人中，怎会没有一个善人？他哀求天帝收回成命，最后天帝和龙太子打个赌，说只要城里还有一个善人，就立即赐雨。至于赌注，就是龙太子自己——那条当铺门口的鲤鱼……

当夜，一场豪雨从天而降……

（作者：陈远泉）

诸葛亮出山

房产市场中，刘备的西蜀地产、孙权的东吴地产、曹操的北魏集团成三足鼎立之势。不过，现在曹操已经压得其他两家快倒闭了。

为了生存，刘备决定聘请著名房地产高级经理人诸葛亮出任自己公司的总裁，可刘备一连好几次登门拜访，诸葛亮就是不愿离开自己的房子。

这天晚上，诸葛亮正在灯下读书，突然，外面冲进来一群大汉，自称是北魏集团的，他们把诸葛亮强行拉出屋子，用推土机推倒了他的房子。

面对变成废墟的房子，诸葛亮恨得咬牙切齿……最终，他加入了西蜀地产。

原来，刘备让自己的员工打着曹操的旗号，强拆了诸葛亮的房子，就这样，请出了房地产精英诸葛亮。

（作者：赵国胜）

（本栏插图：安玉民 梁 丽）

作者简介：玛丽安娜·威尔斯基·斯特朗，出生于美国宾夕法尼亚州，现为美国普林斯乔治社区大学教授，教授美国文学和世界文学，已发表20多篇侦探推理小说。

谁更聪明

□方陵生　编译

维妮卡是一所语言学校的校长，这些天，她伤透了脑筋，因为她收到一张纸条，上面写着："这里尽是一些笨蛋，笨蛋教师，笨蛋学生，哈哈，真好笑，还有你这个笨蛋校长！"纸条最后的署名是"聪明小偷"。

真是一个嚣张至极、狂妄透顶的小偷！纸条上的留言看起来莫名其妙，但维妮卡心知肚明，这些天校园里盗窃案件频发，教师办公室多次被盗贼光顾，就连校长室里的收音机和录音机也都被偷了。

看来，这个贼确实有点小聪明，很会钻空子，总是趁着所有教师都在教室上课时撬开门锁，洗劫包括校长室在内的所有办公室，却没被任何人发现。

怎样才能抓住这个可恶的贼呢？

也许，戴维斯探长会有什么好主意吧。

戴维斯探长很快来到了学校，他一一勘查了现场，只是说道："先把坏了的门锁换了吧。"

维妮卡说："戴维斯探长，这个我当然知道。"随后，她耐心解释了学校的难处。这是一家语言学校，依靠慈善捐款勉强维持，学生主要由女佣、外来打工者和工人等劳动阶层组成，学校收费低廉，经费紧张，哪经得起小偷接二连三地光顾？

戴维斯耸了耸肩，不置可否地说："也许是哪个学生干的呢？"

维妮卡知道戴维斯探长有很多大案要忙，比如调查谋杀案、抓捕毒贩子之类的，可她对探长的态度仍然有些恼火，她说："也许是，可多半不是。每次失窃都发生在7点至9点之间，7点教师离开办公室去上课，9点下课回办公室。当然，这段时间里学生也都在教室里。"

"那这样吧，"戴维斯探长说道，"我们的办案经费也很有限，我能做的就是派个人，每天在学校走廊里巡逻两个小时。"

"谢了，探长。"维妮卡叹了口气，看来她得自己想办法来抓这个贼了，但愿能在小偷造成严重的后果之前将他抓住。

于是，维妮卡召开了全体教职员工会议，宣布了发生在学校里的失窃事件，她说"小偷多次在我们学校里轻易入室偷盗，然后等到9点下课，从办公室里出来，背着装满赃物的书包，混在下课的老师和四百多名学生中间，旁若无人地走下楼梯，最后大摇大摆地走出校门。所以，我们要么想办法抓住他，要么一直将贵重物品随身带着。"

众人议论纷纷，有人建议将上下课时间错开，这样办公室里就可以总有人在。也有人反对，说这样不行，学生们下课后会赶不上车，上夜班的人会迟到，一些学生还要急着回家照顾小孩子。

大家七嘴八舌的，可谁也拿不出个主意来。突然，维妮卡大脑里灵光一闪，计上心来，有办法了，对，就这么办！一个完美的计划在她心中形成了。不过，这个计划暂时不能泄露给任何一个人，在实施行动之前，谁也不能告诉。

第二天，维妮卡开始疯狂购物，她花了一整天时间，几乎跑遍了她所能找到的所有超市和商店，最后

将所购物品分装在20个盒子里，并在每个盒子里都留下一张字条，亲自送到20个教室里，要求教师们在下课前5分钟打开盒子，然后务必不折不扣地按照留言条上所说的去做。

9点差5分，那个"聪明"的小偷从一间办公室里偷了一套昂贵的语言教材，装进书包里，如果遇到需要的人，这绝对能卖出一个好价钱。在这所学校里偷盗简直太顺利了，笨蛋学生，笨蛋教师，笨蛋校长！小偷很是得意，他环顾了一遍办公室，再也找不到什么值钱的东西了，便打算离开这里。这时他心里依然很笃定，像往常一样，逃离这里不费吹

灰之力，只要混入那些下课的老师和四百多名学生中间，就可以溜之大吉了。

他打开门，不动声色地走了入从教室出来的学生们中间，突然，他有一种很怪异的感觉，但想不出来究竟是什么地方和平时不同。他开始从楼梯往下走，却发现有人挡在面前，是维妮卡校长和戴维斯探长。

"站住！"戴维斯探长高声喝道，并出示了警官证。

小偷结结巴巴地说"啊，你们怎么、怎么会发现我的？"

这下该轮到维妮卡得意了，她说："看看你的周围吧！"

小偷茫然四顾，他发现周围每个学生头上都戴着一顶帽子，红色或蓝色的绒线帽，只有他光着脑袋，十分扎眼地呆立在那儿。

戴维斯探长微笑着看了维妮卡一眼，赞叹道："完美的计划，这可真是绝了。"

"这可花了不少钱。"维妮卡说，"不过，比起一次次换门锁，一次次丢东西，还是挺合算的，再说了，这些帽子可真漂亮！"

（题图、插图：安玉民　梁　丽）

红版编辑部各编辑邮箱：

姚自豪：yaobianji@126.com;

吕　佳：lujia411@yahoo.com.cn;

叶小萌：xiaomeng.ye@gmail.com;

石莎莎：ssasha@163.com.

结婚本是你情我愿的美事，但是在现代人手里，却上升到了谋略的"高度"……

结婚有奇谋

□ 郭子健

有四个同一宿舍的大学男生，大学时关系铁得跟什么似的，彼此称呼都不叫名字，直接按资排辈，从"老大"一直排到"老四"。毕业后，四个人一起去南方大城市打工，转眼之间，都是"奔三"的人了，该考虑婚姻大事了。要结婚，这首先就得买房，可他们全都是农村出来的，家里头根本帮衬不上。哥几个急得就像热锅上的蚂蚁，剩女不好嫁人，这没实力的剩男，更是找不到媳妇啊！

一天，哥四个聚到一起喝酒，酒至半酣，大家谈到了结婚的话题，说着说着，一个个都垂头丧气的。忽然，老四两眼放光，说道："哥几个，我想到了一个好办法，可以让大家都娶到媳妇！"大家一听，都把头凑到了老四跟前，老大急切地说："老四，快说，是什么好点子？"

老四把自己的想法和大家一说，哥几个全都拍手称妙。原来，老四的点子很简单，就是几个人合伙，凑钱买上一套房子，然后从老大开始"出击"，只要谈上了朋友、找到了媳妇，等生米煮成熟饭，再从新房里搬出来，其他的兄弟再接着用房子做结婚的筹码。

计谋定下之后，四个人很快实施了起来，几个人把全部积蓄凑到一起，买了一套不大不小的房子，接着，哥几个去公证处做了公证，特地注明，这房子属于四人共有财产，任何人不得独占。

话说回来，自打有了房子，哥几个的婚事势如破竹，进行得异常顺利。先是老大有了着落，找到了对象，领了证。这媳妇还是个热心人呢，两人正商量着要办喜酒、进新房时，老大媳妇忽然说："老公，咱们证也领了，就是夫妻了，先别急着办事，我还有三个姐妹要嫁人，正巧你也有三个兄弟，要不先替

他们撮合撮合，你看好不好？"

老大一听，这敢情好啊，这下，不仅自己娶上了媳妇，连着帮那三个兄弟也把媳妇娶上了，老大就说："你说了算，都听你的！"

别说，老大媳妇还真有能耐，在她的撮合之下，那哥仨也都娶上了媳妇，媳妇都挺年轻挺漂亮的，他们依次办喜酒、进新房，再从新房里搬出来，顺得跟什么似的。忽然就从天上掉下来一串媳妇，还都那么好，这一切跟做梦似的，看来，有了房子的人，就是不一样啊！

老四夫妇最后一对搬进新房，两人结完婚，进过新房，按惯例，就该搬出去了。这天，老四媳妇忽然对老四说："跟你商量个事，你看，你那三个兄弟之所以把房子让出来，是因为后面还有人要结婚，可我们是最后一个结婚，我看，这房子，就不用搬出去了吧。"

媳妇的话把老四难住了，这房子是哥几个的共同财产，媳妇不愿搬出去了，这不就是等于自己把房子独占了吗？

一想到这，老四急了，可琢磨来琢磨去，实在没办法，只好把做过公证的协议书拿出来，摆在自己媳妇面前，把前因后果也老老实实说了。老四本以为，媳妇听了他的话，再看到这纸协议，一定会大发雷霆，没想到媳妇看到协议书，一点也不生气，反

而捂着嘴笑了起来，这一下搞得老四一头雾水。

只见老四媳妇笑着说："老四啊，你就是不给我看这协议，我也早就猜到你们的打算了。我看你还算老实，就告诉你一个好消息吧！你别急，这房子我不会白占的，不但不白占，而且还会给他们哥仨一人买一套一模一样的房子，但是他们每人也必须签一份协议，做个公证，如果离婚，房子立马收回！"

原来是这么回事，老四一听，开心得简直要蹦起来了，弄了半天，原来自己找了一个大富婆啊！

接着，老四把大家叫到一起，讨论买房子的事，哥几个听说有这样的好事，都高兴傻了，一个劲儿地点头，别说签协议、做公证了，就是再难一百倍的事，看在房子的分上，只要能做到，他们也心甘情愿！于是，事情说定了，也这么做了。

没过多久，哥四个的媳妇都接二连三地怀孕了。这一下大家更乐了，这回是彻底把生米煮成熟饭了，有了孩子，这四个媳妇谁还会离婚啊？一想到今后的日子，大家的心里就像喝了蜜一样甜。

一天半夜，老四突然把哥几个召集到一起。见面之后，老四先是自己"咕咚咕咚"灌下了一瓶白酒，然后捶胸顿足地拍着桌子大哭起来。哥仨十分惊疑，问老四这到底是怎么了。老四怔怔地呆了半天，忽然说道："哥几个，我们遇到高手了！"这话说得那哥仨一头雾水，老大不解地问道："什么高手啊，你在说谁？"

只听老四说："我说的是我们那四个媳妇！她们四个其实二十年前就大学毕业了，毕业后凑钱买了一套房，后来卖了买、买了卖，不停地炒房地产，现在每个人手里都有三四套房，都是百万富婆，可等她们有了钱，却都变成剩女了。直到今天，我媳妇才给我讲了实话，她还感叹说——'唉，我们这也是没办法，你不知道，现在想找个没结过婚的小伙子可真不易啊！'"说到这里，老四哭得更厉害了。

哥仨开始还听不明白是怎么回事，弄清楚后，他们还不肯相信，老大一个劲地摇头，说："老四，你媳妇是逗你开心的吧？二十年前大学毕业，怎么说也得四十出头了吧？那长相，还有身份证上的年龄都是二十多岁的大姑娘啊！"老四抹了一把眼泪，说："唉，她们高就高在这里，刚才我老婆边揉着大肚子，边给我摊牌了，她们四个恋爱前就去韩国整了容，回来后又花钱改了年龄，现在只要有钱，什么事情办不成？以前我还老觉得自己'骗婚'的计策高明呢，和她们比起来，真是小儿科啊！"

（题图、插图：谭海彦）

女博士相亲记

□ 张华

任凭你有硕士、博士这样的高学历，可在爱情上，为什么许多陈腐的观念却依然深得人心呢？

任静是个女博士，业务优秀，人也长得漂亮，可任静有个最大的烦恼，她的青春差不多全都献给了课堂、实验室和图书馆了，这不，眼瞅着快三十了，终身大事还没有眉目。

任静在大学里有个师弟，叫罗文，是个硕士，两人关系不错。罗文也是单身，他建议任静去婚恋网站看看，他说，很多夫妻其实都是在那上面认识的，就连电视上的相亲节目，往往也都是在网上找男女嘉宾的。一番话，说得任静动了心，不久便在一个婚恋网站发了自己的征婚帖。

网络的力量果然强大，没过几天，就有人约任静见面了，因为是第一次相亲，任静很精心地把自己收拾了一番。谁知，这次的经历让任静非常失望，那男人是个暴发户，一开口就说自己有钱，就想找一个聪明、漂亮的女人，这样生出来的孩子质量也高。任静听得心里直冒火，原来这男人来相亲，纯粹只是为了找一台生育孩子的优质机器！

经过这次打击，任静好长一段时间都不肯再去相亲，好在罗文不断开解她，她才慢慢缓过来，又相亲去了。

这回的相亲对象是一家外企领导，很有绅士风度，还别说，任静打心眼儿对这个男人产生了好感，两个人越处越热乎。情人节那天，男人陪任静度过了一个愉快的夜晚，对着夜空中灿烂的礼花，男人向任静求了婚，他是这么说的："任静，凭我的能力，足以让你过上好日子，毕业之后，你能为了我和家庭，放弃事业，专心做一个贤妻良母吗？"

任静心里不住地苦笑：要是这样，那我还何苦读到博士？就这样，任静又恢复了单身。

虽说任静不知自己何时才能找到真爱，但通过这几次相亲，她多少有了点儿信心。不过，真正称得上"神奇"的却是半年后的一次经历。

这次相亲的对象也是在网上认识的，那人没留真名，只留了个网名，叫"一升米"。任静觉得这个名字挺有意思，照片上的人也很帅，就见了面。

见面地点是一家酒吧，一见面，任静就发现"一升米"本人比照片上还要帅，声音沉稳又有磁性，非常迷人。"一升米"并不急于把话题引向"结婚"这个主题，也没有像查户口似的了解任静的个人情况，而是很善于营造情调，这让任静有了一种久违的感动。

两人边聊边喝着红酒，当"一升米"问起任静的感情经历时，任静已

喝得微醺，一谈起这事，眼睛立刻就红了，话匣子也开了。她把几次尴尬的相亲经历一股脑儿倾诉了出来，说完，她擦干眼泪，挤出一丝笑容，说："很可笑，很可怜，是吧？"

"一升米"轻声说道："没有，我只是觉得你太辛苦了，读博士本来就很累，何况你是个女人。你今天是直接从实验室过来的吧？"

任静一愣："你怎么知道？"

"一升米"说："女孩子相亲，一般都会特地换件衣服，可我看你穿的好像还是工作服，你的手指上还有不少茧子，这一定也是长期做实验留下的。"

这话说得任静很尴尬，她低下头，把手藏到桌子底下去。

"一升米"又说："把手藏下去也没用，我能闻得到你身上有化学试剂的味道。"

这虽是实话，可也太无礼了，任静顿时有点发懵，为什么"一升米"对自己的态度会突然来了个一百八十度的急转弯？于是，任静起身去洗手间，想让自己平静一下。

等任静从洗手间回来，发现"一升米"的身边多了一个女孩，只听见"一升米"对那女孩说："看见了吧，你要是非要去念博士，那你每天忙得连换件衣服的时间都没有，等好不容易拿到博士学位，年纪也大了，也没

人要了，还要被人挖苦，到那个时候，就连后悔都来不及喽！再说，我可不想娶一个博士当老婆。"

女孩嘟着嘴说："说来说去，你不就是想借别人相亲失败的例子，来打消我考博士生的念头吗？"

听到这里，任静才知道自己是被人要了，她气得浑身发抖，刚想上前理论，忽然不知从哪里冲出一个人，"呼"的一拳打在"一升米"脸上——那人，正是任静的师弟罗文！

原来，对这次相亲，任静原本有

些犹豫，为了给她打气，罗文答应陪她一起去相亲。罗文就坐在不远处，刚才听见"一升米"和他女朋友的对话，再也忍无可忍，这才有了打人的这一幕。

任静受了委屈，一直憋着，这会儿看到罗文，终于"哇"的一声哭了出来，她使劲儿捶着罗文的胸口，哭喊道："我说不来，你偏让我来，这下我丢人了，你满意啦？"

罗文手忙脚乱地抓住任静，说："你哪里丢人了？在我心里，你衣服上的试剂味道是最好的，你手上的茧子也是最好的，你身上的一切都是最好的。如果……真的没有人要你，我想问问你，你会不会嫌我学历比你低，年纪比你小？"

听完这话，任静彻底呆住了，说实话，她心底一直对这个师弟有好感，但真要和他在一起，这个问题却从来没有考虑过——因为她和所有人一样，都认为，男方的学历应该比女方高，男方的年纪应该比女方大，可从这一刻起，任静怀疑了，她很想知道，自己过去为什么会有这种莫名其妙的"观念"？她费了九牛二虎之力，想去寻找一份美好的爱情，谁又能料得到，这份爱情一直就在身边呢？

回过神来的任静只对罗文说了三个字："我愿意！"

（题图、插图：谭海彦）

咱们有只金凤凰

□ 曾宪涛

老李是小区里有名的热心肠，谁家要有个难事、急事，第一个想到的就是他。就说最近，小区里老是丢自行车，有的人家甚至丢了四五辆。住老李楼上的小崔，买了一辆五千多元的"金凤凰"跑车，骑着特带劲，可不骑的时候却成了负担——怕偷！

要说起来，归根结底，是小区安保不到位。于是，大家都来找老李，请他出头找物业交涉，要求小区加强安保措施，老李一口答应下来。

老李带着大家找到小区物业管理处负责人，仔仔细细说了情况，耐心劝说物业方面多为居民着想。那位负责人听了，说道，情况他们很清楚，

可这是个旧式小区，物业费太低，保安人手不足，他们也没办法，除非增加物业费，让他们增派人手，这样才能解决问题。就这种解释，谁能买账？大家听了，你一言、我一语地和负责人争论起来，可吵了半天，也没结果。

出了物业办公室，大家都憋着一肚子气——难道这事就没人管了？有人骂小区物业光知道收钱；有人说，这事要是能在电视上曝曝光就好了，这样会引起有关方面的重视，事情就有希望解决。老李忽然想起他有一个工友，女儿就是电视台的，就说："这事我来办。"

晚上，老李去了工友家，把事情说了，工友的女儿一听笑了，她说，丢自行车这种事太寻常了，没有新闻效应，这种事电视台不会去采访的。

老李问："啥才叫有新闻效应？"

"就是新鲜的、能够引起社会关注的事。"

回家后，老李想啊想，终于想出了名堂。他去找小崔，要小崔把新买的金凤凰跑车借他用用。小崔以为老李是要借来骑的，顺口说道："这车骑着可快了，您老当心别摔着。"老李摇着头说："这车我不骑。"小崔纳闷地说："不骑你借车干吗？推着玩？"老李敲了他脑瓜一下，说："干什么使你小子就甭管了，等着瞧热闹吧！不过我把话说在前头，我是为了解决大家的难处才借你这车的，俗话说'舍不得孩子套不着狼'，你小子到时可别心疼啊！"小崔丈二和尚摸不着头脑，心想既然老李这么说了，一定有他的门道，就把车借给了他。

第二天，人们发现小区广告牌的铁栏杆上，一条铁链五花大绑，把一辆金凤凰跑车锁在上面，最让人称奇的是，在自行车前后车轮上，竟满满当当上了11把锁！这下小区里可热闹了，连小区外的人也都跑来瞧新鲜，围着跑车，议论纷纷。

物业负责人也来了，一脸尴尬，问是谁干的，老李说是自己锁的，负责人要他把车推走，老李说："只要你们加强巡逻，我就立马把车推走。"双方相持不下，最后，物业负责人只好

说："你想锁就锁吧，看你能锁到几时。"说完，他无奈地走了。

就这样，那辆金凤凰跑车就一直被锁在广告栏上。这消息不胫而走，没两天，电视台的采访车到了，摄像人员对着被绑锁的金凤凰跑车全方位录了像。

当然啦，想出这办法的老李被请了出来，接受了电视台的采访。他先介绍了最近小区里自行车被盗的严重情况，又介绍了这辆金凤凰跑车的许多好处，说自己如何喜欢这辆车，害怕它被盗，才出此下策。记者问他："你每天这样锁车，不嫌麻烦吗？"老李说："当然麻烦，可小偷太猖獗了，小区物业又嫌物业费低，不能保障我们的财产安全，我又有什么办法？"记者请他示范一下开车锁车的过程，老李当场做了，那程序确实麻烦极了，当然，这一切全被摄像机拍了下来。

当天晚上，电视台播放了一档新闻纪录片，纪录片的主角就是老李，还有那辆被五花大绑、上了11道锁的"金凤凰"。主持人和专家们在节目中说，小区物业有责任保障居民基本的财产和人身安全，还呼吁有关部门重视这个很普遍、但往往被社会忽略的民生问题。

节目播出之后，在社会上引起了不小的轰动，也引起了有关方面的高度重视，他们对小区物业施加了压

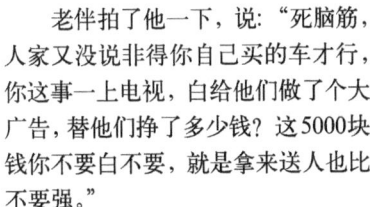

力，很快，小区里的保安增加了一倍。这一下，老李可出名了，电视台拍的那个片子在网上的点击量达到了几十万。大家都说，老李的点子真是绝了，要是卖给那些靠点子吃饭的传媒公司、咨询公司的话，肯定能值一大笔钱，谁能想到，这么一个金点子，竟然完全是无偿的？

不过，老李的故事还没有结束。这天，老李走到小区门口，门卫忽然叫住他，交给他一封信。老李接过信，感到很奇怪，信封上竟然写着"金凤凰自行车有限公司"。他打开一看，是封感谢信，信里说，感谢老李对"金凤凰"产品的喜爱以及为他们所做的宣传，请老李带上身份证和购车发票，去金凤凰公司领取5000元奖金。看完信，老李禁不住乐了，自己本来就是无心插柳，居然还摊上了这样的好事啊！

回到家，老李把这事跟老伴一说，老伴也乐得跟什么似的，让他快去领钱。

这时，老李转念一想，对老伴说："不成，这钱咱不能要。"老伴问道："为啥？"老李说："这事是我干的不假，可咱又不是有意给人家做广告，那是歪打正着，再说这车是小崔的，咱哪有购车发票？"老伴说："发票问小崔要就是了，他还能不给你？"老李说："不是这回事，人家既然要发票，就说明要买人家的车，

才能得到奖金，咱不能欺骗人家。"

老伴拍了他一下，说："死脑筋，人家又没说非得你自己买的车才行，你这事一上电视，白给他们做了个大广告，替他们挣了多少钱？这5000块钱你不要白不要，就是拿来送人也比不要强。"

老伴这一说，提醒了老李，他忽然想到，小区里有一个叫婷婷的女孩，今年高三，是小区里学习最好的孩子。大家都知道她在学校里考试总得第一名，可这孩子命苦，父亲前几年给人干活伤了腰，躺在床上不能

动，全靠母亲干清洁工维持这个家。要说婷婷的学习成绩，一定能考上名牌大学，可家里拿什么供她读书？

这么一想，老李眼前一亮，对了，这奖金就给婷婷，先让她解决一部分学费再说。于是，他叫来小崔，把事情跟他说了，小崔立刻找来了购车发票，两人去了金凤凰公司，还真领到了钱。接着，他们来到婷婷家，要把钱交给她。

婷婷不肯要，老李硬是把钱塞在她手里，说："孩子，这钱我估摸着也够你头一年的学费了，后面的学费咱们再想办法，有你李叔在，一定得让你念完大学！"

婷婷拿着钱哭了，躺在床上的婷婷爸也哭了。

没过多久，高考分数下来了，婷婷竟然成了全市的文科状元，穷困家庭飞出了"金凤凰"，这是新闻啊，电视台当然要采访，没想到他们一采访，又牵出了这背后的故事……

一时间，婷婷的故事感动了许多人，老李也彻底变成了名人，请他上节目的、拍广告的、做代言的蜂拥而至，弄得热心人老李只能在家闭门谢客。

还有件有意思的事，那些日子，"金凤凰"成了网上的"热词"，金凤凰公司也不失时机地大打"爱心牌"，公开宣布，他们决定资助婷婷念完大学，被网友们称为真正的民族品牌。其实，有点年纪的人都知道，"金凤凰"本来就是生产自行车的老字号，根正苗红的民族品牌，因为缺乏营销意识，知道它的人越来越少，都快维持不下去了。热心肠的老李当初绝对不可能想到，他无意之中竟然救活了两只"金凤凰"！

所以有人又说，老李给这个世界带来了光和热，他才是真正的"金凤凰"。

（题图、插图：刘斌昆）

· 本刊信息传真 ·

法律知识故事征文启事

本刊推出的"法律知识故事"，通过发生在我们身边的、短小而具体的个案，生动、形象地宣传法律知识。这些知识注重现实性、实用性，真正起到解剖一个案例、明白一个道理的作用。为鼓励作者深入生活，写出高质量的法律知识故事，我刊决定面向全国征文。

本次征文也欢迎读者和法律界人士提供相关素材、案例，一经录用，即付稿酬。

来稿方法：1. 从邮局寄发，请在信封上注明"法律知识故事"字样，本刊地址：上海市绍兴路74号《故事会》杂志社，邮编：200020。2. 从网上传递，可寄以下信箱：wulun@vip.sohu.net，请在主题上注明"法律知识故事"字样。凡已和我刊编辑有联系的作者，稿件可继续投给联系的编辑。

·新传说·

我要维权

□ 梁 钰

老楼里维权难

艾达是个西方女孩，因为热爱中国，大学毕业后，她选择来中国工作，还特地在一栋老楼里租了一间屋子。

老楼里住着"七十二家房客"，这里每天的生活，让艾达充满了新奇感。不过，最近发生了一件事，让她对这里的热情差点降到冰点。

老楼楼顶有个小天台，每天吃过晚饭，艾达就爱上那里去吹吹风，看看四周的风景，这是她每天最大的享受。最近，顶楼的一家租客搬走了，这里原先的主人搬了回来，他们在天台上安了台洗衣机，造了个鸽子棚，几乎把天台变成了自家的地方，这倒也罢了，这天，艾达想去顶楼吹风，她发现通往天台的那扇门上，竟然装了一把锁。

艾达是个西方人，她一看这情况，马上去敲顶楼那家人的门。开门的是一个中年男人，是这家的男主人，他见艾达是个外国人，还挺客气，把正在读大学的儿子叫出来，让儿子用英语问她，有什么事。

得知艾达的来意之后，男主人的脸色一下子变了，他强词夺理地说："我的洗衣机和鸽子棚都在天台上，要是谁弄坏了我的洗衣机、偷走了我的鸽子，我找谁去，你能负责吗？"

艾达不客气地回敬道："先生，天台是公共区域，你的行为已经损害了这栋楼所有住户的使用权，请立刻把锁打开。"没想到男主人瞪着眼珠子

说"行啊,你找警察去,警察让我开我就开!"等儿子翻译完这句话,他"嘭"的一声把艾达关在了门外。

于是,艾达去找社区派出所,可派出所的人说,他们也没有权力让男主人把门锁打开。

艾达很伤心,第二天,她来到公司,闷闷不乐。艾达有个要好的同事,叫李强,见艾达有心事,便关心地问道:"艾达,你没事吧?"艾达正想找人倾诉呢,就把事情经过对李强说了。

李强挠了挠头,说:"那怎么办,你以后别去那天台,换个地方吹风不就行了?"艾达惊讶地摇着头,说:

"李强,你说这话太奇怪了,我去那儿吹风是我的自由,天台是公共区域,那家人不该这么做!"

李强说:"你说得也有道理,那你准备怎么办?"

艾达平静地说道:"我要起诉他们。"为了强调这么做是对的,艾达给李强举了不少例子。比如,在她家乡的那座城市,有一栋靠街的公寓,一楼是门面房,开着一家面包店,招牌是蒜香面包,可二楼住着的人恰恰对大蒜过敏,那人就把面包店告上了法庭,最后法院判决面包店必须迁走。艾达还解释道:"我知道,中国人不喜欢上法院,觉得那很尴尬,可是人与人难免有纠纷,而法律是最公正的,所以它是解决纠纷最好的工具!在西方,上法院就和上学一样正常。"

李强不置可否地问道:"那……你打算怎么起诉?"

艾达像看外星人似的看着李强,说:"打官司,当然是先找律师啊!"

律师难断纠纷

没办法,帮人帮到底,一有空,李强就陪艾达到处找律师咨询。谁知,一连找了好几个律师,听了事情的经过,他们都说这案子不好办,案情有些复杂。

李强劝艾达说,算了,这么点小事,不值得这么大费周章。艾达却较上了真,她就不信,找不到一个好律师愿意接这个案子。

最后，他们找到一个律师，姓周，在民事诉讼领域很有名气。周律师听了事情经过，想了想，对艾达说："你的情况，不是不能起诉，可即使胜诉了，结果也未必比现在更好。"

艾达问道："为什么？"

"比如说，你胜诉了，那家人也服从判决，把锁拆了，可你想过没有，等过一段时间，他们就不会再把锁安回去？"这个问题，艾达没有想过，她真不知该怎么回答。

周律师微笑着说："这样吧，我给你们推荐一个人，她的水平比我高，应该能解决你的问题。"接着，他撕下一张便条纸，写了一个电话号码，交给李强，又叮嘱了几句话。

李强听了，竟恍然大悟似的长长地"哦"了一声。

艾达很好奇，回去的路上，她问李强："周律师推荐的人是谁？"

李强一笑，说："周律师跟我说，那是个比他更好的律师，你见了就知道了。"

爱中国的理由

这天下班，李强对艾达说："我和那个律师约好了，再过一个小时，在你住的地方碰头。"

一个小时后，艾达家的门被敲响了，她打开门，发现外头站着一个中年妇女，穿得虽整齐，看着却不像是律师打扮，脸上还笑眯眯的。这就是那位周大律师介绍的、比他还有能耐的律师？

李强一见，就说："是林女士吗？你好你好！"说着忙把林女士让进门。

"对不起，"艾达想求证一下，"请问你有律师证吗？"

"有。"林女士说着，拿出一个本子，打开，上面照片、编号、钢印等一应俱全，艾达仔细看了，钢印上有"法院"的字样，这是她这几天跑律师事务所的一大收获。这下艾达放心了，客客气气地把林女士让进门，按中国人的习惯泡了茶，把天台上安锁的事、包括这几天找律师的经过，又原原本本说了一遍。

林女士听了，说："情况我了解了，这样吧，我们去顶楼那户人家跑一趟，我也要了解一下他们家的情况。"

三人来到顶楼那户人家门口，敲了门，那家的男主人开了门，他一见是艾达，就冷冷地问："有什么事？"

在一旁的林女士笑眯眯地说："先生，你好，我是人民法院的，了解到你们遇到了困难，特地来提供帮助的，这是我的证件。"

男主人一见林女士，很意外地"咦"了一声，接着又看了林女士的证件，脸上竟露出笑容，说道："原来是你啊，请进请进。老婆，泡壶好茶！"

几人刚坐定，这林女士还没开口问呢，男主人就自说自话地说了起来，显然是对这位林女士很信任。

林女士对男主人说："这位艾达小姐是西方人，说话习惯、思维方式和我们区别很大，如果有什么地方得罪了你，可千万别往心里去。"

男主人连连摆手，说："不会，不会。"

林女士又说："你们住的是老房子，条件有限，利用一下公共区域情有可原，至于私人财物，当然应该保护，可是公共区域，你能用、我能用、大家都能用，上锁就不对了嘛！我来提个方案，大家参考参考：锁也别拆了，给每家配一把钥匙，行不行？既防了意外，也不损害大家的权利。"

男主人面露难色："行是行，可万一我的私人财物有损失，怎么办？"

林女士想了想，说，其实这也容易，这么一个小天台，大家都同时使用，很不方便，这楼里有七户人家，正好，大家轮流使用，每家一天。她提议去找一些各种颜色的布条，按不同颜色发到各家，轮到哪一家使用天台，这家人就把布条系在天台门上，这样大家都能看到，就算出了问题，也能找到负责的人。

听着林女士的话，男主人的表情越来越释然，他不住地点着头……

事情顺利解决了，艾达看看时间，只花了不到半小时，真有效率！

送走了林女士，艾达突然想起什么，她问李强"这林女士究竟是谁？太酷了！可是，为什么从头到尾，我都没听到她谈一个法律问题呢？"

李强"哈哈"一笑，说："你还真以为她是律师啊，在我们中国人眼里，她可比律师厉害多啦，她真正的身份，是法院的人民调解员，而且是经常上电视的'金牌调解员'，老百姓都认识她！"

这么一说，艾达恍然大悟，在她的国家也有"家事调解员"，甚至许多大学还开设"家事调解"专业，可不知道为什么，人们还是更相信律师，调解员的社会地位也远远不及律师。然而在中国，人们却用一种可爱的方式把问题解决了……

（题图、插图：佐 夫）

您手中有没有得意之作？本刊辟有二十多个原创性栏目，如新传说、我的故事、情感故事、东方夜谈、幽默世界、16岁故事、海外故事和中篇故事等；您读到或听到什么有趣事可以和大家一起分享吗？3分钟典藏故事、外国文学故事鉴赏和快乐辞典等都是本刊推荐性栏目。热忱欢迎来稿，可从邮局寄发，也可从网上传递。邮寄地址：上海绍兴路74号《故事会》杂志社，邮编：200020；本期责任编辑电子邮箱：ssasha@163.com。

留个念想给自己

□ 张天骐

杜老汉是个城中村的农民，也是个孤老，他在村里盖了栋楼，靠着房客的租金来养活自己。这人心眼儿好，就是越活到老脾气越臭，吓跑了不少房客，为啥脾气臭，却没人知道。

杜老汉有个房客，是个老太太，带着孙子，租着杜老汉房子里的一个单间，平时待人客气，但不太与人来往。这天，老太太找到杜老汉，说有事要和他商量，一问才知道，老太太想把顶楼的那个单间也租下来。

杜老汉问道："你就和你孙子两个人住，再租一间干吗？"

老太太笑了笑，没回答。杜老汉想，管那么多闲事干啥，反正她房钱照给就行了，于是点头答应了。

当天下午，一辆货车停在杜老汉的楼下，几名搬运工吭哧吭哧从车上弄下一件东西。杜老汉挺好奇，想看看是啥好东西，可一看就傻眼了，那根本不是什么好东西，就是一块大得能坐三四个人的大石头！接着，几个搬运工由老太太领着，上了顶楼单间，在窗外放下粗绳子，把石头慢慢吊上去。

杜老汉问老太太："你单借一间房，就是为了放这个东西？"老太太笑道"是啊，因为原来那间房搁不下了，只好再租一间。"

杜老汉又问道："一块破石头干吗用？"老太太还是笑笑，没说什么。

因为借了两间房，接下来的日子，老太太过得异常艰苦，早出晚归，靠着替人干活和捡垃圾赚一点钱，可即便是这样，老太太还是渐渐地没法

按时交房钱了。杜老汉见她可怜，也不去催她，可她拖欠的房租越来越多，杜老汉肚子里开始有些犯嘀咕了。

终于有一天，杜老汉忍不住了，这天，他敲开老太太的房门，对她说，如果三天后再不交房租，她就只能带着孙子搬走了！

到了最后期限的那一天，杜老汉从早上一直等到下午，老太太还是没来交房钱。杜老汉很生气，可又不忍心真的赶别人走，就在家喝起闷酒来，喝着喝着，就醉倒了。

不知过了多久，杜老汉给饿醒了，一看时间，都快11点了，自己还没吃饭呢！

这时，外面传来敲门声，杜老汉不耐烦地应了声，刚打开门，一阵食物香气扑鼻而来。只见老太太手里端着碗热腾腾的馄饨，笑眯眯地说："我听邻居说，你一天没出过屋了，你平时也不做饭，我想你一定还没吃吧！"

真是雪中送炭呀！杜老汉接过馄饨，心里怪热乎的，差点连眼泪都掉下来，多少年都没人对自己那么好了。他大口大口地吃着馄饨，那馄饨皮薄馅多，汤汁浓郁，味道可比饭馆里的好多了。

等杜老汉吃完了，老太太说"杜老哥，我有件事情，想和你商量商量。"

杜老汉一听，就知道是什么事了，原来这老太太送馄饨来，是留着这一手呀，就说："我一个孤老头子，靠这点房钱才能过活，这样吧，明天你把钱送来，不然，唉……"

老太太说"杜老哥，你看这样行不行？这房子我还得借着，你也需要人照顾，要不，我给你当保姆，来抵消房钱。"

俗话说，"吃人家的嘴软"，何况人家的话说得也挺在理，让人很难反驳，杜老汉想了想，答应了。

事情暂时解决了，可杜老汉一直想知道，老太太干吗要给一块破石头租个单间，莫非这块石头只是掩人耳目，房间里还住着什么人？不像，如果房里真的有人，他不可能不知道。难道石头真的藏着什么宝贝？俗话说"人不露富"，老太太和她孙子过得清苦，那可能只是假象，这样别人就不会怀疑她那个房间里还藏着宝贝了。

于是，杜老汉决定自己去看看，他是房东，有那个房间的钥匙。

第二天，杜老汉等到老太太出门了，带着钥匙，来到顶楼单间的门口，刚要把钥匙插进锁孔，他又停下了，心里怦怦直跳，毕竟偷进别人房子，那可是犯罪呀！可他又真的很想知道究竟是怎么回事。这时，楼下传来脚步声，像是那老太太的，她一直朝顶楼走上来。完了，这可怎么办，被她撞见，这事怎么说得清楚？

忽然，杜老汉眼前一黑，什么也不知道了……

等杜老汉醒来的时候，看见身边有个穿白大褂的护士，原来自己是在医院里，他问那个护士："我怎么会在这里？"

护士说："你心脏不好，晕倒了，是一个老太太送你来的。"

听了这话，杜老汉心里一紧张，差点又晕过去，看来自己做的丑事还是给人家知道啦！这时候，正巧老太太拿着一个暖壶从外面进来，杜老汉想装睡也来不及了，他又是尴尬、又是感激地朝对方笑了笑。

老太太见他醒了，关切地问："你可醒了，怎么样，饿不饿？"

一醒来就听见这样的热乎话，杜老汉的眼泪再也忍不住了，扑簌簌地掉下来，他对老太太说："妹子，老实对你说吧，我上顶楼，其实……其实……"

老太太笑了笑，说："你不是想知道我为什么要替那块石头租间房吗？我一直不告诉你，也是有苦衷的，这样吧，过两天你出了院，我再慢慢告诉你。"

这天，杜老汉出院了，老太太特地把他接回家，说："杜老

哥，你想知道的事情，我今天都告诉你。"说完，她把杜老汉领到顶楼的房间，打开门，杜老汉一愣，只见一个小孩正靠在石头边，沉沉地睡着，这小孩正是老太太的孙子。

杜老汉看得一头雾水，一脸疑惑地看着老太太。

老太太说："几年前，我儿子和媳妇带着这孩子，开车去郊游，路上出了车祸，儿子和媳妇都去了，孩子虽然脱离了危险，可醒来的时候已经傻了，问什么都不知道，只是一个劲儿地要爸爸妈妈。"

老太太告诉杜老汉，一天，她带孙子去郊外玩，孙子看见别的小朋友都有爸爸妈妈带着，哭了起来。老太太没办法，突然想到孙子很喜欢孙悟空，就随便指着一块大石头说"爸爸妈妈和孙悟空一样，就在这块石头里，不过他们现在出不来，等你长大

了，他们会来看你的。"

谁知那天以后，孙子天天吵着要见爸爸妈妈，老太太没办法，只好带他去看郊外的大石头，可孙子一去那儿，就赖着不肯走了，和爸爸妈妈的悄悄话说个不停……就这样，老太太想方设法把石头弄了回来。

最后，老太太说："一开始，看到孙子那个样子，我真是不知道该怎么办才好，可后来我想通了，其实，每个人活着，都得有个念想，那块石头是我孙子的念想，孙子就是我活着的念想。"

听完老太太的故事，杜老汉好久都没说话。其实，杜老汉自己也有个故事，没有说出口：他年轻的时候，老婆嫌他穷，带着儿子跑了，这么多年，他一直想见儿子一面。几年前，儿子突然找了回来，他本以为儿子是来认他这个爹的，谁知，儿子那次来，是要杜老汉立一个遗嘱，让他死后把房子留给自己。杜老汉气得把儿子撵了出去，从那时起，杜老汉活着，连一点念想也没有了……

这时，杜老汉慢慢开口说道："这样吧，顶楼那间房你也别借了，石头就放在我屋里吧，这孩子要是想看看爸爸妈妈，就来我这儿吧。"这下，轮到老太太纳闷了，杜老汉却难得地咧嘴笑了。是啊，人活着，总得留个念想！

（题图、插图：张恩卫）

·本刊信息传真·

故事中国网继续举办 2011 年度中国最佳故事评选

为了繁荣故事文学创作，让优秀故事作品具有更大的影响力，优秀故事作家享有更高的知名度，故事中国网 2011 年继续举办年度中国最佳故事和年度杰出故事家两项评选。年度中国最佳故事评选用更为广阔的视野，更为宽泛的标准，更为客观的眼光，遴选2011年发表在国内各家报刊上的优秀故事，集中展现年度中国故事创作的整体实力和魅力。

评选标准：在情节性、艺术性、思想性、文学性方面有突出表现，能够代表年度故事创作最高水平的各类故事作品。

参选条件：2011 年 1 月 1 日至 2011 年 12 月 31 日期间在国内正规报刊（省级以上）发表的故事作品均可参加，不限题材、风格、篇幅。

参加方法：登录故事中国网(www.storychina.cn)推荐或自荐作品。所有参赛作品分为中篇（8000 字以上）、短篇（1000-8000 字）、超短篇（1000 字以下）三组。

奖励：年度最佳故事作者获得特别荣誉证书及奖金（中篇2000元、短篇及超短篇各1000 元），优秀作品将有机会结集出版。

另外，2010 年度最佳故事和杰出故事家评选已进入尾声，敬请登录故事中国网关注评选进程。

不能回家

□曹锦屏

杰森是一家公司的高管，平时工作很忙。不过，最近杰森忙的可不仅仅是工作了，他居然在外面有了个情人——要知道，杰森可是个有妇之夫啊！

为了在妻子面前瞒住自己的行踪，杰森费尽了心思，比如，经常给妻子买点小礼物，带妻子出去看一场歌剧，回家亲自下厨，等等，但最重要的一点是，杰森回家比过去更加准时了。当然啦，杰森有时也会工作到第二天早上，可要是因为和情人在一起而老不回家，迟早会变成麻烦事的。

话虽如此，现实却往往不遂人意。这天早晨，杰森对妻子说，今晚他会回来做饭，可上班的时候，情人却打电话来，说今天是她的生日，要杰森去为她庆祝。没办法，杰森只好打电话给妻子，说今天可能会晚些回家。

晚上，杰森敲开了情人家的门，情人穿着条漂亮的真丝睡裙，一开门就热情地亲吻了杰森。桌子上摆满了菜肴，还摆了烛台，开了瓶好酒。杰森很高兴，两人吃着喝着聊着，杰森不知不觉就喝多了，最后竟迷迷糊糊睡了过去。等他醒来的时候，都已经是后半夜了！

杰森一下子慌了手脚，要知道，早上是他亲口对妻子说今天要回家的，现在可怎么办？

情人说："跟你妻子说，你有事要处理，得留在公司干活，不能回去了。"

"不行,"杰森说,"这么说的话,听上去太像撒谎了。"

"对了,你不是负责全球业务的吗?就说你这会儿有事,已经飞到国外去了,因为事情太突然,你一时没法通知她。"

杰森摇摇头,这理由也挺牵强的,再说,万一妻子让他用国外的座机给她打电话呢?他又开始急得团团转。

情人想了想,说:"这办法一定行,你就对妻子说——你忙到很晚,桥全都升起来了,过不了河,就行了。"

原来,杰森那座城市被一条龙台

河一分为二,杰森的家在河这边,他的公司和他情人的家在河另一边。连接龙台河两岸有几座吊桥,一到半夜,这些吊桥就会升起来,好让那些大型船只通行,而且到这个点,河上连渡船也没有了,人也就没法过河了。

杰森听了,一拍大腿"这主意不错!"

杰森马上打电话给妻子,妻子听了他的谎言,丝毫没起疑心,只是叮嘱他别忙得忘了吃饭。

扔下电话,杰森如释重负,和情人紧紧抱在一起……

就这样,杰森给自己找到了一个不能回家的谎言,这谎言实在太有说服力了,从此以后,他就可以常常去情人家里过夜,再也没有什么后顾之忧了。

龙台河地区有句俗话——"男人的心、女人的脸",指的就是龙台河地区的天气,十分多变。杰森无忧无虑的神仙日子过了没多久,这年的寒冬出人意料地提早到来了。

这天早晨,妻子对杰森说,她找了一个新工作,又安稳又轻松,薪水不少,而且还有很多时间照顾家庭。她对杰森说:"你那么忙,这样的话,以后家务活就由我全包了,你高兴吗?"

杰森随口说道:"当然高兴了,亲爱的。"

杰森一下子摸不着头脑："意思就是……我过不了河啊！"

刚说完这话，只听见电话那头传来妻子恼怒的声音："杰森，你到底在哪里，在干什么？难道你不知道，河上的冰都已经结得很厚了，连小汽车都能开过去了吗？"

这下，杰森傻了，他怎么就没想到还有这茬儿呢？这下可好了，这天大的牛皮终于给吹破了，他只能结结巴巴地应着："真、真的吗？冰厚得连小汽车都能开过去了？你不是开玩笑？"他一边说着，一边用乞求的眼神看着身边的情人，这意思就是"你赶紧想想办法吧！"

情人想了想，撕下一张便条纸，写了几个字，杰森一看，立即喜形于色，他恢复了不紧不慢的口气，对着电话说："是啊，冰太厚了，这会儿破冰船都出动了，在破冰呢！"

话音刚落，那边妻子忽然笑了起来，而且笑个不停，让人听着瘆得慌，杰森小心翼翼地问道："有什么好笑的？"

只听电话那头，妻子冷冷地说："杰森，我看你是忙昏头了吧，难道早上我没告诉你，我的新工作就是开破冰船？看来，你也给自己找了份新工作，现在，你马上给我滚回家，给我好好说说你的这份新工作。"

妻子说："那你今天早点回来，我们得好好庆祝一下！"

杰森含含糊糊地答应了一句，就出门上班去了。其实他早就跟情人约好了，今天晚上要带她去吃大餐的，当然了，照老习惯，他还要在情人那里过夜。

当晚午夜时分，杰森照例给妻子打电话："亲爱的，很抱歉，今天事情实在太多了，这会儿龙台河上的吊桥都升起来了，我今晚实在回不来了。"这番话他不知道已经说过多少次了，连那种遗憾的口气都已经装得跟真的一样了。

没想到，妻子并没有和往常一样，叮嘱他记得吃饭之类的事情，而是很惊讶地说："你这是什么意思，吊桥升起来，和你不能回家有什么关系？"

（题图、插图：佐 夫）

就不让你死

□ 吴治江

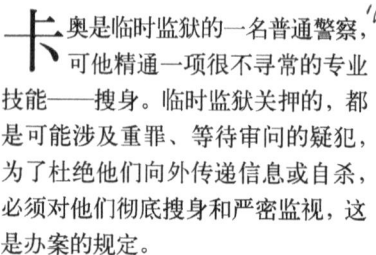

卡奥是临时监狱的一名普通警察，可他精通一项很不寻常的专业技能——搜身。临时监狱关押的，都是可能涉及重罪、等待审问的疑犯，为了杜绝他们向外传递信息或自杀，必须对他们彻底搜身和严密监视，这是办案的规定。

这天，监狱长把卡奥叫到办公室，说："这里新来了一名疑犯，叫阿提查，过去是个议员，有重大贪污嫌疑。检察院正对他进行深入调查，根据以往的经验，此人有严重自杀倾向，你要保证，绝对不能让这种情况发生。"

当阿提查出现在卡奥面前时，卡奥心中猛地一震，他仔细盯住这张脸看了足足有半分钟。不错，就是这人，胖胖的，戴着副眼镜，曾经在他心里

烙下一道深深的伤痕！

原来，二十多年前，当时卡奥才十几岁，一次，他与家人赌气，离家出走。饿极了的卡奥走进一家大超市，想偷两包饼干充饥，犹豫了半天，还是放弃了，但他的可疑行为被保安发现，被带进了保卫室。当时，阿提查是这家超市的保安队长，尽管卡奥坚决否认自己偷了东西，可阿提查却一定要搜他身，逼着他靠墙拿大顶，还把他剥个精光。经过这番羞辱，卡奥暗下决心，一定要活出个人样来……

谁知，风水轮流转，今天两个人的位置竟完全掉了个个儿。

在搜身室里，卡奥命令阿提查

·域外传奇 环球万象·

说："靠墙，手撑地，脚朝上，拿大顶，快！"阿提查强硬地说"你这是什么规矩？我不干！"卡奥说"这是我搜身的第一步，拿上大顶，口袋里的东西就会掉下来，怎么，这么点事，你就害怕了？"

阿提查怔了怔，说"老子死都不怕，还怕拿大顶？"说着靠着墙一翻身拿上了大顶，口袋里的钥匙链、指甲刀甚至手纸等都落了下来。卡奥把这些东西踢到旁边，然后仔细地捏他的衣角裤角等处。阿提查吃力地双手撑地，额头上冒出了细汗，他气喘吁吁地问道："可、可以下来了吗？"卡奥说："我倒要看看，你这身臭皮肉经得起多少折腾——这话可是二十多年前你搜我身时对我说的。"

"你是谁？"阿提查一下立起身来，看着卡奥惊异地问。

卡奥气愤地说："你二十多年前做保安队长时，羞辱过一个男孩，你还记得吗？"

阿提查看了半天，认了出来，他长叹一声，不说话了。

卡奥命令道："把衣服脱了。"

阿提查神色黯然，把衣服一件一件脱下，交给卡奥，卡奥仔细检查，没有任何违禁物品。最后，阿提查只剩一条内裤了，卡奥说："把内裤也脱了。"

"你——"阿提查恼怒地瞪着卡奥，可最后还是叹了一口气，照做了。

不过，他阴沉沉地对卡奥说道："我们走着瞧，看谁玩得过谁！"

要知道，阿提查贪污过亿，自知早晚难逃一死，几年前就把老婆孩子送到了国外。这次，他东窗事发，早就做好了自杀的准备，免得最后熬不过审讯，把同犯供出来，让老婆孩子遭到报复。当然，他一死，别说卡奥会被追究责任，就连整座临时监狱也会跟着倒霉，阿提查说"看谁玩得过谁"，也就是这个意思。

这天半夜，阿提查从内裤松紧带里抽出了一样东西——一根细细的吉他弦。他知道，自己是重犯，牢房里有监视器24小时盯着他，于是，他在被窝底下慢慢挪动身体，神不知鬼不觉就到了床底下，接着，只需把弦系在床下横杠上，再套住自己的脖子，勒紧，最后靠上身的重力一吊就能了结自己这条命。

忽然，"轰"的一声，门开了，灯一下亮了，卡奥几步冲进来，把床下的阿提查拽出来，一把抢掉他手中的吉他弦。

阿提查十分惊讶"你、你怎么知道的？"

卡奥说"我当然知道，你以为我在搜查室里做的那些事，是真的报复你？这是我们的搜查程序，同时也是在观察你——如果你对我们的程序反应强烈，那说明你自尊心很强，这种

·海外故事·

人还不会轻易自杀，可你连自尊也不在乎了，说明你早就做好了自杀的准备。"原来，卡奥为了监视阿提查的一举一动，一直都不敢合眼，两只眼睛紧紧盯着监视屏幕，当他注意到被窝形状不断变化，立刻意识到里头有问题，马上赶了过来。最后，卡奥说："老家伙，你的事还没完呢，你想死可以，等你把你那些同伙都供出来，我们会送你上路的。"

阿提查虽然自杀未遂，却冷笑道："小子，那弦是我藏在内裤松紧带中的，你没查着吧？别高兴得太早，你等着，没完呢！"

之后的两周里，阿提查被提审了好几次。从牢房到审讯室之间有一段不短的路，为了防止他在来回途中弄

到自杀的物件，同时也为了避免他对别人产生危险，每次审讯前后，卡奥都要对他进行搜身。

这天，卡奥通过监视器，看见阿提查坐在床上发了一阵呆，接着取下眼镜，用衣角擦拭，然后眯起眼睛，对着镜片看，看了又擦，擦了又看，好像那镜片上有擦不完的灰似的。

阿提查这枯燥的重复动作，卡奥都看得厌烦了，他这是干什么呢？这简单的动作本身很正常，可在不断地重复之下，显得十分诡异。突然，卡奥心中"咯噔"一下，啊呀，亏自己还是个搜身能手呢，怎么没想到这一层：眼镜本身就是一件凶器呀！不好——

果然，只见阿提查猛地把眼镜摔在地上，接着捡起一块碎镜片。

卡奥箭一般向阿提查的牢房冲去，打开牢门，阿提查已割破自己的腕动脉，鲜血正奔涌而出。卡奥立即捏住他的手腕，大声叫人。

阿提查这次又没死成，从医务室回牢房后，监狱长下令，再不准他戴眼镜了。卡奥把他押回牢房时，折腾得有气无力的阿提查竟对卡奥挤出一丝狞笑，说："小子，算你狠！不过，我要是想死，谁也拉不住的。"这个似笑非笑的表情，怪吓人的。

40

卡奥说:"你有什么把戏都使出来吧,我奉陪,就不让你死!"说实话,他心里还真没底。

谁知,接下来的半个多月里,阿提查老实多了,大口大口地吃饭,早晚饭后还坚持在牢房内转圈跑步,无聊时就哼哼歌,要不就摆弄摆弄手指头。

临时监狱里的其他警察都说,阿提查这么老实,肯定是放弃了自杀的念头。卡奥却不这么认为,他觉得事情不会像表面上看起来这么简单,阿提查这个一肚子坏水的家伙,一定又在玩什么花招。

一天晚上,卡奥从监视器里看到阿提查又玩了半天手指头之后,突然对着监视器说:"小子,我知道你在看着我,紧紧盯着吧,好玩的在后头呢。"说完,他脱了衣服,钻进被子,背过身去。

听了阿提查的话,卡奥心中一凛,睁大眼睛,想仔细捕捉阿提查的一举一动,可看了半天,被窝形状倒没什么变化。

既然没什么事,卡奥也就放下心来,无聊地把监视器的录像带倒回去,看看前面的监视画面。突然,一个画面引起他的注意,他发现阿提查床头的墙上有奇怪的刻痕,他把画面定格,放大,再仔细一看,顿时大叫不好。因为卡奥想起一件事,阿提查这些天老是在墙上磨指甲,他本以为阿提查在刻什么东西,现在想来,阿提查肯定是在磨指甲,因为这家伙用的都是同一根手指……

卡奥一跃而起,直奔阿提查的牢房,进去一看,果然阿提查用这尖尖的指甲割破了腕动脉,淌了很多血,已奄奄一息,卡奥忙叫人把他抬起直奔医务室。

阿提查又被抢救过来了,他以为神仙都发现不了的自杀行为又一次失败了,卡奥对他说:"老家伙,怎么样?我说过,不会让你死的。"

"臭小子,我服你了!"阿提查摇着头,彻底死心了。他终于放弃了自杀的念头,把参与贪污的人全供了出来……

(题图、插图:佐 夫)

少年当家

□ 王义宝

清朝有一位叫陈廷敬的大官，是一代重臣，还曾做过康熙的老师。陈廷敬老家在山西皇城村，陈氏庄园深受朝廷庇佑，一连几代，都是紫气缭绕，人丁兴旺。

转眼到了乾隆这一朝，这年八月十六，乾隆从江南回京，在路上，忽然想起已故的陈廷敬，寻思道："这陈廷敬是一代名相，但是陈氏庄园到底是什么模样，倒还未曾见过。"于是，他吩咐随从，转道去山西皇城村。

到了陈氏庄园，乾隆怎么也想不到，带头出来迎接他的竟是一个不满二十的少年，那少年跪伏在地，朗声说道："陈氏庄园庄主陈春秋恭候皇帝大驾，吾皇万岁万岁万万岁！"声音中稚气未脱。

乾隆又好奇又纳闷，一下子没回过神来，便问道："你再说一遍，叫什么名字？你今年多大了？你真是陈氏庄园的庄主？"

那少年恭恭敬敬地回禀说："臣姓陈名春秋，今年17岁，过了今年腊月二十就满18岁了，担任庄主一职已经4年了。"

乾隆觉得很有意思，想考考这个年幼的孩子，便问道"陈氏庄园现有多少口人？"

那少年胸有成竹地回答："庄园现有男丁1488名，女眷1109名，合计2597人。"

陈春秋一边答话，一边陪着乾隆

一行来到相府。乾隆只觉得陈氏庄园接驾礼节庄重气派，食宿安排细密周到，乾隆不由得暗暗称奇，他暗中猜测：这是不是有人在暗中辅助他呢？为了进一步考察陈春秋的治家才能，乾隆决定临时出个难题，看看陈春秋的应变能力。

乾隆吩咐随从取出两个鸭梨和两个柿子，端到陈春秋跟前，说："这是江南呈上的贡品，今天赐陈氏庄园御梨、御柿各两枚，希望你不要辜负皇恩，让陈氏庄园2597口男女老幼都能领受朝廷的恩泽。"

陈春秋看看盘里的鸭梨和柿子，想了想，拿起两个鸭梨，交给庄丁，说："速速找两个大缸抬到相府门前，把鸭梨捣成梨汁倒进缸里，再把大缸打满水。"下人按照陈春秋的吩咐，有条不紊地办事去了。

陈春秋又吩咐值班庄丁通知每家每户，让他们到相府门前品尝皇帝赏赐的御梨。不一会儿，相府门口就排起了两行长长的队伍，男左女右，秩序井然，每人都走到大缸前领取一盅梨水。最后统计结果，来领取梨水的共计2589人，没有前来的8人都是卧病在床的老弱病残，陈春秋把缸里剩下的梨水分成8盅，分派人手送到他们家里去。乾隆见陈春秋办事忙而不乱，不偏不倚，不由得连连点头，但他看到盘里还有两个柿子，便不解地问道："这两个柿子你怎么处置？"

陈春秋不慌不忙地拿过柿子，凝视了片刻，说："谢皇恩浩荡！"说完，自己一口一口把柿子慢慢吃进肚里。

乾隆见了，脸上露出了不悦之色，问道："你为什么把鸭梨分给庄园

里所有人，这两个柿子却自己独享呢？"

陈春秋不卑不亢地说："这两个鸭梨是熟透的，我要让陈氏庄园的每一个人都分享到圣上的恩泽。至于这两个柿子，它们是从本地柿子树上刚采摘下来的，还没有经过烘烤，苦涩难当，我不能让庄园里的人尝了苦涩的柿子后对朝廷有一丝丝抱怨。苦涩的滋味只有自己承受，这叫吃不得涩柿子，当不了庄园主！"

乾隆听后，击掌叫好："小小年纪，天资聪颖，又知道担当，可喜可敬，不愧是皇城村相府走出来的后人！"

回京后，一晃年关已过。这天夜里，乾隆忽然想起陈春秋，他感慨万千地对皇后说："山西陈氏庄园庄主陈春秋真是一个少年老成的人才，偌大一个庄园，41位贡生、19位举人，9人中进士，6人入翰林，人才辈出，却让一个少年管理得头头是道。就是偌大一个皇宫，恐怕也找不出一个像陈春秋这样能齐家治国的人才。"

皇后听后，沉思良久，说道："小小年纪，就有那么高的才能，要是再长几岁，那还了得？山西历来是出反贼的地界，皇帝要是不早想办法，到时候只怕养虎为患，后果就不堪设想了。"

一句话提醒了乾隆，他恍然大悟，默默想道："是呀，看他处事决断的本事，让我都大吃一惊，等他长大

成人，说不定会超过我。"

皇后察言观色，敲着边鼓说："皇帝何不找个借口，除掉一患？"

乾隆说："这个容易，上次御赐的柿子，他自己吃了，那就是罪证。"

皇帝准备御驾亲临的圣旨很快传到了山西。这天，乾隆一行又来到了陈氏庄园，老远就望见庄园门前有两排人员接驾，到了庄园门口，只见为首一人跪地接驾："陈氏庄园庄主陈国栋恭迎皇帝大驾，祝吾皇万岁万岁万万岁！"乾隆大吃一惊："去年秋天，朕记得庄主不是你……"

陈国栋朗声答道："回万岁，前庄主陈春秋今年年满18周岁，已经娶妻，早已退位。我们陈氏一门有祖训相传，凡族中男子，一旦成婚，即一律不得担任庄主一职。"

乾隆饶有兴趣地问："还有这样的祖训？这是为何？"

陈国栋一字一顿地说："回万岁，结婚是人生大事，人一结婚，妻子儿女就可能成为他处理公务的羁绊，再理智的人有时候也会听信亲人的谗言，这样对庄园的决策就会产生影响，处理事情就会有失公允。"

一席话惊醒梦中人，乾隆急忙启程回京。从此以后，他吸取教训，家国分明，并且规定后妃不准参与国事，否则一律废黜，也正因为如此，乾隆成了一代明君。

（题图、插图：黄全昌）

□ 老 三

情满回家路

香宁路派出所是全国优秀派出所，这天，有好心人把一个走丢的男孩送到所里，男孩五六岁，不会写字，说一口谁也不懂的方言，不知他姓甚名谁。正巧，省电视台一个摄制组正在这里采访，准备拍摄一部反映警民关系的纪录片。男孩的出现，让一心要拍出一部好片了的电视台导演眼前一亮，当场拍板：就拍送这个孩子回家的过程，片名叫《情满回家路》。

为拍好这部片子，地方领导亲自批示，一定要快速、安全地把男孩送回亲人身边。经研究，送孩子回家的任务，落到了女警官叶子娇肩上。

叶子娇自己有个五岁的女儿，接到任务后，她把男孩接回家，为他理发、洗澡、换衣服，让他和自己女儿一起吃睡玩耍。在专业摄像机镜头前，两个语言不通的孩子很快结成了好朋友，留下了许多逗趣、天真的画面。

怎样才能找到男孩的家？叶子娇决定从他的口音入手，寻找突破口。她认识一个女大学生，是学方言专业的，这天，她带着男孩，后面跟着摄制组，去师范大学向人请教。

说来也巧，男孩说的话，女大学生一听就懂了。她是贵州人，而男孩说的恰巧是她的家乡话。

两人交流了好一会儿，女大学生告诉大家，男孩今年六岁，叫余朋朋，家住"岩坡寨"，妈妈早死了，他是和爸爸来这个地方玩耍时走散的。他爸爸叫余维基，家里就他跟爸爸两个人。

这些重要的情况令叶子娇兴奋不已，向上级请示之后，她立即和余朋朋家乡的公安机关取得了联系，请他们根据线索协同查找，尽快让余朋朋回家。

几天后，消息来了，岩坡寨找到了，但余维基自从上次带儿子外出后，就不知去向，联系不上。地方领导很关心这件事，特地找来叶子娇，问道："那个岩坡寨，属于哪里管辖的？"

叶子娇说了地名，领导笑了，说"巧了，那地方的一把手，去年和我一块儿去中央党校学习，我俩还是室友呢！"说完，他当即操起电话，联系上了对方，寒暄几句后，他说："喂，老伙计，有件事想麻烦你大领导过问一下……"

十有八九是这个电话使上了劲儿，三天后，叶子娇就得到通知：余维基已经回到了岩坡寨，一切已安排妥当。上头命她及一名男警员，乘当晚火车，护送余朋朋回家，女大学生当翻译，摄制组随行拍摄。

火车行驶了一天两夜，于第三日清晨，抵达了中国西南部一座山间小城。岩坡寨所属的县政府派车在火车站接上他们，先去县招待所洗漱、吃饭、休整，然后送他们去岩坡寨。

车子跑了近三个小时，拐进了盘山公路旁的一个小山寨。余朋朋家位于寨中央，相当气派，高墙大院，石头大瓦房，屋里家用电器一应俱全。那个余维基，又老又黑又瘦，脸上皱纹密布，穿着身别别扭扭的旧式西装，还扎了条碎花领带，显得不伦不类。见儿子完好无损地回来，余维基抱着儿子哭得呼天抢地，伤心了好一会儿，接着又和叶子娇等一行人挨个握手鞠躬，谢声连连。余朋朋也掉了不少泪，然后他指着家里的彩电、电脑什么的，激动地嚷嚷起来。叶子娇问女大学生他说什么，对方

告诉她，余朋朋说他太想看电视和玩电脑了。

因为要在天黑前赶回县里住宿，叶子娇只得和余朋朋告别。

养了这么些天，像亲妈一样照顾他吃喝拉撒睡，叶子娇和这孩子真混出感情了。她抱着孩子哭了，临走前，又把1000块钱塞进了余朋朋兜里。

车子开出老远，余朋朋和他爸，还有一群乡亲，仍然在公路边向他们招手。导演在车上看了拍摄的画面，极为满意，他对叶子娇说，最迟本月内，《情满回家路》一定可以在省电视台播放，年内还要送中央电视台参加优秀纪录片展播和评奖。

再说岩坡寨，曲终人散后，余维基领着儿子回到了他们真正的家——寨南头两间东倒西歪的破石头房。刚才那座阔气的宅院是村长家，昨天镇领导来过，对村长说，明天人家送孩子来的时候，有电视台跟着拍摄，余维基家太寒酸了，让村长把自己家借给他冒充一下，再给余维基弄套好衣服包装包装。余朋朋知道这不是自己家，刚才一个劲儿问爸爸是怎么回事，叶子娇让女大学生翻译，被她机灵地搪塞了过去。

晚上，余维基带儿子去寨里的小饭馆，大吃了一顿红烧肉，他自己喝了足有一斤白酒。

几天后的一个上午，日上三竿，余维基起来了，他叫醒余朋朋，把门一锁，领着儿子上了公路，拦了辆去市里的长途车。下午，在市火车站，他买了两张南下的火车票。

不久，火车来了，上面挺空，没多少人。余维基带着儿子找到座位，坐好，从兜里掏出一瓶烧酒，拧开盖，美美地呷了一口……

原来，余维基是个酒鬼，老婆死后更是无酒不欢。他挣的那点儿钱，买酒喝都不够，哪还养得起儿子？上回他把儿子扔在北方一座城市，谁知被人送回来了，这回他打算把儿子扔到南方去，扔到更远更远的地方去，让他们想找也找不回来，而且，他自己这一去也不打算再回来了，活着喝到死算了，哪里的黄土不埋人？

想到这里，他得意地笑了笑，举起酒瓶又喝了一大口。

这时，有人在讨论报上的新闻，引起了他的注意，那人说："你说世上哪有这样的父母？自己生孩子自己卖，把这当成营生在做了。"

余维基歪头看了看自己的儿子，心中忽然一动，他暗暗骂自己：余维基啊余维基，你傻啊，这哪是儿子，这是钱啊！于是，一个新的念头在他脑子里萌生了……

余朋朋坐在余维基边上，却什么也不知道，他只是紧紧握着爸爸的手……

（题图、插图：张恩卫）

巡抚
看风水

□ 马凌杰

明朝嘉靖年间,江西宜春大旱,赤地千里,颗粒无收。这宜春可是当朝首辅严嵩的老家,一时朝野震动,皇帝就命一位姓方的巡抚前去视察灾情。

方巡抚带着一班随从,来到宜春,在城外六七里的东湖下了轿,宜春知府早备好了船只在东湖迎接。坐在船上,方巡抚放眼望去,只见湖光山色,浑然一体,不禁心旷神怡。他突然想到:"如今大旱之年,东湖却依旧碧波荡漾,清爽宜人,这必是一处风水宝地!"再一细看,他登时喜形于色,只见湖东边有座独立的小山,生得圆圆滚滚,还挂着两只"耳朵",活像一只大肥猪;而对面西边遥遥并排着三座小山,那张牙舞爪、气

势汹汹的样子,却像是三只小老虎!方巡抚颇信风水之说,也很有"研究",一看便知其中"妙处",正如风水书上所说的:"三虎赶一猪,有人救得猪,三年之内做尚书!"

不过,如何才能"救猪"呢?一行人马已经进入了知府衙门,方巡抚还在苦苦思索。等他坐定,知府开始禀告灾情,他又哪里听得进去?他想啊想,终于,他一拍桌子,大声叫道:"有了!"

方巡抚是这样想的:若在"猪"的屁股后面修一座三拱石桥,三只"老虎"不就给挡住了吗?早晨太阳一出来,三个桥拱倒映在水中,恰似三把大弓对准老虎,行人在桥上穿梭来往,不正像对准老虎射出的一支支

· 烟雨长海 朝花夕拾 ·

箭吗？哈哈，这可真是太妙了！

他盘算已定，马上写了份奏章给皇帝，说宜春遭灾，全因东湖孽龙作怪，老百姓要求在湖上修造一座三拱石桥以镇妖龙。皇帝信以为真，就拨下一大笔钱，命他监造石桥。

方巡抚领了圣旨，当即征集民夫三千，摊派钱粮无数，还任命他的小舅子为修桥总管。旱情本已是天灾，再加上这场人祸，可怜老百姓被搜刮得钱尽粮空，一时怨声载道，人人叫苦连天。

一年之后，大桥终于完工。桥落成那天，方巡抚站在桥头，志得意满，但见一轮红日东升，桥上人来人往，湖面倒映着三张"巨弓"，搭着无数支"箭"，正"嗖嗖"地射向西边的三只"老虎"！

方巡抚乐得哈哈大笑，正待下令回老家迁祖坟，突然眉头又皱起来，他发现了一个新问题：随着日头偏移，正午过后，太阳转到了西边，弓箭马上换了一个方向，不再射虎，而是掉头射向了本来要救的猪，这岂不是要了老命！

这可如何是好？方巡抚正抓耳挠腮，这时在京城的严嵩派人传来了密令，召他马上回京。

方巡抚不敢怠慢，即刻动身回京。说起来，这方巡抚还是严嵩的门生，因为能说会道，办事机灵，很得严嵩赏识。此番宜春之行正是严嵩向皇帝保荐他去的，本以为他会不负众望，干点长脸的事，没想到等来的却是一道道奏章和状子，全是宜春知府和老百姓告他贪赃枉法、徇私舞弊的，件件铁证如山，要是给皇帝知道，那是罪不容赦！

严嵩一见到方巡抚，便喝道"幸亏这些东西都被我扣下了，要是到了皇上手里，你说，你有几颗脑袋够砍？"他声色俱厉，将一摞奏折和状纸"啪"地摔在桌上，怒气冲冲地直盯着方巡抚。

方巡抚吓得一身冷汗，"扑通"一声跪下了，结结巴巴地说"阁老，不，不是的……"惊惶间他突然急中生智，眼珠一转，计上心来，装腔作势地晃着脑袋，神神秘秘地说，"阁老有所不知，学生此举，实是为阁老您着想呀……"

严嵩蓦地一愣："什么，为我着想？"

"是啊！"方巡抚自知大祸临头，一条小命全攥在严嵩手上，凭着有点小聪明，这个时候也只好硬着头皮瞎掰了，"阁老，去年学生赴宜春途中，夜里偶做一梦，梦中神人有言，说天道轮回，社稷交替，如今帝星现于赣西，此间必出一位真命天子！学生醒后惊诧不已，待到了宜春之后，不想还真就在那儿发现了一处异象……"

接着，方巡抚便搬出了宜春东湖中那"三虎一猪"的事说给严嵩听：

故事会2011年11月上半月刊·红版 **49**

·传闻逸事·

"阁老，这可是千载难逢的绝佳龙脉，正所谓——三虎赶一猪，有人救得猪，日后必定……登九五！"他胡诌乱编，说得煞有介事。

"大胆！你竟敢出此大逆不道之言！"严嵩脸一沉，作势喝道。

方巡抚早吃透了严嵩老贼的心思，嘿嘿一笑，眨巴着一双小眼，自顾自说了下去："阁老息怒，龙脉出现，正应梦中神人所示，莫非这宜春

真的要出九五之尊？学生深感阁老厚德，这才苦心谋划，借口造桥，实是在为您想办法救猪呀！"

方巡抚这番话意味深长，严嵩如何领会不到？他先是半信半疑，低头沉吟，接着越想越兴奋，一挥手，说道："走，咱们这就去瞧瞧！"

到了宜春一看，一切果然如方巡抚所说，严嵩老贼这个高兴哟，跟方巡抚一合计，马上下令：拱桥只有早上能够通行，一过午后，即刻封桥，不管是谁，一律不准过桥！

紧接着，严嵩又火速将祖坟迁来东湖，然后就得意洋洋地开始做他的皇帝大梦。这一下，方巡抚自然功不可没，没多久，严嵩就升他做了工部尚书，嘿嘿，"三年之内做尚书"，风水书上说的还真准！

严嵩本以为，有了龙脉庇佑，自会一步登天，可没想到，接下来的事情非但没能称严嵩心意，严府反倒越来越衰败。不到半年，严嵩唯一的孙子严绍庭就不幸夭折，年仅十四岁，三个月后，严嵩的儿子，时任吏部尚书的严世蕃获罪入狱。跟着就轮到严嵩自己，丢了官，抄了家，成了乞丐，两年后就一命呜呼。

严嵩倒台后，其心腹同党一个个都被揪了出来，方巡抚也赫然在列。金殿之上，嘉靖皇帝正想治他罪时，方巡抚却大呼冤枉，一把鼻涕一把泪地说："圣上明鉴，臣与严贼根本不是

一路人，不仅如此，臣还以一己之力粉碎了这老贼篡位窃国的阴谋！"

"哦？篡位窃国？"嘉靖皇帝大奇，"此话怎讲？"

方巡抚作势抹了把眼泪，装出无辜可怜的样子，说："圣上还记得此前宜春大旱时修造的石桥吗？其实这全是严嵩老贼的阴谋，臣也是受他所逼！"这一下，他将罪过全推到了严嵩头上，反正严嵩已死，死无对证。当年他对严嵩胡扯的那番"三虎一猪"的风水之说，在皇帝面前竟又派上了用场，他说："'三虎一猪'之事，拱桥就是明证，这老贼处心积虑，就是想救猪，要当皇帝，篡位窃国！"

方巡抚唾沫横飞地说了半天，嘉靖皇帝总算听明白了，他饶有兴趣地问道："你既已帮这老贼造桥，无论被逼与否，也都算是他的帮凶了，又怎说是你粉碎了这老贼的阴谋呢？"

"嘿嘿，这老贼迷信风水，却只知其一，不知其二呀！"可别说，这方巡抚还真有点小聪明，当下牵强附会，娓娓道来，"臣表面上假意帮严嵩老贼救猪，实则另有深意，这'猪'同'朱'，救'猪'也就是救'朱'，臣不只要保咱大明朝朱家江山永固，更能借此箭射三'虎'，射死严家老少那三只可恶的老虎！"

"哦？严家三只老虎？"嘉靖皇帝一愣，"此话又是怎讲？"

"圣上有所不知，这严嵩老贼属虎，他儿子严世蕃属虎，孙子严绍庭也属虎，可不就是严家三虎？"方巡抚得意洋洋地说，"臣造这石桥，箭射三'虎'，就是要射死他们，其后严家迅速衰亡，一是天意，二则是臣的谋划呀！"

"哎呀，老贼三代皆属虎，是有这么回事！方爱卿你苦心孤诣，射虎救猪，原来是大大的忠臣！"嘉靖皇帝连声赞叹，龙颜大悦，"来呀，即刻传旨，升方爱卿为正一品，拜文渊阁大学士！"

方巡抚因祸得福，连升三级，正春风得意呢，不想两个月后，万里之外的宜春石桥突然垮塌了！而这一切，都是他小舅子当初偷工减料，中饱私囊惹的祸，用今天的话说，那就是"豆腐渣"工程！

一座普通的石桥垮塌，本来不算是什么事，可方巡抚——不，方大学士自己曾经对皇帝瞎吹什么"射虎救猪"，让皇帝信以为真，时时放在心上。这下，纸里再也包不住火，嘉靖皇帝得知后大怒，方巡抚和他小舅子双双锒铛入狱，后来被抄家砍了头。

至此，方巡抚救猪这出荒唐可笑的闹剧才得以收场。值得一提的是，多年以后，李自成杀入了北京城，大明朝朱家的这只"猪"终究还是被人宰了！

（题图、插图：黄全昌）

有人说，每一个成功的年轻人，背后都有一个成功的爹；难道，有好爹，就真的有了一切？

送你一个好爹

□秦　朗

给你一个想要的爹

有人说，当今社会，已经进入了一个"拼爹"时代。就说有个叫王百强的年轻人，论才干，论勤奋，他都不赖，但就是运气太差，辛辛苦苦干了多年，仍是小职员一个。

这天王百强加完班，在路边买了酒，边走边喝，借酒浇愁。这时，他脚下突然踩到什么东西，捡起一看，是一个裹得严严实实的包袱。拆开，一尊手掌大的白玉人偶赫然入目，玉人雕的是一个中年男子，做工精美，脸上胡须根根可数，玉身中像血脉似的东西若隐若现，在玉人的左胸，有一小片红晕，好像心脏一样。王百强见四处无人，便将玉人揣进怀里。

进了家门，王百强打开包袱，细细察看，只见包袱上还密密麻麻写着字，记着这样一个故事：

明朝时，有一位玉雕名匠，四十岁上才有儿子，自然是宠爱有加。一次，皇上下旨，要玉匠在一块巨大的玉石上雕一尊皇帝玉像，儿子知道后，哭闹着要玉匠从玉石上切下一小块玉来，给自己雕个小玉人。玉匠明知这么做是死罪，可终究拗不过儿子，只得答应。后来，儿子拿着玉人与别人斗富，无意间泄露了玉匠偷玉的事，弄得全家问斩。

打那以后，玉人便不知所踪，但民间却有传言，说玉匠魂魄不散，附在玉人之上，据说，只要把鲜血滴在玉人之上，叫一声爹，就能让人心想事成……

这是真是假，王百强不知道，不过试一试，也不损失什么。于是，他沐浴更衣，请出玉人，焚香祷告，又割破手指，将自己的血滴在玉人心脏部位，然后跪下，恭恭敬敬地磕了三个响头，叫道："爹！"语音未落，只听那玉人开口说话了："儿啊，你把我叫醒，可是有什么心愿？"

王百强惊诧万分，赶紧把玉人捧在手里，此时的玉人，居然像活人一样有了体温。王百强告诉玉人自己想立刻飞黄腾达，玉人笑道："你叫了我爹，以后便是我儿子。放心吧，我一定满足你的心愿。"

第二天一早，玉人让王百强不要去上班，而是去一个很热闹的街市。来到一个喧闹的路口，不知从哪儿钻出一个脏兮兮的小乞丐，一下就抱住了他的腿。王百强正想甩脱小乞丐，玉人忽然连声命令："抱上他，快走！"王百强来不及多想，一把抱起小乞丐，拔腿就跑……回到家，王百强再细看，只见小乞丐浑身是伤，哭个不停。

这到底唱的哪一出呢？就在王百强百思不得其解时，玉人让王百强打开电视，电视上正在播放一则寻儿启事，丢孩子的是个漂亮的少妇，她一把鼻涕一把泪地承诺，如果谁能把儿子还给她，立付酬金200万元。小乞丐看见少妇，一下子扑到了电视上，哭着要妈妈。王百强这才明白，原来小乞丐竟是被拐走的有钱人家少爷！

王百强按电视上提供的电话号码打了过去。半小时后，一辆豪华轿车停在王百强楼下，从车上走下来的，正是电视上那个漂亮的少妇，小乞丐一见少妇便扑了过去，少妇抱住孩子，就要向王百强道谢。见到王百强的一刹那，少妇竟然又惊又喜，她红着脸对王百强说，最近，她总是梦见一个男人，她一见王百强，发现他和梦中人竟然一模一样！少妇问王百强"我想问问你，愿不愿意娶一个有了孩子的女人？"说完，她嫣然一笑。

王百强一见到这少妇，早就心猿意马了，而她居然主动向自己求婚！更让王百强没想到的是，少妇的父亲竟是天霸集团的老板。王百强听了，不由得倒吸一口冷气，天霸集团，那可是豪门中的豪门啊！

飞来的好运气

就这样，王百强成了天霸集团的总经理，还别说，这玉人可真不是一般的灵验呀！不过，在帮王百强实现心愿之后，玉人又进入了休眠状态。

王百强知道自己初来乍到就身居

高位，要想站稳脚跟，就必须干出点成绩来。最近，他看中市中心一块地皮，想买下来，可这种黄金地段，眼馋的人多了去了，而且个个实力雄厚。这件事，让王百强吃睡不香，于是，他再一次割指滴血，唤醒了玉人。

玉人一听这事，立马让王百强前往市郊的一条小路。说来也怪，已经是凌晨了，昏黄的路灯下，有个人正走着。玉人让王百强停下等着，这时，从那边歪歪扭扭地开过来一辆车，不偏不倚正撞上了那个行人。王百强被吓得心惊肉跳，正准备去看看被撞的

人怎么样，玉人吩咐道："快，告诉那辆车的司机，被撞的是一个老头，人没死，只是受了伤，让司机赶紧打电话报警。另外，你告诉司机，你可以出庭作证，说那老头因为活不下去了，想自杀，所以看见车来了便故意冲出去。"

王百强照着玉人的话做了，车里那个被吓得七荤八素的家伙一听王百强的话，顿时便壮了胆，打了个电话，叫来一个人。你猜那来的是谁？是当地的副市长啊！副市长拉着王百强的手连声道谢，王百强这才知道，原来车里那个家伙竟是副市长的独生子，酒后驾车，才撞了人……

经此一遭，王百强不仅通过副市长轻松拿下那块地皮，还成了副市长家的座上宾。打那以后，王百强便如鱼得水，左右逢源，前途一片光明。

这时，王百强想起了老家的爹。他娘走得早，自己好容易走到这一步，怎么着也得让爹享享儿子的福吧！他打电话回去，爹却说，他在家挺好，就不来城里了，爹还像过去一样，叮嘱王百强要好好做人，不能丢了良心。

儿丢良心爹来还

神奇的玉人让王百强的胆子越来越大，几个月里，他连续在市中心的那块地皮上盖了好几处高档楼盘，在集团内部也着实扬眉吐气了一把。现

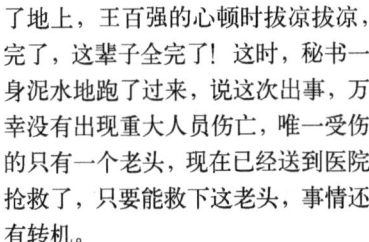

在只要把最后一片楼盘做完，这一系列生意便算是完美地画上句号了。

这片楼盘是一排临水高楼，环境好，而且在副市长的庇护下，同样深的地基，他的楼盘却比临近的楼盘高出好几层，质检方对此也是睁一只眼，闭一只眼。

谁承想，大冬天，居然下起了雷雨，一连几天都不停，王百强想起，爹常说，"雷打冬，十个牛栏九个空"，冬天下雷雨可不是好事啊！果然，王百强的手机响了，接起手机，那边传来秘书惊慌失措的声音："工地上传来了消息，说有几幢楼，楼前地面塌方了……"王百强顿时懵了，他赶紧又唤醒了玉人，这一次，玉人迟疑良久，才说道："知道了，我尽力吧……"

王百强坐立不安地等了一晚上，第二天一早秘书就欣喜地告诉他："说来也怪，本来出现的塌方不知怎么又都不见了，肯定是工地的监理看花了眼。"王百强提在喉咙眼的心终于又放回了肚里，不用问，这肯定是玉人的功劳。

谁知，怪事还没有结束，大雨发狠似的一连下了好几天，玉人的魂魄也一直没有回来。这天，秘书打来了电话，声音里竟带着哭腔："王总，昨晚工地上有一幢楼连根倒了！今天早上警察从楼旁挖出了一个人，已经送往医院了！"王百强的脑子一片空白，抓起玉人就往外跑。到了现场，王百强简直不敢相信自己的眼睛，整幢楼完完整整地横在了地上，王百强的心顿时拔凉拔凉，完了，这辈子全完了！这时，秘书一身泥水地跑了过来，说这次出事，万幸没有出现重大人员伤亡，唯一受伤的只有一个老头，现在已经送到医院抢救了，只要能救下这老头，事情还有转机。

来到医院，王百强彻底傻了：躺在病床上、奄奄一息的，竟然是自己的亲爹！

王百强手忙脚乱从怀里找出了玉人，咬破手指，把血滴到玉人上，又趴在地上，"砰砰砰"地磕头，磕一下便大叫一声爹，磕得满头是血，他要用玉人来救自己的亲爹！老半天，玉人才幽幽醒转，叹一口气，说道："其实，我便是那个玉匠的魂魄，当年我因为溺爱儿子，反倒害了他，所以才一直希望再有一个儿子能弥补心头缺憾，可我忘了，人心不足蛇吞象，不见棺材不落泪啊！你可知道，楼盘塌方的土是我让你亲爹替你填好的，可是，你这楼盖得太昧良心了，连亲爹都救不了你呀！如今，你亲爹将去，无人能再为你承担后果，我也无法再为你施法力了。记住，人丢了良心，就是有再好的爹，也没用！"说完，玉人就成了一尊普通的玉人，再也唤不醒了……

（题图、插图：谢 颖）

谁要我戒烟

□ 王　锐

小兵是个小学生，学习成绩不太好，这次，他数学考试只考了55分。放学后，他不敢回家，坐在校门口花坛边，就在这时，身后有人喊道："喂！"

小兵吓了一大跳，扭头一看，身后不知什么时候站了个女孩，比自己大几岁，她说："没考好，不敢回家吧？"小兵瞪了她一眼，脱口而出："我又不认识你，关你屁事！"

女孩拍了拍小兵的肩，说："别急嘛，这次没考好不要紧，姐姐给你补课，下次你一定能考个好成绩。"

"什么？你给我补课？"小兵瞪大眼睛，瞪着女孩。女孩点点头，笑了笑，让小兵把数学考卷拿出来，就给他讲起了题……

讲完考卷，女孩对小兵说"明天放学，姐姐再给你补，好吗？"小兵

忍不住问道："姐姐，你干吗无缘无故给我补课啊，要不要收钱？"女孩笑了笑，摇摇头，就走了。

回到家，小兵就神采飞扬地给爸爸大兵说起今天的奇遇。大兵听后睁大眼睛："有这样的好事儿？"

小兵说："千真万确，那姐姐补课补得好极了，爸，我下次一定能考好。"

大兵也纳闷了，这陌生女孩干吗无缘无故给儿子补课呢？

第二天放学后，女孩老早就在学校门口等着小兵。给小兵补完课，她突然问了个很奇怪的问题："你告诉我，你爸是不是很喜欢抽烟？"

小兵眨巴着两只眼睛，点了点头。

"那你怎么不叫他把烟戒了？"

小兵摇摇头说"我叫他戒烟，成吗？我妈叫他戒都不管用！"

女孩拍了拍他的肩："要不你再回去试试，说不定你爸爸听你的呢？抽烟对身体可不好啊！"

小兵回到家，闻到大兵身上那股烟味，突然脸一沉："爸，你这身烟味难闻死了，你干吗不把烟戒了？"

大兵看着儿子那煞有介事的样儿，哭笑不得。原来，大兵在一家玻璃厂当班组长。这个工作要上夜班，又是在高温下运转的机器和火炉旁工作，极具危险性，盹都是不能打的，没有烟，拿什么来扛瞌睡？

大兵想了想，突然灵机一动，说"这样吧！我们来谈个条件，只要你下次数学能考上90分，我就把烟彻底戒掉，好吗？"

小兵想了想，说："行！"

第二天，女孩照例给小兵补课，补完课又问："你让你爸戒烟了吗？"小兵就把和父亲谈条件的事说了一遍。女孩听完就笑着说："你可别忘了提醒你爸，要他说话算话，千万不能耍赖啊！"小兵纳闷不已，这位连姓名都不愿透露的姐姐，

干吗对爸爸的健康那么关心呢？

考试的日子又到了，小兵数学居然考了个93分。当他得意洋洋地把试卷递到大兵面前时，大兵看着那个分数，真是又喜又忧。小兵在一旁提醒道"爸，我们说好的，你该戒烟啦！"

迫于对儿子的承诺，大兵以后在家还真的不抽烟了。

谁知，没过几天，女孩突然找到小兵，气呼呼地问道"你不是说你爸戒烟了吗？你骗人！"小兵瞪大眼睛，说："他是戒了啊，我没骗你！"女孩气呼呼地说："不信，你自己去问他。"女孩说完，转身就走。小兵边追边喊："姐姐，今天不补课啦？"女孩红着眼睛对小兵说："你爸爸不戒烟，我以后不给你补课了。"看着女孩远去的身影，小兵心里失落极了。

一回家，小兵就冲大兵喊道"爸

爸，请看着我的眼睛！"大兵斜躺在椅子上，懒洋洋地应道："干吗呀？"

小兵单刀直入地问道："你真戒烟了？"大兵愣了一下。就这么一愣，小兵已经看出爸爸在骗人了，他"哇"的一声哭开了，边哭边喊："你骗人，你说话不算话，你不戒烟，姐姐都不给我补课了，她以后都不理我了，呜……"大兵一听急了，说："怎么会这样？我戒不戒烟跟她有什么关系，你这姐姐什么来头啊？"

见小兵一脸委屈，大兵擦干儿子的眼泪，说："儿子，你听着，明天去跟那个姐姐说，爸爸真的不抽烟了，还让她给你补课。"

话是这么说，可这烟真戒起来，谈何容易？厂里要扩大生产，招不到熟手，就招了两个学徒工，更要命的是这两个徒弟也都是烟鬼。看见大家吞云吐雾，神仙似的快活劲儿，大兵心里直发慌，只好又把烟点上啦！

谁知，大兵只要一抽烟，女孩就不给小兵补课了！

这天，大兵回到家，小兵突然问道："爸，你是不是有个徒弟姓谢？"

大兵问："有啊，怎么啦？"

小兵说："现在我才知道，那个姐姐为什么让你戒烟了。"他拿出一本书，大兵一看，是本《小学生作文选》。小兵打开书，对大兵说："爸，你看看这篇作文。"

这篇作文题目叫《戒烟》，是一位叫谢敏敏的作者写的。作文是这么写的——

"我妈常年卧病在床，我哥技校毕业后，去一家玻璃厂当学徒工。家里日子那么艰难，可有一天我给哥洗衣服，竟然发现哥的衣兜里装着一包高档香烟。我很气愤，家里那么困难，可他倒好，竟抽这么好的烟！于是，我和他吵了起来。在争吵中，哥流了泪，他说'你以为我买这么好的烟是自己抽？我没办法啊，我的师傅爱抽烟，我要想学到技术，就必须巴结师傅，而最好的方法就是给他敬好烟。哥也是迫不得已啊！'我也流了泪。事后，我一直在想，有什么办法可以让哥的师傅戒烟呢？恰巧，一次我给哥送饭，无意中碰见他师傅的儿子也来送饭，我这才知道自己和他儿子在同一个学校读书，于是我就有了主意……"

大兵看完作文，脸上像被狠狠扇了一耳光，是的，自己抽烟很厉害，却很少买烟，都靠几个徒弟孝敬，他自己也一直觉得，这是天经地义的。

大兵从身上掏出一包云烟，这正是昨天那个姓谢的徒弟塞给他的。他把烟交给小兵，说："以后，我再也不抽烟了。"接着，他从身上掏出200块钱递给小兵，说："去给你那位姐姐吧，就说是你给她的补课费。"

（题图、插图：杨宏富）

粉丝打哪来

□浪淘沙

李浩然从传媒大学毕业，回到家乡小城，在电台里做主播，负责一档叫"零点故事"的深夜节目。这档节目收听率低得可怜，没收听率就没广告收入，台领导说，要是再这么下去，节目就要被"枪毙"了。

这天凌晨1点左右，李浩然做完节目，刚准备离开单位，他的手机响了起来，接起电话，对方是个女的："喂，你好，是主持人李浩然吗？我是你的粉丝，想请你帮个忙。"

李浩然问对方有什么事，对方说："我想请你为我单独讲个故事，就是前天晚上讲的那个《恐怖湖情殇》，你看现在行吗？"

现在太晚了，李浩然有些不太情愿。这时对方又说："我喜欢那个故事，所以想请你当面再讲一遍给我听，如果你不介意的话，1点半我们在电台旁边的咖啡馆见，我给你500块钱报酬，最多占用你40分钟，行吗？"

这种好事，李浩然还是第一次遇到，虽然有些蹊跷，可报酬倒也不低，李浩然就答应了。

李浩然来到咖啡馆，里面几乎没有客人了。他坐着等了一会儿，那个女人进来了，样子很优雅，穿一件大红羽绒服，留着披肩发，眉心靠左的地方有一颗很明显的痣，一缕头发完全遮住了右侧面颊，见到李浩然，就冲他微微一笑。这女人脸颊异常苍白,浑身罩着一层阴森森的寒气。

两人寒暄之后,李浩然开始讲述那个《恐怖湖情殇》的故事——

有一对相恋的男女,男的是个大学老师,有家室,女的是他的学生,两人常常在学校附近的水库边幽会。有一天,两人又约好在老地方见面,男的一直没来,女的就一直在湖边等,后来起了台风,女的不小心滑入湖中死了,而男的在赶往湖边的路上出了车祸,成了植物人。女的死后阴魂不散,一直在等男的,夜深人静的时候就常常在湖边游荡,后来人们就把那个水库称为"恐怖湖"……

女人听得十分动情,还掉了眼泪。听完故事,她从钱包中掏出500块钱递给了李浩然,说道:"非常谢谢你,如果可以,明天晚上你还能来为我讲故事吗?时间、地点、报酬都不变,好吗?"李浩然看了看那500块钱,说:"可以,只要你有兴趣,我可以随时为你讲故事。"

就这样,每天同一时间、同一地点,李浩然都给那女人讲同一个故事——《恐怖湖情殇》。

女粉丝不寻常

周末,李浩然和几个朋友聚会,席间,一个做警察的同学说起一个案子,引起了他的兴趣。案子是这样的:有个女的和一个男的好上了,后来才知道,那男的是个公司老总,身边有好几个女朋友。那女的要和男的一起离开这座城市,男的当然不愿意,可女的还是一厢情愿地认为男的会跟她走,等了很久,也没把他等来,女的就从"世纪国贸"商场顶楼跳楼自杀了。当时,这事还上了晚报……

一回家,李浩然就找出了一周前的那份晚报,看到了那则新闻,文章里还附着照片。李浩然看了照片,嘴半天都没合上,冷汗出了一身:照片上跳楼自杀的那个女的也穿一件大红羽绒服,披肩发,落在地面的时候是右边脸颊着地——李浩然记得那个听故事的女人总是用头发遮着右脸!

死者叫谭艳芬,31岁,未婚,家住本市凤凰街78号,于12月26日凌晨1点多从世纪国贸顶楼坠地身亡。

12月26日?那女子是12月30日打来的电话,两个日子离得那么近,难道……

李浩然从来不信怪力乱神,于是找那个警察同学,查到了谭艳芬的详细资料,当他看到谭艳芬的照片时,倒吸了一口冷气:她眉心靠左的地方,有一颗很明显的痣!

李浩然看着那张照片愣了半天,在证据面前,他不得不信。

斗胆深入调查

第二天凌晨,李浩然讲完故事,那个女人刚想离开,李浩然就冲着她的背影喊了一句："谭艳芬，你好！"女子回过头来冲他一笑："你怎么知道我的名字？"

真是她！李浩然的寒毛一下子竖了起来，他赶紧找话搪塞了过去。

第二天，惊魂未定的李浩然为了缓解心理压力，开始把这件事告诉他认识的每一个人，还在微博上发了帖子。他的一个同事半信半疑地通知了当地电视台的一个记者朋友，记者立刻采访了李浩然。一谈之下，记者发觉李浩然描述的一切细节都无比真实，不像说谎。既然如此，这个事件就有了卖点。于是，记者给了李浩然一个专门用来偷拍的微型摄像机，让他把跟那女人接触的过程拍下来。

这天凌晨，李浩然讲完故事，女人像往常一样放下500块钱，就走了。女人走后，李浩然也紧紧跟在后面，只见她七拐八绕地走了一段路，最后走进一个商场模样的地方，一晃就不见。李浩然走过去，看了看大门上方的招牌，写的是：世纪国贸。

这就是那个谭艳芬自杀的地方！

女粉丝见光

第二天晚上，当地电视台就播出了李浩然偷拍的那段录像，为了渲染节目的效果，还故意为女鬼的身份留下了一个大大的悬念。

一夜之间，电台节目主持人凌晨遭遇女鬼的故事就传遍了整个小城，

李浩然也忽然间成了人们议论的对象，他主持的"零点故事"栏目人气也迅速飙升，许多听众都打电话过来强烈要求电台再播放一遍那个《恐怖湖情殇》。居高不下的收听率大大刺激了广告收入，当地的几个大公司纷纷要求在李浩然主持的节目中插播广告，先前人气低迷的午夜档转眼间成了黄金档……

这一切，让李浩然从内心深处对那个女鬼充满了感激，他一直想当面致谢。可是，自从电视台播放了那段录像之后，那个谭艳芬就再没有给他打过电话，就像从人间蒸发了一样。对此，李浩然从心底感到欣慰——毕竟，她本来就属于另一个世界。

月底例会上，台长着重表扬了李浩然的工作成绩，同时宣布李浩然所在的部门将有一位女领导走马上任。女领导也讲了话，她强调，工作要有创新意识、营销意识，甚至还要有妙作意识……

有意思的是，女领导刚上任，就向台长提出了休假申请，休假的原因里有这样几条：一、扮鬼太辛苦，导致睡眠严重不足；二、因为粉底抹得太厚，造成严重皮肤过敏；三、入戏太深，差点以为自己真的就是谭艳芬。

弄了半天，"女鬼听故事"竟然是一次成功的营销策划！

（题图：谢 颖）

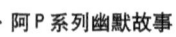

阿P做保姆

□ 岩朵朵

阿P和小兰谈恋爱时，想让她嫁给自己，可小兰一直没答应。阿P急得上蹿下跳，不知该怎么做才能抱得美人归，还好，这一次，机会来了……

小兰的表姐是个单身妈妈，过几天她要公派出国，正赶上儿子乐乐的幼儿园整修，放假半个月。这几天她一直在给乐乐找保姆，可找了好几个，都被乐乐赶跑了。这不，她拜托小兰赶紧找一个合适的保姆。

见小兰着急的样子，阿P只觉得一股豪气直冲脑门，需要用我阿P的时候到了！他拍拍胸口，夸下了海口："保姆？这不就有现成的吗？"他想，只要这次能搞定乐乐，跟小兰的关系肯定会进一大步。

小兰开始不同意，可阿P一直跟在小兰屁股后面展示他的优点：说自

己人见人爱、花见花开，小孩都喜欢他，而且做饭、洗衣、打扫卫生，样样拿手……小兰正被他烦得要命呢，表姐又来电话催问保姆的事，小兰心一横，就把阿P带去了。

表姐见到阿P，顿时很失望，她把小兰拉到一边，说："你怎么给我找了个男保姆？把乐乐交给他放心吗？"小兰说："姐，他人倒不坏，只要乐乐接受他，其他的应该没问题。"

表姐跟小兰说话时，阿P发现有一个房间门开着，一个小男孩在里面打游戏，不用说，是乐乐。他悄悄走进去，跟乐乐一起玩起来。阿P脑子灵活，小点子不少，不一会儿，就跟乐乐配合得天衣无缝，两人一起闯过了好几关。

阿P边玩边小声对乐乐说："小

子，只要你跟妈妈说要我做你的保姆，我天天陪你玩游戏，决不逼你练琴、画画、吃饭！"

乐乐一听，歪头想了想，放下手中的游戏，"啪啪"地跑出房间，对妈妈说："妈妈，你出国吧，我就要这个叔叔陪我！"

没办法，表姐只好同意阿P做乐乐的保姆，她走的时候千叮咛万嘱咐，乐乐不爱吃饭，一定要想办法让他吃，还有，必须每天打一个电话报平安。

就这样，保姆阿P正式上岗了！

第一天，阿P先是陪着乐乐玩了一上午游戏。中午，他使出浑身解数，做了一顿荤素搭配的午餐，没想到乐乐看都不看，拆开一包薯片吃了起来。没办法，阿P只好自己把菜全吃了。

晚饭乐乐还是只吃薯片，看样子，阿P必须出招了。

第二天，阿P把零食全藏了起来，没想到乐乐找不到零食，号啕大哭，扬言要给小兰阿姨打电话，说阿P欺负他。

这招够狠，阿P只好乖乖交出零食。他脑子一转，又有了一招：对了，带乐乐出去运动一下，饿了，自然就吃饭了。阿P拉起乐乐说："你不是最喜欢吃薯片吗？走，今天叔叔带你去找薯片娃娃。"

阿P带着乐乐坐长途车去了郊区，在一大片菜地前，阿P说："薯片娃娃就藏在下面！"

乐乐摇头，不相信。阿P说"来，不相信咱们一起挖，把它们挖出来！"

这可真是新鲜事，乐乐来了兴趣，以手代铲，跟阿P一起挖起来，直挖得身上、手上全是泥，哇，最后真的挖出了一个大土豆！乐乐高兴得手舞足蹈，阿P也充满了成就感，两人正准备再挖一个呢，突然听到有人喊："你们在干什么？"

不好，有人来了，阿P拉起乐乐就跑，跑了一会儿跑不动了，就藏在一片草丛后面。乐乐长这么大，还从来没遇到过这么刺激好玩的事儿，激动得小脸红扑扑的。阿P以为险情排除了，安全了，正要拔脚开溜，身后忽然传来一个声音："哼，挖了我的土豆想跑，没门！"

阿P回头一看，是一个老人，正虎着脸瞪着他们。阿P刚要解释，老人说："别废话了，挖了我老吉的土豆，赔钱！"

阿P忍痛掏出一张五元的钞票，扬在手中："吉大爷，够了吧？"

吉大爷说"蒙谁呢，这点钱怎么够，最少两千！"

一听这话，阿P急了："大爷，你才蒙人呢，挖你两个土豆，赔你一车土豆钱，有没有天理啊？"阿P一急，

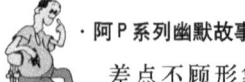

差点不顾形象地哭天喊地了。

吉大爷得意地说："我种的土豆就这个价，没钱？没钱就在这陪我玩两天，一天顶一千块钱，也不少了！"说到这儿，吉大爷朝后面的小屋瞅了一眼，只见一只大黑狗正睁着大眼珠子，瞪着阿P。

黑狗朝阿P一龇牙，阿P吓得腿立马软了，看这架势，想跑是跑不掉了。阿P瞅了瞅乐乐，乐乐正趴在那儿捉蚂蚱，一副乐不思蜀的样子。

阿P一时间还搞不明白，眼前这个老吉要自己留下来陪他"玩"两天是什么意思，但现在想溜又溜不了，再说自己也确实挖了他家两个土豆，总要解决这个问题。有道是，"大丈夫

能屈能伸"，玩两天就玩两天，有人管吃管住，去哪儿找这样的好事？阿P想给小兰打个电话汇报一下，可是一掏口袋，手机竟然丢了，这怎么办，晚上还要给小兰表姐报平安呢！吉大爷这里也没有电话，阿P便侥幸地想：只不过两天不打电话，应该没什么问题。

阿P先跟吉大爷聊了一会儿，很快了解了吉大爷的情况。吉大爷是城里人，老伴走得早，他一个人挺寂寞的，又跟儿子闹了点矛盾，便跑来这里租了片菜地，小孙子爱吃土豆，吉大爷就专门种土豆。儿子来接他，他提着棍子把儿子赶跑了。

阿P劝吉大爷回家，吉大爷脖子一梗："回去干吗？除了小孙子，我谁也不想见！"话是这样说，但阿P发现吉大爷眼圈红了。

乐乐和吉大爷很快成了好朋友，两人玩得非常开心。

菜园的小屋里没有电，晚上他们三个人就躺在月光下听吉大爷讲故事。吉大爷讲了一个鬼故事，把阿P和乐乐吓得一声也不敢出，吉大爷乐得"哈哈"大笑。

两天的时间过得很快，吉大爷舍不得阿P和乐乐走，于是，他们又玩了两天，这才恋恋不舍地告别。

当阿P和乐乐像两个非洲人一样地出现在小区门口时，马上被门卫拦住了。接着，警察赶到，小兰跟着也

来了。

原来，正当阿P和乐乐在菜园里玩得无比开心的时候，家里可乱了套了！小兰表姐接不到报平安的电话，便打家里电话询问，可是没人接，再打阿P手机，竟然一直关机！小兰表姐心里有点发毛，赶紧通知小兰去家里看看，可家里哪有人啊？两天后，阿P跟乐乐还没有消息，小兰害怕了，报了警。小兰表姐在国外也呆不住了，取消了原先的行程安排，火速购买了回国机票。

还好，乐乐安然无恙，这比什么都重要。小兰的心放下了，她拉着乐乐，狠狠地瞪了阿P一眼，说："我姐回来后有你好看！"

小兰可不是吓唬阿P，两天后，小兰表姐果真找上门来了，她一见阿P，二话不说，直接冲上前来，一把抓住了阿P的手。阿P的心在发抖：怎么着，上来就动手啊？

小兰表姐握着阿P的手，使劲地摇着："阿P，你真是一个救命天使！"

天使？气糊涂了吧，有长成我这样的天使吗？阿P一脸迷茫。小兰表姐说："在国外时，我们那天原本要去一个原始村落进行考察，可是因为我的提前回国，考察计划取消了。"

阿P心虚地连声检讨："这——都怪我。"

"我还要代表另外几个同事谢谢你！"小兰表姐激动地说，"我们原来计划要考察的那天，那个小村落遭遇了泥石流，永远从地球上消失了，还好，我们提前走了！"

"啊？"阿P吃惊地张大了嘴，半天说不出话……

这时，电话响了，是吉大爷的儿子小吉打来的，小吉在那边激动地说："阿P老弟，我按你说的，带着儿子去接老爷子，老爷子果真原谅了我，跟我回家了。对了，你是怎么知道我的手机号的？"

阿P为自己的聪明感到骄傲，又夸起了海口："这还不简单？吉大爷床头的墙上写着这个号码，我猜是你的，就偷偷记下了。"

"老爷子昨天还念叨你呢，说改天找阿P这个傻小子玩玩。"小吉边说边"哈哈"地笑着。

傻小子？阿P挂了电话，心里不禁犯起了嘀咕：这几天，我又当保姆又跨国救人，还顺带出谋划策请回了离家的老人，有像我这么全能的傻小子吗？

这时，小兰表姐把一张纸条递给阿P："傻小子，小兰在餐厅等着你呢，这是地址，快去吧！"

"真的？"阿P喜出望外，接过纸条向楼下飞奔而去，边跑边美滋滋地想：我就说嘛，像我这么优秀的复合型人才，小兰是不会放弃的！

（题图、插图：顾子易）

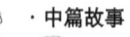

乱世之中，无论是人是物，都不过是浪尖上的一叶扁舟，想驾稳这条船，就要靠胆识，靠智谋，更要靠一身正气……

竹石图

乱世飘摇

□ 铁马冰河

1. 不速之客

南宋末年，临安城有家"张记裱褙"，是家裱褙名店。这天，快要打烊了，店门口突然停了一顶极为华美的四人抬小轿，学徒小宝子见状，慌慌张张地跑进来，上气不接下气地说："师傅，来、来客人了，是、是大官！"掌柜张裱褙不敢怠慢，披上衣服就迎了出来。

一看来人，张裱褙不禁吓了一跳，连忙跪倒在地，恭恭敬敬地说道："不知相国大人驾到，实在是怠慢，还请相爷恕罪！不知相爷驾临小店，有何指教？"

原来，这位相爷就是本朝赫赫有名的"蟋蟀宰相"贾似道。贾似道边进店边说："张裱褙，听说你幼承家学，深明裱褙之道。本相这里有一幅至宝，不知张裱褙你能不能给裱褙一下？"

张裱褙自信地说："相爷，不是小人夸口，在这世上，只要是书画，不论是纸本绢本，没有我张裱褙不能装裱修缮的！"

贾似道大笑道："好，事成之后，少不了要赏你，可是，本相把丑话说在前头，你要是把我这价值连城的宝贝给毁坏了或是掉了包，那你就小心你一门老小的脑袋！"说着，冲着跟班一使眼色，跟班会意，将一个长条形的锦盒放在了张裱褙面前。"两天后，我亲自来取！"贾似道说完，头也不回地出了裱褙店，坐上四人抬小轿走了……

张裱褙心中颇有些不解，堂堂一朝宰相，怎么会亲自到裱褙店来裱字画呢？锦盒中那件宝贝是什么？这时，张裱褙蓦地看见锦盒上的字，那几个字写的是"东坡枯木竹石图"，他暗暗叫声"不好"，猛地把锦盒打开一看，里头竟然空无一物！张裱褙一下子瘫坐在地上，喃喃自语："贾似道啊贾似道，为这《枯木竹石图》，你真是费尽心机、无所不用其极呀！奈何，奈何……"

原来，就在昨天夜里，有一个人趁着月黑风高，悄悄来到张裱褙家里，这个人叫苏继祖，是苏东坡的后人，他还带来一件东西，正是《枯木竹石图》。

张裱褙知道，《枯木竹石图》是稀世珍宝，作者苏东坡自是名震天下，绘图所用的笔墨纸砚也无一不是稀世珍品，而最神奇的要属苏东坡专用的书画笔——"坡须笔"。

相传苏东坡自五十岁开始，每掉一根胡须，他的一名侍妾就暗暗收藏起来。到苏东坡六十岁生日，侍妾说有礼物相赠，就拿出一个盒子，打开一看，里面收集着苏东坡的胡须。苏东坡十分高兴，就用这些胡须做了一支笔，取名"坡须笔"，用此笔写字作画，不仅用起来称心如意，而且笔墨之间常常散发出一种异香，奇妙无比。后来，苏东坡被皇帝贬到南方，坡须笔也在途中遗失了，下落不明。因此，《枯木竹石图》就更加珍贵了，无数巨商大贾、高官豪绅，乃至神偷大盗为了得到它，不惜巧取豪夺。

为了确保这幅宝图不落入奸人之手，苏继祖一家几乎每两三个月就要搬一次家，而且一直过着隐姓埋名的日子，甚至就连苏东坡有这样一个后人也不为世人所知。就在反复搬迁之中，《枯木竹石图》受到了一点损伤，苏继祖只得找张裱褙这个老朋友帮忙……

不知怎么回事，这一切竟被贾似

道发现了。

这时，站在一边的小宝子结结巴巴地对张裱褙说："师、师傅，这可怎么办呀？"

张裱褙一声叹息："唉，贾似道身为一国的宰相，我们能怎么办？只得对不起苏君了！继祖贤弟呀，别怪愚兄心狠，谁让咱们碰上这样的世道呢，这也是没有办法呀！我一人自是死不足惜，可是我还有这一门老小呢！"

2. 卖友求荣

贾似道走后，张裱褙就把自己关在房里，潜心对《枯木竹石图》进行修缮裱褙。小宝子见师傅的眼睛都熬红了，就想进到房中来给师傅搭把手，不想张裱褙心情极坏，一叠声地把小宝子骂了出去，小宝子来给他送饭，只敢把饭菜放在房门口，哪里还敢进屋？

两天后，贾似道果然亲自来了。而且这一次，他带来了许多悬刀佩剑的亲兵。看来，假若张裱褙不识时务，不交出《枯木竹石图》，张家区区数口人，连同这小小的裱褙店就会顷刻间灰飞烟灭！

张裱褙见了这阵势，心中不免紧张起来，赶紧殷勤地把贾似道迎进门。贾似道面上依然是一副温和的神态，说道："张裱褙，两天期限已到，不知本相的那幅宝图裱褙好了没

有？"

张裱褙战战兢兢地试探道："相爷您，您是说那幅《枯木竹石图》呀，它……"

贾似道一听，声音顿时严厉了起来："张裱褙，我那幅宝图不会出了什么差池了吧？"

张裱褙吓得头也不敢抬，唯唯诺诺地回禀道："相爷说的是哪里的话，小人就是有十颗脑袋也不敢呀！"说完，张裱褙赶忙从里间取出了《枯木竹石图》。

贾似道一见这画，立刻两眼放光，一国宰相的涵养气度早就抛到了脑后，就像苍蝇见了脓血似的，飞奔到桌子前，贪婪地看了起来，边看边轻抚着画卷，嗓子都有些干涩了："好图，好图呀！果真是苏东坡的真迹！"良久，他才恢复镇静，命人给张裱褙打了赏，接着就要把《枯木竹石图》揣进怀里。

张裱褙点头哈腰，小心翼翼地把赏钱收了起来，然后赔着笑说道："相爷，恕小人唐突，您老人家还不能将这宝图带走。"

贾似道一愣，说："不能带走？你什么意思？"

张裱褙连忙答道："因为这宝图还没有完全装裱好，若不做完之后的几道工序，恐怕过不了三五年，这幅宝贝就会毁掉的，所以，请相爷再宽限几日！您放心，我从明天起，不，从

今天起就什么活儿都不接了，就算赔上这条老命也要将这幅宝图装裱好！"

贾似道说："原来如此，那剩下的几道工序还需要多久？"

张裱褙说："相爷，这《枯木竹石图》有多名贵，小人心里十分清楚，所以在裱褙时必须要用小店的祖传秘法，有道是'慢工出细活'，至少还要一个月的时间！"

贾似道连连摇头，说："不行，太久了！"

张裱褙说："如果想快的话也有办法，此法只需三天即可。只是，如用此法裱褙，《枯木竹石图》要特别仔细地保养，半年之内万万不可受了污秽之气。如若不然，宝图就毁了！"

贾似道一笑，说道："哦，这有何难，本相严防污秽之物靠近宝图也就是了。好，三天后再来取。"说完打道回府。

贾似道刚走远，有个人忽然从屏风后面冲到张裱褙面前，颤抖着双唇说："父亲，您、您真的要做这卖友求荣的事情吗？"这人是张裱褙的儿子，叫张国信。

张裱褙惨然一笑，说道"怎么会呢？为父是那样的人吗？国信，附耳过来……"

这个叫张国信的年轻人听了父亲的话后，满腹疑窦顿消，冲张裱褙一

笑，说道："请父亲放心，我一定会做好这件事！"说完，就跑出裱褙店……

3. 蟋蟀风波

三天后，贾似道高高兴兴地来取《枯木竹石图》，拿了画，又赏了张裱褙一些钱财，张裱褙也欢欢喜喜地收下了。

贾似道刚走出店门，就和一个从店前匆匆经过的路人撞了个满怀，两人都摔倒在了地上，贾似道捧在手里的《枯木竹石图》从锦盒中滚了出来，画轴抖了开来，那人的怀中也掉出一

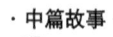

件东西，是个蟋蟀葫芦。

几个亲兵冲了过来，眼看这人就要倒霉，却被贾似道给拦住了。

原来，地上的葫芦中爬出一头蟋蟀，冲着《枯木竹石图》不停地鸣叫，声音时而低沉婉转、时而高亢雄浑，真是奇妙无穷。贾似道人称"蟋蟀宰相"，本来就是养蟋蟀的行家，摆弄过的蟋蟀不计其数，但还从来没有见如此可人心意的佳品。

于是，贾似道命人将整幅《枯木竹石图》完全展开，神奇的是，蟋蟀鸣叫得更欢了，而且，鸣声到后来愈来愈婉转凄绝，正好符合这幅名画的意蕴和作者当时的创作心情，实在是一对绝佳的组合。反倒是蟋蟀的主人，显得惊慌失措，伏在地上，连连磕头谢罪。

贾似道对这人温言说道："你不要怕，本相不会对你怎样。你叫什么名字？这只蟋蟀从何而来？"

这人回答："小人张山，不小心冲撞了相爷，还请相爷海涵。小人以贩蟋蟀为生，这只蟋蟀是从一个老玩家手中高价买来的，可是拿回家来一看，这东西徒有其表，既不善于打斗，又不能鸣叫，以为是上了那老儿的当，正要去退货，因为怕那老儿反悔，所以就走得快了些，才、才冲撞了您的大驾。"

贾似道又指着蟋蟀背上那朱红色的药珠问道："据本相看，这是头不折不扣的'药粘蟋蟀'呀，它背上的药珠是你点的？手艺不错嘛！你听听，这不是叫得挺好的吗？"贾似道果然是玩蟋蟀的行家，没错，这正是一只"药粘蟋蟀"，玩家为了控制蟋蟀鸣叫的音色，用朱砂、松香等药物加热后点在其背部的翅膀上，使蟋蟀叫声更加优美，故此得名。

张山笑道："多谢相爷夸奖，的确是小人点的药。可是点完药后这东西怎么也不肯叫，今天一见这幅画却叫个不停，不知何故？"

贾似道一笑，说道："这样吧，你将此物卖给本相如何？至于价钱，不是问题。"

张山眼珠一转："这蟋蟀小人本来就不想要了，要是相爷喜欢，尽管拿去好了，就当是小人孝敬您老人家的。相爷要爱给一二百两银子，小人倒也欢喜。"

贾似道对亲兵说："给他二百两！"他命人将地上的《枯木竹石图》和蟋蟀收了起来，坐上轿子，回府去了……

4. 识破妙计

半个月后的一天，一队官兵风风火火闯进裱褙店，拿了张裱褙，就直奔贾似道的相府而去。到了相府，贾似道将装《枯木竹石图》的锦盒扔在了张裱褙面前："你看看，这到底是怎么回事？"

张裱褙打开锦盒一看，好好的画卷就像是被虫蛀了一般，图上布满了大大小小的深褐色的洞眼，而且纸质也变得异常松脆，用手稍稍一碰就裂开了。

张裱褙感叹道："唉，真是可惜呀，好好的一副宝图，怎么就变成这样了呢？可怜从此之后，世上就再没有《枯木竹石图》了呀！"

贾似道"哼"了一声，阴阳怪气地说："谁不知道可惜？我是要问你，这到底是怎么回事，是不是你暗中做了什么手脚？"

张裱褙一脸无辜地说："相爷明鉴，这宝图遭到毁坏，其实全在相爷您自己呀！当初我要以一月时间裱褙此图，相爷不肯，我只得以三日之法裱褙。我还劝过相爷，此图不可受丝毫秽气。如今，宝图成了这般模样，一定是相爷您让它受了污秽之气。刚才我在府中一路走来，您这相府宅院宽广，人口众多，还有不少珍禽异兽，您老人家好好想想，是不是贵府的粗使丫鬟、老妈子或是猫狗鸟兽之类的东西动过此图？"

贾似道边想边摇头："这怎么可能？本府的下人都是懂规矩的，从不敢迈进我书房半步，那些猫猫狗狗就更不可能了。"突然，他想到了什么，"对了，我曾让一只蟋蟀在此图上爬过，会不会……"

张裱褙大惊："哎呀，肯定是因为这蟋蟀！蟋蟀本生于潮湿的泥地，身上秽气颇重，又加上您还让蟋蟀在宝图上肆意爬行，这就更加快了此图的损坏呀……"

还没等张裱褙的话说完，贾似道猛地一拍桌子："好个张裱褙，我就知道你会这么说！你这出戏演得不错呀，可凭你再好的本事，也骗不了本相。把他给我带上来！"说完，只见几名亲兵带进来一个被打得血肉模糊的人。贾似道指着那人，对张裱褙说："这个所谓的张山你应该认

识吧？"

张裱褙一见，顿时浑身颤抖："当然认识，这、这是犬子张国信。"接着他对张国信作势喝问道："你这小畜生，都胡说了什么？"

"父亲！"张国信扑通一声跪倒在张裱褙面前，"我全都说了，不是我不忠不孝，儿子实在是受不住他们的毒打呀！"

张裱褙气得面皮发紫："你这不孝之子！"说着，张裱褙抬手就打了张国信一记耳光。

张国信并没有躲闪，只是边哭边说："父亲，他们折磨人的手段太狠了！再说，我也是为了您和咱们全家老小的性命着想呀。贾相爷说了，只要我们交出《枯木竹石图》真迹，不但可以保全身家性命，说不定还能飞黄腾达。到时候，我们就能过上穿金戴银、使奴唤婢的日子了……"

"不错！只要交出《枯木竹石图》真迹，我一定说到做到，绝不食言！"贾似道见缝插针地说道，"你们父子俩在这好好合合计计吧！"说完就走了出去。

其实，贾似道第一次来裱褙店的那天，张裱褙就察觉到事情不对。苏继祖是在半夜时分悄悄来到张裱褙家的，怎么第二天，贾似道知道了《枯木竹石图》的所在？这说明，家中一定有贾似道的探子。张裱褙经过反复

排查，最终将嫌疑确定在学徒小宝子身上，这小子刚来店里不久，而且来历不明。

为了不引起小宝子的注意，张裱褙假装无可奈何，只得把《枯木竹石图》交给有权有势的贾似道，可是在暗中，张裱褙背着小宝子仿造了一幅一模一样的赝品。干裱褙这行，难免要对破损的字画进行修补，所以造假对于张裱褙来说并不是什么难事。假画造好后，张裱褙就将一种特制的药物用在这幅假《枯木竹石图》上，只要过一些时日，此图就会自行损毁，看上去就像是被蛀虫蛀掉了一样。

贾似道第一次来取画时，张裱褙给贾似道看的确是真迹，但是没有让他取走。第二次，张裱褙让贾似道取走了那幅赝品，因为书画裱褙后和裱褙前外观大不相同，而且赝品仿造的手艺极为高超，再加上张裱褙在贾似道面前表现得极为恭顺、又十分贪财，所以当时，贾似道并没有起疑心。

为了防止贾似道日后再有所察觉，张裱褙让儿子张国信扮成斗蟋蟀的张山，故意将贾似道手中的赝品撞出来，又放出怀中的蟋蟀。张裱褙也是玩蟋蟀的高手，他事先在赝品上涂上大量雌蟋蟀卵液，雄蟋蟀闻到雌蟋蟀的味道就会发出求偶的鸣叫，但是无论雄蟋蟀怎么叫也找不到雌蟋蟀，

所以它就会越叫越欢，希望能引来雌蟋蟀。这样一来，由于张裱褙有言在先，《枯木竹石图》上不可沾染污秽之物，也就为此图的毁坏找到了合适的理由。

这一整套计划，称得上天衣无缝，可不知为何，还是被贾似道这只老狐狸察觉了，他暗地里把张国信抓了起来，又严刑拷打，张国信终于扛不住了，乖乖地将父亲的谋划一股脑儿说了出来。

就这样，父子俩都成了贾似道的阶下囚。

5. 谋中之谋

事情到了这一步，《枯木竹石图》就是想保也保不住了。没办法，张裱褙让看守他们的人叫来了贾似道，说他愿意把画交出来。

贾似道冷笑道"算你聪明，你回去，把宝图拿来，我就把你儿子放了。"

张裱褙针锋相对地说："犬子是我张家唯一的血脉，相爷这一招，怕是要断我后路啊！如此也好，我和犬子死在这里也无妨，可相爷要的画就永远没有了。"

贾似道吃了一惊，他盘算了半天，咬牙切齿地说："也好！就按你说的，两个都放回去，要是再生出什么鬼怪来，休怪本相无情！"

回到店里，张裱褙对儿子说："这

次，不把《枯木竹石图》交出去，贾似道是不会罢休的了。不过就算交出去了，他也不会放过我们的。"

张国信颤颤巍巍地说："父亲，那你说怎么办？"

张裱褙说："你先把宝图带到相府去，如果他们把你扣押起来，不要慌，我会想办法救你出去的。"张国信虽然拿不准主意，可还是照着父亲的话做了，把《枯木竹石图》送到贾似道手里。

再说这贾似道得到宝图，急不可耐地打开锦盒，只觉得一股异香幽幽地飘散出来，让人大觉受用。这香气非兰非麝，更不是什么安息香、龙涎香，究竟是什么香，饶是他见多识广，却识别不出。

贾似道暗自惊叹：这《枯木竹石图》真迹果真不同凡响，看来"坡须笔"的传闻是真的！

自从贾似道得到了《枯木竹石图》真迹后，就整天待在书房中，除了斗斗蟋蟀，就是赏玩这宝图了。至于张国信，人一到相府，就被贾似道命人关了起来，张裱褙一家也被下令通缉。幸好张裱褙提前做了准备，带着家人出了城，这才躲过一劫。

这天，早已逃出临安城的张裱褙突然出现在了相府门前，他既不躲、也不闪，大大方方地站在门口，说是要见贾似道。贾似道听说张裱褙

自投罗网，就命人将他绑到了自己的书房中。

张裱褙带上来了，贾似道玩着蟋蟀，眼皮也不抬一下，阴沉沉地说："来送死的？"

"不！"张裱褙虽被五花大绑，却一反常态，毫不惊慌，朗声说道，"小人不是来送死的，恰恰相反，是来救命的！"

贾似道哼了一声："就凭你，也想救人？你一个臭卖手艺的，有什么天大的本事，能从本相这里把你的宝贝儿子救出去？"

"相爷，您误会了，"张裱褙"哈哈"一笑，接着说道，"我那犬子的生死，自然是操持在相爷手里，我今天来，不是为了救他，而是为了救相爷您老人家的！"

贾似道大怒，喝道："大胆，你敢变着法儿地辱骂本相！"下人见贾似道发怒，抬手就抽了张裱褙一记嘴巴。

张裱褙好像没感觉到疼痛，谈笑风生："哦，这怪我没把话说清楚。相爷，我是来救您的命的，然后再和您做个交易，拿您的命来换取犬子张国信的命，当然，还要加上那幅《枯木竹石图》。"

贾似道朝天冷笑了好一阵，才说道："张裱褙，我看你是脑子烧糊涂了吧？你有什么本事？真是信口雌黄！"

张裱褙说道："相爷，是您病了，而且还病得不轻呢！不信，您可以深吸一口气，看看是不是两胁胀痛、胸闷气短；您再按按百会、膻中、关元这几处大穴，看看是不是麻木不仁；您还可以照照镜子，看看您的眉心处是不是青黑一片，好像罩着一层黑气？"

贾似道一惊，按照张裱褙所说的，把自己的身体检查了一遍，果真如此！他浑身一颤，手中的蟋蟀葫芦掉在了地上，颤巍巍地指着张裱褙，说："你、你下的毒？"

张裱褙哈哈大笑：

"我一介草民，怎么敢对相爷下毒呢？下毒的是那只蟋蟀，那只药粘蟋蟀。"

原来，从一开始，张裱褙就安排下两道奇计。

第一道计策，就是制作假画，然后让假画自行损毁，让贾似道误以为世间已无《枯木竹石图》真迹。

不过张裱褙担心，光靠这一条计策风险太大，事实也果然如此，这条计策果然被奸猾无比的贾似道识破了。所以，张裱褙早就安排下了第二道计策。

由于张家世代从事裱褙，因此家中藏有一块腽肭香，这腽肭香是一种比麝香、安息香、龙涎香名贵数倍的香料，是唐代时海外进贡的珍品，世间几乎已经没有这种香了。腽肭香不但气味特异，而且还可以使熏过此香的衣物、纸张千年不蛀不腐，张家世代的裱褙师傅们就用腽肭香来装裱异常珍贵的字画。

不过，张家代代相传一种说法，腽肭香不可与一种叫做藏紫花地丁的药材相遇，两者若是相遇就会产生毒质。如果被人不慎吸入，就会让那两胁胀痛、胸闷气短，全身的大穴变得麻木不仁，而且眉心还会笼罩着一股黑气，如不及时医治，就有丧命之虞。

张国信送到相府去的《枯木竹石图》真迹，正是用腽肭香熏过的，至于藏紫花地丁，当然就在贾似道带回相府的那只药粘蟋蟀上面。这贾似道终日玩着蟋蟀、赏着宝图，拿在手里，就不舍得放下来，他要不中毒，那才怪呢！

面对惊惧不已的贾似道，张裱褙从身上摸出一枚药丸，说道："相爷权倾朝野，富可敌国，宝图也好，人命也罢，只要相爷想要的，就没有得不到的，可相爷所中之毒的解药，世间只此一枚。相爷只要释放犬子，赐还宝图，等我们父子走出相府大门之后，解药立即奉上。"

生死关头，贾似道无计可施，只能放人、还图。当张裱褙父子带着宝图安全离开相府后，贾似道看着他们的背影，咬牙切齿地说："哼哼，《枯木竹石图》早晚是我的，张裱褙你给我等着……"

然而，再次得到《枯木竹石图》对于贾似道来说，只能是痴人说梦罢了，因为，他中的奇毒根本就没有解药，张裱褙给贾似道的只是一丸山药泥而已！

（题图、插图：杨宏富）

稿约："中篇故事"是本刊的重要栏目，我们热诚欢迎广大作者来稿。来稿要求：1.题材需有新鲜感、时代感；2.情节性强，并且能把新鲜、奇巧的情节的演绎和人物的塑造较好地结合起来；3.篇幅：15000字以内。本栏目稿酬从优。来稿可从邮局寄发，也可发电子邮件，本期责任编辑E-mail地址：chin_poet@163.com。

编读聊天室：众手浇开故事花

故事中国网网友无限夕阳：《故事会》好作者很多，编辑部领导是不是可以考虑一下，打破常规，每个作者在红绿版各跟一个编辑，多发一些稿子，多激发作者的创作热情呢？

红版编辑部： 我们编辑部一直"流传"着一位老编辑的"名言"——"我一晚上能写一篇小说，但我一晚上写不出一篇故事；我一个月能写一部长篇小说，但我一个月还是写不出一篇故事。"因为故事需要极新奇的素材、极巧妙的情节、极独特的构思。一年能发三四篇作品，这就已经属于优秀作者了。另外，一个作者对应一个编辑，也可以杜绝一稿多投的情况，这样编辑才有机会看到更多作者的来稿。

河北侯智勇： 高兴地看到，某著名电脑的广告刊登在了《故事会》的封底，终于，铃声下载、酿酒机械让位于大品牌。这对于提升《故事会》的品味是有好处的，希望以后多多益善。

红版编辑部： 看得很仔细，真是热心读者！作为编辑，我们也很开心。《故事会》一直是一本追求品位的故事杂志，如今读者和作者本身的品位一直在提高，所以我们也要进步！

故事会 ■新浪 微故事大赛

11月征集主题：味 道

让你的脑细胞兴奋起来，一起跳个舞吧！

这是一次对灵感、睿智、情感和文字驾驭能力的挑战——

用1条微博，讲完1个故事。

《故事会》杂志和新浪微博（weibo.com）联合主办2011微故事大赛，邀请各路故事名家、草根英雄和世外高人展开较量！活动持续全年，每月产生一名金奖得主。

本次大赛所有作品通过新浪微博平台征集，分为"命题故事"和"自选故事"两部分，命题故事每月一个主题，当月设金奖1名，奖金1字10元（字数低于120的按120字计），银奖2名，奖金1字5元 自选故事由作者自由命题，全年评出金奖1名（5000元），银奖2名（2000元）。优秀作品将在《故事会》上刊登，并结集出版。更多详情请登录新浪微博页面搜索"故事会微故事大赛"或故事中国网（www.storychina.cn）了解。8月微故事（主题：领导）金奖得主：李探花的马甲。9月获奖作品（主题：舞台）名单已在网上公布。

11月微故事主题 味道 请您根据该主题构思一篇微博故事，力求情节出人意表，立意隽永深远，文字鲜明生动，本月的微故事达人或许就是你！

（本期刊物特别选登9月微故事大赛优秀作品，详见P77）

故事会 ■ 新浪 微故事大赛

9月优秀作品选登 （主题：舞台）

@李探花的马甲 她被一家演艺公司录用，一个月来鲜有演出，只做过一次体检。终于，公司要排戏了。彩排那天，舞台上摆放着手术台、无影灯等各类道具，演医生和护士的配角们已各就各位，她演主角。按导演要求，她喝下一杯水，然后躺到手术台上，她很快陷入昏迷……等她醒来，舞台上空无一人，她的一只肾已经没有了！

@正版无字仓颉 话剧排练场。导演：灯光！剧务：拍婚纱照去了；导演：音响！剧务：酒店调试设备去了；导演：舞美！剧务：布置典礼舞台去了；导演：男一号！剧务：装饰婚车去了；导演：女一号！剧务：陪新娘买花去了。导演大怒：都真忙啊！这时手机响起，里面传出：刘导啊，婚礼就等你来主持了！快点啊……

@拨零 他扫了一辈子舞台，却从未在舞台上正式露过脸。这年他被评为劳模，终于荣登舞台，并与各级领导在台上合影留念。第二天，他听说这张合影发在市报头版，赶紧买了一份，跳过前两排的各级领导，总算在最后排的边角上发现自己，尽管头脸都被剪裁掉了，可喜的是，还有一只佩戴环卫袖标的胳膊……

@肖倩佳 偏远山区，小学老师在黑板上郑重地写下：全班同学毕业庆典！末了，老师说："让我们以热烈的掌声祝贺同学们毕业！"老师率先鼓起了掌，台下是一片空空的课桌，只有一双小手在使劲地鼓掌……

@李龙1981 男孩：想求你一件事。女孩：什么事？男孩 陪我演场戏。女孩：演什么？男孩：演我老婆。女孩：演多久？男孩：一辈子。六十年后，一位白发苍苍的老奶奶抚摸着病床上的老头子，感叹道：如果这场戏永远没有剧终该多好。老头子：老太婆，我想求你一件事。老奶奶：什么事？老头子：下辈子，和我一起演续集好不好？

@正版无字仓颉 大姐，认了吧，拿上钱，回去给孩子上学娶媳妇，再不用干挖煤的苦命活了……我念着台词，声泪俱下。两年前，丈夫在煤矿出事，我历尽周折拿到赔偿金并要求安排工作。矿上给我派了这个活儿：当托儿打发难缠的矿难职工家属。矿上文化生活极贫乏，矿工们却说每天都有好戏上演。

@南斯辣夫 某女星，正当红，相当有气场。某日彩排，上台前嫌保安碍手脚，出言不逊"别挡着我上台！"保安诺诺而退。演出时，女星长袖善舞，一时兴起忘乎所以，失足从两米高台坠落。说时迟那时快，保安接住她。事后女星致谢，保安淡淡地说："舞台是你的，台下归我管！" （大赛启事见本期P76）

清除障碍

在一次地震中，山体滑坡，一块比房屋还高的巨石轰然塌落，正好堵在山脚下那个小村子的村口。

人们不喜欢这块巨石，觉得它挡道，合计着要移走它，但是，巨石实在太大太重了，几十名壮汉齐心协力也动不了它。

有一天，一位和尚云游至此，看样子知识渊博，人们向他请教移石之法。和尚看看巨石，摇头不语，走了，人们失望了，看来见多识广的和尚也没什么办法。

但是，第二天早上，有人发现巨石上出现了一行字，像是用斧头凿刻

出来的：这行大字是"镇村之宝"。

那字刻得漂亮，笔力雄劲，气势非凡，加上巨石这个载体，更显得浑然一体，令人赏心悦目。

渐渐地，没人再想移开这块巨石了，它一直巍然屹立在村口，变成了一个很著名的景点。

（作者：张小失；推荐者：深 蓝）

老板是薄弱环节

有一个老板素以严谨闻名，但他的公司管理却不尽如人意。

一次，老板和一个朋友在公司谈事，公司车队的队长拿着修理费单据，来找老板报销。

老板拿着单子，耐心地询问每一项费用出处，队长对答如流，老板听了，十分满意。就在老板准备签字的时候，朋友说："先别签字，让财务统计一下，今年修车费花了多少？"统计结果让老板大吃一惊，修车费早已严重超标。

老板不解地问："每笔报销，我都严格把关，怎么会是这样的结果呢？"

朋友说，其实道理很简单，靠老板一个人管理的企业，大家都知道，要办什么事，只要说服老板就行了，所以大家早就把老板琢磨透了。久而久之，老板反倒成了公司管理最薄弱的一个环节。

（作者：刘春雄；推荐者：莫 难）

撤下广告牌

有一家大型食品公司，研制出一种速溶咖啡，这种速溶咖啡受到全世界顾客的欢迎，唯独在日本打不开市场。

于是，速溶咖啡开发项目的负责人亲自来到日本调研。在一家大型超市，他发现一个很有趣的现象，忍不住问助手："为什么日本的超市里都是妇女在购物呢？"

助手说，因为在日本，男性全权负责养家，所以购物之类的家务就成了主妇们的分内事。

这位负责人想了想，顿时恍然大悟，回去之后，他要求公司，把所有在日本推广速溶咖啡的广告牌全部撤下。

大家虽然照他的想法做了，可一开始，都不能理解，然而过了没多久，出乎所有人意料，速溶咖啡的销量果然慢慢上升了。

这时负责人才说出理由：速溶咖啡广告牌上写的都是"方便"、"快捷"之类的话，在日本，男主外、女主内的家庭分工导致很多主妇都有一种疑虑，如果冲速溶咖啡给丈夫喝，丈夫会不会指责自己图方便，认为自己不够贤惠呢？撤下广告牌之后，主妇们反倒有意无意开始选购速溶咖啡，不久大家也就习惯了。

（作者：张珠容；**推荐者**：芊　子）

·沧海拾贝　人生百味·

最好的座位

有一批大学生同时进了一家公司，其中不乏相貌、能力出众者。这些大学生第一次参加公司会议时，有的抢到了董事长旁边的座位，有的则故意坐在董事长正对面，只有一个各方面都平平的女生，选择坐在董事长的斜对面。

出人意料的是，仅过了两年，这个女生就被董事长重用了。

后来，有人问这名女生，成功的秘诀是什么，女生说，秘诀就在选座位的窍门里。如果坐在董事长旁边，他要看见你就得扭头，很累；而坐在正对面，四目相对，又显得太刺眼。只有坐在斜对面，董事长才会很自然而然地看到你，久而久之，他也就容易记住你这个人。

没有人想到，挑座位这样一个小小的细节，竟有这么大的影响力。问题就在于，多数人不肯重视细节，但有人却用了心。

（作者：苗向东；**推荐者**：李从渊）

（**本栏插图**：安玉民　梁　丽）

学写作文，从读故事开始

换个路子挣钱

□ 曲育乐

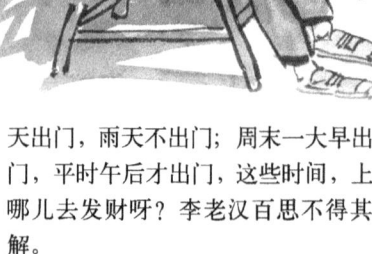

李老汉和罗老汉是邻居，住在离县城十几里的村里，农忙时在田里劳作，农闲时就在附近打打零工。

最近，李老汉发现，罗老汉不怎么下地干活了，也不打零工了，他老骑着一辆破自行车，车上绑着一根又细又长的竹竿，说是上县城。每次从城里回来，他脸上总是挂着笑，时不时还带一些好酒好菜回来改善伙食。

李老汉好生奇怪，这罗老汉是远近出了名的小气鬼，往常家里一年到头也见不着几回荤，他现在是怎么了，难道在县城里发财了？问起罗老汉，他却只笑而不语。

罗老汉越是这样，李老汉越是好奇，他琢磨着，罗老汉发财肯定和这根竹竿有关系。他仔细观察了一阵子，总结出了罗老汉出行的规律：晴天出门，雨天不出门；周末一大早出门，平时午后才出门，这些时间，上哪儿去发财呀？李老汉百思不得其解。

于是，李老汉把罗老汉请来家里喝酒。酒过三巡，菜过五味，李老汉借着酒劲儿问："罗老汉，最近发财了吧？"罗老汉打着酒嗝说："一点小财，唠它干啥？"

李老汉赔着笑说"罗老汉，你每天带根竹竿去逛县城，那多累得慌，不值得吧？"罗老汉酒劲上来，人也有些飘飘然了，他说道："你知道啥？那竹竿用处可大了去了，不瞒你说，俺挣钱全倚仗它了！"李老汉赶紧给罗老汉斟满酒，说道："快说说，让我也开开眼。"罗老汉抿了一口酒，说：

"你知道现在什么人的钱最好赚吗？"

"什么人？"

罗老汉说："是女人和小孩，我挣的就是小孩的钱！"

李老汉越听越糊涂，再想细问，只见罗老汉一口把酒喝干，说："酒喝完，我回去了。"说完，拍拍屁股就走了。哎呀，把李老汉憋得那个劲儿呀！

李老汉当然不肯就此罢休。这天早晨，罗老汉骑着自行车出了门，李老汉也骑了辆自行车，不远不近地跟在后面。大约一刻钟后，两人一前一后进了县城。又过了不久，罗老汉在一个公园门口下车，锁好车，解下长竹竿走了进去。这时节正是阳春三月，公园里，许多大人带着小孩在放风筝。罗老汉悠闲地在前头逛着，李老汉莫名其妙地在后面跟着。

不一会儿工夫，一个小孩不小心将风筝放到了一棵柳树上，无论他怎么用力拉扯，风筝就是下不来。孩子爸爸见状，抡胳膊挽袖子，想爬到树上帮孩子取风筝，可他使出吃奶的劲儿，也没爬上去。

正在他们无计可施的时候，罗老汉不失时机地出现了，说道："先生，我这里有竹竿，可以帮你们取风筝。"

孩子爸爸一脸惊喜："大爷，你真是雪中送炭呀，真是太谢谢你了。"

罗老汉说："先不要谢我，我这是要收费的，取一个风筝五块钱。"

孩子爸爸有点犹豫，说："要这么多钱？"罗老汉说："如果我没看错的话，你这风筝买来要二十几块呢，而且还是新的，你自己算算，是再给孩子买个新的划算，还是让我帮你取下来划算？"

孩子爸爸皱起了眉头，说："你这人也太精明了，唉，快帮我取下来吧！"罗老汉微微一笑，举起长竹竿，对准风筝的骨架，轻轻一挑，风筝便晃晃悠悠从树上飘落下来。在孩子的欢呼声中，爸爸极不情愿地掏出5块钱，交到罗老汉手里。

公园里到处是放风筝的人，短短半个小时，就有好几只风筝挂在了树

上，罗老汉的竹竿成了名副其实的赚钱机器。李老汉一直躲在灌木丛后面观察着，心里暗暗佩服罗老汉精明。看来，只要肯动脑筋，挣钱的路子还是挺多的呀！

几天后的一个早上，罗老汉正要骑自行车出门，忽然发现李老汉也推着一辆自行车，车上也绑着一根长竹竿。他心里一惊，莫不是李老汉知晓了自己的秘密，去和自己抢饭碗？他劈头盖脸地质问道："李老汉，你这是干什么？"

李老汉说："去县城公园啊！"

罗老汉急了："你是不是前几天盯我梢了？不管咋说，这用竹竿摘风

筝可是我想出来的招，你可不能和我抢饭碗呀！"

"罗老汉，你放一百个心吧，抢别人饭碗的事，我是从来不干的！"

罗老汉问道："那、那你也带一根竹竿干吗？"

李老汉是笑而不语。

没多久，两人来到了公园，这下好奇的换成了罗老汉，他想看看李老汉是用什么路子来挣钱。只见李老汉向一个女孩走去，那女孩是个新手，放了半天风筝，都没放上天去。李老汉跟她说了几句话，接过女孩的风筝，也不知使了什么法儿，把风筝顶在竿头上，举到半空，过了一会儿，再把竹竿撤开，那风筝很快就飞上了天。女孩很高兴，就从口袋里掏出钱给他。

罗老汉问道："你这是啥招儿？"

李老汉指着自己的竹竿说："我这竹竿跟你的不同，它的头上有一个夹子，夹子上拴着一根细绳，可以控制夹子开合。放风筝的时候，用竹竿上的夹子夹住风筝的骨架，举到半空，等风力合适时，拉动绳子松开夹子，风筝说话间就飞上天啦！你看看，这里放风筝的一多半都是新手，你说我这路子咋样？"

罗老汉的脸一下子红了，不好意思地说："唉，老伙计，啥也别说了，以后有好路子，我一定和你分享！"

（题图、插图：安玉民　梁　丽）

股市《西游记》

◆ **农林牧渔板块**　玉帝封悟空为"齐天大圣"，托塔天王很不满。太白金星阴笑道："前阵子是个弼马温，现在管理蟠桃园，说到底都是农林牧渔板块，题材股。"

◆ **涨跌停板**　如来和悟空打赌，悟空翻不出他的手掌心。悟空翻起筋斗云，还真无法跳出来。只见如来大笑道："你知道这是为什么吗？因为我在这里设了涨跌停板。"

◆ **净资产**　菩萨收服沙僧，让他做了唐僧的徒弟。菩萨向唐僧介绍："此人忠厚，办事稳妥，注重上市公司的净资产，所以我给他取名悟净。"

◆ **白马股**　唐僧收了龙王三太子，三太子因为吃了唐僧的马匹，便自己化身为白龙马。唐僧非常高兴："从此，我也有了白马股。"

◆ **题材炒作**　唐僧师徒五人，兵强马壮，一路西行。菩萨担心起来，忙向如来汇报："这群师徒实力太强了，去西天取经恐怕易如反掌，如何能有九九八十一难？"如来沉思片刻："这样吧，你就放个消息，说吃唐僧肉可以长生不老。"菩萨恍然大悟："太好了，有了唐僧肉这个题材，一定会被各路资金反复炒作。"

◆ **借壳上市**　白骨精三次化作人形接近唐僧，均被悟空识破，被悟空打死。唐僧大骂悟空，悟空忙解释："师父有所不知，这三人都是一个妖怪所变，所谓的少女与老伯，都不过是那妖怪借壳上市而已。"

◆ **印花税**　经历千辛万苦，唐僧师徒终于到达西天，见了如来，如来命两位尊者传教，两位尊者却向唐僧索取费用，唐僧只好将紫金钵盂奉上，换得真经。悟空心中不快，唐僧只好相劝："你不懂，这是交易印花税。"

◆ **解套**　唐僧师徒取得真经，临走，悟空请观音替他摘了金箍。观音微笑道："你自己摸摸看。"悟空一摸头顶，乐得翻了个跟头，大叫："解套了！解套了！"

（作者：云 弓；推荐者：丁 强）

微博给力段子

◆ 妹妹今年初三，一次家长会后，她修改了 QQ 签名：家长会和小三的性质都是一样的，旨在破坏家庭和谐。

◆ 我们高中德育老师，说话非常之强悍。有一次他说："现在我们学校有很不文明的现象，很多同学光着膀子打篮球，而且大部分是男生。"同学们巨汗，难道还有一小部分是女生？

◆ 本科生和硕士生、博士生都要以"如何做红烧肉"为题写一篇论文。本科生写道：把肉放锅里，和配料调料一起煮，就是红烧肉。硕士生的论文详细写明要放多少肉、多少配料佐料，怎么煮，煮多长时间等等。过了一个月，博士生出了一本书，书名叫《如何做红烧肉》，打开目录——"第一章：如何养猪"。

◆ 奶奶去世早，爷爷寂寞地过了十几年孤单的日子，现在快 90 了，整天念叨不想再活。有一天他竟弄了张"遗照"挂在奶奶遗照旁边。家人都拗不过，就随他去了。一天同学来玩，看见照片问是谁，我说是爷爷奶奶。赶巧爷爷从里屋走出来，一声不吭，默默出门了。一阵沉默后，同学惊恐地问"你刚刚看到一个人走过吗？"

◆ 收到这样一条短信："今日 0 点 31 分起，我老婆就要开始陪别人的老公睡啦，我还得伺候着洗漱更衣沐浴，没办法，他带枪来的。"看了百思不得其解。后来总算明白了——哈哈，原来那家伙生了个儿子，居然有这样报喜的!

（作者：佚名；推荐者：余长生）

到哪里去

◆ 30 年代，到延安去，到太行去，到敌人的后方去；
◆ 40 年代，到辽沈去，到平津去，到长江对岸去；
◆ 50 年代，到工地去，到工厂去，到建设第一线去；
◆ 60 年代，到农村去，到边疆去，到祖国最需要的地方去；
◆ 70 年代，到城市去，到部队去，到能生活得好一点的地方去；
◆ 80 年代，到大学去，到夜校去，到可以拿到文凭的地方去；
◆ 90 年代，到美国去，到英国去，到一切说外国话的地方去；
◆ 21 世纪，到国企去，到外企去，到年薪百万的地方去。

（作者：曾　晚；推荐者：墨　丁）

（本栏插图：安玉民　梁　丽）

"岳阳杯"幽默故事创作大赛征文选登
本活动由上海市松江区岳阳街道与本刊联合举办

识人高手

□ 石高杰

小梅要去参加集体相亲活动，她对母亲说："妈，我想找个有钱的男朋友，可是我怕到相亲那天，他们都是盛装打扮，看不出谁穷谁富，我又不能明着问，你说怎么办？"

母亲略一思忖，信心十足地说："女儿，你就放心吧，到那天我请个高手做参谋，肯定不会看走眼的。"

到了相亲那天，来到现场的除了众多俊男靓女，还有很多上了年纪的家长，这其中就有小梅的母亲和她请来的那位"参谋"，是个男的。

很快，小梅就在人群中看上了一位衣着光鲜的小伙子，她偷偷地给身旁的母亲使了个眼色。于是，小梅的母亲和那"参谋"走上前去，装作若

无其事的样子在那小伙子身旁转悠了一会儿，然后一声不响地走开了。片刻后，小梅收到了那"参谋"发来的短信"那小伙子神情不自然，动作很僵硬，很明显是第一次穿这么好的衣服，八成是个穷光蛋。"

就这样，小梅一连看了四个，都被"参谋"给否决了，直到第五个，"参谋"才发来一条肯定的短信："这小子有钱，相信我，准没错。"

回到家，小梅不放心地问："妈，你请的参谋会不会看走眼啊？"母亲肯定地说："不会的，他是个医生，都坐诊二十多年了，不会看错人的。"

小梅疑惑地问："他是医生？这和相亲有什么关系呀？"

"傻孩子，他在那家医院里稳稳当当坐诊二十多年，还不会看人？他要是不会看人，给穷人开了贵药，病人没钱买不起；要是给有钱人开了便宜药，哪来的业绩？"

故事会2011年11月上半月刊·红版 **85**

明星叫我爹

□ 鲍宜龙

大明星要来敬老院参加慰问演出，那些老头老太聚到一起，都说是她的"粉丝"，坐在一边的冯老汉听了半天，把烟袋磕磕，说："都一把年纪了，还学人家小青年扮粉丝，害不害臊？"

有人问："那你想怎么着？"

冯老汉说："像我们这些老东西，平时连子女的面都见不着，我就想让她喊我声爹！"

"哗……"众人笑了起来。冯老汉说："你们不信？不信就赌赌看。"

众人说："只要你真能叫她喊你爹，我们凑钱请你到高档酒楼喝一顿。要是你输了，你请客。"就这样，双方就订下了赌约。

第二天，慰问演出准时开始。冯老汉与那些老头老太们一起戴着太阳帽，摇着小旗，把敬老院的院子坐得满满当当的。压轴戏果真是那位大明星出场，她没有让大家失望，演唱得非常卖力，赢得一阵又一阵的掌声。

最后一个节目，大明星提议，来个台上台下互动，节目由观众出。

有人小声对冯老汉说："演完这个节目，演出就结束了，你的赌还作不作数啊？"

只见冯老汉"噌"地站了起来，就往台前跑去，上了台，对大明星说了几句话，接着两人拿起架势，准备演出了。

全场一下子静了下来，只见大明星对冯老汉亲昵地喊了声："爹爹！""呼啦"一下，全场顿时响起了热烈的掌声！

没想到，冯老汉接着应道："铁梅……"原来，这两人在对唱京剧《红灯记》啊！

摔得精彩

□ 曲育乐

　　一大早，王大进开车去单位，正在道上堵着车呢，忽然，斜刺里蹿出一个十几岁的男孩，径直朝王大进的车子冲过来，接着，用一个很夸张的动作倒在了车子前面。

　　一个词顿时跳进王大进的脑子里——"碰瓷"！他下了车，强压心头怒火，问男孩："孩子，你哪里受伤了？"男孩一脸痛苦："我的腿伤了！"王大进掀起男孩的裤腿，腿上连一道划痕都没有！他对男孩说："你的腿没事呀！"男孩呻吟着说："我受的是内伤，外面看不出来的……"王大进说："那好，我送你去医院检查一下。"

　　男孩说："医院就不用去了，你给我500块钱，这事就算了。"王大进等的就是这句话，他喝道："你刚才那些话我已经用手机录音了，其实我根本就没撞到你，你这是敲诈！再不起来，我就打110了！"

　　谁知，男孩眼圈一下子红了："先生，一看你就是个大老板，恐怕你一个小时挣的钱都不止500块吧？要不是父母早亡，还有个八十多岁的奶奶要养活，我也不会出来干这事呀，先生，你只当是可怜可怜我吧！"说着，他竟一把鼻涕一把泪地哭了起来。

　　男孩这一哭诉，王大进也心软了，就掏出300元钱给男孩，让他快走。男孩"嗖"的一下从地上爬起来，接过钱就要走。就在这个时候，从旁边杀出一个穿运动服的中年男子，一把抓住男孩的手。

　　男孩愣了愣，说："你干吗呀？"

　　中年男子说："小伙子，我问你，你愿意到我们学校上学吗？学费我可以给你全免！"

　　男孩疑惑地看着对方："你是谁？我不认识你。"

　　中年男子一副求贤若渴的样子："我是市体校足球队的教练，我们现在急需像你这样既会表演又会摔的好苗子！"

逼人的钱包

□ 宋炳成

有个叫邹六的人，搬到一个新院子里，这院子后面还有个院子，就隔着一堵墙。一天晚上，邹六忽然听到有什么东西打了一下后窗玻璃，他绕到后院一看，一个精致的红钱包躺在地上。邹六拾起来，打开一看，里面除了几张角票，还有两张银行卡。邹六脑子一转，妈的，肯定是赃物，真晦气！于是，邹六又把钱包扔了回去。

第二天晚上，前窗的玻璃响了一下，邹六赶紧去看，还是那个红钱包。这小偷真讨厌，偷东西不算，还老是乱扔赃物！看样子，这小偷就住在自己家附近，说不定就住在自己院子后面呢！邹六决定弄个恶作剧，惩罚他一下，于是邹六特地来到后院，把钱包扔过了院墙。

第三天晚上，邹六听见自己的院门"突"地响了一下，打开院门一看，红钱包居然就在门口！这次邹六想也没想，直接来到后院，把钱包扔了过去。

几天后，邹六看电视时，一条新闻突然吸引了他的眼球：今天，本市公安机关破获了一个重大盗窃团伙，破获的关键是其中一名惯偷主动自首，刑警们顺藤摸瓜，这才把所有人一网打尽……记者采访这个惯偷，问他自首是否是良心发现，惯偷摇了摇头，长长地叹了口气，垂头丧气地说，都是那个钱包，是那个红钱包逼他自首的！

原来，十天前，惯偷逛商场的时候偷了一只钱包。回到家，他取出里面的现金，顺手将钱包丢到了院外。谁知第二天回来，那个刺眼的红钱包竟然静静地躺在院子里，惯偷心中一

实名时代

□ 侯智勇

老王搬家的时候，在一个旧箱子里发现了一张十年前的存单，因为数额太小，自己早忘了，连密码也想不起来了。俗话说，蚂蚱虽小也是肉，老王还是去银行办理挂失了。来到银行柜台，老王出示了存单，营业员却告诉他，不能挂失。老王一惊，问为什么。营业员说"现在我们实行实名制了，你这存单上写的是'王安石'，你身份证上是'王德生'，不一致。"

老王一拍脑门，哦，想起来了，当时自己还在文化馆工作，正研究王安石的诗词，存款的时候，就信手将户

名写成了王安石，老王立刻急赤白脸地申辩了起来"可是，当时确实是我本人存款的啊，不信可以调出当时的存款收据。"

营业员说："那也要先证明你就是王安石，王安石就是你。"

老王哑然失笑："王安石都作古一千年了，就是齐天大圣也请不回来啊，要不你们鉴定一下笔迹不行吗？"

营业员冷笑道："那也不能排除现在真有'王安石'这个人，所以我们还是要看到王安石本人的身份证明才能办理挂失。"

老王的心顿时拔凉拔凉了，看

惊：隔壁那个院子一直是没人住的呀！于是，他绕到那个院子前面，把钱包又扔了进去。谁知隔了一天，钱包又神不知鬼不觉地回到了原来的地方。最后一次，他直接把钱包摔在隔

壁院子的院门上就走了，没想到钱包又自己回来了！这下，惯偷吓坏了，自己莫不是快遭老天报应了吧？所以第九天一大早，惯偷悄悄去公安局自首了……

·幽默世界·

来，除非王安石能从坟堆里爬出来，不然这笔款是取不出来了。老王挺生气，回去忍不住跟对门邻居念叨了此事，邻居说："真可恨，我给你出个主意，你上网发帖，将这事公布一下，如果引起网民关注，造出声势来，兴许就有转机了。"

老王有点担心："要是引起麻烦怎么办？"

邻居"哈哈"大笑："没听说吗？互联网很流行一句话——'在网络世界里，没人知道你是一条狗'。放心，匿名上网，没人知道你的身份。"

老王是个网盲，一听觉得很刺激，就抱着试试看的态度去了附近一家网吧。本以为交了钱就能上网，不料网管告诉他，必须出示身份证，因为现在上网也实名制了，网吧安装着一种新的软件系统，网民需使用自己的身份证办理一张上网卡，在上网时用扫描器扫描此卡，在确定持卡者身份后，网页才会打开。老王一听，这么麻烦啊，犯不上，还是算了。

过了几天，老王的老伴在公园里散步时，丝袜被一种带刺的花草划破了。于是，吃完晚饭，老王陪她上街去买丝袜。走进一家店，挑好了丝袜，付款的时候，店员却说："请出示身份证。"

老王几乎被雷倒了："天哪，买丝袜也要实名制？"

店员面无表情地说："因为我们这里连续发生多起抢劫案，劫匪都是头戴丝袜作案的……"

（**本栏题图、插图**：顾子易　包丰一）

·本刊信息传真·

阿P系列幽默故事征文

阿P系列幽默故事栏目开辟二十多年来，深受读者欢迎。阿P是个有多重性格的喜剧人物，他正直、朴实，却又染有许多不良习气；他自作聪明，却又往往事与愿违，弄巧成拙；面对屡屡受挫的现实，他却能自我解嘲，很有点阿Q的精神姿态，让人啼笑皆非。

为了把这个栏目办得更好，本刊再次面向全社会征稿，希望有更多的人来关注阿P，把您身边的阿P故事写得更精彩，更有现实意义和典型意义。

来稿方法：1. 从邮局寄发，请在信封上注明"阿P故事征文"字样，本刊地址：上海市绍兴路74号《故事会》杂志社，邮编：200020。2. 从网上传递，可寄以下信箱：wulun@vip.sohu.net，请在主题上注明"阿P故事征文"字样。凡已和我刊编辑有联系的作者，稿件可继续投给联系的编辑。

499

2011
SEMIMONTHLY
下半月刊

11月
STORIES

欢迎登录本刊主办"故事中国网"（www.storychina.cn）

故事会
—STORIES—

2011 年 11 月
下半月刊·绿版

何承伟：社　长、主　编
夏一鸣：副社长
吴　伦：常务副主编（兼绿版负责人）
姚自豪：副主编（兼红版负责人）
本期责任编辑：刘迎曦
电子邮箱：liuyingxi1203@163.com

绿版发稿编辑：
朱　虹　颜轶超　黄美舟
美术编辑：李宝强
电脑制作：郭瑾玮

本社办公室电话：021-64375030
上半月刊编辑部电话：021-64332325
下半月刊编辑部电话：021-64336469
（上海市绍兴路74号　邮编：200020）
主管、主办：上海文艺出版（集团）有限公司
出版单位：《故事会》编辑部
发行范围：公开

出版、发行总监：张　凯
电话：021-64313938
广告业务：上海故事会文化传媒有限公司
广告总监：张　淮
广告业务：021-34010383
广告投诉：021-64333738
广告经营许可证
沪工商字第3100320080016号
发行：中国图书进出口上海公司

生理教育

这天,妈妈带着儿子看了一部关于女人分娩的纪录片。

影片结束后,儿子安静了好一会儿,才轻轻问道:"妈妈,你生我的时候也是这么痛吗?"

妈妈心里乐开了花,想儿子终于知道心疼母亲了,于是点点头回答:"是啊,真的好痛。"

儿子听了,连忙抱住妈妈,激动地说:"谢谢妈妈把我生成男孩,不然以后我也要挨痛了。"

（郝翠英）

（本栏插图：包丰一）

懒惰的理由

周末,已经日上三竿了,儿子还在赖床。妈妈实在看不下去了,道:"懒虫,你看都几点了?太阳都起床了,你还睡?"

没想到儿子死死拽住被窝不放,嘴里还狡辩说:"昨晚太阳6点就睡觉了,我可是10点才睡的。"

（王永生）

茶馆相声

这天大王遇见小李,打招呼道:"最近还老去茶馆听相声吗?"小李摇摇头答:"虽说那儿相声越来越多,可带劲的却越来越少。"

大王听了如遇知音,叹道"这话真对!前天,我在一家茶馆听了一下午相声,结果回家半宿没睡着。"小李听后不理解了,问:"是因为笑料多,你太激动了?"只见大王摇摇头,无奈道:"哪儿啊,我在那儿整整睡了一下午,睡足了,晚上自然睡不着喽。"

（罗洪专）

折 腾

一大早，老公就被老婆拽起来帮忙找钥匙。他好不容易找到了，把老婆送出门。可五分钟后，老婆回来了，指着窗外说："下雨了，回来拿伞。"说着，拿起伞又出了门。

老公长吁了口气，心想总算清净了。可没等十分钟，门铃响了。外头传来了老婆的声音："老公！帮我开个门！"老公忍无可忍，吼了句："又怎么了？"

只听门外沉默了片刻，传来老婆幽幽的一句话："刚才拿伞，把钥匙忘家里了。"

（程 亦）

原来如此

一个小伙子逛街觉得口渴，便买了瓶可乐，不一会儿就喝光了。这时，他才发现身后跟着个老奶奶，便问："您跟着我干吗啊？"老奶奶回答："我想要你手上的空瓶子。"小伙儿心想原来如此，便顺手把瓶子给了老奶奶。

可他又走了一段，发现那老奶奶还跟在自己后头，便纳闷道："您还跟着我干吗呢？"老奶奶憨厚一笑道："小伙子，这么热的天，我就不相信你不会再买一瓶！"

（阿 水）

车 坏 了

一天，老婆开车要出远门，可没多久就回来了。老公正纳闷，老婆开口便撒娇说："老公，我的车坏了。"

老公问："怎么坏了？"老婆只好支支吾吾说："大概是发动机进水了。"

老公觉得不可思议，又问："发动机怎么会进水？我得看看去。车在哪里？"

这时，老婆怯怯地看着老公回答："车在池塘里。"

（于林娜）

生日礼物

今天是京京小姨的生日。京京一早就跟爸爸妈妈来到小姨家，像模像样地坐在钢琴边，弹了一首练习曲。弹罢，京京又甜甜地说了句："小姨生日快乐！"小姨听了乐得合不拢嘴。

这时，姨夫逗她说："京京，你这礼物是不是分量太轻了啊？"

京京听后直摇头，说："不轻不轻！爸爸说一节钢琴课要二百元学费，这首曲子我学了三节课呢，分量可重了！"

（大 王）

未雨绸缪

周五晚上，儿子放学带回来一张邀请函。爸爸一看，原来是学校邀请家长去听报告，报告的名字叫《怎样培养孩子的良好习惯》。

爸爸便随口跟儿子开了个玩笑："要不，你也跟爸爸走一趟，听听报告如何？"

没想到儿子沉思片刻，竟然煞有介事地点头答道："听听也可以，这样再过三十年，我就知道怎么教育我的儿子了。"

（汪 杰）

客 套 话

这天，爸爸请了同事来家里做客。大家聊得挺晚，爸爸还邀请客人们留宿，大家婉言谢绝后都散了。

儿子小刚问："爸爸，咱家又不大，你让那么多客人睡哪儿？"爸爸笑答："那都是礼数上的客套话，他们不会真留下来的。"

第二天，隔壁小朋友过来玩，临走时拿着小刚的变形金刚爱不释手。小刚见了大方地说："你要喜欢就拿走吧。"小朋友一听，抱着变形金刚就跑回家去了。霎时间，小刚哇哇大哭起来，边哭边冲爸爸嚷"我本来只想说句客套话，他怎么当真了？"

（阿 欣）

失　策

有个学生考作文时，想不起来恩惠的"惠"字怎么写。

正左思右想，他忽然看见自己桌上的饮料。

这款饮料最近正搞抽奖，这学生心想，凡不中奖，瓶盖上面往往都会写"谢谢惠顾"四个字。这惠顾的"惠"不就是恩惠的"惠"吗？

于是，他迫不及待打开瓶盖，可翻过来一看，他却笑不出来了。

只见上头写的四个字居然是"再来一瓶"。

（洪　力）

对不起老师

英语课上，老师点名几个同学在黑板上听写单词，小毕也在其中。听写前，老师说"实在写不出来，就把中文标上。"

接着，老师一连报了十个单词，小毕却有一大半都写不出来，最后只好默默地跟着同学们走下讲台，回到座位上。

这时，英语老师实在看不下去了，对小毕说道"你对不起我也就算了，怎么连语文老师你也对不起？"原来，在小毕标的七个中文词里头，竟然足足有十个错别字。

（小　忠）

皮带

一对母子去逛超市。妈妈进了店门，先把儿子腰上的皮带抽掉，然后才让儿子跟在自己后头开始购物。

一旁有人好奇了，忍不住问妈妈这是为啥。

那妈妈回头看看提着裤子的儿子，颇有成就感地笑道："你看他现在这小样儿，两只手忙着提裤子，哪还有工夫到处乱拿东西呢？"

（鹏　飞）

（本栏目欢迎原创作品、翻译作品。来稿可从邮局寄发，也可从网上传递。如为电子邮件，请发以下信箱 liuyingxi1203@163.com）

 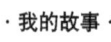

真亦假时
假亦真

□ 刘自忠

绝境逢生

夜之间，我下岗了，无奈只得每天逛人才市场。

这天，我发现一个公交站牌上贴着张小广告，上头写着：公司招聘职员。求本科毕业，电脑技术熟练，敢作敢当有骨气的男子汉。待遇丰厚，非诚勿扰！

真是天无绝人之路啊！反正现在我也是失无所失了，干脆就试它一试！

于是，我赶紧拨通了招聘启事上的电话。接电话的是个男人，听声音似乎挺年轻。

听完我毛遂自荐后，他爽快地说道"时间还早，要么现在你就来公司瞧瞧吧。"

可等我赶到指定地点，却发现那是套出租房，门口连块公司的门牌也没挂。

我心里正犯着嘀咕，只见门里迎上来一个男人，三十岁上下，说自己是公司的经理，叫吴军。随后，他便开门见山地介绍起自己公司的业务来："别看我这公司小，可业务多着嘞。一言以蔽之，就是替人解围。这年头，谁都难免遇上个尴尬事儿，我们的目标，就是给客户解围，为客户分忧。"

我好奇了："怎么个解围法儿呢？"吴军见我挺有兴趣，又滔滔不绝说起来："简单！就是想法儿圆谎。你想，人嘛，从工作到生活，保不准哪天就要用个谎话来应付吧……"

这是什么歪理邪说？听到这儿，我气不打一处来，觉得这事不靠谱。吴军见我犹豫了，立刻强调"我们这可不是害人，而是帮人！这样，你也不忙做决定，跟我走一单生意再定去留也不迟。"

唉！一文钱困死英雄汉。我犹豫了片刻，心想，得了，走一趟就走一趟吧。

首战告捷

我跟着吴军出了门，他便掏出一百块钱和一个地址递给我，说："你现在去找一家锦旗店，做一面锦旗，上头要写'见义勇为'四个字，然后按这个地址送过去，就说要感谢一个叫李大鹏的人。"

我纳闷了，问："这到底唱的是哪一出啊？"

吴军解释说，这个李大鹏，上班路上遇到一个人晕倒了，就把那人送去了医院，结果上班迟到了。按他们公司的制度，迟到了得重扣奖金。李大鹏解释了原因，可经理却不信。等他再回医院找人时，人早不知哪儿去了。眼见自己跳进黄河也洗不清了，李大鹏只好雇个人给自己作证。这样一能保全脸面，二能保住奖金。

我一听这阵势，明白这李大鹏确实无路可走了，于是片刻也不敢耽

搁，接过钱，印好了锦旗，就奔向了李大鹏的公司。

到了那儿，我直奔经理室。他们经理姓江，一看是有人送锦旗来了，顿时也觉得脸上有光。我赶紧把李大鹏"见义勇为"的过程给江经理好好地描述了一番，这位江经理边听边点头，笑道："这个李大鹏，还真救了人，我还以为他是在编故事呢。"

我赶紧趁热打铁，说："是啊！我昏倒的时候，路过的人没一个敢上来扶一把。要是没有他，我还不知要在地上躺多久呢。江老板，也得谢谢您培养了这么好一个员工啊！"

听我这么一说，江经理愈发得

意，赶紧把李大鹏喊来，大大表扬了一番。

眼见这假话还真能骗得人高高兴兴、服服帖帖，我心里竟顿时涌出了一种成就感：嘿！这说谎还真能救人啊！

不到半小时，这事儿就搞定了。李大鹏把我送出了公司，连声道谢。除了锦旗的本钱外，他又掏出二百元钱，说是报酬。这第一单生意也就这么不知不觉做成了。

这似乎也不是啥违背原则的大事，于是，我决定留下来再试试看。

没几天，我就发现，别看这生意

不起眼，也不登大雅之堂，可客户还真不少，这收入嘛，当然也还挺可观。

我逐渐做熟了手，不知不觉，说起谎来竟然脸不红心不跳，心里头还暗自佩服起吴军来，觉得他的眼光还真是独到啊。

假作真时

这天傍晚，我正准备下班回去吃晚饭，吴军接了一个电话，就急急地对我说："饭你也别吃了，现在就赶到光华大酒店去，有大餐等着你。"

原来打电话过来的是一个老板，他跟一个女孩混上了，两人本来约好一起在光华酒店吃晚饭，谁知却让老板的老婆跟踪上了，此时三人都坐在酒店包间里。

巧的是老板正好前天在街上拿到了我们的广告，于是骗老婆说这女孩是找他谈生意的，并假说让女孩打电话叫男友快些过来，实际却是向我们求助。

虽说这事儿实在不光彩，可拿人家的手短，我也只好硬着头皮上了。

刚进酒店包间，我惊呆了：这老板不是别人，正是前一段时间我还骗过的那位江经理！

看得出他也愣了一秒，不过马上露出笑脸，跟我打了声招呼，示意我坐下。

旁边那姑娘见我来了，赶紧抓住我的手撒起娇来："你怎么才来，本来就该是你们大男人生意场上的事儿，你非要我学着做。看看，我都快付不了了。"她那声音简直嗲得我浑身直起鸡皮疙瘩。

这鸡皮疙瘩一起，我也立刻回过神来，骑驴下坡顺势说道"实在忙不过来，这才叫你先过来照应一下嘛。否则让江总一个人等在这里，也太没礼貌了吧！"

说完，我又伸出手握住江经理的手道："这单生意还得仰仗江经理您帮忙，实在不好意思，招待不周，还给您添麻烦了。"

接着，我又拉着身边的姑娘，起身向江太太敬酒道："这位是江太太吧？来，我敬二位一杯酒，承蒙二位关照！我们先干为敬了！"

戏演到这一步，那位江太太看上去是真信了。这时，只听江经理淡定地跟老婆说笑道："老婆啊，看看人家两人那么般配，你还非要乱点我的鸳鸯谱。不过既然来了，你也坐下来一起吃顿饭吧。"

再看那江太太，此刻满脸尴尬，自觉无趣，摇摇头说："你们生意场上的事情，我懒得管了，你们还是自己吃吧！"说完离开了包厢。

眼见这事儿算是处理好了，我便迫不及待想要离开。可这时候，江经理发话了："你也别走，一起坐下来喝两杯，我老婆说不定还没走远呢。"

没办法，他账还没付，我也只好又低头坐了下来。正不知如何解释呢，没想到这江老板竟然自己提了那天的事来："我说，那天那个李大鹏的事，也是他请你的吧？"这话说得我脸霎时间就一阵红一阵白的。

这时，只听江老板哈哈一笑道："算了，你今天救了我，我也就懒得追究他了，免得砸了你的牌子。再说，以后万一有什么事情，我还得找你们呢。"

说完，他从皮夹子里掏出五百块钱，甩到我面前道："给，这是劳务费。你小子演技不错，我们算是合作愉快了！哈哈！"

我这才长舒一口气，又陪他们喝了几杯酒，便起身告辞了。出了酒店门，我手里拿着那五百块钱，觉得特别烫手。

当天晚上，我找到吴军，把钱交给他后，坚决辞了这份差事。

虽然又没了经济来源，可当走出公司门，我却狠狠透了一口气，觉得从此不必再千方百计编谎话打圆场了，心里顿时一阵轻松。

（题图、插图：安玉民 梁 丽）

绿版编辑部各编辑邮箱：

吴 伦： wulun@vip.sohu.net
朱 虹： zhong98305@sina.com
刘迎曦： liuyingxi1203@163.com
颜轶超： yanyichao1004@sina.com
黄美舟： piggybank81@sohu.com

职场之道，与其苦苦钻营驭人之术，不如凭心办事，以德服人。

你得感激我

□ 冯海鹏

老孟最近算是熬到头了。公司的人事主管退休，老孟这个副主管，顺理成章接班扶正了。

坐在新主管的大办公室里，看着下属们围着自己忙忙碌碌，听着他们一嘴一个"孟总"，老孟那感觉别提多好了。

不过，在这些下属之中，老孟仿佛嗅出点异样的味道。

是这么回事儿：部门里有个青年才俊叫王小江，在老孟看来，老主管人在任的时候，王小江鞍前马后，工作积极上进。可现在呢，老孟总觉得这小伙儿有些不冷不热，跟自己的关系挺拧巴的。

这么个可用之才，开掉实在可惜 用起来嘛，又实在不怎么顺手，有点鸡肋的味道。自己堂堂一个主管，

连个下属都搞不定，这怎么行？于是，一次酒桌上，老孟把这档子困惑顺便跟一个做领导多年的朋友说了出来。

这位朋友果然经验丰富。三杯酒下肚，就如此这般给老孟支了一招，最后还神秘地对老孟笑着说："兄弟，这招叫欲擒故纵。放心，这招用过以后，我保证这个王小江从此以后对你服服帖帖、感激涕零！"

得了这么个锦囊妙计，老孟便急着要试试看是不是奏效。

于是，第二天一大早，老孟便把王小江叫到了自己的办公室，给他倒了杯水，故作轻松地说道："小江，这次公司人事调整的事情想必你也知道

了吧？"

那王小江听了一愣，然后点点头，抬头看着老孟。

老孟笑了："既然是调整，肯定有几个人会离开公司。当然，像你们这些为公司付出了很多心血的人不必担心，应该可以向咱们新开的第一个分公司流动一下，流动才有活力嘛！应该没问题吧？"王小江听了更是一脸茫然了。

片刻之后，老孟好像又忽然想起什么似的，问道："你家人都在这里吧？"王小江点点头说"是的，妻子、孩子和我爸妈都在。"

老孟便似笑非笑拍拍王小江的肩膀说："好了，别的没什么事。今天和你谈这些，是希望你心理上提前有个准备，好，你忙去吧！"此刻，王小江猛然抬头，欲言又止，然后点点头，出去了。

没过几天，老孟开始投入到人事考核的工作中去了。

这天晚上，王小江突然提着礼品敲开了老孟家的门。

说了很多题外话后，王小江终于说到正题上来了，他吞吞吐吐道："我是为人事调整的事来的。孟总，那天你跟我说的话，我懂。其实，到分公司我也没问题，就是我老婆在这里，孩子还得上学，肯定有很多不便，你看，能不能帮个忙，我就不去了？"

老孟等的就是他这句话呀！可他

此时依然沉着冷静半天，才若有所思地说："小江啊，我能理解，可是，这是整个公司的事情，也不是我一个人说了算。再说，夫妻两地分居的很多啊，这个恐怕我也爱莫能助。不过，唉，我尽量想办法吧！"

听到这番话，王小江明显很失望，但他哪儿会晓得，老孟此刻却按捺不住心里的狂喜。这就是朋友说的欲擒故纵的最高境界，置之死地而后生。

接下来的日子里，王小江在公司里依旧忙忙碌碌，勤勤恳恳。只是，他每天都板着脸。

老孟看在眼里，虽然不动声色，可

心里却说，小子：你就板着脸吧，过几天有你好笑的哩。

几天后，公司的人员调整会如期召开。会场上一片寂然，大家都紧张地坐着，聚精会神地听着对自己的命运安排。但自始至终，老孟都没有念到王小江的名字，也就是说，王小江的工作不用变动。其实，公司压根就没想动王小江。

会议结束，老孟就把王小江留了下来。他拍拍王小江的肩膀说："小江啊，本来是要你到分公司去的，但我们了解你的情况比较特殊。你看，你妻子在这里上班，孩子在这里上学，父母又跟着你们一起生活，确实不便，所以，公司为你考虑，你就不动了，还留在这里。"

戏演到这儿，老孟就只等着王小江的感激涕零了。

这时候，老孟果然见王小江抬起头看着自己，咬了一下嘴唇，眼圈顿时红了。那一刻，老孟确信无疑，朋友支的招完全达到了预期的效果！经过这么小小的一个把戏，往后，王小江一定对自己心存感恩，像对待原主管一样忠心耿耿。

第二天一大早，老孟哼着小曲儿进了办公室。他想着昨儿自己对王小江的那招棋，又回味了一下当时王小江那复杂的表情，顿时觉得自己这领导当得是越来越有水平了。

想到这儿，他坐在老板椅上跷起了二郎腿，只等着王小江来自己这儿献忠诚、表决心。谁知，他等到的不是王小江的人，却是王小江托人给他带来的一封信。

老孟疑惑地拆开信封，却见里头竟是一封辞职信！信里，王小江还告诉老孟，他往老孟的电子信箱里发了一封邮件，希望老孟看看。

老孟顿时目瞪口呆，稍缓过神来后，他慌忙打开信箱，里头果然有王小江的邮件。他点开一看，只见王小江写道：

孟总，收到我的辞职信了吧？说实话，我得感谢你这些日子在工作上的帮助。

可是，当我听到人员调整结果后，这些感激已经荡然无存，取而代之的却是对你的愤恨！

你的几句话简直折腾得我天翻地覆啊！这些天，我把妻子的工作转走了，把孩子转到分公司那边的学校，把我瘫痪在床的父亲也在那里安排好了，可是，你却宣布我仍然留下！你知道，我一个小小的职员做这些事情要付出多少辛酸的努力吗？我想，你永远无法明白。既然如此，也就罢了。临别祝你一切顺利吧！

这么短短一封邮件，硬是让老孟在电脑前愣得整整一个上午，等他回过神来的时候，才发现自己的脸上已然是火辣辣的了。

（题图、插图：安玉民　梁　丽）

高跟鞋的来源

高跟鞋面世至今，已有几百年历史了。可以说它永远是女士们百谈不厌的时尚话题。不过出人意料的是，它的发明本意倒不是为了美化女性，而竟是弄巧成拙的结果。

相传15世纪的威尼斯，有一个善妒的商人，偏偏娶了一个美丽迷人的女人为妻。因为经常要出门做生意，所以商人总是对留在家里的妻子放心不下，担心她会弄出什么风流韵事来。为此，他苦恼极了。

一个雨天，他走在街道上，鞋后跟一不小心就沾上许多泥巴，弄得他不得不加倍小心踮起脚走路。忽然，他从中受到了启发，立刻找人订做了一双后跟很高的鞋。原来，因为威尼斯是座水城，人们主要靠乘船出行，商人认为妻子穿上这双鞋，要在船跳板上行走会很困难，自然也就不愿出门了。

岂料，他妻子穿上这双鞋后，感到十分新奇，就总是让仆人陪着，上船下船，到处游玩。而因为穿上了那双高跟鞋，她走起路来竟然更婀娜多姿、楚楚动人了，路人无不为之所动。于是，那些讲求时髦的女士们都争相效仿，没多久，高跟鞋便盛行起来了，而且至今备受爱美女士们的青睐。

（推荐者：阿 采）

领带原是擦嘴布

穿西服时，系上一根搭配得当的领带，显得美观大方、典雅庄重。相传它的发明，最初却不是为了美观。

原来中世纪初，英格兰还是个野蛮的国度。人们吃烤肉之类，不用刀叉这些餐具，而是直接用手抓。那时候，男人们习惯留胡子，吃东西时，胡子经常会给食物弄脏，他们又总喜欢习惯性用袖口去擦嘴。所以，妻子们洗衣服的时候觉得特别吃力。

一天，有个女人想出了办法：她在丈夫的领口下挂上一块布，让他用这块布来擦嘴。可谁想她的丈夫依然我行我素，情况还是没好转。

过了一段时间，这女人竟然又想出一个高招：她又在丈夫袖口上缝了几颗小石子。这样每当他的丈夫用袖口擦嘴，不是把胡子拉掉，就是把嘴皮划破。没过几天，他便养成用领口的布擦嘴的习惯了。其他的女人发现这招管用，也都拿来对付自己不爱干净的丈夫们。久而久之，衣服下面挂块布，袖口前面钉石块，就成了英国男式上衣的传统式样。

后来，人们逐渐将那块布改成了系在脖子上的领带；将在袖口钉石块，改成了钉纽扣，又把纽扣从前边移到了后边。这样一改，领带就变成了受人欢迎的装饰品。而穿西服，打领带，也逐渐成为世界流行的服装式样了。

（推荐者：今 明）

止怒息火的戒指

今天，戒指是全世界公认的定情之物。不过，它最初的使命却并非如此。关于它的起源众说纷纭，有的简直让人觉得匪夷所思。

相传，从前有个国王脾气暴躁，一遇到不顺心的事就喜欢拍案而起，吓得群臣瑟瑟发抖，事后国王又总是追悔莫及。但如果再遇到不如意的事，他却仍然没法控制住自己的暴脾气。这样一来，国王和他的大臣们都始终处于痛苦之中。

后来，国王绞尽脑汁，终于想出了一个好办法：他让人为自己做了一个钢圈套在手指上。戴上它后，只要自己一发脾气拍桌子，手指就疼痛不堪。就这样，久而久之，国王发脾气拍桌子的习惯就被"戒"掉了。

这个方法很快被群臣效法。后来，戒指慢慢变成了用金银美玉制成的装饰品，虽然仍被称为戒指，但它已不再用于止怒息火了。

（推荐者：鲁 冰）

（本栏插图：安玉民 梁 丽）

□ 沈 石

阿P办学记

这天是休息天，阿P出去闲逛。走着走着，见前面有个男人在墙上贴广告。阿P将内容草草看了一遍，不由得念出声来："啊哈，转让学校。"那人一笑，说："是啊！您有兴趣接盘？"

阿P哪搞得清楚办学的事，他只是闲得慌，想找人聊聊，于是装模作样问："哪所学校？"那人赶紧自报家门，还客气地请阿P进学校去坐坐。

阿P跟进去一看才晓得，说是学校，其实不过是一座二层小楼里头的三间房：楼下一间作办公室，楼上两间稍大的作教室，加起来也就六十多平米。阿P一问，学校也就两个人。那男的叫张雪门，自称校长；还有一个女的叫周小雯，是教务主任兼招办主任，老师都是外聘的。阿P随着张雪门上上下下看了一遍，不

由讥讽道："这也叫学校？真是想钱想疯了。"

张雪门也不动气，正色说"学校不在大小，过去办私塾，一个学生也教哩。"他给阿P添了茶，然后问，"还没请教先生大名？"

这些年，阿P被人叫惯了，自己的大名都快忘了。见对方文绉绉的，阿P也不想显得太土，于是就把自己的大名报了出来"我叫王富贵，平时大家都叫我阿P。张先生，你做得好好的，为什么要转让？"

"唉！"张雪门叹了口气，说，"都是家务琐事，不说也罢……只是这学校主要是为了给学生补习，我经营了四年，弃之可惜。如果有志同道合的朋友接下来，我也走得心定了。"

阿P见张雪门不住地用眼看自己，心中就一动。果然，张雪门忍不

住了，说"我看王先生您谈吐大方、举止优雅，一看就是个有文化底蕴的人，不知您有没有兴趣？"

这一捧，把个阿 P 捧得飘起来了："呵呵，办学对我来说，小菜一碟，只是我没那么多钱呀。"

"这有何难？"张雪门见有希望，赶紧说，"这块是熟地，生源不成问题。做得好，一年赚十万。我急着要走，所以也不多要，您给我两万，意思意思就可以了。"

阿 P 暗自一算，一年赚十万，还自己当老板，这样的好事不去做，那真是脑袋进水了！他站起来，有些结巴地说："这事还容我回去考虑一

下……"

当晚，阿 P 就对小兰说了这件事。小兰起初不同意，可经不住阿 P 舌翻莲花，也就答应了。

就这样，阿 P 到原单位递交了辞职报告，接下了张雪门的学校，当起了校长，并且留用了周小雯。

很快到了暑假，正如张雪门所言，来报名的人还真不少。周小雯排出了十二个班级，小学各个年级的语、数、英全有。阿 P 兴奋之余，碰到了难题——老师不够了。原定教小学一年级数学的老师，说是学校有新规定不能到外面兼课，不来了。阿 P 心想自己好歹读过电大，一年级数学还教不来？于是拍着胸脯对小雯说："这个我自己上！"

暑假班如期开学。阿 P 这才发现一年级数学已不只是加减法了。他站上讲台，在黑板上出的题，自己还没算出来，下面已经有学生说出答案了。其实更让阿 P 担心的是，他与周小雯接触久了慢慢了解到，张雪门当初把学校转让给他，并非只是"家务琐事"那么简单。而真正的原因是旁边有所中心小学，学校和张雪门联手，每到假期王校长就将学生组织好，送到张雪门那儿，名义上中心小学没有补课，实际上却是变本加厉。前段时间，教育部门再次重申不准中小学搞假期有偿补课。张雪门怕违规的事做不长，才见好就收。那天正好

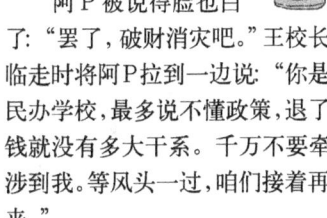

不好还要吃官司呢！"

阿P被说得脸也白了："罢了，破财消灾吧。"王校长临走时将阿P拉到一边说："你是民办学校，最多说不懂政策，退了钱就没有多大干系。千万不要牵涉到我。等风头一过，咱们接着再来。"

为了继续合作，阿P拍着胸脯向王校长保证，一定不当叛徒，王校长这才千恩万谢地走了。

接下来几天，阿P和周小雯忙得焦头烂额，又是通知家长退费，做解释工作，又是接待报社记者和行政管理部门的人。好不容易觉得可以喘口气了，事情又来了！

原来张雪门留给阿P的办学许可证是借用别家学校的，行内话叫作"借鸡生蛋"。而那个学校早在去年就停办了，因此那张许可证也就没有用了。本来还可混混，但在这次处理有偿补课事件中，执法部门发现了这个问题，于是有关部门又找到阿P，告诉他，解决问题的办法很简单：要么申报一所学校；要么关门。申报学校要求太高，阿P根本做不到，到最后，只有关门大吉了。

周小雯觉得对不起阿P，自己无形中做了张雪门的帮凶。阿P安慰她说："我谁都不怪，只怪自己不知道教育这潭水有多深，也不掂掂自己几斤几两就往里面跳。"分手时，阿P要给

撞上阿P，花言巧语就把阿P搞定了。阿P了解得多了，心里就有些发毛。但他转念又想，天上不会掉下馅饼，也不会掉下块砖头吧？

但是，天上偏偏掉下块"砖头"，正好砸到了阿P头上！

这天，阿P一走进办公室，小雯就一脸紧张地拿了张报纸给他看："阿P校长，报上点我们名了！"阿P一看差点叫出来，真是越怕越来事！正在这时，王校长着火般闯进来"有几个家长向报社反映我们变相补课，上面查下来了。"阿P没经历过这种事，一时不知说什么好。

王校长一跺脚，发狠地说道"现在也只有这样了，我们将钱退还家长，就说是免费给学生补习。"阿P可不愿意了："这哪行啊，我投了钱，出了力，让我喝西北风啊？"王校长急得脸都白了："你不退钱，家长一闹，上面一查，真要查出来，罚款事小，搞

免费保姆

□朱西岭

保姆找上门

刘燕最近在家休产假，因为和婆婆脾气合不来，婆婆一甩手走人了。眼看产假就要结束，刘燕想请保姆，可现在保姆那么贵，哪里请得起？

这天，为这事，小两口又吵开了。正吵得不可开交，门铃响了。二

周小雯工资，周小雯说什么也不要。说："阿P老师，你是好人。"

阿P这下亏吃大了，几万元钱"忽"地一下就没了，连声音都没听到。小兰气得要与他离婚，吵得昏天黑地，阿P更是大病一场。

来年三月，草长莺飞。有天，阿P来到办学的那个地方，现在那里已经变成了洗脚房。

想起过去经历的事，阿P心中是感慨万千，正黯然神伤，猛听有人在叫他："阿P校长，阿P校长好！"阿

P回头一看，是个胖胖的中年女人，不认识啊。

胖女人又说："啊呀，阿P校长真是贵人。我们家小孩在您那儿补了一个假期的课，成绩真的上去了点！你们后来就这么关了学校，挺可惜的。"

听到这儿，阿P不禁喜从中来，对那女人连连点头感谢，心里美滋滋地想着：我阿P对社会还是有贡献的！我也有"粉丝"的！想到这儿，阿P禁不住又高兴起来。

（题图、插图：顾子易）

20

人只好停下来开门，只见一个大妈站在门口。此人五十多岁模样，怯生生问道："请问，你们家要保姆吗？钱多钱少我不在意，就图有个事儿做。"见刘燕两口子不信，大妈便解释起缘由来。

原来这位大妈姓李，说来身世挺苦，家里儿子儿媳嫌弃她碍手碍脚，无奈，她只好来到城里，想打份工养活自己。说到这儿，李大妈抹了把眼泪，道："现在我人生地不熟，无家可归，又没啥技能，想来想去只好给人家当个保姆。这不，刚路过你们楼下，听见有孩子哇啦哇啦直哭，我就顺着声音找上来碰碰运气。你们放心，我在家带过孩子，有些经验的。反正这也是我第一份工，工钱你们给五百就行，我只求有个吃住的地方，你们行行好，就让我在你们家试试吧。"

五百块请个保姆！刘燕简直不敢相信自己的耳朵。这能靠谱吗？最后，两口子商量后决定，趁着刘燕还剩一个星期的产假，就先试用李大妈一个星期。

小心不可少

接下来的一个星期，刘燕都在暗中观察，发现李大妈不但很会哄孩子，还能腾出手来帮她做家务、买菜、做饭、大扫除样样拿手。没几天，李大妈就融入了这个小家庭。

可刘燕心里还是不大踏实。她

想，这天大的便宜怎么偏偏能让自己捡了呢？现在社会上的事儿五花八门，别会出啥岔子吧？

于是，在产假的最后一天，为了以防万一，刘燕想出个法子来。签合同的时候，刘燕扣下了李大妈的身份证，才让李大妈签了字画了押。

不过几天后，还是出了点乱子。这天，刘燕下班回家，发现自己早上顺手放在桌上的五百元钱不见了！她顿时开始打量四下，发现桌上留着两杯没喝完的茶水。李大妈不是说在城里无亲无故吗？怎么这会子倒招待起人来了？那五百元钱难道是他们里应外合拿了？想到这，刘燕不安起来。她三步并两步跨进厨房，对李大妈发问："李阿姨，今天有客人来过吗？"

李大妈听了立刻一愣，赶紧连声否认，可明显看得出，她目光游离、双手也在直打颤。这一颤，刘燕便认定李大妈心中有鬼。她正要开口质问，这时手机响了起来。电话是老公打来的，说晚上朋友临时聚会，他回家换衣服见桌上有五百元钱，就顺手拿走了。

幸好这电话来得及时，再晚半秒钟，刘燕可就要对无辜的李大妈兴师问罪了！

李大妈见刘燕不吭声，颤声问："是不是家里少东西了？如果真少了，值多少钱，就从我工资里扣了吧。千

万别把我辞了!"刘燕赶紧打圆场:"哪儿的话啊。我有个朋友,本来约好了说下午来家里取点东西,我就是问问她来过没有。"李大妈这才松了口气,说整整一白天,家里啥人都没来过。

这回刘燕纳闷了,明明家里是来人了,这李大妈为啥要瞒着自己呢?可无凭无据,刘燕也没法问。为了以防万一,第二天,她缠着老公偷偷地在客厅里安上了摄像头,跟自己办公

室的电脑连上了网,又跟邻居们打过招呼,这才放心不少。

接下来,整整一个月过去了,似乎一切都风平浪静。刘燕才觉得之前大概是自己的神经太过紧张了。

可怜父母心

这天,刘燕提早回家。等她走到离家不远的公园旁边,远远看到李大妈用小车推着儿子进了公园。想到平时李大妈总不愿露底,刘燕就打算跟上去,看看她都跟什么人接触。只见李大妈一边推着儿子走,一边唱着歌哄儿子开心。很快,李大妈就来到一个长石凳边坐下来。只见她一边哄孩子玩,一边东张西望,好像在等什么人。她在等谁呢?一时间,电视上、网络上出现的各种案例都在刘燕脑海中涌现出来:有假借当保姆把主人家财物偷个精光的,有保姆偷盗小孩的……难道李大妈在等她的同伙?刘燕越想越怕,这次她一定要弄个水落石出,于是选了个隐蔽地方暗中观察起来。

约摸过了一刻钟,一个中年阿姨推着个孩子过来,跟李大妈说说笑笑,甚是开心。原来李大妈是找同伴聊天啊,刘燕的一颗心落了地。为了做到万无一失,她慢慢地靠过去,想听听她们都说些什么。

只听李大妈对后来的阿姨说道:"还是在这见面好啊,上次在家里差

点被发现了，还被当贼一样防。大妹子你真是好功夫，我孙女又白又胖，多亏了你啊！"

刘燕不由得一愣：那阿姨照看的竟然是李大妈的孙女！李大妈为什么不照看自家的孙女，偏偏要给我家当保姆呢？上次来家里的就是这个人，李大妈为什么不早说呢？

只听那阿姨对李大妈说："大姐，你也不赖，把我孙子照顾得这么好，我还要好好谢谢你呢！"当刘燕听到这句话时，一切都明白了，她并没有直接走过去，而是心情激动地继续听她们说些什么。

这时，她又听见李大妈笑着说："多亏那次在火车站遇到了你，要不是你想出了咱俩互换给对方儿子当保姆的好办法，我们哪能坐在这儿开开心心地看着孙儿呢？"

这时，那阿姨转了一下脸，刘燕看得清清楚楚，那竟然就是被自己气走的婆婆！婆婆倒是没有发现刘燕，

只见她叹了口气说："现在的年轻人也真是，父母不要钱的付出他们不领情，别人给的好处却能放在心上。看来这个免费保姆不好当啊。"李阿姨接口道："是啊。他们还蒙在鼓里。等他们开给我们工资，再寄还给他们，咱这样做免费保姆，既不看儿媳的冷面孔，又不让儿子为难，真是一箭双雕啊！"

听到这儿，刘燕不禁鼻子一酸，往事一幕幕浮现在她眼前：婆婆是如何伺候自己坐月子的，又是如何被自己嫌弃不卫生、笨手笨脚还尽量忍让的……那天老公为小家庭的和睦又是如何忍气吞声把婆婆送去车站的情形，此时也历历在目。

想到这里，又回想起李大妈这一个多月来对儿子的悉心照料，刘燕的脸一阵红一阵白。她再也忍不住了，抹了一把眼泪，站起身来，快步朝两位老人走去……

（题图、插图：谭海彦）

· 本刊信息传真 ·

阿P系列幽默故事征文

阿P系列幽默故事栏目开辟二十多年来，深受读者欢迎。

为了把这个栏目办得更好，本刊再次面向全社会征稿，希望有更多的人来关注阿P，把您身边的阿P故事写得更精彩，更有现实意义和典型意义。

来稿方法：1. 从邮局寄发，请在信封上注明"阿P故事征文"字样，本刊地址：上海市绍兴路74号《故事会》杂志社，邮编：200020。2. 从网上传递，可寄以下信箱：wulun@vip.sohu.net，请在主题上注明"阿P故事征文"字样。凡已和我刊编辑有联系的作者，稿件可继续投给联系的编辑。

我的民工兄弟

□ 翁志刚

有这样一群人，他们背井离乡、起早贪黑，参与着我们的城市建设。他们用辛勤的汗水，以火热的青春，筑造着大家的美好家园。他们就是我们常说的农民工兄弟。当我们为日新月异的城市奇迹赞叹不已时，当我们为包罗万象的城市文化骄傲自豪时，也请不要忘记，始终有这样一个群体，在为我们的城市默默奉献着。他们值得关爱和尊敬！

这天，三江市惠民医院走廊上聚集着一群民工。他们身边躺着一名工友，此人名叫翁春生，做工时病倒在工地，被工友送到了医院。经诊断，翁春生身患肺癌。医生说，没救了，抬回家去吧。民工们有的愤怒，有的要与医生论理，然而都被翁春生制止了，他虚弱地说："别怨医生，咱们回去吧，这病咱看不起！"

翁春生有个弟弟叫冬生，他看着担架上的哥哥，忍不住泪如雨下。之前，由于父母早亡，冬生是哥哥一手拉扯大的。后来哥哥为了供他读书到城里打工，这一干就是十几年，参加过许多大楼盘的建设。

如今，冬生大学毕业，一直没找到工作，便来到了哥哥的建筑工地上。不料兄弟相见，结局竟是这样凄惨。"哥，你的病一定能治好的！"冬生咬咬牙说道。

翁春生轻抚着弟弟，安慰说："傻话，这病治不好的，就别把钱往里扔了，带哥出院！"

就这样，在翁春生的一再坚持下，民工们找来辆三轮车，七手八脚将他扶上去，送往他们住的出租房。不一会儿，车到了，大家正准备将翁春生抬进屋里，却迎面碰上了房东。

房东是个五十多岁的妇女，姓姚，因为手里有几套房出租，再加上平时为人刻薄，民工们背地里给她取了个外号叫"姚租婆"。

姚租婆见门前"呼啦"一下来了这么多人，以为工地上发生了什么事故，凑上去问："哟，楼上摔下来的？"

一位身着旧军装的民工说："他病了！"

姚租婆说："那还不赶紧送医院！"

"旧军装"一五一十讲："医院不给治！"

"什么？"姚租婆脸色一下子就青了，惊恐地打量着翁春生，说，"医院不给治，难道……他……"

"我哥他，他……"翁冬生把话接过来央求道，"老板娘，这段时间得麻烦你了。"

然而，翁冬生不将实情告诉姚租婆还好，一说实情，姚租婆怕了。她两手一横，拦在过道上，说："不行，你们把他送医院。我家这可是新房，在我家等死，我这房子还怎么出租？"

姚租婆不让人进屋，民工们只能苦苦哀求。但姚租婆态度坚定，就是不同意有人在出租屋等死。

见双方僵持不下，体弱无力的翁春生对弟弟说"冬生，老板娘有她的道理，别为难她，给哥另找别的住处吧。"

面对不肯松口的姚租婆，民工们没办法，搀着翁春生离开出租屋。

可是，问题是能到哪里去呢？他们亲手造过无数的楼房，但都是人家的。民工们将翁春生抬到一个公交站台上便七嘴八舌讨论开了。有的说送他回家，有的说送他回医院。

但都行不通，住院必须交纳巨额押金；老家那边已经无亲无故，乡下的房子早就年久失修，一时半会儿也没法住人。况且路途那么远，他这病快快的身子哪里经得起颠簸折腾？大伙儿争执来争执去，引起了路人的注意。

这时，过来一位市民，对冬生说"小伙子，让你哥躺在这不行，你哥不是在工地上干活吗？去找找包工头，让包工头在工地找间毛坯房住住！"

翁冬生心生狐疑，问："包工头会答应吗？"

好心市民说："企业对患病的工人有提供救助的义务，现在你们正是需要他的时候，去，找找看！"

"对！"民工们说，"去找找火根！"

火根是谁？其实就是他们一帮子民工的头儿。此时此刻，民工们似乎一下子找到了主心骨。在这些民工眼里，火根可是大能人，他不单能说会道，而且穿梭于开发商老板中间，承接工程，此时火根面对老乡能不帮这个忙吗？

于是，民工们将翁春生送到了工地。

火根还是讲义气的，见老乡落得这般处境，二话没说就答应帮忙。他将一间储存建材的房间腾了出来，让翁春生兄弟俩暂住。

不料这里刚刚安置妥当，楼下来了一辆车，一个夹着公文包，长得肥头大耳的家伙从车上下来。他径直来到翁春生的房间，把火根叫到跟前，说："火根，你这位老乡的处境我非常同情，可眼下这楼就要开盘了，你把一个等死病人安置在这，这不是……"

来人是谁？他不是别人，正是该楼的开发商李金发，他得知消息，立马赶了过来。

火根自然明白开发商都较迷信，但翁春生他们实在没有去处啊，于是哀求道："李总，我只是让他暂住几天。"

"理解，我理解。但你也该替我想想，我这里放鞭炮，卖楼盘，可他们到时哭死人，这楼我怎么卖？"李金发拍拍火根的肩，说完，从包着抽出一沓钞票交到火根的手里，连说，"帮帮忙，帮帮忙！"

对方把话说到这份上，火根很为难，不答应老板，工人的工钱都还在他手里；答应嘛，病重的老乡怎么办？

此时此刻，火根看着蜷缩在角落的老乡，心如刀绞，怎么办？看到这，一旁的翁冬生把哥哥扶了起来，走到李金发面前，说："李总，你的心意咱领了，我和哥这会儿就离开，你别为难火根了！"

火根没想到兄弟俩会主动提出搬出去，急了，说："你哥病成这样，能上哪？咱再想想办法！"旁边的工友们也都说："再想想办法！"

话是这么说，可这些生活在社会最底层的人，他们一无权，二无钱，能有什么办法啊？大伙儿心里生出一股莫名的酸楚。

这时，李金发突然想到，这兄弟俩在城里举目无亲，这一走恐怕得露宿街头，万一被媒体曝光，对自己售楼毕竟不利，于是，沉吟片刻，试探地问："我想到一个地方，只是不知你老乡愿不愿去！"

工友们齐声问："哪儿？"

李金发欲言又止，吞吞吐吐。工友们着急啊："到底在哪？只要能住就行！"李金发一跺脚，说："嗨，我认识火葬场的场长，他那空屋子多，你们如果能将就，我给他打个电话，这忙他准帮！"

听了这话，工友们的脸都白了，火葬场谁都知道那是送死者的最后一站，而翁春生虽说身患癌症，但毕竟还有口气，现在让一个活人住进去等着咽气火化，闻所未闻啊。李金发见

工友们都不吭声，就双手一摊，显出一副爱莫能助的样子，说："那你们只有自己想办法了！"说着转身就要离开。

"李总，且慢，您就帮我们打个电话行吗？只要有个落脚的地方就行！"一旁的翁春生见工友们都在为自己操心，心里真过意不去。自己是一个快死的人，还有什么忌讳？他望了望高楼林立的城市，脸上露出凄惨

的笑容，好歹自己临死前，也有个住处了。

不一会，工友们把翁春生送到了火葬场。一进门，里面哀号声声，哭声阵阵。火葬场的场长名叫毛喜贵，外号毛胖子，他已接到李金发的电话，因为要买房，自然一口答应。他指使两位抬尸的民工：“去，你们把停

尸间隔壁的那间房子收拾收拾，让这兄弟俩住。”

两位民工应声答应，工友们含泪将里面收拾收拾，给翁春生找了一块干净的地方安顿下来。

刚安顿好，毛胖子过来了，他站在外面喊翁冬生。原来毛胖子是有求于李金发才收留翁春生的，他内心还是有点担心的，活人来火葬场等死，这事传出去，肯定会被人骂。为了遮人耳目，毛胖子叮嘱翁冬生道：“小伙子，你们可千万不要和外人接触啊！”

翁冬生也害怕中途又发生什么变故，便赶紧答应：“谢谢，谢谢毛场长，咱兄弟俩决不让您为难！”

“好，好！那我放心了！”毛胖子一摇一摆地走了。

送走工友们，翁冬生回到阴暗的小房间，搀着哥哥给他喂药，不料，被哥哥拒绝了：“冬生，别忙活了，哥没几天在人世了，就陪哥说会儿话！”

翁冬生闻听泪如雨下：“哥，别说泄气的话。我们先在这安顿下来，之后再去找医院！”

“别说傻话了，真的，哥没多少日子了，你给哥买件干净的衣服，送哥走吧！”

“哥，你不会死的，俺还要哥看着俺娶媳妇生侄子呢！”

翁春生看着密不透风的小屋，摇摇头，说：“哥怕是等不到那天了。不

过，哥会在那边为你祝福的，我们下辈子再做兄弟！"

"哥！"听到这，翁冬生不禁与哥哥相拥而泣。哥哥在城里打工十几年，为别人盖了一幢又一幢楼；说不定，李老板、毛胖子他们住的别墅就是哥哥和工友们一桶桶泥灰一块砖盖起来的，而今他自己却在停尸房等死。翁冬生擦干泪水站起身，安慰了哥哥几句，转身出了门，想再做最后的努力。

翁冬生一家一家医院去求，但都碰了一鼻子灰，医院有医院的规章制度。天色将晚，翁冬生拖着沉重的脚步回到火葬场，回到哥哥住的那间小屋时，一看就傻了。怎么了？房门被人打开了，屋里的药瓶散落一地，哥哥不见了！

怎么回事？哥哥上哪儿了？翁冬生顾不得多想，一间一间屋找过去，却始终不见哥哥踪影。哥哥究竟去哪了？离开那排低矮的停尸房，他与一人迎面撞上，那不是别人，正是毛胖子。

毛胖子看见翁冬生，不等对方开口，便劈头盖脸地训斥道："年轻人，我让你好好看着你哥，你怎么看的？我好心收留你们，你们却给我捅娄子！"

翁冬生没顾得上道歉，惊喜地问："毛场长，你见到我哥了？"

毛胖子气不打一处来，说"都是

快要死的人了，还处处给活人添乱，这下好了，这事儿闹大了！"

"我哥到底在哪？"冬生迫不及待地问道。

"你上尸炉房看看……"

"什么，我哥上尸炉房去了？"翁冬生头"轰"的一声就炸了，尸炉房是专门用来火化死人的，可他哥还是活人啊！

翁冬生不顾一切地冲进尸炉房。此时尸炉房围满了人，大伙正七嘴八舌说着什么，翁冬生拨开人群，只见地上躺着一个人，正是他哥哥翁春生！

原来，翁春生目睹最近发生的事情，他再也不想连累弟弟，再也不想累工友们，因此，决定自己把自己火化了。但他毕竟已是病入膏肓，有气无力，当他挣扎着爬到尸炉房时，再也无力爬到尸炉的传送带上。准备火化的工人，见尸炉旁出现个活人，自然吓得大叫起来。

这事就此传开了。

不过让翁家兄弟没想到的是，如今网络的力量太大了。没几天工夫，社会舆论铺天盖地，人们组成了声势浩大的后援团，捐钱为翁春生治病。大伙儿都商量着，等他治好了病，再组个团送翁春生回家，在那儿给他好好张罗一个属于自己的家。

（题图、插图：谭海彦）

勇闯
试用期

□ 菊韵香

帅子人如其名，长得帅，心地也不错，就是性子急了点，连换了几份工作，都没做长。这天，他正翻报纸，发现市郊的神秘谷游乐场正在招"鬼"。这个神秘谷帅子三年前去玩过一回，里头有个"鬼堡探秘"，特受年轻人追捧。现在那儿正缺一批扮鬼的演员。

看到这儿，帅子猛一拍大腿，道"这不，工作来了。走！当'鬼'去！"

帅子搭车来到神秘谷，直奔人事部面试。见了人事主管，帅子眼前一亮。这不是三年前自己在神秘谷认识的吕静吗？原来三年前，帅子在鬼堡探秘的时候，不知从哪儿忽的冒出来一个"恶鬼"，与此同时，一个姑娘也尖叫着扑进他的怀里，着实把他吓了

一跳。两人就这么认识了，临别时姑娘还留下了联系方式。可帅子觉得自己是个没房没车的穷主儿，自然不好意思胡思乱想，两人也就断了联系。

帅子怎么也没想到，眼前这位举止大方的人事主管，竟然就是当年给吓得花容失色的吕静。他正想打个招呼，却见对方压根没正眼瞧自己一下，只是随手甩过来一张体检表，说"先体检去！"

帅子心想，八成人家早把自己给忘了，于是也不多言，拿着体检表离开了。检查下来，一切正常，吕静扫了眼表格里的结果，让帅子晚上10点来复试。

半夜复试，说白了就是试胆儿。鬼堡内机关重重，犄角旮旯里藏满了

青面獠牙的"黑白无常"、面目狰狞的"吸血鬼",演员们如果看到这个都害怕得直哆嗦,那肯定没戏。帅子暗暗下了决心,不能让吕静看扁了自己!按照约定时间,帅子和几个应聘者早早候在了鬼堡入口。只等吕静一到,帅子便抢先一步闯进了阴风飕飕的鬼堡。

不等眼睛适应堡内幽暗的光线,帅子只觉头顶上空窸窸窣窣一阵响,一个白衣"吊死鬼"忽地倒挂在他眼前。帅子早有准备,伸手上前,朝着那"吊死鬼"的天门盖狠狠弹了一下。只听见"哎哟"一声,帅子顽皮地大笑起来:"想吓我?先吃我一指头尝尝我的厉害再说!"

说罢,他拔腿继续前进。走了大约三两分钟,来到一个石窟洞口。此刻,一双手神不知鬼不觉地从他背后探来。帅子顺势抓住那只手,回身一弯腰,直挠对方痒痒,弄得那"鬼"笑着求饶。

这一路,见鬼挠鬼,遇怪敲怪,帅子轻轻松松闯出了鬼堡。吕静笑笑,递来一份用工合同,说:"请仔细看看,如果满意,请签字,明天就可以来上班。"试用期一个月,月薪2500元;试用期满签正式合同,月薪3000元,公司提供五险一金。这么好的待遇,帅子哪肯放过,当即签了字。

可换上鬼装,帅子就明白了一个道理:难怪神秘谷隔三差五就招聘一批演员,敢情做人难,做鬼更难!

上岗第一天,帅子打扮完毕走进暗道,猫在黑暗中静等游客入堡。不一会儿,两个游客摸索着走进来。凭借堡内昏暗的光线,帅子判断那应该是两个女生。他心头暗喜,悄无声息地从黑暗角落里"飘"出,摸到了游客身后。

"欢迎来到鬼堡,我是黑无常——"说完,他把手搭在了一个女生的肩上,那姑娘立刻吓得一声大叫,对着他又抓又挠,帅子的额上立刻多了两道红指甲印。他刚想躲开,却见另一个女生正淡定自若地瞅着他。吓不倒游客,等于不称职。帅子正想着下一步该怎么办,那女生却飞快地拿出一副鬼脸面具扣到脸上,怪声怪气地说:"我也是鬼噢——"

女生的动作太快,帅子呆了一下。愣神间,一只矿泉水瓶已经砸到了他的脑门上。对方抛来一句:"装鬼都不像,没劲!"便甩手走人了。

在试用期里,这样的遭遇,几乎每天都会发生。这天上午,帅子刚打发完一对难伺候的主,谁知,迎面又来了个酒鬼。大老远的,帅子就闻见那熏天的酒气。没办法,来的都是客,帅子只好硬着头皮上。谁想他刚飘上前,台词还没来得及说出口,这酒鬼吐了口酒气,便挥拳动了真格,边打还边骂:"我让你不安好心勾引我老

婆……"直打得帅子抱头"鬼"窜。

接连吃亏挨打，帅子的急脾气又犯了，心里直想，我是来扮鬼的，不是当出气筒。于是，他气咻咻地冲进吕静的办公室，边脱下行头便嚷道："给我结清工资，这差事我不干了！"

吕静微微一怔，问："为什么？"

帅子咬牙切齿："太不公平！我成天不是被挠就是被揍，还有疯子死乞白赖地要和我玩人鬼情未了！凭什么只许他们撒野，我就只能骂不还口打不还手？"

等帅子喊累了，吕静又问："你到神秘谷多长时间了？"

"24天。"帅子不假思索回道。这个日子，帅子记得最清楚。上岗24天，挨了48次抓挠，平均一天两次。这时，吕静推过合同，说"这上面有你的签名，要不要再看一遍？"

帅子不禁一愣，回过味来——合同上竟然还有条"霸王条款"：试用期未满，扮鬼演员主动请辞，公司有权拒绝支付薪酬。两千多块钱，要是就这么打水漂，太亏。寻思片刻，帅子一咬牙，眼珠一转，说："好，我继续干！"

第二天，帅子准时到岗，换好服装猫进了暗道。不一会儿，一个戴着太阳帽的家伙走进来，手里还拎着个东西。帅子一瞅，就知道那是矿泉水瓶，料定这多半又是游客带进来的"防身武器"。哼，今儿个我也让你们瞧瞧，鬼也不是好惹的。你们不让我请辞，我就让你们请我走，这样工钱你们还得照给！帅子冷哼一声，忽地冲出。果不出帅子所料，鬼魅乍现，那游客下意识地举起了瓶子。

太棒了，我要的就是你先动手。帅子丝毫没给游客攻击的机会，握拳打去。游客似乎是吓丢了魂儿，居然没躲没闪。可当拳头落到游客身上时，帅子感觉有些不对劲：怎么是个……女的？

没错，确确实实是个女的！帅子一把摘下游客的帽子，顿时惊得叫出了声："吕……吕主管，怎么是你？"接着，他大气也不敢出，傻愣愣站在那儿，等着吕静发作。

谁知吕静似乎并没生气，而是把手中的矿泉水瓶递给帅子，安慰道："我看你在里头忙活好一阵了，躲来闪去，还得大声嚷嚷，一定口渴了，就给你送瓶矿泉水。另外，昨天的事情，我还想和你好好聊聊呢。"

原来，三年前鬼堡邂逅，吕静就有种怦然心动的感觉。后来，和帅子失去了联系，她便来到神秘谷，盼望着能再次遇到帅子。一来二去，她竟莫名地喜欢上了"鬼堡探秘"这个项目，并应聘当上了扮鬼的演员，然后一步步做起，直到今天当上了主管。那天面试时她之所以装作不认识帅子，是想看看帅子到底是个什么样的

人。经过观察，吕静发现，除了脾气急躁外，帅子为人正直，心眼又实诚，值得深交。所以今天，为了不让他意气用事、半途而废，吕静一大早便第一个踏进了鬼堡。

说到这儿，吕静真诚地劝道："帅子，我刚来的时候情况也和你差不多。不过想想，五根手指头还不一般齐呢，更何况是人？为难我们的游客毕竟是少数。你来应聘那天，不也做了不少恶作剧吗？我相信，只要你好好珍惜这份工作，一定会做出个样子来的。"

眼见一个大姑娘来跟自己说道理，帅子挠挠头，难为情地笑了："吕主管，谢谢你。我不走了，你再给我个机会，我一定改掉急躁的坏脾气，踏踏实实做鬼。不！踏踏实实工作……"说完，两人相视而笑。

一周后，试用期满，帅子转为正式员工。又过了不久，他的考察期也满了，从朋友转正，正式成为了吕静的男朋友。

（题图、插图：张恩卫）

母女上门访人家来了。

瞎眼老娘高兴得手一哆嗦，怀中的娃娃吓得哇哇大哭起来，那绿衣女子赶紧上前抱住孩子，敞开衣襟，喂起了奶。瞎眼老娘听到动静，喜不自禁地喊了一句："亲家母上门了，六指，还不快去打酒买菜？"

这话惊醒了愣在一边的方六指，他早晨还寻思着到大姑家里去，没想到人家倒主动上门了，他顿时心花

怒放，撒腿就往村头的小店跑。没过一会儿，"六指的续弦上门了"这消息便像风一样传遍了全村。村里人都来看新媳妇，里三层外三层把他家团团围住。那些光棍汉一瞧艾娥不仅人长得柳红絮白，而且还奶穗丰满地喂着孩子，一个个都酸溜溜的。

午饭过后，灰衣老太抬头看看门外的天色，就抬起屁股招呼闺女准备走人。方六指见老太对这门亲事还没表态，连忙从口袋里掏出那一万块钱的彩礼，直往她手里塞。老太摆了摆手，说："这钱我们暂时还不能收。"

方六指的瞎眼老娘一听，就急了。她灵机一动，赶忙掐了孙子一把，然后把号啕大哭的孙子往艾娥儿怀里一塞。孩子一闻到艾娥身上的奶味儿，便紧紧地攥住她的衣襟，哭破天地不撒手。灰衣老太也明白他们的意思，便有些为难地瞅着自己的闺女。

艾娥一边大大方方解开衣襟继续喂孩子，一边抬起头，羞红着脸对方六指说："看在孩子的份上，我愿意留下来。但是你得答应我两桩事：一、在婚事没定下之前，你要尊重我，不得强行同房；二、我前夫是个山里的猎人，村里人都说他是杀生太多，才遭了报应。听说你也是个打猎的，从现在起你得答应我，再不干这杀生的事儿……"方六指一听，毫不犹豫地满口应承下来。

你别说，这家里有媳妇跟没媳妇

真是不一样。几天下来，孩子像吹泡似地长得粉嘟嘟不说，家里也被艾娥打理得井井有条，就连方六指也被她收拾得利利落落，有了新郎官的模样。方六指除了不能上艾娥的床略有遗憾之外，对她简直是一百个满意。村里人打趣他：可别叫煮热的鸭子飞了！他总是笑哈哈地说："肉在锅里炖着，跑不了！"可尽管方六指答应了艾娥，但一看到湖上成群的飞鸟，他心里就痒痒。半个月后的一天，他又起了个大早，见艾娥带着孩子还在床上酣睡，就悄悄地下了湖。

放 生

到了中午，方六指又满载而归。但是回家一看，家里静悄悄，艾娥和孩子都不见了。老娘说，艾娥一大早就带着孩子出门了。

刚开始方六指还不以为意，可等他到村里一找，有人便告诉他说，看见艾娥抱着孩子往村外走。方六指听了，心里就嘀咕起来，莫非她对我不满意，不告而别要回娘家？但她为啥把孩子也带走呢？这时，突然有村民怪叫一声："不好，你家那艾娥莫非是个人贩子？前几天电视上不是说，有人假装上门当媳妇，趁人不注意就把孩子拐跑了……"

尽管方六指心里一百个不相信，但他还是向村里人借了一辆摩托车，心急火燎地往山里大姑家赶。可到大

姑家一问，大姑像见了鬼似地看着他说："你说啥，小寡妇到你家去了？怎么可能？她们家见你这么长时间也没来个回信，就把她嫁到山那边的柳家庄去了！"

听到这里，方六指只觉眼前一黑，差点昏了过去。看来村里人说的不假，这艾娥八成就是天杀的人贩子。他来不及向大姑细说，赶紧火烧屁股似地骑着摩托，跑到山下派出所报案，又风驰电掣地回到村里，发动全村的人配合干警，在各处路口、车站码头围追寻找。可是大半天下来，这假称艾娥的人贩子和孩子音讯全无，连人毛都没见一根。

到傍晚时分，各路人马都空手而归，方六指一看，抱着脑袋，蹲在村口湖边的大柳树下像老牛一样号啕大哭起来，他的瞎眼老娘也一遍遍干嚎着："我的孙子啊！"

这时，同村的一个人正好驾着船，从望天湖打渔回来，他一听这事，就说："我刚才回来时，好像听到湖心岛上有孩子的哭声，人贩子莫不是藏在那里？"方六指一听，当即就驾着船，箭一样向湖心岛射去。村里人也紧随其后，驾船包抄湖心岛。

等到了湖心岛上，宿鸟被惊得冲天而起，方六指和村民们顾不得鸟粪像雨点一样落下来，手忙脚乱地在岛上找了起来。很快他们在一丛芦苇中发现了一个巨大的鸟巢，方六指的儿

子躺在里面，他嘴角留着奶星，正瞪着圆溜溜的眼睛瞧着他们咯咯直笑呢。

方六指一个箭步上前，将儿子紧紧地抱到怀里。这时，从孩子身上掉下一张纸，他捡起来一看，上面写着两行字："劝君莫打三春鸟，子在巢中待母归"落款是"艾鹅"。他随口念了起来，皱着眉头："这是啥意思啊？"

一位村民突然惊叫起来："艾娥，艾鹅，这野雁不也叫艾鹅吗？难道那女子不是人，而是……"方六指闻言，

抬头看天。只见天上一只绿头大雁正带着群鸟兀自盘旋不去，大有俯冲下来抢走孩子之势。方六指禁不住脸色大变，浑身直冒冷汗。

这时，他的瞎眼老娘打着哆嗦，摸了过来，朝着他的脸重重地扇了一巴掌，哭喊着说："你这个天杀的，叫你别打鸟，你总是不听，你就知道你的儿要娘，难道这岛上幼鸟就不要娘？"说着，"扑通"一声跪倒在地，朝着四面八方不停地磕头，嘴里还念叨着赎罪的话。

村里的长辈也在旁边，又劝说："六指啊，平日里劝你不要架六道网，你总是不听。现在这鸟虽然摆了你一道，但总算没有赶尽杀绝，它要是把你的儿随便往湖里一丢，怕是连一个囫囵身子都没有，你好好想想吧！"

在场的村民们仰头看着天，听着鸟儿凄厉的叫声，一个个禁不住毛骨悚然，大气也不敢出。方六指抱了一会儿子后，一声不吭地走向自己的小船，从船仓里拿出六道网，连撕带咬地扯了个稀巴烂，又摸出随身的小刀，一手放在船舷上，一手举着刀，一刀下去，多余的第六根手指应声而断。

然后，方六指对天发誓道："从今往后，我方六指要是再打一只鸟，就落到水里变王八，永不翻身！"

此后，望天湖一带打鸟的人渐渐少了。

（题图、插图：刘斌昆）

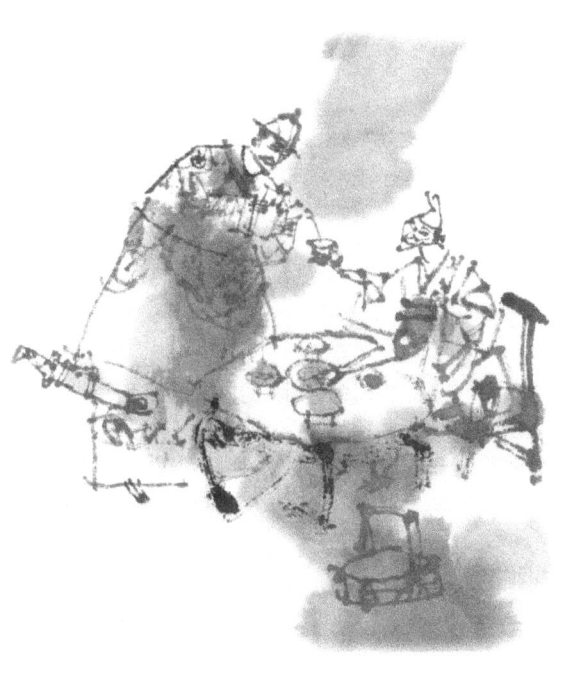

不一样的西瓜

□吴水群

明朝年间，河川镇有个做皮货生意的老板，叫马汉晨。这一天，马汉晨突然收到朋友牛德善派人送来的请柬，请他次日上午赴宴。

第二天，马汉晨换了身干净的衣服就去了牛德善家。一路上，马汉晨心里纳闷：这个牛德善，有什么喜事啊，咋突然想起了宴请？可等见了牛德善一打听，他却大吃一惊。原来牛德善要当县官了！

这是怎么回事啊？马汉晨一问才知道：原来早年，牛德善家住乡下。一天，他从亲戚家带回几个西瓜，半路上突然碰见一个僧人饿倒在路旁。牛德善这人心善，见这僧人可怜，就把自己的西瓜给了僧人一个。可他没想到，那个僧人叫朱元璋，如今竟成了当今皇上。朱元璋当了皇帝后，一直没有忘记那个给自己西瓜的人，经过多年打听，终于找到了牛德善。朱元璋看出牛德善品行端正，于是就把江南一个很富庶的小县交给他管理……

从牛德善家回来后，马汉晨可就睡不着了，因为马汉晨也和当今皇上打过交道啊！当时马汉晨给一家大户看西瓜，那朱元璋曾路过瓜地和他唠嗑，马汉晨还给过朱元璋两个西瓜呢……

思来想去，马汉晨最终还是进了京城，他要去找朱元璋要官。费了好些周折,这天,马汉晨终于见到了朱元璋。他没敢直接要官,只是转弯抹角地和朱元璋说起当年他看西瓜的事情。

朱元璋的记性还不错,也听出了马汉晨的用意,随即对马汉晨说:"当年你的朋友牛德善给过我一个西瓜,我为了报答他,给了他一个县官!记得当时你还给过我两个西瓜呢,我一定要对你重重封赏……"

当天,马汉晨就被侍卫领进了一个房间休息。一想到自己终于要飞黄腾达了,马汉晨心里美滋滋的。

就在马汉晨正做着美梦的时候,侍卫端着四个菜还有一壶酒走了进来。马汉晨早饿了,也不客气,拿起筷子就吃。可他一杯酒进肚,突然觉得五脏六腑剧烈疼痛起来……

侍卫望着痛苦挣扎的马汉晨冷笑着说:"皇上要我传话给你,他最恨的就是像你这样的奸诈贪婪之人。你当年给人看瓜,本该尽职尽责,却监守自盗,拿着别人的西瓜乱送人情,这怎能和牛德善相比?一块西瓜地都看不好,还想要官做?皇上说了,留着你也是个祸害,所以让我来送你上路……"

(题图:黄全昌)

·本刊信息传真·

故事会■新浪 微故事大赛

11月征集主题:味 道

《故事会》杂志和新浪微博(weibo.com)联合主办2011微故事大赛,邀请各路故事名家、草根英雄和世外高人展开较量! 活动持续全年,每月产生一名金奖得主。

本次大赛所有作品通过新浪微博平台征集,分为"命题故事"和"自选题故事"两部分,命题故事每月一个主题,当月设金奖1名,奖金1字10元(字数低于120的按120字计),银奖2名,奖金1字5元;自选题故事由作者自由命题,全年评出金奖1名(5000元),银奖2名(2000元)。优秀作品将在《故事会》上刊登,并结集出版。9月微故事(主题:舞台)金奖得主:蒹葭苍苍白露为霜。10月获奖作品(主题:收藏)名单已在网上公布。

11月微故事主题:味 道 请您根据该主题构思一篇微博故事,力求情节出人意表,立意隽永深远,文字鲜明生动。本月的微故事达人或许就是你! 截稿日期:11月21日。

新浪微博·第二届"微小说"大赛正在进行中,《故事会》作为新浪微博合作媒体,同时开辟微小说征稿通道,享有推荐作品直接入围的权利,更多详情请登录新浪微博页面搜索"故事会微故事大赛"或故事中国网(www.storychina.cn)了解。

(本期刊物特别选登10月微故事大赛优秀作品,详见P41)

故事会■新浪 微故事大赛

10月优秀作品选登 （主题：收藏）

@青山簇簇水中生 老伴走了，留给他两个储钱罐，红罐装着他一生对她的好，黑罐装着他对她的恶。结婚那天，她把第一颗红星放进红罐："红星代表你对我好，黑三角代表你对我恶！"他颤抖着捧起黑罐，想看看自己一生做了多少对不起她的事，打开，里面一个黑三角也没有，只有一张纸条：我只记得你的好！

@师逸而功倍 老同学聚会，她和他碰杯："你果然成了书法家，我没看错！"有人问她："你还有他的作品吗？拿出来卖啊！可值钱了！"她想了想，红着脸说："我倒是想卖，那三个字写得也不错，可是不敢拿出来啊！只能收藏了。"

@青青子衿wzr 老伴去世后，老张迷上了收藏，大把的钱用来买古玩，每买一件就去找懂古玩的儿子鉴定、但没一件真品。几次后，儿子便每月回来一次，陪老张去淘宝。几年后，老张病重，拉着床边的儿子说："几年来搞收藏，得到的不仅是古玩，还有你陪我的时间啊。"

@读易农夫 工地旁边是个理发店，里面的灯常晃得我们几个心里装个兔子似的。可快半年了，工头从不发给我们超过五十元的零用钱。我们经常私下琢磨：这个龟孙到底打的啥主意？准备回家收麦前，我们怒气冲冲去找他"想把我们的血汗钱藏了吗？"他大吼："我是怕你们把钱都藏到那个理发店里去！会计，发钱！"

@作家熊聪颖 他们两小无猜，长大成为情侣后，却要面对现实的残酷。她常催他挣钱换大房子，每次他被吵烦时，就对着收藏的小木屋叹气。有次吵架之后，他又拿出那个小木屋看着。她冲上来把小木屋砸了："大房子你买不到，就看这小房子！"他苦笑："这是你小时候送我的小房子，可现在你的心里只有大房子！"

@密园微小说 同桌的她常在课上偷偷折纸星，说是要送给她喜欢的人。啊，原来她已有喜欢的对象了，他不禁一阵失落。毕业那天，她送给他一个亲手缝的精致布偶，他真的很想跟她说，宁愿收到的是她的纸星。多年后，他的小儿子调皮，撕开了残旧的布偶，他紧张地抢过来，一颗颗纸星掉落，他一怔，眼角滑下了泪。

@长城上看海 我爷爷收藏着一张欠条，上写："欠王山：马一匹，玉米500斤，抗联三团。"我说："这么些年，您怎么不张罗要啊？"爷爷说："人家打鬼子命都不要了，就是给咱也不能要！"我现在手里有好多张欠条：卖粮款、甜菜款、修路款、维修校舍款，腿都快跑断了也要不回来，看来也要收藏了。

（大赛启事请见P40）

金明乡要出书

□ 方赛群

前几天，金明乡92岁的"老交通"去世了，大伙儿都热热闹闹地去吃了"豆腐饭"，可有三个人却为此事急得直跺脚。他们就是退了休的教师老赵、老李和老王。

他们急个啥呀？原来，金明乡是革命老区，当地那些耄耋老人中，有的曾给红军带过路，有的保护过新四军伤病员，还有的给游击队跑过交通……几乎每个老人都有一肚子精彩感人的"红故事"。本来三个土秀才商量着要做一件"大事"，就是采访当地80岁以上的老人，把他们亲历亲闻的革命故事记录下来，出一本书，书名就叫《红色金明乡》。可被列入采访名单的第一个老人"老交通"，就这么说走就走了。这让老赵意识到：写书的

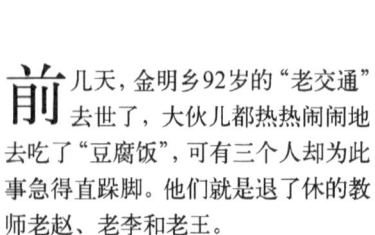

计划再不能耽搁了，得与时间赛跑！于是，老赵哥仨马上确定了方案，开始分头采访。

要完成这个计划还真不容易。有些老人耳朵不好使，他们就得大声喊着提问；有的老人家住在山顶，又没电话，他们就得爬四五个小时的山路采访……三个人就这样克服了重重困难，忙乎了整整一年，《红色金明乡》终于脱稿！全书总共近30万字，里面还有不少珍贵的老照片。不用说，这部书稿成了大家的心头宝贝。

说来也凑巧，书稿刚完成不久，老赵家迎来了一位尊贵的客人——市委副书记郑丹清。

郑副书记是个老知青，当年在金明乡插队时，曾在老赵家住过三年，

受了老赵全家不少照顾。他这次来是参加一个会议，途经金明乡，顺便就来看看自己的"老房东"。

闲聊中，老赵无意间说了写书的事，想不到郑副书记非常感兴趣。他拿过书稿兴致勃勃地翻了起来，一边翻一边赞不绝口。更让老赵高兴的是，郑副书记不仅高度评价了这部书稿，还主动提出来要为这部书作序！

送走了郑副书记，老赵马上拿起电话向大家报喜讯。不用说，老同志们个个兴奋不已。

郑副书记也说到做到，不久就寄来了一千多字的序言。

不过，书稿完成了，序言也有了，可出书的钱还没有着落呢！听说要正规出版的话，大约需要资金五六万元，这可不是笔小数目，着实让老哥几个头疼。

正当老赵他们为这个伤脑筋的时候，金明乡的刘乡长找上门来了。他寒暄了几句就直奔主题："听说你们正为出书款着急，我今天来看看能不能帮上点忙。"老赵一听眼睛都亮了，一把抓住刘乡长的手直道谢。

刘乡长手一挥"谢什么呀，这是我们金明乡精神文明建设的一件大事，市委郑副书记都那么重视，我们自己不支持能说得过去吗？我看这样，经费嘛，乡里先批 6 万元怎么样？"

老赵高兴得恨不得上前磕几个响头"太好了！这可为我们解决大难题了！太谢谢了！"

刘乡长笑笑说："这还不是应该的？不过……老赵啊，我本人有个建议，想和你们几位老前辈探讨一下。"老赵一听连忙站起来，胸脯一拍说："刘乡长，有什么事你尽管吩咐！"

刘乡长起身关上门，给老赵倒了水，不紧不慢地说"在你们这些长辈面前，我可就实话实说了。您知道我到金明乡也有三年了，没有功劳，苦劳是有的。招商引资，引进企业……我是真花了不少心血！"老赵说"那是！大伙儿谁不称赞刘乡长你有魄力、有能力呀？"

刘乡长笑道"上半年，市报记者为我写过一篇稿件。我想征求一下你们的意见，能否将此稿收录进书中？不过，我这不是为了宣传个人，而是

为了反映革命老区的新面貌！"

老赵他们吃了一惊，有些为难地说"刘乡长，这书中收录的都是老人口述的革命历史故事，其他内容文章插进去，会不会有点……不伦不类呀？"

刘乡长说"这书不是叫《红色金明乡》吗，'红色'两个字是广义的。要是既能反映战争年代的革命故事，又有现代化建设方面的内容，不是更全面更有意义吗？"

老赵开始感到头痛了："刘乡长，你说得是很有道理，可是……这书稿已定稿，再增加内容的话……"刘乡长说："这还不简单？把原先不太重要的稿子删去一部分就是了！"

老赵更吃惊了："乡长，这部书的文章内容变了，那序言……"刘乡长一挥手："郑副书记写的序言不能改，书名也不能变。这是原则！就这么定

了"。说罢，他也不再商量就走人了。

钱有着落了，可老赵心里反而没底了。老李、老王也全不乐意："这算什么事嘛？我们原先的书稿写得好好的，跑出一篇给乡干部评功摆好的文章，就像麦地里种葵花，不靠谱嘛！"

老赵心更烦了，说"这些道理我懂，可出书要钱啊！没钱还不是白搭。我看就撤掉一篇吧。"

撤谁呢？大家商量来商量去，最后决定就撤"老交通"那一篇，毕竟他人已经走了。

第二天，老赵带着写好的申请报告来到乡政府，见到刘乡长，就说已经把那篇宣传稿放进书里了。刘乡长高高兴兴地签了字后，竟又拿出一篇稿子，说："老赵啊，这篇文章是反映曹副乡长主抓农家乐的事，很生动，很感人，能不能也放进书稿中？"

这回，老赵几乎用哀求的口气说："刘乡长，不是我不乐意，实在是……我在老同志面前也不好交代啊！"

刘乡长脸上露出了不快之色："曹副乡长很快就要升了，书里不摆一篇他的文章，我也不好交代呀。"说完他就埋头看报纸了。

老赵从乡政府回来后，就喝开了闷酒。老哥们知道后更不高兴了："这事怎么会弄成这样？我看干脆不弄行

了吧？"老赵叹口气说："不弄？我们更没法跟老人们交代。我看，再抽掉一篇吧！就撤掉我采访的孝子山上老黄头那一篇吧！"老李说："这哪成啊！为那篇稿件，你四上孝子山呀！"老赵叹了口气："老黄头89岁了，不识字，也下不了山，他的子女也都在外地，这事……影响小点。"老人又嚷开了："这不是欺负老实人吗？"可嚷归嚷，大家还是无奈地把稿子给删了。

谁知这事不但没完，反倒变得一发不可收拾了！

接下来几天，什么管文化的钱副乡长、管经济的王副乡长，一个个全都带着材料找上门来嚷着要上稿。老赵他们眼瞅着这些主一个也得罪不起，只好一再从书中撤稿！可每撤一篇，他们都像心头被割了块肉似的生疼。

一个多月后，《红色金明乡》样稿终于出来了。老赵又找到了刘乡长，请他务必看一下。刘乡长不耐烦地说："我太忙了，没有空看稿子！你们照我说的去做就行了！"

不久，新书印好了，老赵他们先差人抬了一大箱子新书到刘乡长的办公室。

刘乡长抽出一本一看：只见那书装帧考究，封面设计新颖大气，"红色金明乡"几个大字通红醒目。再看目录，除了市委郑副书记所作的序外，

第一篇就是反映他业绩的文章，这顿时让他看得心花怒放！

刘乡长一高兴，马上打电话"郑副书记！告诉您一个好消息，由您作序的、在您关心下完成的《红色金明乡》一书已经出版了……"他的话音未落，那边郑副书记就说"这事我知道了，明天上午，我要来参加你们的新书首发式！"说完就挂了电话。

刘乡长一听，急急忙忙开始"点兵点将"布置起明天的工作来，又邀请了十里八乡的领导们也来捧场，并为明天的首发式定下了调子：要简朴而隆重！

第二天早上，参加首发式的人早早到齐，9点不到，郑副书记也赶到了，并被请到主席台就坐，在场的人也都人手一本新书。

"哇！这封面设计得真漂亮！""哎哟！序言的作者，就是市委郑副书记呀！"台下响起了阵阵赞美声，还有"窸窸窣窣"的翻书声。

刘乡长红光满面地宣布开会："今天是一个大喜的日子，《红色金明乡》在市委郑副书记的直接关心和指导下出版了，这是我乡精神文明建设的大事……"

这时，他发现今天情况有些诡异：台下的人都在交头接耳地议论着什么，而且声音越来越响，甚至有人忍不住笑起来。他按下话筒说了声

"各位请安静"。可台下却更乱了,他再往边上一看,办公室的同志正在焦急地对他打着手势,这是怎么啦?

这时候郑副书记不慌不忙地站起身:"刘乡长! 我建议今天的新书首发式也来个创新,开会的程序就免了,你读一遍我写的序就好了!"只听下面掌声一齐响起,不过人们的眼光却有些异样。

刘乡长爽快地答应了:"好! 就按郑副书记说的办!"他清了一下嗓子,然后声情并茂地开始读了起来。

郑副书记作的序大意是说:金明乡是一片红色的土地,而《红色金明乡》一书,是爱国主义教育的好教材。书中的革命先辈曾在这片土地上前赴后继,抛头颅,洒热血,为革命事业立下不朽的功绩;他们虽然倒下了,但英魂永远留驻在这片土地上……

刘乡长读着、读着,就结结巴巴起来。这时下面已是笑声一片,当他读到最后一句"让我们踏着烈士的鲜血前进吧"的时候,下面顿时一阵哄堂大笑!

这时郑副书记开口了:"刘乡长,请你再把书中几位烈士的事迹介绍一下!"刘乡长明显感觉到情况不对劲,他快速浏览了一下目录,终于发现了问题——原来新书《红色金明乡》除书名没变,序言没改,里面的内容全部换成了歌颂乡干部"丰功伟绩"的文章。显然,红色故事都被"挤"出去了,而他和乡干部们则全部光荣地成了"烈士"!

事情怎么会这样? 刘乡长呆在那里一动不动,额上全是汗水,脑子一片空白。

这时郑副书记站起来,走到台前。他扬了扬手中的书说"也许大家会感到好奇吧,如此不着调、不靠谱的书,出版社是怎么印出来的呢? 这里要告诉大家一个秘密,这出戏幕后的'导演'就是我 是我与出版社打了招呼,让他们先数码印了200本。目的只有一个,那就是'揭丑',让大家受一次教育! 我还要强调一下: 这本书的所有印刷费用,全部由刘乡

伊塔洛·卡尔维诺（1923-1985），意大利20世纪最重要的小说家之一，本故事改编自其作品《伊塔洛·卡尔维诺短篇小说集》。

高速公路上的森林

□ 土 人 改编

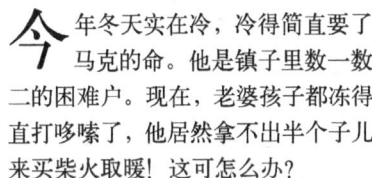

今年冬天实在冷，冷得简直要了马克的命。他是镇子里数一数二的困难户。现在，老婆孩子都冻得直打哆嗦了，他居然拿不出半个子儿来买柴火取暖！这可怎么办？

马克焦虑地踱着步子想办法。昨天才把欠左邻右舍的债还清，今天又上门去借是万万不能了。最后，他别无选择，决定去偷柴火。说干就干，他在大衣下头藏了一把长锯便出门了。

长等人自行承担！"

郑副书记接着说："干部为老百姓做实事，这是应该的；老百姓也不会忘记，一件件都在无形的碑上刻着呢。而那种怀着一己私利，千方百计迎合上级，不顾一切刻意显摆'政绩'的人，最后注定只会落下笑柄！"

"哗——"台下响起了如潮的掌声！

"同志们，请安静！"郑副书记说，"我还要告诉大家一件事：由我的老房东老赵他们几个热心的老同志历时一年多，用心血撰写，并集资出版的《红色金明乡》已发行。"说着，他朝台下打了个招呼，会议室的大门随之打开，老赵他们几位老同志抬着新书，满面笑容地出现在门口。此时全场起立，向他们鼓掌致意！

郑副书记清了清嗓子说："下面我宣布：《红色金明乡》新书首发式，现在正式开始！"

"哗——"全场再次响起了经久不息的掌声！

（题图、插图：张恩卫）

可那么个小镇子，哪儿会有现成的柴火偷呢？他游荡了大半夜，最后只好从街心公园的绿化带里，折了一小捆潮乎乎的树枝，沮丧地往家里走。

谁知等推开家门的时候，马克惊呆了：壁炉里竟烧着火，老婆孩子围在壁炉旁边正其乐融融呢！

马克简直不敢相信自己的眼睛，这时，平时有些傻乎乎的儿子站起来自豪地宣布："我去了城外的高速公路！那儿有好多木板做成的大牌子，简直像一个森林！我随便砍了一角就

装了一麻袋。要不是半路碰见有人帮忙，我都差点抬不回来呢。"马克见角落里果然摞着一大堆柴火，松了口气，心想总算能对付几天了。

可几天以后，柴火又用光了。怎么办？马克想来想去也再没别的法子，还是只能偷。于是，他狠狠心，带着儿子，拿上锯子，冒着寒风往城外的高速公路走去。

他们哪里晓得，前些天砍广告牌的事情，已经有人报案了。这时候，警察局的维克多警官，也正跨上他的摩托车，向高速公路驶去。

可刚开出去不远，雪片就贴满了维克多警官的近视镜片。他只好把眼镜摘下来，放进口袋里，又眯着眼减速顶风前行。他边开着车，心里边抱怨着：昨晚刚值了大半夜的便衣外勤才回家，今晚又非得出来喝西北风不可，真倒霉！想着想着，忽然，他的摩托车照明灯一歪，竟然照见一个人站在广告牌上！

"好小子！总算逮住你了！不许动！"说完，维克多停妥摩托车，举着枪往前头的那块广告牌跑去。可谁知那人竟在广告牌上一动也不动。维克多又走近了一点，眯着眼，这才看清，那是一个画在奶酪广告牌上的男孩，正舔着嘴乐呢。维克多自言自语地说："啊，原来是这么回事。"便发动了摩托车开路了。

又开了一会儿，维克多的眼前又

是一亮——又一个人出现在他眼前！他大吼一声："不许动！"就跳下车奔了过去。可立在他眼前的竟仍然是一幅孤零零的广告牌，上头印着一个人，站在一堆长满鸡眼的脚中间，满脸惊恐。这一回，维克多有点恼了，骂骂咧咧地回到了车上，继续前行。

也就在这个时候，马克选中了一块超大的广告牌。可他不知道，维克多警官已经在离他们不远处，正朝这个方向驶来。

马克带着儿子好不容易爬上了广告牌，开始锯起来，不一会儿就锯了三四十公分深。忽然，只听见身下传来"吱呀"一声刺耳的刹车声，一束灯光打在他们的身上。

马克父子和维克多警官狭路相逢了！

马克又惊又慌，停下了手中的锯子。这可如何是好？这广告牌离开地面可有十来米高，现在他和儿子是想下下不去，想躲又躲不开，只好一动不动僵坐在上头。他顿时觉得天都塌下来了，心想这下完了。

可马克就这么呆坐了许久，却还不见下头的警官有丝毫动静。他往下瞟了一眼，只见广告牌下头的维克多警官一手扶着摩托车把，一手托着腮，从上到下，从左往右地打量着自己和广告牌。许久，他才听到维克多破着嗓门自言自语道："嘿！原来这是头痛药片广告啊。两个人拿着锯子

锯开一个大脑袋，看上去还真是头痛欲裂的意思呢！这个创意真不错，比前两个强多了，我一看就明白。这回可别想再骗过我啦。"说完，他竟然一踩油门，一溜烟地消失在茫茫的夜色里，留下了马克父子仍在广告牌上发着呆……

好一会儿，马克才带着儿子把广告牌锯下来，收拾妥当，统统装进手推车里往家推。路上，马克越想越觉得不可思议，对儿子说"今晚我们实在太走运了，遇上这么个怪警察，人怪话也怪。我怎么都想不通他为什么会放过我们。"这时候，儿子也憨憨地答道："我也挺想不通的。他居然都没认出我来呢！"

马克纳闷道："你说什么大话呢，什么时候你认识起警察来了？"儿子眨巴眨巴眼睛回答："我认识他的时候，也不知道他是个警察。爸爸，前几天半夜里帮我把一麻袋柴火抬回家的人，就是他呀！我记得当时他进了我们的屋子以后，看见我们一穷二白的样子，简直都要掉眼泪了。临走他还悄悄塞给我块巧克力，我还准备留着过圣诞节呢！看来他已经把我给忘了。"

就在父子俩你一言我一语的时候，维克多警官正骑着摩托回警局。风雪里，他冲自己笑了笑道："看起来今晚加个班还是挺值的，幸好这两个家伙遇见的是我哟！"

（题图、插图：佐　夫）

倾听龙的声音

外国有位总统来中国访问。在游览孔府时，他手扶龙柱让随行摄影师拍了一张照片。回国后，摄影师洗出照片一看，不禁吓出一身冷汗。原来，总统在龙柱下不巧闭上了眼睛。

此次出访中国，对总统意义重大，他想通过这些照片进行竞选宣传，可"双眼瞎"的照片怎么登报呢？摄影师急得团团转。

这天晚上，摄影师正对着这"败笔"发呆。忽然，他回忆起中国翻译曾经向总统介绍"龙"的象征意义：龙是中华民族的图腾，是中国文化的代表符号，也是中国的象征。他灵感来了，提笔在照片下方写上了"倾听龙的声音"这句话。第二天，他将这张照片呈献给了总统。总统看后很高兴，不久，这张照片就出现在了各大报纸上。

一年后，这张名为"倾听龙的声音"的特殊照片，获得世界摄影大奖。

同一件事物，可以用不同的眼光去看待它、诠释它。而有时候我们面对失误，或许也可以引入新的角度，如能恰到好处的话，没准也能造就出另一番成就来。（作者：王凤林）

暖被悟禅

有个小庙，住着一个老和尚和一个小和尚。一个大冬天，小和尚对老和尚说："我们这庙又小又破，我下山去化缘，总是有人对我冷言冷语，给的香火钱更是少得可怜。师父，你总说要让我们的小庙变成千间瓦舍、钟声不绝的大寺，我看不太可能。"说完，他冻得打了个哆嗦。老和尚仿佛没听见他的抱怨，反倒说"看你冻成这样，还是早些休息吧。"

于是两人便熄灯钻进了被窝。

许久，老和尚问："你暖和了吧？"小和尚点点头。老和尚便问："棉被本是冰凉的，可人一躺进去就变暖和了，你说是棉被暖人，还是人暖了棉被？"小和尚一听笑了："师父

一招制敌

徒弟跟师傅学武，觉得很辛苦，就问："师傅，有没有一招制敌的招式啊？"师傅微笑着摇头说没有，又告诉他学武要一边学一边自己悟才行。

这天，徒弟外出，被一个少年不小心撞倒。他不由攥紧了拳头，想狠狠打那少年一顿。谁知这时，只见少年笑着迎他而来，伸出手掌，握住他的手，把他扶了起来。看着少年满脸的笑容和真诚，徒弟心头的怒火顿时烟消云散。

徒弟一回到师傅那儿，就赶紧报告说自己已经学会了一招制敌的招式了。师傅问他是啥，徒弟便伸出手掌，笑着走向师傅，握住了师傅的手说："就是这一招！"

此时，师傅捋着胡子笑道"一招制敌最好的方法，就是把对手拉到自己的一边，化敌为友。扶起对手永远比击倒对手更有力量，看来你已经开始悟出来了。"

（作者：黄小平）

（本栏插图：安玉民 佐夫）

你真糊涂呀，当然是人暖了棉被呀。"

老和尚又问："既然棉被暖不了人，还要人去暖它，我们还要盖着棉被睡觉做什么？"小和尚想了想说："因为棉被可以保存我们的温暖吧。"

黑暗中，老和尚会心一笑："我们这些撞钟诵经的僧人何尝不是躺在厚厚棉被下的人呢？而那些芸芸众生又何尝不是我们厚厚的棉被呢？只要我们一心向善，那冰冷的棉被终究会被我们暖热的，而芸芸众生这床棉被也会把我们的温暖保存下来，我们睡在这样的棉被里难道不是很温暖吗？那么千间瓦舍、钟声不绝的大寺还会只是梦想吗？"

小和尚听了，恍然大悟。从此以后，他每次化缘即便听见恶语，也能坦然处之。

十年后，这间小庙成了方圆十几里的大寺，僧人云集，香客络绎不绝，而原先那个小和尚，也成了声名远扬的住持。　　（作者：郭 龙）

学写作文，从读故事开始

三百六十行，行行出状元。而那出众之处，就在于通情达理，生发智慧。

砍头功

□ 王永坤

斩头绝技

明朝嘉靖年间，京城的刽子手里，论本事、论名望，没人赶得上张领爷。

所谓"领爷"，乃是刽子手们对本行行首的尊称。不过，这位张领爷，绝非人们想当然那样：膀大腰圆、豹头环眼、胡须满腮；却是副身材瘦长、眉清目秀的文弱书生模样。说起来，张领爷原本倒确实是个才学满腹的秀才，可却因世道黑暗屡试不第，最后，无奈之下娶了刽子手行里老领爷的女儿为妻，又听了老丈人的劝，抛下了考功名的念想，掂起了大砍刀。

自此，他也就得了老领爷一世真传，学得了绝世的砍头功：原来，人的脖颈虽说有长有短、有肥有瘦，变化万千，但颈中间都有一道细如丝、

半寸来长的横线纹，叫颈骨纹。这道纹在皮肉下时隐时现，一般人不经指点，难以看到，只有认真观察、多加揣摩才能够认得准。斩犯人头时，只要相准了颈骨纹，刀尖冲后倒提起大刀，横在肘边藏而不显，动手时翻转手腕，刀刃往颈骨纹一抹再一旋，人头便会如熟透离树的红枣一样滚落在地！

后来，老领爷病死，张秀才便顺理成章地成了张领爷。张领爷的斩头绝活堪称青出于蓝而胜于蓝，无论多么难斩的头他都能刀举头落，从未失过手！与老领爷最为不同的是：老领爷原先秘而不宣的绝技，张领爷却毫无保留地公之于众了。有人怪他不该把这能"吃遍天"的"一招鲜"捅出去，张领爷却不以为意："死囚也是

人，刽子手活儿利索，也好让他们少受点罪，岂不是积德行善？再说，发死囚的财，是造孽呢！"为此，狱中死囚竟把张领爷看作大善人，盼着杀头时能幸遇张领爷执刀，而同行们也很感激他，"领爷"之外，又称他为"师父"，逢年过节到他家行叩拜大礼。

手里积了两个钱，张领爷便开了家南货店做买卖。不到十年，生意居然滚雪球一般越做越大，张领爷竟然富甲一方，而斩头的生意反成了他的"副业"，几乎全交给徒弟们去做，只有遇到特别难斩的头，他才出马。

情斩铁头

这一年，官府捉到了一名江洋大盗。此人姓宋，练得一身好气功，一口气从脚心贯到头顶，头硬如铁，故名"宋铁头"。宋铁头仗着本领高，纵横江湖二十多年，盗窃杀人、奸淫掳掠，无恶不作，判了斩头之罪犹是死有余辜。但这宋铁头还是不想死，竟在法场上运起气来，肚鼓如蛙，脊背布满牛筋疙瘩，连头加脖颈全如铁铸一般，刽子手别说用刀抹了，就是蹦起来往下剁也伤不了他的皮毛！连上了两次法场，宋铁头依旧活得乐呵呵的。

按律，刽子手杀一个犯人顶多用刑三次，超过三次，刽子手便要被发配到九死一生的烟瘴之地。没奈何，众徒弟只得请出师父。

张领爷披上血红色的法袍来到了法场。宋铁头一见张领爷，"嘿嘿"一笑，挑衅道："有劳您的大驾了。咱这回比一比，是您的刀快，还是我的头硬！"张领爷面色沉静如水："我的刀挺快，你的头也硬，有啥好比的？还是让你见个人吧。"说罢手一挥，身后的狱卒带上来一名妇人。妇人衣着朴素，眼噙泪水，一脸幽怨，年貌与宋铁头相当，看得出是他的发妻。

宋铁头嘴一撇："黄脸婆，你来干什么？老子早已与你恩断义绝，离家在外花天酒地，左拥右抱！如今你也别假惺惺地哭什么丧？给老子滚！"

妇人忍无可忍，扭头而去。

不多时，又一个二十来岁的青年后生被带到宋铁头面前，红着眼睛怯生生地叫了声："爹！"

宋铁头眼一瞪："叫我爹？算了吧！你不满周岁，老子就把你们娘俩抛下了，只当没有过你这个儿子。因为老子的臭名声，你如今还打着光棍，早把老子恨死了，心里哪还会有我这个爹？你走吧！"

青年脸涨得通红，一抹脸上的泪水，脚一跺，走了。

这时，只听一声"留娃，我的儿，你在哪里？让娘摸摸你也好……"一个颤巍巍的老太太被狱卒搀扶着走了过来。宋铁头怔住了，只见老太太腰弯背驼，满头白发，一脸皱纹如枣树

皮，深陷的眼窝"汩汩"地流淌着晶亮的泪水——那分明是双目已瞎。老太太一手拄杖，另一手颤抖抖地朝前摸索，嘴里不时呼唤，宋铁头喉结一动，哽咽一声"娘，孩儿不孝……"

一语未毕，张领爷肘后的刀刃已横切过来，宋铁头"扑通"一声倒在了血泊里！张领爷收刀转身，对老太太拱拱手："老人家，对不住了！你儿孝心犹存，我刀下留情，他头虽断，但皮肉犹自相连。你可找个缝头匠，让他落个囫囵身子。"

一旁的徒弟们至此终于明白，张领爷这是用难舍的母子之情破了宋铁头的一身戾气：他能硬起心肠赶走妻子和儿子，却怎么也赶不走老娘，老娘的一声"我儿"使他软了心肠，而心肠一软，则气消神散，颈骨纹便再

也遮掩不住了！

理斩妖僧

又一年，有个聚众滋事、图谋造反的妖僧海法被朝廷再次捉拿归案，判了斩刑。海法可不是寻常人物，相传他会"妖法"，能呼风唤雨、撒豆成兵。几年前，他也曾被朝廷抓住过一次，可却借着表演绳技的时机，竟神奇地越狱而逃。因此这次被收押之后，狱官不敢大意，不仅给他扣上脚镣手铐，披枷戴锁，还用铜丝穿了他的琵琶骨，让他动弹不得，插翅难飞。

虽说只剩一张嘴能动了，这海法还是凭着三寸不烂之舌，先是跟狱卒和刽子手们谈天说地，讲古论今。等众人全听得入了迷，海法便话题一转，又向他们灌输来世今生、天堂地狱、因果报应的"道理"。一来二去，这帮人竟成了他的信徒，口口声声称他为"大师"。

到了海法上法场斩头的日子，刽子手们竟然你推我、我推他，谁都不愿对海法行刑，最终只得抓阄。即便如此，第一个上场的刽子手只被这妖僧眯着眼缝看了

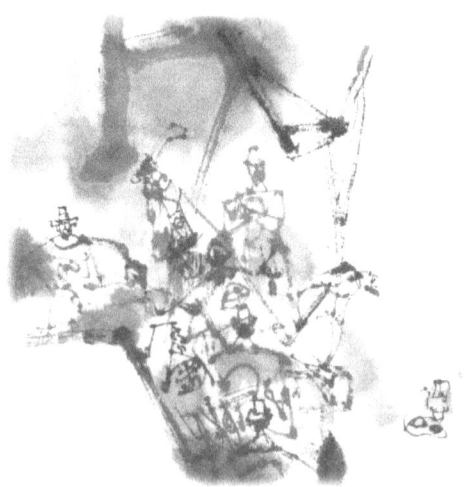

一眼，便失魂落魄地叫声："大师！"跪倒在地，连刀都没敢抽！第二个刽子手鼓起勇气，一边抽刀，一边说："大师，对不住了，公事公办，身不由己，黄泉路上你莫怨我！"

海法目光如刀，直视着这个刽子手，口宣佛号，念起偈语："阿弥陀佛！你断我头，便是结怨。伸冤在我，我必报应。最后一念，必定实现。地狱相见，切记切记。阿弥陀佛！"

众人只听"当啷"一声，大刀落地，第二个刽子手又败下阵来。

最后，张领爷又被请到了法场上。被五花大绑、跪倒在地的海法依旧口宣佛号，念起偈语。张领爷漫不经心地瞟了一眼海法的后颈，冷冷地道："和尚，你说你的最后一念真的能在死后实现？"

"生死轮回，灵魂不灭，必定实现。"海法信誓旦旦。

"我不信。""你会信的！""我不信。""你会信的！"两人你一言，我一语，居然顶上了嘴。海法声音越来越高，张领爷的声音则越来越低，似乎在气势上输给了海法，一旁的监斩官不由替他捏了一把汗。

"敢问和尚，空口无凭，你能做到一件事证明给我看吗？"张领爷突然话题一转。

"能，怎么不能？"海法气势汹汹。

张领爷一步走上前，拔下海法背

上那面白色的三角亡命旗，将它插到前面十来步远的地方，然后走回来对海法道："看到那面旗了吧？你若能死后咬住那面旗，我就信你！"

"好，我就咬给你看！"海法恶狠狠地说道。说时迟，那时快，只见张领爷肘后大刀一抽，没等众人看清楚，海法的头颅已然落地。说来也奇，那落地的头颅竟"骨碌碌"不断翻滚着直向亡命旗滚去，待滚到旗下，又突然弹起，嘴一张，两排牙齿紧紧地咬住了下垂的旗角！

目睹这离奇而骇人的一幕，众人无不目瞪口呆！下了法场，众徒弟个个惭愧万分道："徒儿无能，连累师父要遭海法的报应，只怕师父要不久于人世！"随即，众徒弟掂着重礼，一起来到张领爷家。

张领爷自然设宴招待。席上，张领爷见徒弟个个低头垂泪，不由哈哈大笑，反诘道："那海法最后一念必能实现的话，你们信？"众人答道："当然信！"

"那么，他的最后一念是什么？"众人又答："咬亡命旗。"

"他实现了吗？"众人点头："实现了。"

"哈哈哈，他实现了他的最后一念，还有其他的最后一念吗？还能报复害人吗？"众徒弟一听，愕然了。

此时，张领爷才语重心长地点拨

道:"世上岂有死人害活人、冤冤相报的歪理?只不过是海法故意唬人,摄人心魄以图苟延残喘罢了!就算他有能耐死后咬旗,也只是一时的血气之勇被我激起而已。你们事先已被他灌了迷魂汤,信了他的那一套歪理,没有了自己的心智,自然斩他不得。"

此刻,众人才恍然大悟,原来竟是这么个理!徒弟们的头垂得更低了。

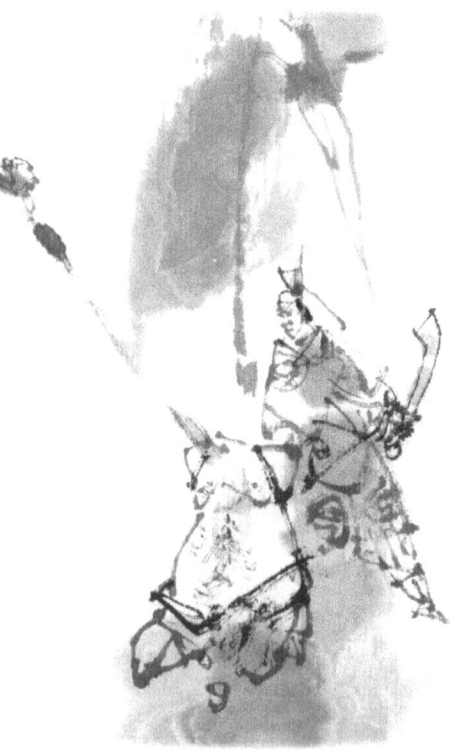

智斩权奸

嘉靖四十四年春,朝廷里发生了一桩大事:权倾朝野二十年、祸国殃民的奸相严嵩之子严世蕃遭到大臣们的弹劾,桩桩罪行被一一揭发。嘉靖皇上雷霆大怒,御笔一挥,发了一道诏书,命刑部将严世蕃"一刀斩之"!顿时举国欢腾,人心大快。

可那严嵩老儿岂能忍心儿子断头?于是他厚着脸皮进宫,哭哭啼啼向嘉靖求情,哀求不止。嘉靖要杀严世蕃本也是一时之怒,过后想起严家父子一向对自己恭敬有加、小心侍奉,何况这位严小相公也颇有才华,写的求仙青词最合自己的意愿。至此,他不由暗生悔意。但皇帝的话毕竟是金口玉言,又收回不得。

就在严世蕃临上法场的前一天,刑部忽然又接到嘉靖的一道圣旨和一个锦盒:特赐监斩官御刀一把,命剑子手用此刀斩了严世蕃。待大家揭开锦盒,剑子手们全愣了,只见这御刀锈迹斑斑,刀口无刃,豁口子一个连一个,不像是把刀,倒更像是被狗啃咬过的长烙饼。用这柄刀砍人,分明就是刀下留人的意思!更何况剑子手们早就"相"过了严世蕃的脖颈,那脖颈出奇的粗短,只在脑后堆起一圈厚厚的赘肉。又因他在皇上面前点头哈腰久了,早惯于缩头晃脑,就更难令人"相"准他的颈骨纹。再说那监斩官,本是严氏一党,一接圣旨,就屁颠屁颠地跑回监狱，将这"好"消息告诉了严世蕃。严世蕃听后击掌大笑：看来只要过了法场这一关，皇上就要降旨赦免自己了！

就这情形，大伙儿都揣摩不透，这差事该怎么个办法。实在没辙，众徒弟只得连夜三请师父。

张领爷听了众徒弟的一番言语，爽快地答应下来："严贼不死，天理难容。斩严世蕃者，非我莫属，我必斩这小儿以谢天下！"又问道，"御刀有刀尖吗？"众徒弟纷纷点头说有，只是无锋。张领爷听后，已是成竹在胸"这就够了。你们放心回去，今夜我还有点事要办，明天准时去法场！"

次日，法场上人山人海，整个京城的百姓，都想争睹一代权奸的断头下场。

监斩官一看是张领爷来了，吃了一惊，将他扯到监斩棚里的官案前，让他看了那口御刀，悄声道"聪明人不干傻事，你也看得出皇上并不想要严小相公的脑袋，不妨顺水推舟，手下留情。"

"怎么个留情法？"张领爷不动声色。

"三声断魂炮响起的时候，你虚挥一刀就行了。"监斩官道。

"这不是死罪吗？"

"嘻嘻，监狱里的事自有本官说了算，以后随便拉个死囚顶你的数就行了。再说，你救了严小相公，严老

相公岂能亏待你？随便赏一笔银子就够你吃几辈子的了。你只需再改个名字，领爷还是你！"监斩官指点道。

张领爷听后微微一笑，不置可否。那监斩官自道是领爷已经心领神会了。

此时，一声炮响，严世蕃被押上了刑场。二声炮响，张领爷一手提着御刀，一手抱着酒坛，走到严世蕃面前，倒了三大碗"上路酒"。严世蕃心中有底，对这上路酒，不像别的死囚那样难以下咽，而是将三大碗酒当作安心酒，喝了个点滴不剩，顷刻间便脸泛红光。

眼看午时三刻就要到了，突然从围观的人群外传来一声马嘶，只听得有人喝道："闪开！"众人回头，见一匹枣红骏马如飞而来，马上之人穿一身青灰衣袍，头戴展脚幞头，上挑一颗猩红的簪珠，正是宫中传旨的司礼监太监打扮！护卫法场的兵丁们早听说了御刀的事儿，对司礼监太监的到来并不奇怪，更不阻拦。只听来人一边策马，一边高喊："刀下留人，圣旨到！"话音未落，连人带马，已是奔到了刑场中央。

酒劲发作、晕乎乎的严世蕃见那太监飞身下马，抽出一轴明黄帛卷，他那一直乱晃的脖颈也不扭了，而是往前一挺，伸得老长，单等太监到前来宣旨，自己也好叩头谢恩。就在这

时，三声炮响，严世蕃身后的张领爷立起御刀，手腕一甩，刀尖在阳光下划了个干净利落的圆弧，严世蕃那又肥又圆的头便如西瓜一般直滚到法场边！此刻，法场边无数对严世蕃恨之入骨的百姓，手里都牵着饿了几天的狗。人们当下一松绳，闻不得血腥的十几条饿狗便蜂拥而上，眨眼间把严世蕃的头颅啃了个精光。可笑的是，严世蕃的身子仍直撅撅地在法场上跪着！

监斩官惊得目瞪口呆，还没回过神来，却急抬眼看，只见刚才那个司礼监太监翻身上马，趁着官兵们刚才让出的道还没给堵死，快马加鞭狂奔出了法场。此刻，监斩官不由大悟，对兵丁一声高呼："贼人假传圣旨，快给我捉回来！"可等兵丁们冲开人群，奔到场外时，那人却早就消失得无影无踪了。

最奇的是嘉靖，听说严世蕃居然被刽子手用那把破刀一刀斩了头，呆愣半天竟说道："此乃天意也！朕护不得严家了。"没多久又再下一道圣旨，将严嵩削职为民，发回原籍看守祖坟，而朝中严氏奸党，也被彻底根除。自然，追查"贼人"假传圣旨一事，也就不了了之。

人们这才哄传，说那太监其实是张领爷连夜找的戏子扮的，为的就是等眼巴巴盼圣旨赦罪的严世蕃伸长脖颈时，他自个儿相准了严贼的颈骨纹，好做到手起刀落，让他人头落地！

斩技之外

面对斩不动的宋铁头、斩不下的海法、斩不得的严世蕃，众徒弟无可奈何，他张领爷却游刃有余，先后以情、以理、以智斩之。大伙儿都疑惑着，莫非师父还留有别的看家本领？

于是，众徒弟再次掂着重礼来到张领爷家求教。对徒弟们的心思，张领爷心知肚明，又是"哈哈"一笑："要说看家本领，张某确实有。不过，这看家本领，不是三言两语能传得的，须你们自己去学！"说着，他打开了身后的帘门，往里一指，"看家本领尽藏于此！"

众徒弟探头一看，只见帘里面房间放着一排排书架，书架上堆的尽是书。原来，这是一间书房。书里到底藏有什么看家本领？众徒弟无不纳闷。张领爷道："我的本领，大多来自书中。读的书多了，便能通世间之情，达古今之理；通情达理了，又能生发无穷智慧，遇到难事，方可迎刃而解。"

众徒弟大悟：难怪师父斩技高我等一筹，就是做起生意来也眼光非凡、能求大利，原来全是读书的结果啊！真可谓是读书不误砍头功啊！大家此刻才连连叹道："看来，我们以后也要好好啃几本书了！"

（题图、插图：黄全昌）

医者仁心

□ 彭远思

艾莉斯十六岁了，她是个单亲家庭的孩子，和爸爸罗德尔医生住在一个小镇上。爸爸罗德尔每天忙着出诊，没时间陪她。艾莉斯感到爸爸一点也不爱自己，所以有些自暴自弃，开始经常逃学、出走、找茬儿闹别扭。可这非但没引起爸爸的关心，反而常惹得他大发雷霆。

这天，艾莉斯又和爸爸吵起来了，还挨了一巴掌。一气之下，她甩门又出走了。当然，像往常一样，她也没走远，还是去了好朋友珍妮弗的家。

艾莉斯这一走就是三天。按照罗德尔医生以往的经验，几天以后，艾莉斯总会自己又回来。所以，他也没费心到处乱找，而是在家里等了三天。

第三天傍晚，电话铃响了。罗德尔冲过去接电话，希望是艾莉斯来跟自己和解。可令他失望的是，这却是个求诊电话。这可怎么办？女儿还没回家呢；而电话那头，患者又好像病得很厉害——罗德尔医生陷入了两难境地。考虑片刻，他觉得呆在家里也只能是干坐着，还不如先去救病人。于是，他整理好了医药箱，出门了。

不过，让罗德尔医生没想到的是，刚才的电话，竟然是女儿艾莉斯用毛巾捂着嘴巴，从附近的公用电话亭里打过来的。

看着爸爸关灯关门离开了家，躲在对面街角的艾莉斯对身边的朋友珍妮弗耸了耸肩说："你看，我就说我爸宁愿去给他的病人看病，也懒得找我回家吧！走，跟我回去一趟取点钱。"

说完，她便拉着珍妮弗进了房门，直奔罗德尔的书房。这一次，她对爸爸真的绝望了，所以打算弄些钱，离开家独自谋生去，再也不回来了。

看着艾莉斯在书房里翻箱倒柜，珍妮弗心急如焚，劝也劝不动，只得守在一边干着急。

艾莉斯翻箱倒柜了大半天，却没有发现一毛钱，倒是在一堆旧书下面找到了一个旧铁盒。艾莉斯心里一阵兴奋，觉得自己大概找到了什么宝贝！她赶紧打开盒盖，可里头除了一沓泛黄的剪报之外，什么都没有。

艾莉斯顿时像被浇了一盆冷水。她刚想把那盒子扔到一边时，可眼前剪报的标题却牢牢抓住了她的眼球。

看着看着，艾莉斯的表情越来越凝重，看得一边的珍妮弗心里直发毛。她关心地问艾莉斯："你怎么了？一切都还好吧？"

艾莉斯瘫坐在地上，把剪报递给珍妮弗，说道："你自己看吧。"

只见剪报上大大的标题是：年轻医生误诊，导致身败名裂。

珍妮弗赶紧浏览了一下内容，报上说的是十六年前，一个叫罗德尔的医生，本来医术高明、年轻有为，却因为对一个孕妇的胎儿诊断检查报告作了错误的判断，导致这名孕妇产下了一个右腿有先天性残疾的婴儿。罗德尔因此被指控，从此身败名裂，丢了工作，也丢了妻子。

珍妮弗睁大眼睛问道："难道报纸上的罗德尔医生就是你爸爸？"艾莉斯无力地点点头。

书房的气氛变得异常凝重，许久，珍妮弗才安慰道："不要难过了，这些不是已经过去了吗？"

"不，没有过去！珍妮弗，你知道我为什么从来不参加体育活动，从来没穿过裙子，甚至从来不在你们面前脱过鞋子吗？"艾莉斯边说边撸起了自己右脚的裤腿，只见她右膝盖以下竟然是一只义肢！

珍妮弗张大了嘴巴，显然还没理清思绪。而艾莉斯此刻发现，铁盒子里还有一本日记。她翻开日记，发现上面的日期正好也是十六年前的。

经过一番搜寻，艾莉斯找到这样一段话：

今天那名孕妇的检查报告中，虽然婴儿未完全成型，但我看出了问题，婴儿右腿有些畸形。可我没有说出来，只是跟那名母亲说第二天才有结果，我是怎么了？

"怎么了？"艾莉斯也在心里问，"那难道不是一次误诊吗？"

她翻开下一页，上面写着：

想了一整晚，我终于明白了。玛丽也怀孕了，我很快也会成为一个父亲。这样做我大概是想要保护那个未降生的婴儿吧！

艾莉斯虽然没有听爸爸说过，但联系剪报内容的话，她能判断，这个"玛丽"应该是罗德尔的妻子。

她接着读下去：

我终于还是跟那位母亲这样说

了："婴儿一切正常。"本来在我们国家堕胎就不合法，但是如果我说出实情，那个家庭也许会不择手段去做手术吧。这么做，没准不单保护了那个婴儿，还会让那个家庭不至于去以身试法吧？我想我该安慰自己，之后再解释的话，他们也许能够理解的。

"难道这才是真相？"艾莉斯迫不及待地继续翻着日记本。在标着几个月后日期的日记中，她找到了这样的记录：

今天我收到了法院的传票。我是天真还是愚蠢呢？那个家庭怎么可能原谅我？

艾莉斯尽量克制着激动的情绪，继续翻着日记本，不知道多少页后这样写着：

官司输了，我的人生也完了。工作没了，玛丽一气之下跟我办理了离婚手续，她已经回到国外的家乡了，电话里她告诉我她已经做了堕胎手术。我的人生已经没有意义了。

……

日记本所展示的爸爸记忆的片段，一片片被剥开，展现在艾莉斯的眼前：

我突然想到那个因为我一厢情愿而降生的女孩，她现在怎么样了？

花了好几天时间，我打听到了女孩的下落。她的家人给她做了截肢手术后，竟然把她寄养在了孤儿院，然后消失得无影无踪了。上帝，我究竟

做了些什么？

……

费了不少劲，我终于成功收养了那个女孩。她手术后恢复得很好，一定能健康地成长吧。就让我来弥补她家人犯下的错误吧。

我给这丫头取了个好听的名字，就叫艾莉斯。从现在起，她就是我的女儿了。我会带着她离开这个城市，不会有人知道我和她的过去……

……

合上了日记本，艾莉斯抹着眼泪说："我一直都误会了爸爸。"她对珍妮弗说，"知道吗，我曾经问过爸爸为什么我的脚会这样。可他只是含糊地回答说是他的错，我当时真不懂事，为这个一直记恨他。"

此刻，珍妮弗还不知道该怎么回

答，她还在组织着整件事的真相。

而艾莉斯看得越多，就越发现自己之前似乎一点也不了解自己的爸爸。不知过了多久，艾莉斯看到了日记的最后一页，上面写着：

艾莉斯就要入学，而且已经可以戴义肢了。今天我和她要搬到另一个镇去。到了那里，没有人会知道她的脚是怎么回事，她可以过上正常人的生活。呵呵，这孩子真是越来越可爱了。从今以后，我得更加努力工作了，以后的医学会更发达，对这孩子的腿肯定还有更好的办法，我得未雨绸缪，为她好好攒一笔基金才是。

好了，这是我最后的日记了，我把这些日记和那份剪报留了下来，艾莉斯有权利知道这一切。等她找到了属于自己的幸福时，我就把这些交给她吧。

为了不哭出声，艾莉斯捂着嘴。可泪水却不争气地滴在了日记本上，用墨水写下的"幸福"在泪水中晕了开来。她终于控制不住自己，哭着自语道："爸爸，对不起，对不起……"

沉浸在父亲的记忆和爱中，艾莉斯并没有察觉到时间的流逝，直到珍妮弗看了手表提醒道："时间差不多了，叔叔快回来了，你打算怎么办？"

这时，书房外传来的开门声代替了艾莉斯的回答。罗德尔回来了，被出诊电话捉弄了一番，他正一肚子火，但看到房子的灯光时，那团火瞬间就被浇灭了。

"艾莉斯，你回来了吗？回答我，艾莉斯？"罗德尔激动地喊道。

泪眼婆娑的艾莉斯从书房走出来，没有回答。她慢慢走到父亲的面前，抱紧了他。

"对不起，艾莉斯。"搂着心爱的女儿，罗德尔说道，"我再也不会打你了。"

此时，艾莉斯早已泪如泉涌。罗德尔慌了，忙问道"出什么事了？谁欺负你了？"

"对不起，爸爸，我看了你的日记……"艾莉斯哭着回答。

罗德尔松开手，惊讶地问："你……都知道了？"

"是的。"艾莉斯点头道。

沉默了一会儿，罗德尔一脸懊悔地说："对不起，我无意隐瞒这些的。原本打算以后再让你了解真相，等到你……"

他的话被打断了，艾莉斯说"不用等了，现在的我已经拥有了真正的幸福。爸爸，这都是你赐予的，谢谢你！"

听到这一声"谢谢"，平日里不善谈笑的罗德尔顿时泪流满面，父女俩紧紧抱在一起。没有血缘关系的爸爸和女儿，两颗心却能互相了解，还有比这更浓厚的亲情吗？

（题图、插图：佐 夫）

天下第一

□ 刘红茹

松下墨鹤是个知名的硬笔书法家,他的字笔法苍劲洒脱、疏影横斜,被粉丝们称作"竹叶体"。

这天,他接到一个陌生人的电话:"老师,我叫山野之寿,是一个业余书法爱好者,很想得到您的指点。"

这样的电话松下墨鹤每天都会接到好几个,他有点不耐烦,正要挂断电话,可那头却传来急促的声音"老师,我太崇拜您了,我已把字传到您的电子邮箱里了,拜托您无论如何看一下。"

几天后,松下墨鹤打开了邮箱,看到了山野之寿发给他的邮件。当时他就看呆了,那是用硬笔书写的楷书《赤壁赋》,松下墨鹤从没见过写得这么好的硬笔书法,字字通神,已然达到了自己无法企及的水平。他琢磨良久,拂袖离案,慨然长叹。

当天夜里,松下墨鹤给山野之寿打电话:"朋友,我希望明天见到你,我们以字会友,不见不散。"山野之寿显然大喜过望:"太谢谢您了!我太高兴了!老师万岁!"

第二天,松下墨鹤早早便在他的竹叶斋等山野之寿。到了十点光景,一个年轻人出现在他的面前,这个年轻人头发有点蓬乱,身背一个竹背篓,面带微笑,正兴奋地望着他。

松下墨鹤犹豫着问道"请问,你是谁?"只听那个年轻人欢快地说:"老师,我就是给您打电话的山野之寿。"松下墨鹤有些不相信,再次问道:"你就是那个写了一手好字的山野之寿?"山野之寿羞涩地说:"老师,我从小临摹您的字,也算是您多年的徒弟了,可我一直认为我写得不好。"

松下墨鹤把山野之寿带到竹叶斋的秘室里,拿出各种硬笔,让他写几个字。

"老师，这些笔这么精美，我不敢用，我还是用我自己的笔吧。"说着，山野之寿把身上的背篓放下来，打开上面盖的破衣服，只见里面有许多长短粗细不一的竹棍。

松下墨鹤吃了一惊："这是烤肉串用的竹棍吗？你是烤肉串的吗？"当听说这是山野之寿自己削的笔，松下墨鹤不由拿起一把竹棍细看起来，良久，才重重地叹了口气。

山野之寿不知老师何故叹气，说"我从小父母就死了，上到小学二年级，认得了几个字，后来，我就喜欢上您的字帖。我没钱，就在水边用竹棍蘸水，在石面上临摹您的字，一练便是十几年。我用竹棍都很顺手

了。"说完他展开纸，用竹签蘸墨，就趴在地上写了起来，一口气写完了《千字文》。

"太好了！字字有特色，字字登峰造极。这是我今生见到的最好的硬笔字。"松下墨鹤由衷地称赞道。沉默片刻，松下墨鹤忍不住问道，"你说当今世上，谁是最好的硬笔书法家？"

"当然是您！您的硬笔书法，流传大街小巷，妇孺皆知。"山野之寿说。

"不，当今世上，最好的硬笔书法家是你，你是第一！"松下墨鹤对山野之寿竖起大拇指。

"您这样夸我，我有些糊涂了。"

"不，这叫让你死个明白。"此言刚毕，一根竹签从山野之寿的脖子后面刺了进去，直贯咽喉。

松下墨鹤没有管倒地的山野之寿，他把那几页《千字文》挂在墙上。"天下第一，非我莫属。"松下墨鹤自言自语，说完，就在那《千字文》签上自己的名字：松下墨鹤。

几天后，那幅《千字文》被拍了照传到网上，网友们都惊呼：写得太好了，真是神了！因这种字细瘦苍劲，而又俏丽多姿，网友们都赞叹，松下墨鹤在自己竹叶体的基础上，又更上了一层楼，字比先前的竹叶体越发苍劲有力、气韵非凡，于是给这种字体起了个名字，叫做"竹签体"。

（题图、插图：张恩卫）

有人的地方就有江湖，有生意的地方就有纷争。江湖告急，何以解难？一场讨债追债后，小老板才明白了这个道理：百事和为贵，和气方生财。

江湖救急

□ 刘志召

1. 来者不善

南城大大小小的企业星罗棋布。其中有家小厂，厂主姓刘，人称老刘。老刘会经营、善管理，又懂得技术，把个小厂打理得红红火火。这天下午4点，员工们都在各自忙碌，办公室里，老刘一边审核图纸，一边哼着小曲，畅想着美妙"钱"景。小老板都这德性，有点订单做就幸福得不行，以为要发达了。

就在老刘得意忘形之时，只听"咣当"一声，接着，两个黑衣汉子大摇大摆闯了进来。这两人一个瘦高一个矮胖，乍一看，还以为是林子祥和郭德纲一块来了呢。

那瘦高个子，嘴唇上留一抹小胡子，身穿黑色西装，颈挂粗金链，腕戴金壳表，夹着个手包，一副大哥派头。再看那矮胖子，光头造型，一身黑色运动装，手上拿着一卷报纸，一脸横肉，眼露凶光。看扮相，毫无疑问，这两位是"道上的"；看神情，正应了那八个字：来者不善，善者不来。

老刘很惊讶，他觉得自己为人还算谦和，遇事也能忍让，从不过问江湖是非，更没结交道上朋友，怎会招来如此凶神？找错人了吧？如今砍人都有砍错的，找人找错了有啥稀奇？

这时，小胡子走过来冷冷地问道："你就是刘老板吧？"

老刘急忙站起来，努力挤出一张笑脸说："我是，二位有何贵干？"

小胡子使了个眼色，光头二话不说，从报纸卷里"唰"抽出一柄尺把长的片刀，"砰"一声猛砍在大班台上，刀刃吃进台面，片刀立在桌上，微微颤动，嗡嗡作响，寒光摄人心魄。老刘没有一点心理准备，当场就吓懵了。

说起来，老刘在南城混迹多年，比这骇人的场面不是没经历过。有一次，老刘走在街上，忽见几个人旋风般的从他身旁掠过，紧接着，后面几十个人挥舞刀枪，喊打喊杀朝那几个人追过去。不一会儿，被追的那几个不见了，追人的那伙也消失了，市面又恢复平静，但地上却多了两样血淋淋的东西：一只断臂，上面还带着袖子；一片耳朵，新鲜的人的耳朵……

相比之下，眼前这一幕实属小儿科，但老刘却感觉更瘆人。毕竟上回是打酱油，这次自己却是局内人呀！

就在光头挥刀砍桌的同时，旁边的文员吓得一声尖叫。这叫声提醒了老刘，他认定对方大动干戈，是冲自己来的，没必要让这丫头陪绑，于是说："这儿没你的事，你出去吧。"老刘一边说一边朝文员挤眼，暗示她去后召集车间的员工过来解围。

文员不敢马上就走，她可怜巴巴地望望光头，又望望小胡子，见二人没有反对的意思，这才像得到大赦一般，蹑手蹑脚溜了出去。可她这一走，再也没有进来。后来老刘才知道，对方足足来了十几个，大门、车间、仓库，甚至厕所都有人看守，小工厂里里外外上上下下全被控制住了。

小胡子傲慢地问："刘老板，知道为什么找你吗？"

老刘苦笑着摇摇头。

光头从桌上拔下片刀，用手在刃口上比划了几下，不阴不阳地说："这东西顺手得很，今天开不开荤，你刘老板说了算。"

老刘不由想起曾经目睹的断臂和耳朵，顿时毛骨悚然，脑袋根本没法转圈了。

小胡子在办公室里踱起了方步，他踱了一圈，突然问道："认识张老板吗？"

老刘无力地靠在大班椅上，嘴里喃喃说着："张老板，哪个张老板？"

小胡子从手包里拿出一张字条，用力拍在大班台上。老刘见字条上写着："刘老板，贵厂所欠款项委托此人清收，见条即付。中力公司张小姐。"老刘这才明白，原来是她！

2.强势女人

张小姐芳名一个丽字，在业内，是赫赫有名的女强人，白手起家的典范，以胆大、泼辣、强势著称。她曾是内地棉纺厂的纺织女工，三十岁那年下岗，孤身一人来到南城闯荡，经过数年打拼，开了家"中力"公司，专门销售机床。

中力不大，但生意做得红红火火，在圈子里小有名气，秘诀有两条：对内，给销售人员高额提成；对外，搞分期付款，并且无须抵押。老刘付十四万首期，从中力购买了一台连本带息总价为五十万元的机床，双方约定，每月还款三万，一年还清。

可半年不到，机床出现质量问题，中力派来工程师维修了好几次，问题都没解决。随后中力方面提出，往后上门一次，无论修没修好都要收三千元维修费。这下老刘不乐意了，明明东西还在保修期内，凭啥要付钱？可没想到中立还留了一手：他们为了防止客户跑单，在机床里安装了计时器，以三十天为一个周期，时间一到，机床自锁不能工作，等到客户付款后方才解锁，然后重新设定三十天时限，以此类推，直到余款付清。

于是，双方这么僵持着，几十万的机床便成了聋子的耳朵——摆设。

后来，老刘费尽周折，联系到另一家机床公司的资深工程师，许以万元的好处费，终于修好了机床、卸掉了计时器。这么一来，中力再也拿捏不住他了。此时，尚有二十万余款未付。老刘认为自己被迫修机床、找外援、买配件搭上的十万元应该由中立来承担，所以只同意付一半十万元。这时，又轮到张丽不肯让步了，双方再次僵持不下。张丽恼羞成怒，撂下一句狠话："老刘，你给我等着！"

老刘哪肯服软："等着就等着。"结果，就等来了道上的瘟神登门。

老刘这正回忆着，小胡子的一句话瞬时打乱了他的思绪，让他吃惊万分。小胡子说："张小姐告诉我们，你欠她三十万。"老刘赶紧声明，债务标的是二十万，不是三十万，而且这二十万存在争议，真正欠张小姐的，只有十万。可是，小胡子却硬邦邦地说，以张小姐说的为准，老刘说的不算。

老刘拿起手机想找张丽对质，被光头一把拉住，瞪眼责问："你想干吗？"

老刘气鼓鼓地说："我要问问张

小姐，我怎么就欠她三十万了。"结果，他拨张丽手机，关机；打公司座机，对方说了句"老板不在"，就挂了。显然，张丽是在回避自己。老刘放下电话，强忍悲愤，把这场纠纷讲给小胡子听，让他评评理。

小胡子却说，他是拿人钱财替人消灾，没兴趣听谁是谁非这些破事，现在的问题是怎么还钱，扯别的没用。接着，他假惺惺地说："刘老板，我是个通情达理的人，让你一下子拿三十万估计有困难，可以分期付款，你自己给个方案吧。"

老刘只想赶快打发这俩瘟神走路，随口应付："十天后付……十万。"

小胡子点头又问，剩下的呢？老刘敷衍说，看情况吧。小胡子脸一沉，问老刘什么意思？老刘怕对方再生事端，只说三个月之内解决。

"很好，你记住，我只收现金，不要支票。"小胡子凑到老刘跟前，恩赐一般地说，"看你还识相，我就不难为你了，这样吧，你拿一万块钱出来。"

老刘莫名其妙地说："不是说好十天之内付第一笔钱吗？今天没有。"

小胡子二话不说，快步走到窗前，"哗啦"一下拉开窗帘，指着车间怒气冲冲地说："你看看，我来了多少弟兄，他们要吃饭，要喝酒，要唱歌，你讲句没钱就好了，我怎么向他们交代？"

光头拿着片刀，指着老刘，恐吓道："前几天，有个老板欠钱不给，还挺横，弟兄们一下就火了，当场把他修理得住了医院，最后怎样？躺在病床上还得乖乖掏钱。"

老刘没辙，只好打开保险柜，把备用现金拿出来放到桌上，大约七八千元。小胡子一边数钱一边嘟囔："就这点儿？"他威胁老刘，"我告诉你，这些是弟兄们今晚的活动经费，跟你欠张小姐的可不相干，你记住喽，三十万块一分都不能少！"说罢，把钱塞进包里。

3. 高人助阵

当晚，老刘一肚子气恼，来到工业区旁边的一家小饭馆借酒浇愁。等情绪稍稍平复后，他把所有可能的解决方案在心里列了出来，一共是两大项四小项：

一是公了：去派出所报警或上法院打官司。可是这十来万的经济案，即使立案，警方也未必会派人来保护。至于上法院，那可是花钱、费神又耗时的事，他一个小老板能承受得了？这公了不行，只能私了。

可是，一想到私了，老刘又举棋不定了。他脑子里一个声音说：乖乖给钱吧，就当破财免灾；另一个声音说：太欺负人了，不给，再来骚扰就跟他们干。两种声音此起彼伏，两个念头交织缠绕，让他不知如何是好。

一瓶白酒下肚后，也许是酒壮怂人胆，老刘终于做出决定：决不能屈服，跟他们干！

老刘意识到，仅凭一己之力是干不过小胡子他们的，需要帮手，而且一般人不行，非得有身手好、敢担当的狠角色不可。可他想了半天，也没想到这样的人选。他灰心丧气，趴在酒桌上打起瞌睡来。在半梦半醒之际，一个名字浮出水面：大傻。老刘一拍脑门，对呀，怎么把他给忘了呢？

说到大傻，老刘想起了两年前的事儿。当时他的一位同行朋友请他帮忙解决一个技术问题，老刘坐公交到朋友厂里，却被一个黑大个儿保安给拦住，不但对老刘盘问再三，还要求老刘填写访客登记表。老刘自恃自己是"老板"，又是"客人"这双重身份，岂肯屈尊。

于是两人就叽歪开了，直到动静闹人，朋友出门相迎时才告收场。这名保安便是老刘今天想起的人，外号"大傻"。

当时，朋友指着保安鼻子大骂："好你个大傻，你知不知道，这是刘总，数控编程专家，花钱都请不来，你竟然不让进门！"大傻便站在一旁，一声不吭，任其训斥。

据朋友讲，大傻跟他的太太是一个村的，还有点亲戚关系。他们村长欺男霸女，作威作福，大傻退伍后看不过眼，就找个茬子把村长教训了一顿，也算替天行道吧。结果一脚把村长踹成重伤，判了三年。出狱后，大傻来到南城，一直找不到事做，才到他这儿当了保安。

朋友还说大傻是个练家子的，在部队干的又是特种兵，功夫相当了得，一般人挡不了他三拳两脚。以前外面有些小流氓经常调戏厂里的女工，自从大傻来了之后，逮着机会把他们修理了一顿，几个小流氓再也不敢来了。

老刘想，得罪谁也不能得罪这样的恶汉呀。离开时，他主动友好地朝大傻微笑点头，没想到大傻竟跟着出来了。老刘好生紧张，心说：这家伙要干什么，莫非是要报复吧？

谁知大傻快步走到老刘面前，规规矩矩鞠了一躬，说是为上午的鲁莽

向老刘道歉，然后向他问了一个稍显幼稚的问题：数控编程难不难学？老刘想了想，说有人觉得简单，也有人觉得很难。这时，大傻摸摸脑袋说自己只念过高中，成绩还不太好，不知道能不能学会。说这话时，五大三粗的大傻竟腼腆得像个孩子。

老刘问大傻，你一个保安，怎么想起来学这个。大傻说保安这碗饭端不长，还是学点技术踏实。大傻告诉老刘，他到培训部问过，学期一个月，学费四千元，他准备报名。老刘见大傻如此上进，便鼓励他买台电脑在家自学，有问题他可以随时来请教。大傻喜出望外，高兴得又蹦又跳，连呼遇到贵人。

大傻上进心很强，读书学习有一股傻劲。由于他自身的努力，加上老刘的指点，半年后，他已经粗通数控编程。老刘明白，以大傻的水平，在南城求职很难，他便建议大傻去相对偏僻的惠城看看。大傻听了老刘的建议，很快在那儿找到工作，而且干得不错。老刘想，此番如找到大傻，大傻如能愿意帮忙，那可是天助我也。

两天后，老刘终于联系到了大傻。当大傻听他在电话里说遇到点麻烦，二话没说，答应一定来南城帮忙。

第二天中午，大傻如约而至，老刘把他拉到小饭馆，把事情原委讲了一遍。大傻听后说："没事咱不找事，有事咱也不怕事。"他要老刘立刻约对方过来。

老刘说："兄弟，是不是急了点？他们一来就是十几个，清一色的小平头黑衣裳，我们只有两人，一旦打起来，恐怕要吃亏。要知道双拳难敌四手，好汉架不住人多嘛。"大傻却要老刘放心，说没事，今天打不起来，对方不会来很多人。

见面地点就定在小饭馆，在大傻的提议下，老刘挑了一间最小的包房，空间很局促，仅能容一张圆桌，五六张独凳。对此，大傻有他的说道："假设对方来了七八个，甚至十几个，都没关系，能进到房间的顶多三四个，其他人只能呆在外面，万一打起来，以我的身手，抵挡一阵子完全没问题，刘哥你站在墙角打电话报警就行了。"他看老刘有些紧张，又安慰道，"应该打不起来，我说的是万一。"

老刘心里赞叹不已：好个大傻，两年不见，让人刮目相看，不但刚猛率直，重情重义，而且粗中有细，面面俱到，找他帮忙算找对了。大傻让老刘靠墙坐在圆桌上手，到时他站在老刘身后。安排妥当后，大傻还不忘解释说："这次是文斗，你唱主角，我就是个跟班的，当然站后面。"

老刘听了觉得，武斗，老刘他不行；文斗，不客气地说，他还比较擅长。一场好戏马上就要上演了。

4.灰色商人

果如大傻所料，对方只来了小胡子和光头两个。他二人旁若无人地进入房间，一眼便看到老刘身后的大傻，只见此人一米八几的身高，铁塔一般的身板，一张不怒自威的黑脸，看得二人同时一怔。此时，老刘注意到，光头没拿报纸卷，心想大傻又说中了，对方根本没做打架的准备。

于是老刘气定神闲地笑道："呵呵，这是本厂新招的员工，也是我的哥们，两位不要见外，请坐！"

小胡子在对面坐下来。光头也学大傻的样，双手环抱胸前，站在老大身后。但他也觉得，气势跟大傻相比，差了好远。小胡子直奔主题道："刘老板，钱准备好了吧？"

老刘明知故问道："什么钱？"

小胡子耐着性子说："欠中力张小姐三十万的首付，十万块，前两天你答应的。"老刘说："我说过，只欠张小姐二十万，这二十万还有争议，哪来的三十万？"

小胡子又重弹老调说："这事以张小姐说的为准。"

老刘说："那张小姐说欠三十万，你就收三十万喽？"

小胡子觉得这话有点不对劲，但一时又反应不过来，只得硬着头皮说："是这个理儿。"

老刘等的就是他这一句，他语带嘲弄地说："那好，我现在告诉你，张小姐欠我一百万，我给你写个条，你赶紧找她收，收回来咱们对半分，一人五十万，怎么样？"

小胡子被堵得一时哑口无言，一阵愣怔之后，把脸一拉："你什么意思，想赖账？"

"我没想赖账！"老刘侃侃而谈，"虽然我的工厂很小，挣钱不容易，但我从来没想过赖别人的账。我说过，欠款只有二十万，而且存在争议，最终付多少需要双方协商，不可能张小姐说多少就是多少，更不可能她写张条子我就得掏钱。你说说，天下有这样的道理吗？是你，你会同意吗？"

小胡子没想到，老刘前次温顺如小绵羊，说话结结巴巴的；今天竟侃侃而谈，言辞犀利。但小胡子到底是老江湖，稍加迟疑后，他以退为进，说："你可以先付一两万表示表示诚意嘛，我受人之托，忠人之事，你一分钱不给，我怎么向张小姐交待？"

"怎么交代是你自己的事。"老刘底气很足地说，"我明确告诉你，欠款数目不弄清楚，我一分钱都不会付！"

从事追债这个行当的，基本上都是身有劣迹的道上人，小胡子也不例外。以他这个江湖人的眼光，自然看得出大傻的分量，他觉得凭他和光头两个，肯定对付不了。此时，即便老刘"翻脸不认账"，他也无可奈何，只能自找台阶说："欠款数目我会找张

小姐核实清楚，不过我劝你还是把钱准备好。"说完，拉起光头，悻悻而去。

老刘松了口气，转头向大傻跷起大拇指，问他怎么对"敌情"估计得那么准。大傻就把他了解的江湖内幕讲述了一番。

在南城，清债是一门生意，团伙老大就像影视导演，又像包工头，平日光杆司令一个，接到订单后才会召集马仔工作。马仔像剧组的群众演员，也像建筑队的民工，不同的是，扮相上有个不成文的规定，统一为黑衣平头或者光头，据说这样能给欠债方以最大的视觉冲击力和心理震撼。

马仔的出场费有高有低，视单子金额、出场时间及工作能力而定；除了出场费，还有一顿吃喝；赚头大的话，吃喝之外还能唱歌、找小姐，费用由老大埋单。

追债团伙靠威胁恫吓基本上就能

达到目的，假如债务金额较大，欠债方不肯就范，动武也不稀奇。真要上演全武行，马仔的收入会翻番甚至更多。如果马仔受了伤，除负责医药费外，老大还得打赏不菲的红包。因此，老大追求的是不战而屈人之兵；厌恶的是白刀子进，红刀子出。

具体说到那个小胡子，他是老大，光头是他的心腹，其他人是他临时雇来的马仔。小胡子之所以额外向老刘索要一万块钱，是因为他当天要发放出场费，要请马仔喝酒吃饭唱歌找小姐。羊毛出在羊身上，他不会自掏腰包。在小胡子看来，第一次已经摆平老刘，第二次没必要弄一帮人摆大场面，这样能省不少钱，所以鉴于老刘前次已经服软，动武已不在考虑之列。

听了大傻的解析，老刘诧异地想，敢情小胡子跟自己一样，也是精打细算的"企业家"呀。这年头，谁都不容易。

5.内有玄机

过了一天，小胡子打来电话，说张丽承认尾款只有二十万，也承认存在争议。小胡子主动解释，按规矩，他们收债的要抽头一半，估计张丽不愿掏这个钱，就转嫁到老刘头上了，这三十万估计就是这么来的。小胡子还说，张丽虽然是他的衣食父母，但他决不护短，已经严肃批评了她。

听小胡子这么说，老刘觉得谁说"道上的"不讲理？小胡子就很讲理嘛，而且还知错能改。老刘心底不由泛起一丝感动，像受了委屈的小媳妇，对着电话嚷道："明明只有二十万，为什么信口开河说成三十万，这不是敲诈吗？啊！以为我老刘好欺负是吧？"

小胡子依然语重心长，不急不恼地告诉老刘，他已说服张丽让步，尾款只收十五万，他希望老刘能给他几分薄面，同意这个方案"忍一时风平浪静，退一步海阔天空。"小胡子斯文起来简直像个哲学教授。

老刘琢磨，虽然跟自己主张的还有差距，已在可接受范围，没必要再为几万元钱闹得天翻地覆。虽说有大傻助阵，小胡子暂时没捞到便宜，但大傻只能帮一时，不能帮一世，何不趁着对方示出善意时就坡下驴，化干戈为玉帛？想到这里，老刘决定给张丽打个电话示好。

蹊跷的是，张丽手机依旧关机；打到公司，还是"老板不在"。上次老刘以为对方刻意回避，现在细想，人家怎么可能因为回避他而成天关机，难道不做生意了？再说，回避也不是这个女人的性格呀。老刘如堕五里雾中，直觉告诉他，这其中大有玄机。他决定亲自去中力一探究竟。

老刘是晚上七点多到的，远远望去，中力公司临街的写字楼黑灯瞎火，了无生气，同四周灯火通明、生机勃勃的景况形成鲜明对比。他向旁边小店店主打听，回答令老刘震惊："老板被警察抓起来了，员工心都散了，谁还加班？"

"抓起来了？"老刘简直不敢相信自己的耳朵，忙问，"你说的是张小姐吗？"店主点点头："就上星期的事，酒后驾车。听他们员工说，公司近来状况不好，很多钱收不上来，已经拖欠俩月工资了，张小姐请大家吃饭，想安抚一下情绪。这不赶上酒驾入罪嘛，吃完饭离开酒店没多远，碰上警察临检，一测，酒精含量超标，是醉酒驾车，当场就被带走了。"

唏嘘过后，老刘意识到不能再把钱交给小胡子了。他认定，最初，张丽委派小胡子追债确有其事，有那句"老刘，你给我等着！"和字条为证。但一切在张丽进去后发生了变化，小胡子看到有机可趁，动起了歪脑筋，先是以张丽的名义敲诈，把二十万的债务说成三十万；敲诈不成，又想瞒天过海，把债款据为己有。要不是自己前来打探，小胡子的阴谋几乎得逞。

大傻得知真相后认为，应当马上和小胡子摊牌，断了他收钱的念想。老刘明白，所谓"摊牌"，就是"亮剑"，亮剑不是为了逞勇斗狠，而是为了以战止战。他对大傻说："你看要不要准备些家伙，比如钢管铁棒什么的，要不，去买几把菜刀也行。"

大傻连连摆手道："带钢管铁棒过去，要是惊动了警方，那些东西就成了蓄意斗殴的物证，罪名就洗不清了，别说菜刀，就是连一把水果刀都不能带。"

老刘愤愤不平道："凭什么他们可以舞刀弄棒，我们就只能赤手空拳？这叫什么事啊！"

大傻说"他们是地痞流氓，我们是寻常百姓，他们可以作恶，我们不能，我们只能自卫。刘哥，你想想，要是因为这事栽进去，值不值？工厂谁

帮你管？"

这话点醒了老刘，他开玩笑说："兄弟，我发现你特别懂法律，特别讲法律。"

"那是，要不以前大牢就白坐了。"大傻让老刘尽管放心，真打起来不可能赤手空拳，武器就地取材，酒瓶板凳一样好使。

深夜，小胡子再次打来电话，煞有介事地告诉老刘，张小姐希望他爽快一点，尽快将尾款一次付清，从此桥归桥，路归路，大路朝天，各走半边。大傻在旁边做了个"六"的手势，老刘心领神会，说你周六过来吧。

放下电话，老刘骂道："这混账东西怕夜长梦多，急吼吼要来拿钱了。"大傻点头说："事情该有个了断了。"

6.针锋相对

周六中午，小饭馆最大的一间包房内高朋满座，正是老刘、大傻，还有大傻叫来助阵的几个朋友。他们同大傻一样，个个彪悍精壮，一看就不是等闲之辈。

酒足饭饱之后，众人举行了战前动员大会。会上，老刘宣布了两项战略方针：不打第一枪 擒贼先擒王。大傻做补充说明，敌不动，我不动；敌若动，我必动，火力对准对方老大。随后，众人就战术上的各种细节展开热烈讨论，并一一付诸实施：

包房中央的圆桌和凳子整体平移

到最里边，保证己方人员靠墙而坐，避免腹背受敌。

啤酒瓶至少每人四只，两只摆在桌上，两只靠墙根放着，保证桌子被掀翻后，有后备的可用。

老刘能力最弱，但是主将，届时坐在中间，要离对方人员最远；身手最好的大傻和一个叫小军的分坐在他的两边，这样情况有变时，他们可以迅速制服对方肇事者。

相互间隔不能太近，以免挥舞酒瓶板凳时误伤自己人；也不能太远，以免被对方渗透，各个击破。

大约过了半个小时，一辆面包车疾驶而来，"嘎"的一声停在小饭馆外，车上跳下来七八个人，正是自以为得计的小胡子和他的马仔们。马仔们下车后便在车旁抽烟聊天，打闹嬉戏，光头跟着小胡子进了饭馆。

一看包房内的阵势，小胡子就感到不妙。他犹豫片刻，还是走了进来，表现出一副满不在乎的样子。老刘注意到了，小胡子身后的光头腋下夹着报纸卷。同样，大傻也注意到了光头，并紧紧地盯着这个危险分子。

小胡子单刀直入："刘老板，我还有事，就不绕圈子了，钱呢？"老刘说："你说的那钱吧，我已经给张小姐了。"

小胡子步步紧逼："什么时候给的？"老刘说："昨天晚上。"

小胡子比谁都清楚，张丽已经进

去多日，老刘不可能昨晚送钱给她，但他不清楚老刘是否掌握真相，他索性将装傻进行到底："张小姐开收据没有？拿给我看看。"

老刘不屑地说："这是我和张小姐之间的事情，跟你有关系吗？为什么要拿给你看？"

小胡子猛地提高嗓门："怎么跟我没关系？张小姐把这事交给我，我就得给人家办好，不然以后在道上还怎么混？你说已经给过了，可张小姐并没通知我，我不该证实一下吗？"

霎时间，包房里充满火药味，大有一触即发之势。

"甭跟他废话……"旁边的光头按捺不住，嚎叫一声，"刷"地抽出片刀，准备故伎重演。说时迟那时快，只见大傻飞身而起，快如疾风上前攥住光头的手腕反向一拧，光头痛得难忍，片刀"当啷"一声掉到地上。与此同时，小军等几个"忽"地站了起来，个个手操酒瓶，虎视眈眈地望着小胡子，全是一副亡命徒的架势。

老刘缓缓起身，冲小胡子拱拱手，说："兄弟不才，文不能拆字，武不能卖拳，好在还有几个朋友，你若是想操练的话，现在可以出去叫你的人进来。"接着，他目光炯炯地盯着小胡子，冷冷地说，"纸终归包不住火，有些事情天知，地知，你知，我也知，你可以把别人当傻瓜，但你不能总把

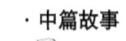

别人当成傻瓜。你懂我的意思吗？"

此刻，小厂主老刘比挂金链戴金表的小胡子更像一个"江湖大佬"。

小胡子面无表情，大脑却在飞速转动，他明白，老刘已经知道张丽进去了，要想拿到钱，眼下只有"用强"一条路。问题是老刘已经做好对抗的准备，请来的帮手个个强悍，真打起来，出场费、医药费，得多少钱？十来万都未必够！动静闹大了，其他和中力有纠纷的老板也知道了真相，那些钱还怎么搞？

衡量得失之后，小胡子不愧是老江湖，能屈能伸，决定体面收兵，他斥责光头道："遇事要冷静，不要冲

动，我说过多少回，冲动是魔鬼，你就是不长记性。"然后又冲老刘做了个双手下压的动作，"刘老板，你也要冷静，大家行走江湖，都为求财，不为斗气，不要动不动就想操练。"

老刘绷得紧紧的心松弛下来，亮剑起了作用，对方开始退却了。

小胡子站起来，有板有眼地说："我会向张小姐核实，真要像你所说，钱已经付过了，这事就算完了；如果没付，刘老板，别怪我不客气，到时有你好看。"说完，冲大家一拱手，说了句"后会有期！"转身走了。光头捡起地上的片刀，跟着狼狈而去。

7.以和为贵

兵不血刃逼退小胡子，老刘非常开心，嚷嚷要请大家喝酒唱歌，庆贺庆贺，没料到却被大傻兜头浇了一盆凉水："刘哥，你想没想过，事情闹到这个地步，你和张小姐都输了，有什么好庆贺的？"老刘一听，纳闷了，明明自己胜了，怎么成了输呢？他要大傻说个明白。

大傻说，清债是门灰色生意，正经人不会干这个，但张小姐本质上是个正派人，她请小胡子收债，不过是病急乱投医，一时糊涂罢了。大傻说，做生意讲究"多个朋友多条路"，忌讳"多个敌人多堵墙"，老刘和张丽之间的纠纷本属小事一桩，现在居然小事化大，闹到刀兵相见，就是"多个敌

人多堵墙"，值得庆贺吗？

大傻说："以暴制暴绝不是好办法，长此以往，路只会越走越窄。"接着大傻表情凝重地说了他在这方面的深刻教训。

老刘说："这样说来，对付小胡子也有错？"大傻说，对付小胡子这样的恶棍，除了亮剑别无选择。但他直言，小胡子之所以有机会耀武扬威，连诈带骗，根子还在老刘与张丽的交恶。回顾整个事件，起因固然在张丽，但老刘也有责任，比方说撇开中力，私下找人修机开锁的做法就不妥当，如果当时和张丽好好沟通，而不是意气用事，应该不会结下梁子，惹来后面的麻烦。

老刘承认自己处理不当，激化了矛盾。出于补偿心理，他强调，剩余款项还按二十万算，张丽出来后一次性付给她。

大傻推测，目前正处在醉酒驾车入罪、人人喊打的风头上，张丽至少三个月才能出来，要是没人帮她，中力十有八九撑不下去。

想到张丽给自己带来的麻烦，老刘冲口而出："活该！"但话刚出口，他便觉得说得太狠，忙又说，"眼下生意难做，自顾不暇，谁有闲心帮她。"

大傻急切地说："刘哥，冤家宜解不宜结，现在是弥补过错、化解矛盾的最佳时机，你要抓住，过了这个村就没这个店了。"

作为生意场上摸爬多年的小老板，老刘清楚，救助中力这样的小公司并不是难事，自己真要出手，其实很简单，把应付款提前给付了，再付点员工的工资就行，这么一想，他内心开始松动了。

大傻继续劝导："刘哥，你跟我说过，张小姐和你同属草根，而且，还在同一个圈子，又有生意上的往来，就凭这，你也该伸手拉她一把。再说，张小姐也帮过你……"

老刘指着自己鼻子问："张丽帮过我？"

"张小姐卖设备给你，分期付款，无须抵押，出发点虽是生意，落脚处却有人情，这人情就是'信任'二字。不管她主观上怎么考虑，客观上是实实在在帮了你，不是吗？"大傻情真意切地说，"刘哥，我知道，你不是见死不救的人，帮帮她吧，就像你以前帮我一样。"

大傻的厚道深深打动了老刘，他郑重其事地说："兄弟，我知道该怎么做了。"接着老刘奇怪地问，大傻跟张丽毫无关系，甚至连面都没见过，为什么极力主张帮她。

大傻正色道："做人做事无非情理二字，于情于理你都应该帮助张小姐，帮她就是帮你自己。"顿了顿，他又说，"小时候，我听老一辈讲，'人'这个字，左一撇，右一捺，互相支撑，互相依靠，缺了哪一半都站不稳，立不住，祖先造这个字就是提醒我们，活在世上不要忘了与人为善，帮助别人就是帮助自己。"

三个月后的一个晚上，"南海渔村"VIP包房。老刘，张丽，这两个曾经的生意伙伴、曾经的冲突双方，此刻终于又坐在了一起。

在张丽失去自由的这段日子，老刘以朋友的身份为中力做了以下事情：发放员工基本工资；缴纳房租及水电杂费；招聘有经验的维修工程师；提醒销售人员走访处于还贷期的客户，防止跑单及私收债款；督促采购人员联系上游厂商，主动说明事由，防止别有用心的生意对手造谣生事……在老刘的张罗下，中力运转如常，甚至比张丽进去前还要好。

老刘所做的一切，被探监的员工原原本本告知了张丽，她听说后羞愧难当，又感激不尽，一出来便迫不及待联络老刘，请求一聚。老刘爽快答应了。

包房的气氛温馨而又热烈，张丽端起酒杯，感慨万千地说："酒，让我吃尽了苦头，按说不该再去碰它了，可今晚，非酒无以表达感情。"说完一饮而尽。

老刘笑道："错不在酒，错在酒驾，今晚咱们就痛痛快快，喝个不醉不归。"说罢，端起酒杯，也是一饮而尽。

张丽动情地说："刘老板，虽说大恩不言谢，可我还是要当面对你说声谢谢，谢谢你以德报怨，出手相助。"

"举手之劳，何谈大恩，况且那些钱原本就是你的。"

"我知道，除了尾款，你还垫了不少，我得告诉你，这些钱一时半会可还不上。"

老刘开了个玩笑："张小姐，你放心，我保证不叫人收债。"张丽听到"收债"，歉疚地低下了头。老刘说："过去的就让它过去吧，不经过风雨，怎么会有彩虹，来，为我们的'破镜重圆'干一杯！"听到老刘这话，张丽"扑哧"一乐，欣然举杯。

放下酒杯，老刘诚恳地说："张小姐，这阵子我想了很多，有人的地方就有江湖，有生意的地方就有纷争，今后我俩之间，或者我们和别人之间，可能还会碰到这样那样的矛盾，相信只要大家抱着正确的态度，就没有化解不了的，实在不行，还有法律，总之，不能叫小胡子这样的人再有兴风作浪的机会，你说是不是？"

张丽点点头，认真地说："这场风波给我最深的体会是，万事以和为贵，和气方能生财。"

老刘微笑地看着她，没有再说话。此刻，这个小老板真正感受到"授人玫瑰，手有余香"的快乐，这种快乐不可名状，无与伦比。

（题图、插图：杨宏富）

房产遗嘱

□ 蔡征波

这天上午，刘伟正上着班，他的弟弟打来个电话，说老家的父亲病危了。刘伟听了立即赶飞机从上海回了老家，但还是没能见上父亲最后一面。

刘伟只得伤心地和弟弟一起安葬了父亲。回上海的前一天，两兄弟坐下来长谈了一夜。刘伟说："弟弟，我这么多年都在外头闯荡，十多年来一直是你陪在老爸身边，我自愧没有尽到太多的责任，所以想咱老爸留下的东西，什么房子啊存款啊，都归你。"

"哥，既然你这么说，我也不想有什么隐瞒，老爸去世前写了一份遗嘱，说房子归我，还剩5万块的存款归你。"弟弟说着拿出一份遗嘱。

刘伟接过来粗略地看了一下，就递还给了弟弟，考虑了一下说"小县城不比上海，5万块钱对我来说不算多，但对你来说却不少。你可以拿去做个小生意，我什么也不要。"

见刘伟这样说，弟弟便接受了。此时刘伟又交代了一句："这钱的事儿你千万不能让你嫂子晓得。"弟弟感激地点点头，又问起刘伟在上海过得如何。

刘伟也不隐瞒，说"我开了一家送水的小公司，一年大概能挣个20来万。只是我们现在住的是套50多平米的二手房，本想今年换个大点的，可房价涨得太快，一时买不起了。"

接着，兄弟二人又聊了些杂事，最后依依惜别。

刘伟一回到上海，老婆就向他打听父亲的遗产。刘伟说，没有啥值钱的东西，只有一套80.4平米的老房

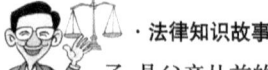

子，是父亲从前的单位用房，也就值个七八万块钱，老爸已给了弟弟。老婆听了，似乎有些失望，不过也没再说什么。

但过了没多久，刘伟就遭到老婆好一顿数落。原来老婆打听到，刘伟老家县城正在搞开发，老房子拆迁最高可得到2万块一平米的补偿！

老婆情绪很激动："那套老房子要补偿160来万，我们简直亏大了！你爸太偏心了，我们虽然很少回去，但每年都寄不少生活费给他，起码也尽了赡养义务。不行，你得打个电话问问你弟弟。"

刘伟想起父亲的遗嘱，有些为

难，可老婆却命令道："这160万至少也得有我们的80万。有了80万，我们今年就能买上新房子了。马上打电话！"

刘伟是"妻管严"，只好打通了弟弟的电话，不想弟弟在电话里一听说要平分房子，就不乐意了："哥，你走之前，我俩不是说好了的嘛，怎么又变卦了？"

刘伟只好商量说："不是我变卦，是你没告诉我老房子要拆迁，我改天回来与你商量一下如何？"

哪知弟弟听了却"砰"的一声就挂断了电话："没得商量！"

开始刘伟是迫于老婆的压力，可现在弟弟的态度让他气血上涌，立刻决定回老家去讨个公道。

第二天，刘伟两口子就飞回了老家，找了两个舅舅和街办主任一同去跟弟弟理论。

弟弟见刘伟喊了人来，立马拿出父亲写的遗嘱给众人看。

众人见遗嘱写得明明白白，就劝刘伟不要再争了。刘伟老婆看得细心，叫了起来，说遗嘱上写的还有5万块钱该给刘伟。

弟弟一听，忙说那5万块钱刘伟已送给他了。刘伟因心中有气，连声否认，结果兄弟俩当街大吵起来。最后刘伟质问弟弟："老爸是什么时候给你写的遗嘱？这是不是他的真实意愿？有人证吗？"

弟弟很笃定，拿出遗嘱，说："遗嘱是老爸去世前一天写的，不仅有医生证明，还有两位证人，这不会有假吧？"

刘伟拿过遗嘱，仔仔细细地看了起来，看着看着竟笑出声来："哈哈……你可看好了，老爸在遗嘱里写的是'把一套8.04平米的房子给小儿子'，也就是说'把8.04平米的房子给你'，那剩下的70多平米就该我们俩平分了。"

"什么，这怎么可能？"弟弟大叫着一把抢过了遗嘱，一看就傻了眼，那白纸黑字上真写着8.04平米。众人再看，也都傻了。

这下轮到弟弟急了，他连呼："不可能，不可能！一定是老爸小数点点错了。"

"这房子理所当然有我的一半了。我不想再与你浪费口舌，咱们法庭上见。"刘伟得意地说。

几天后，刘伟就将弟弟告上了法庭，要求得到一半房产。法庭比对笔迹，认为遗嘱确系刘伟父亲所写，并真实有效，关键就在于这个"8.04平米"。法院认为，按常理来说，这一定是"80.4平米"的笔误，因为一套房子只有8.04平米不合常理。再加上病人临终时容易出错，最终法庭宣判：遗嘱中的8.04平米系笔误，该处房产归弟弟所有，5万块存款归刘伟所有。

律师点评：

故事《房产遗嘱》主要表明一个法律问题：当证据中出现明显瑕疵时，应当分析其客观合理性，不应一概认定或轻易认定明显存在纰漏的条款无效，而应作出比较符合当事人主观本意的判决。

（题图、插图：安玉民 梁 丽）

法律知识故事征文

本刊推出的"法律知识故事"，通过发生在我们身边的、短小而具体、在法理上容易混淆的个案，生动、形象地宣传法律知识。这些知识注重现实性、实用性，真正起到解剖一个案例、明白一个道理的作用。

为鼓励作者深入生活，写出高质量的法律知识故事，我刊决定面向全国征文。本次征文也欢迎读者和法律界人士提供相关素材、案例，一经录用，即付稿酬。

来稿方法：1. 从邮局寄发，请在信封上注明"法律知识故事"字样，本刊地址：上海市绍兴路74号《故事会》杂志社，邮编：200020。2. 从网上传递，可寄以下信箱：wulun@vip.sohu.net，请在主题上注明"法律知识故事"字样。凡已和我刊编辑有联系的作者，稿件可继续投给原编辑。

故事会2011年11月下半月刊·绿版 **81**

□ 谢庆浩

雪人谜案

马特是哈普市警局的一名警察，专门负责接警工作。

圣诞节前一天，下着大雪，马特在警局里坐班，忽然，报警电话响了。马特赶忙起身接听，电话那头传来一个小姑娘慌慌张张的声音："您好，我叫玛利亚，今年十二岁，家住布朗街东区43号，我要报案！"马特连忙安慰道："玛利亚，别慌，慢慢说，我们一定会帮助你的。"

玛利亚抽泣着说："我的雪人不见了！昨天我刚在前院堆好了一个雪人，刚才我出门一看，它让人偷走了！"

马特顿时愣了，这天寒地冻的时候，这个叫玛利亚的小姑娘慌慌张张打报警电话，只不过是因为她的雪人不见了！简直太荒谬了！不过，他觉得玛利亚毕竟是个不懂事的孩子，就耐心地教育道："玛利亚，你的父母和老师应该教过你，在什么情况下才能打报警电话。你现在的情况明显不合适！"

但玛利亚似乎还是固执己见："可是，我的雪人很漂亮，我还给它戴了红帽子，披了绿纱巾，而且它对我来说非常重要……"

马特不耐烦了，厉声说："玛利亚，快圣诞节了，现在满大街都是雪，谁想要雪人，自己堆一个就是了。谁会无聊到去偷你的雪人呢？我猜你的

雪人多半是让大风给刮倒，摔碎了。麻烦你动一下手，重新再做一个，以后别再拿这种鸡毛蒜皮的事来麻烦警察了！"说完他就挂上了电话忙其他的事去了。

偷雪人的妇人

不知不觉下班了，马特开着车回家。转过两条街道，前头出现了一辆缓慢行驶的卡车。马特正要超车，突然一阵风吹过，卡车后头的篷布给掀开了一角，马特不经意看见，车厢里居然立着个雪人，戴着红帽子，还披着绿纱巾，看着分外漂亮。

马特惊呆了，霎时间，他想起今天打电话来报警的玛利亚。他的心不禁咯噔一震：这雪人正是红帽子、绿纱巾，难不成还真有人偷了玛利亚的雪人？

马特顿时好奇起来，他决定跟着卡车走一趟，把事情弄个水落石出。

于是，风雪中，马特小心翼翼地跟在卡车后面，驶出了市区。

半个小时后，卡车来到了一个叫约克的小镇，最后在一栋老房子前停了下来。随即，两个穿着羽绒衣的男人打开驾驶室的门跳出来，绕到车后把篷布一掀，把后挡板打开。马特这才看清，原来雪人的底部垫着块铁板。他一下子明白了，这两个人是先把铁板快速插进雪人底部，然后抬起铁板，这才能把雪人完整无缺搬走。马特不

· 域外传奇 环球万象 ·

由得叹服他们的智慧。

正想着，两个男人已经抓着铁板，把雪人抬下车，径自朝老房子门口走去。难道他们偷走玛利亚的雪人，为的就是搬来这里？可是约克镇上满地都是积雪，他们为什么不自己做一个雪人，却要大费周折从几十公里外的哈普市偷玛利亚的呢？

此时，车厢里突然钻出个戴黑毡帽的男人，可他并没有跟上去，反而猫着腰，跑远了。怎么？黑毡帽不是他们一伙的？没容马特多想，那边两个男人已经把雪人抬到老房子门口，然后抽出铁板，准备离开了。马特忙打开车门，下了车，朝他们走了过去。

他掏出警官证朝这两个男人一扬，说："二位请留步。我是哈普市警局的马特警员，今天有个小姑娘报警说她的雪人被偷了，现在我怀疑这跟你们二位有关。如果你们不经同意就闯进别人的院子，那就构成了私闯民宅罪。你们要是不希望为此被起诉的话，就请好好解释一下吧。"

这两个男人看着马特，都愣怔住了。就在这时候，那老房子的门"咿呀"一下给推开了，一个三十多岁、面容消瘦的金发妇人走了出来，哀求着对马特说："警官先生，这可不关他们的事，是我要他们去偷雪人的，要惩罚就惩罚我吧。"

马特觉得这事儿越来越玄了，于

是收起警官证，听着她解释。

金发妇人的眼泪"刷"的一下流出来了，她告诉马特：自己叫艾丽，原来生活在哈普市；丈夫叫约翰，是个老实本分的男人，他们还有一个乖巧可爱的女儿，就是玛利亚。但五年前，艾丽经受不住一个富商的诱惑，抛弃了约翰和玛利亚，跟着富商跑了。过了几年的富贵生活后，没想到富商又勾搭上比她年轻貌美的女人。更糟糕的是，最近她又被查出身患绝症，结果被富商无情地扫地出门了……

"上帝惩罚了我，我的生命已经

不多，现在我只有一个愿望，希望能和玛利亚一起度过一个幸福的圣诞节……"艾丽淌着泪，伸出手，轻轻摩挲着身旁的雪人，喃喃说道，"可我罪孽深重，已经没有脸面再出现在玛利亚面前了。它是玛利亚亲手堆起来的雪人，有它在，就像玛利亚陪着我一样，警官先生，您说是不是？"

迎着艾丽哀求的目光，马特叹了口气，点了点头。的确，没有谁能够定艾丽的罪，尽管她指使人私闯民宅，但那里曾经也是她自己的家，而且这是她生命里的最后一个愿望……

砸雪人的男人

突然，老房子后面钻出个人来，手提木棒，朝着雪人大踏步走来。马特一看，正是刚才从车厢里偷跑出来的"黑毡帽"。艾丽看着黑毡帽，脸上露出惊恐的神色，说："约翰，你要干什么？"

黑毡帽居然是艾丽的前夫约翰！他怎么来了？只听约翰瓮声瓮气地说："我要打碎雪人，把雪人的心掏出来给你看。"说完，他扬起手中的木棒，用力朝雪人砸去。

艾丽一下瘫倒在地，流下了绝望的泪水。马特想跑去阻止，可已经来不及了，雪人已经被砸得粉碎。看着绝望的艾丽，怒不可遏的马特夺过木棒，一掌把约翰推倒在地，责问道："你好歹也是个男子汉，就算艾丽曾

编读往来：你的问题我来答

辽宁林云： 最近咱们杂志刊登了好些关于《故事会》500期的刊庆启事，我们不少人才忽然意识到，看《故事会》那么久了，可对咱杂志的历史和现状倒不很清楚。还希望编辑能给咱们补上这一课呀！另外，咱们的第500期有啥特别之处吗？

绿版编辑部： 感谢这位读者的支持和鼓励！趁此机会，我们就为大家简单介绍一下我们的杂志吧。《故事会》是1963年创刊的，04年改为半月刊，到今年12月份，就要发行到第500期了。我们的刊徽，是著名的东汉说书俑形象，它还曾被评为中国最佳吉祥物呢。我们的发行量一直处于国内同类期刊杂志的首位，在全球综合期刊发行量排名中也位居前列，我们还先后几次获得了"国家期刊奖"这一殊荣。这一切，都离不开像您这样热心读者的关心和支持。

整个编辑部的确为了500期的刊庆做了悉心准备。现在，离它发行时间也只有短短半月了。请允许我们在这里卖个关子，等大伙儿在翻开12月上半月期刊的时候，与我们一同揭开它的神秘面纱吧。绝对值得期待！

经做了对不起你的事情，但她现在已经身患绝症了，你为什么不肯宽恕她呢？现在你已经打碎她生命里的最后希望了！"

"不，警官先生，这并不是艾丽最后的希望。不信，您看……"约翰爬起身，在雪堆里一阵掏摸，站了起来，递给马特一个心形的小盒子。

这就是雪人的心？马特打开盒子，里面居然有张纸条，上面写着：

玛利亚的圣诞愿望：希望妈妈今年结束探险，回来陪我度过一个快乐幸福的圣诞节。

马特把纸条递给艾丽，看完纸条，艾丽的身体颤抖了起来。

"五年前，我对玛利亚说，妈妈离开我们，是进行环球探险去了，她要孤身去看南极的企鹅，北极的海，用脚走遍世界，等她结束探险，就会回家的……"约翰顿了顿，接着往下说道，"就是从这年起，每一个圣诞节前玛利亚都要堆一个雪人，然后给雪人一颗心，在雪人的心里留一个不变的愿望：期盼英雄妈妈结束探险，回来陪她一起过一个幸福的圣诞节。玛利亚之所以这样做，是因为她一直以为，雪人化了后会变成天使，可以把她的心愿捎给上帝知道，保佑愿望早日实现……"

此时，艾丽已经哭得泪雨滂沱，约翰轻轻扶起她，对一旁的马特说："警官先生，我想请您顺路捎我们回家，行不行？"

马特什么话也没有说，只是用力地点了点头，打开了车门……

（题图、插图：安玉民 梁 丽）

上帝的要求

□ 曹景建

乔治是个牧师学校的讲师，桃李满天下。这天，上帝找到他说："鉴于你为神学作出的贡献，我想让你到天堂任职。"乔治听了喜出望外。

上帝又说："不过，我要先看看你的学生是不是都全心全意信仰上帝。"

乔治信心满满地答应下来。

第二天，上帝隐去真身，坐在教室一角听乔治上课。乔治讲得神采飞

扬，妙语连珠。下了课，他急忙问上帝："怎么样？"上帝冷笑道："你讲得不错，可我刚才钻进了你学生们的心里，发现他们有三分之一在开小差，这可称不上全心全意。"

乔治于是说："那下午我带着他们祷告的时候，请您再来。"

谁知祷告完毕后，上帝更加气愤："祷告时竟有两个学生嘴上念着诵词，心里却在琢磨晚饭吃啥？"乔治苦笑一下，突然说："请再给我最后一次机会，明天我会组织他们搭中午的飞机，去另一个城市参观大教堂，如果您愿意同行，肯定会有新发现！"

上帝想知道乔治葫芦里卖的什么药，便点头答应。

第二天，飞机上天后不久，突然乔治站了起来，走到机舱前端，脱掉外套，露出一排炸药包，大叫道："都别动，今天我要把你们全都炸死！"

此刻，所有人都惊慌失措，不断地在胸口划着十字，嘴里喊着："上帝保佑！"这时，乔治笑着对隐身的上帝说："刚才他们是不是都在真心地祷告？"

上帝尴尬地笑了，缓缓地点点头。

"您说话可要算数啊！您打算在天堂给我安排个什么职位呢？"说完，乔治调皮地笑了起来。

跨国维修

□ 杨福成

小赵姑娘买了一双高档皮鞋，可穿了才两天，鞋帮就开胶了。缝虽不大，可小赵却觉得咋看咋别扭，于是便到商场去退货。

"这点毛病啊，用胶粘粘就行。"服务员微笑着说。小赵一听就不高兴了，说："这么贵的鞋，怎么能随便粘粘呢，退货！""对不起，这是促销产品，不能退。要不，给你返厂维修吧？"服务员仍微笑着说。

小赵想想这总比随便粘粘好多了，就问："那得要几天？"

服务员脸色严肃起来，郑重其事地说："这鞋是进口的，得跨国维修，最快也要半个月。"小赵没想到自己的鞋要出国，心里就乐了，忙说："半个月就半个月吧。"

一周后，小赵到商场对面的鞋摊去修鞋，刚坐下，她就发现鞋堆里的

一双鞋和她那双一模一样，再仔细一看，鞋里竟有自己放进去的鞋垫。没错，就是自己的那一双啊！小赵气愤地问道"师傅，你这鞋是谁送来的？"

修鞋师傅边干活边答："对面商场的服务员，他们卖出去的鞋出了问题都让我修。这双鞋用胶一粘就好了，说两个星期后再来拿"。

一听这话，小赵站起身，气呼呼地去找商场的服务员。

服务员耐心地听完小赵的申述，坚定地说："不可能，我们早把鞋发到国外了，你肯定是看错了。"

"你若不承认，我们马上下去看看！"说完，她就拉着服务员下了楼。

按理说：跑了和尚跑不了庙。可等小赵拉着服务员下楼后，不但没见那修鞋师傅，就连那个修鞋摊也没了。

服务员大概是跑累了，一个劲大喘气："我、我说说嘛，不可能。我、我们是大商场，怎么能在小摊上维修呢？你那双鞋，下周就从国外返回来了，别忘了来拿哟！"

酒鬼回家

□ 范大宇

李铁嗜酒如命，还有个毛病，喝醉了就翻脸不认人。可俗话说：一物降一物。李铁喝得再高，只要他老婆小青一出现，一揪他的耳朵，李铁就立马软了一大截儿。

这天，李铁又在老张家喝高了。谁劝他别喝了他就跟谁急，甚至要动起手来。情急之下，有人说："快，把他老婆找来！"

但这深更半夜的，怎么好去惊动小青？老张就出主意："干脆，让我女儿冒充一下小青试试。"大家一致赞成。于是，老张让女儿壮着胆儿走上前去，李铁愣愣地盯着老张的女儿看了半天，问："你、你是谁？"众人高叫："李铁，她是你老婆小青！"

此时，老张的女儿忍住笑，上前一步揪住李铁的耳朵，边拧边说："死鬼，还喝不够呀？回家去！"

李铁一听，摇摇晃晃地站起来，一步三歪地晃出了老张的家。老张怕他路上出什么意外，就悄悄跟在后头。

那李铁在村子里绕了大半个圈，才找到自己的家，"嗵嗵嗵"地擂门，高声嚷嚷："快、快开门！"

小青正睡得好好的，被搅了梦，心里窝着火，一开门，就揪住了李铁的耳朵要骂人。哪知李铁竟一反常态，一下子甩开了小青，直盯着她怒道："你是谁？怎么睡到我家了？"小青哭笑不得，骂道："我是你老婆！"

"呸！你敢冒充我老婆？没门儿！谁、谁不知道我、我李铁是坐怀不乱的大老爷们！"说完他又死死地盯着小青看了好半天，直看得小青起鸡皮疙瘩，李铁才咧开大嘴，喷出浓浓的酒气，说，"你、你以为我真喝醉了呀？想骗我？小样儿！告诉你，我老婆年、年轻！刚、刚才她还、还揪我来着呢！"

真假古董

□ 吴泽武

玩古董的都知道，真正的好东西藏在民间，就看你有没有缘分遇上。春喜压根就不懂古董，可最近却偏偏撞上了大运，花两百元钱买了个品相完好的旧瓷瓶。

那天，他到偏远的乡下去走亲戚，在路边小店买烟的时候，不经意间看见货架上放着一只落满灰尘的瓷瓶。春喜的心"咯噔"一颤，认定这瓶子的形状、花色和自己前两天在一个电视鉴宝节目里见过的瓷瓶简直一模一样！当时专家估价五十万呢！

春喜心中狂喜，但脸上却装得很平静，跟店老板套近乎绕圈子，磨了半天嘴皮子，终于用两百元换回了那只宝贝瓷瓶。

回家后春喜就一心一意地研究起瓷瓶来，为此还专门买了一套古瓷器图册。功夫不负有心人，春喜终于从林林总总的古瓷器图片中找到了一张跟自己那只瓷瓶很相似的。看书上的文字说明，那瓶子是清代乾隆年间的，市场价三十万以上。春喜兴奋不已，自己的努力总算没白费。

他再仔细研究，发现图上的瓷瓶跟自己手上的有一处明显的不同，就是底部的题款。图上那只底部是工工整整的六个楷体字"大清乾隆年制"，而自己手上这只，上面写的字笔画弯弯曲曲，一数，有七个。春喜隐约记得这种字叫篆体字，但瞪大眼睛看了半天，一个也不认识。

过了些日子，文物专家陶老爷子下乡为民服务。据说这陶老爷子名气很大，性格古怪，任何物件经他看过后就两个字的结论："真的"或是"假的"，从不解释任何理由！

春喜带着宝贝瓷瓶见到了陶老爷子。陶老爷子接过瓷瓶看了一眼，脸上就露出惊讶之色，又弯起手指叩了叩瓶肚，耳朵贴在瓷瓶上听了听，看瓷瓶底款的时候，老爷子从口袋里掏出放大镜，仔细审视了一番，最后说出了掷地有声的两个字："真的！"

春喜激动得心都快要蹦出来，心想自己终于捡了个大漏，翻身的日子就要到来了，别墅、轿车正在向他招手。

春喜的下一步计划是到省城找一家上档次的古玩店将宝贝出手。带着价值几十万的宝贝坐客车不安全，春喜就花一千元租了辆轿车直奔省城。到了省城，他找到了最大一家古玩

店，将瓷瓶呈上。店员看了看瓷瓶，报出的价钱差点没把春喜气死：五十元。

"别开玩笑，这可是经专家鉴定过的真货，怎么就只值五十元？看来你不识货，我要见你们老板。"春喜显得底气十足。

店员把春喜领进里屋，见到了老板。可眼前的人让他大吃一惊，此人竟然是陶老爷子！

陶老爷子看了一眼瓷瓶，语气平和地说："没错，这东西就值五十元。"

春喜当时就跳了起来："几天前，你当着那么多人说是真的，怎么一下子就变卦说只值五十元钱了？你简直就是个骗子！"

陶老爷子不急不恼："年轻人，慢慢听我解释：你拿来的这个瓷瓶，是文化大革命时候红旗瓷厂生产的，那个时期烧的瓷瓶，瓶底上也写得很清楚，没有假呀，我当然说它是真的。"

"别蒙我，这瓶子跟电视里专家鉴定五十万的瓶子一模一样，瓶底上有题款，还是篆体的！能不是古董？"春喜不相信。

老爷子说："我不会看走眼的，当年我就在红旗瓷厂工作，底下的篆体字就是我亲手写上去的。"说完，他把底部的篆体字指给春喜辨认，那七个字写的是：红旗瓷厂革委会。

（本栏题图、插图：包丰一 安玉民 顾子易）

500
2011 SEMIMONTHLY 上半月刊 12月
STORIES

欢迎登录本刊主办的"故事中国网"(www.storychina.cn)

故事会
─STORIES─

2011年12月
上半月刊·红版

社 长、主 编：何承伟
副社长：夏一鸣
常务副主编(兼绿版负责人)：吴伦
副主编(兼红版负责人)：姚自豪
本期责任编辑：姚自豪
本期发稿编辑：
吕佳 叶小萌 石莎莎 (见习) 丁娴瑶 (见习)
朱虹 颜轶超 刘迎曦 黄美舟 李丹
美术编辑：李宝强
电脑制作：郭瑾玮
本社办公室电话：021-64375030
上半月刊编辑部电话：021-64332325
下半月刊编辑部电话：021-64336469
(上海市绍兴路74号 邮编：200020)
主管、主办：上海文艺出版(集团)有限公司
出版单位：《故事会》编辑部
发行范围：公开

出版、发行总监：张凯
电话：021-64313938
广告业务：上海故事会文化传媒有限公司
广告总监：张淮
广告业务：021-34010383
广告投诉：021-64333738
广告经营许可证
沪工商广字3100320080016号
发行：中国图书进出口上海公司

小故事大智慧

60 多位大作家不但在我们杂志上留下了灿烂的一页，也寄予了对故事的殷殷之情。

故事都是旧的，但故事的讲法不断地推陈出新。

莫言

听到好故事很开心。

人在故事中成长，最终留下故事而去。

刘醒龙

好故事迷人、清新，能让人在回味中沉静下来。

前人的智慧或愚蠢，都在故事中长期流传。后人听了衷心佩服，或者是——哈哈大笑！

金庸

好故事－故事
＝想不到

人人爱听故事，尤其爱听好故事。

高晓声

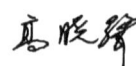

《故事会》是一大奇迹，写小说的作家可以得到启示。

小故事大智慧

60多位大作家不但在我们杂志上留下了灿烂的一页，也寄予了对故事的殷殷之情。

好故事太难写了，只有写不了故事的人才敢轻视故事。

好的故事，是浓缩的人生。

写故事，读故事，我们在故事里架起心桥。

二十世纪中国人的遭遇太离奇，所以中国人总有说不完的故事。

过去，现在，未来，故事都会有广泛的读者。那也许是因为：每个人仅有一个人生故事是不够的，还需要看看别人的人生故事。

空想主义者照故事来生活，理想主义者使生活成为故事。

精彩的故事源自丰富的人生。

把我念念不忘的故事，说给"故事会"的读者听。

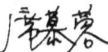

左上图：37年以来，《故事会》团队发生了很大的变化，但弘扬民族文化、坚持读者第一的工作理念不变，创新、协作、与时俱进的精神风貌不变，"全力打造中国大众文化精品工程"的办刊宗旨不变。

左下图：故事创作研讨班。自1996年迄今，《故事会》杂志社已成功举办了15届，共培养故事作者500余名，其持续时间之长、参加培训人员数量之多、理论探讨成效之大、产生影响之久远为业界所罕见。

右下图：1979年9月20日，《故事会》杂志社在上海文艺会堂召开建国以来第一次全国故事工作者座谈会，参加会议的有中国社会科学院、北京大学、北京师范大学、复旦大学、华东师范大学、辽宁大学、浙江教育学院的专家学者以及来自全国各地的故事作家、故事辅导员。

与会者各抒己见，畅所欲言，共同探索新时期故事文学的发展战略。辽宁大学著名文艺理论家乌丙安教授、中国民间文艺家协会副主席姜彬教授、北京大学屈育德教授、《故事会》负责人何承伟等分别发表了《故事发展的艺术规律和特征》、《新故事要在民间文艺的基础上发展》、《继承传统发扬特色》、《对现阶段故事创作与流传中几个问题的探索和研究》等理论文章。

战略决定高度，这次会议确立的办刊宗旨决定了《故事会》未来几十年的命运。

我和《故事会》的故事

发售日的期待

@BaByCaKa 看《故事会》好多年了，一直没有间断过，故事很贴近生活，所以让我很投入地去看每一个故事。记得生孩子那天是《故事会》发售日，我生完孩子第一件事竟然是和老公讲：帮我买本《故事会》回来。老公无语！哈，我会一直支持《故事会》的，希望你们越办越好！

流金岁月

@fnww 1963 到 1966 年《故事会》海报式的封面让我看到了那个激情燃烧的岁月；"文革"中的《革命故事会》让我记住了新中国发展过程中的阵痛；1979 到 1989 年《故事会》封面的本色和素净让我回忆起那个时代的淡定和努力；90 年代之后，单从《故事会》那多彩的封面就可以让每一个中国人记起那一幕幕春天的故事。

爷爷的惦念

@盼春 001 爷爷读过几天私塾，识得几个字，太深奥的文字看不懂，唯喜《故事会》。他是躺在家里那张旧藤椅上走的，走时手里还捧本《故事会》，好像是 95 年第 10 期。入殓时，奶奶将它掖到了爷爷身下。每年清明，我都到爷爷坟前，给他读几个故事。绿树为荫，也挺适合读书的。

素材金矿

@导演高晓舰 老实说，我们的很多剧本是编剧们从《故事会》里"拿"的。

惩罚

@real张凡 转发此微博——今天自习课上，一同学在看我的《故事会》，没想到老师突然过来了，把我的《故事会》扔得老远，并且说你不是爱看《故事会》吗？那你给我背一篇不少于 800 字的故事，晚自习给大家讲……唉，这孩子悲剧了，也不知道他现在怎么样。

故事 36 计

@耗子走猫步 有一期的《故事会》刚到，恰好哥哥放假在家，我为了和他争夺先看的权利，用了美人计、调虎离山计、暗渡陈仓计，结果都被识破。只好兵戎相见，依然难分上下，最后的最后，无奈地将书从中间撕开，一人一半，看完再互换……

分享快乐

@不着调的格调 第一次看《故事会》是在上五六年级。当时零花钱少，就借同学的看。最感动的是当时我们老师在班里放了个小书柜，每个同学都要从家中拿几本书放进去，可以换着看。有好多同学拿《故事会》，当时真的是一本连一本的看，爱不释手。

情有独钟

@小瓶子瓶子小 我小时候，爸爸还在煤矿工作，有一个大木箱子里装的全是书，有好些是《故事会》。凭着平时爸妈教我的一些汉字，我磕磕绊绊地

我和《故事会》的故事

网友微博点评《故事会》

读着上面的笑话，觉得很是有趣！上了学，字认得更多了，对《故事会》越来越离不开了。现在我虽是大三，仍对《故事会》情有独钟。谢谢你们！

同桌的你

@Little-tiger0611 高中时候的一大乐趣就是——把《故事会》里的故事添油加醋地讲给同桌好友听，还特别喜欢吊她胃口，一句"未完待续"常常让她很抑郁呢，呵呵……现在还会经常买来看，薄薄的纸张里承载了多少学生时代的美好回忆。同桌的你还好吗？

石匠的礼物

@ 两江柚子 小时候，我家请了个石匠，我们同睡一床。那晚，我偶然发现石匠的钱包里有很多钱，就偷偷地抽出一张五元钱。不料被石匠知道了，很快，父亲也知道了，他逼问我"说，你拿钱干什么？"逼急了，我只好实话实说："买《故事会》。"大人们无语……不久，石匠走了，临走时，他送给我几本书，全是《故事会》！

祝福

@红尘有悟 《故事会》影响了几代中国人，最大的希望就是——《故事会》能将这种影响力无限地传递下去。1963年创刊的《故事会》与我同龄，在此真诚地说一声：兄弟，一路走好，发扬光大！

一封约稿信

@陈吉 事情发生在1998年吧。那时刚开始写一些小小说在杂志上发表。记得好像是秋天，突然收到《故事会》编辑部的一封信。我很纳闷，自己并没有向《故事会》投稿，他们怎么会来信呢？拆开一看，原来是一位编辑老师亲笔写来的约稿函，他说，在杂志上读过我的小小说，觉得我有写故事的潜质，特来信约我写稿。当时，自己沉迷于小小说中，并未在意。直到2004年，想学写故事了，才感到后悔丢掉了一个与良师讨教的机会。

动力

@wuhao2009 说起和《故事会》的缘分，不得不提及我小学时的朱老师。她教我们语文，非常爱看《故事会》，还时不时在课上给我们朗读上面的故事，但有一个条件就是要完成作业。作业特别棒，或者成绩进步大的同学，还可以获得老师的奖励——一本《故事会》。当时，为了能够听到老师朗读的故事，我们全班铆着劲儿学习，语文成绩在年级中一直名列前茅。我们班的作文水平进步也很快。现在想来，或许是潜移默化中受到了《故事会》的帮助吧！

（发稿编辑：石莎莎 丁娴瑶）

早有预谋

姐弟仨逛街，走进一家文身店，店员热情地打招呼，问他们想在身上哪个部位文什么图案。

大姐说："我想在手臂上文朵玫瑰。"

二姐说："我属蛇的，在手腕上文条小蛇吧。"

小弟说："我想在手掌心里文一只蚊子——带血的、拍扁了的！"

两个姐姐惊讶地问小弟为什么文蚊子，他说："以后我要是看谁不顺眼了，就给他一巴掌，然后在他发火之前摊开掌心给他看——喏，我给你拍蚊子呢！"

（李羚子）

（本栏插图：包丰一）

手机没电

那天，在北京鸟巢门口，一个年轻人坐在一边，神情沮丧。警察过来问："小伙子，没有买到今天滚石三十周年演唱会的票？"

年轻人摇了摇头，拿出了两张票，警察一看，惊讶地问他怎么不进去，年轻人说："我本来想约一个暗恋已久的女孩，打电话给她，女孩问是什么演唱会，结果我刚说了一个字，手机就没有电了……"

警察一听，奇怪地问："说了个什么字？"

"滚——"　　　　（乐　乐）

50未满

有个大叔刚满50岁，他觉得自己不老，还不太能接受这个事实，于是在一件T恤上写道："50未满，是49.5！"然后，他把T恤穿上了身。

他的侄子看到后很好奇，问这位大叔："现在流行把售价写在衣服上吗？"

（胡艳菊）

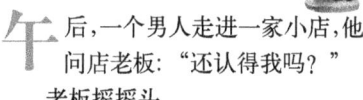

环保大会

动物在森林里举行了一次大聚会。

袋鼠说："我每次出门购物，都是自己带环保袋，从来不会使用污染环境的塑料袋。"

蜘蛛说："现在低碳时代很少上网了，专心做十字绣呢。"

蚊子一言不发地在萤火虫身上一阵乱撅，萤火虫怒了："你干吗呢？"

"我在找你身上的开关呢，节约用电！"（杜安彬）

体育强项

一批大学新生入学了，学校让大家填一份自我简介，上面包括"体育强项"。这时，有人告诫道："哥们儿，别填那些运动会上开设的项目，不然，以后开运动会，老师就要强迫你报名了！"大家纷纷说"言之有理"，然后一一写毕。

甲瞄乙，乙写着："高尔夫。"

乙瞄甲，甲写着："保龄球。"

甲乙探头看丙的表格，丙写着："跳水、滑雪。"甲乙丙乐坏了，回头想看看丁写什么，丁急忙将表格捂着，不好意思让大伙儿看。

众人越发好奇，一齐上前夺下丁的表格，一看，只见"体育强项"里填着："双脚踩灯泡，胸口捶大石！"

（丁 人）

助人为乐

午后，一个男人走进一家小店，他问店老板："还认得我吗？"

老板摇摇头。

"我就知道你早把我忘了，但是我不会忘。"男人说，"十年前，我曾经身无分文，走进你的店，向你讨五块钱，买了车票，搭上长途车，去大城市打天下。"

老板笑笑："没想到你一直记在心上，竟然记了十年。其实，帮助人是应该的，而且没多少钱……"

"那好，"男人伸出了手，"我现在又需要五块钱了。"

（谢 艺）

同学的请帖

早上，小宋刚走进办公室，就喋喋不休地向同事发牢骚"你们说好笑不好笑，就一同学，平时连个电话都不打的，现在他要结婚，昨天送来了请帖，要我随礼，这不明显骗钱嘛！"

有人说："小宋，俗话说得好，一辈同学三辈亲，同学结婚请你，还不就是图个热闹、跟你沟通下感情？你怎么光想到钱呢！"

其他同事也都责怪小宋不该有这样的想法，小宋申辩道"你们知道是个啥同学？"

"啥同学？"

"在驾校学开了三天车！"

（田宝琨）

没有这道菜

一天，一桌人正在包房里吃饭，席间，客人提出加一个菜，女服务员问："请问先生加个什么菜？"客人说："领导定！"女服务员一脸茫然："先生，没有这道菜。"

（邓彦明）

名作多一个字

这天，小李正在宿舍里找书，突然"哈哈"大笑，室友们问他笑什么。

"我发现，有的名作，如果多了一个字，就悲剧了——"说完，小李笑着扬了扬手中的书，说，"比如这本《老人与海》——"

一室友问："怎么啦？"

小李说："《老人与海鲜》。"

一室友又说："《天鹅湖》——"

"《天鹅跳湖》。"

小李又一口气念了好几个："《三国演艺圈》、《茶花女优》、《阿甘正传情》、《武林外遇传》……"

大伙儿吵吵嚷嚷的，宿舍一角，一室友正盯着电脑看电影，这时，他叫了起来："不要吵，别影响我看电影！"

众人问："你在看啥？"

那室友"扑哧"笑了："《沉默的烤羔羊》！"

（孙 敏）

大嗓门

晚上，儿子在看电视，老妈在打电话。老妈说话声音很大，儿子埋怨道："说话像响雷似的，我都没法看电视了！"老妈说："我又不是故意的，你也知道，我天生嗓门大呀！"

儿子不客气地说："嗓门大也可以改呀！"

老妈不服气地说："那好，你来教妈怎么改。"儿子把老妈拉到一边，故作神秘地说："妈，当你讲话时，就当自己躲在房间里数钱，这样，你就不会大声嚷嚷了。"

（书　海）

京沪铁路

这天，某男在办公室里愤怒地嚷道："为什么火车现在越开越慢了？民国时候的火车都比现在开得快呀！"

办公室里顿时一片哗然，大家议论纷纷："这怎么可能？"

某男煞有介事地说："绝对真实！我刚刚看到一个帖子，民国时期京沪铁路全程仅需8个小时！"

话刚落音，有人淡定地说了一句："民国时候的'京'，那可是'南京'！"

（谭淑华）

好男人

一天，狂风大作，暴雨骤起。

在一栋办公楼里，一个白领站在窗口，看着外面的瓢泼大雨，对身边的女伴说："这年头，能在宿舍、公司楼下默默等着你，给你送上热乎乎的早饭、午饭、晚饭，不管严寒酷暑、刮风下雨，总会很耐心的男人，你说说，会是谁？"

女伴思量良久，问："谁？"

"送外卖的。"

（梁滔滔）

（发稿编辑：石莎莎　丁娴瑶）

本栏欢迎来稿，读者、作者可将有新鲜感、有精彩细节的笑话佳作投寄给我们。来稿一经采用，最高稿费为一则100元。本期责任编辑电子信箱：yaobianji@126.com。

国尾由多加是日本作家，本篇根据他的同名作品改编。

透明人

□ 裘 羽 改编

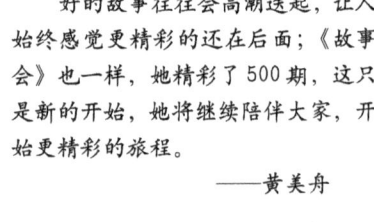

好的故事往往会高潮迭起，让人始终感觉更精彩的还在后面；《故事会》也一样，她精彩了500期，这只是新的开始，她将继续陪伴大家，开始更精彩的旅程。

——黄美舟

在一个大城市的郊外，有一个小型研究所，里面只有一位博士和三名助手，但是，他们全都是优秀人才，这个研究所里已经诞生了好几个具有划时代意义的发明。

博士很有商业头脑，他让一个绅士朋友在市区开了一家事务所，然后把发明进行开发、经营，赚钱后分成，两人的合作十分愉快。

一天，绅士接到博士的电话，博士说，他的一项伟大发明成功了。绅士一听，喜不自禁，立刻赶到了研究所，一脚跨进门，就急不可待地问："真的成功了？"

"成功了。"博士的声音在研究所里回响着，奇怪的是，看不见他的身影。绅士东张西望，找了好一会儿，还是不见博士的影儿，绅士急了，说道："你快出来让我看看。"

话音刚落，立刻传来了博士的声

音："我来了……"

就在这时，绅士的眼前出现了奇异的一幕：一把匙子悬在半空中，旁边是一个咖啡杯，咖啡杯没有任何支撑，也在空中悬着，匙子在杯里搅拌着……随即，又响起了博士的声音："让你受惊吓了，真对不起，要证明变成透明人的药已经研究出来了，我只能这样，哈哈……"

绅士乐不可支地说："太棒了，真的什么都看不见。"

"这种药，如果服用一片的话就能持续一小时，服用两片就能持续两小时。我只是在一小时前服用了一片，所以药效快要过去了。"

博士在说这话的时候，他的影子在半空中模模糊糊地显现出来，而且变得越来越浓。博士把话说完的时候，他的身影已经完全恢复了常态，他穿着实验衣，坐在绅士对面的沙发上。

博士递给绅士一个厚厚的信封，信封里装着记有药片制造方法的文件和药片的样品。绅士接过信封，一边打开察看，一边说道："这玩意儿肯定能够卖高价。"

正在这时，门口突然出现了一个持枪的蒙面男子，他是跟在绅士后面偷偷溜进研究所里的。绅士见情况有变，十分慌忙，赶紧把文件和药片塞进信封里。

蒙面男子走上前来，握着手枪，对着绅士说道："哈哈！能变成透明人的药，这真是无价之宝呀，卖了这玩意儿，比抢钱更能赚钱呢。快，把东西给我！"

这显然是抢劫，但是，博士显得很冷静："外面富得流油的地方到处都是，你却闯到这里来，真是一位资深的老手啊……"

蒙面男子听到此话，沾沾自喜地说："你说得没错啊，我们这个行当，信奉的是神出鬼没，只有新手才会去那些外表显得很富的地方。"说话间，蒙面男子一把夺过了信封，这时，博士的态度依然很从容，可一旁的绅士早已吓得浑身颤抖了。

灿烂的往昔　蓬勃的今朝　锦绣的未来

本刊举行庆祝《故事会》出版500期系列活动

感谢读者一路呵护　　　继往开来再创辉煌

岁末之际，我们迎来了《故事会》出版500期的华诞！

500期是过往岁月的一个段落，更是未来征程的一个起始，我们庆贺，为的是回忆、感念、寄托，更为了憧憬、展望、激励。

庆祝《故事会》出版500期的各项活动将按原定计划如期进行。

一、今年12月，本刊将在上海隆重举行《故事会》出版500期的庆祝活动，届时将邀请社会各界与会共庆。

二、2011年"岳阳杯"幽默故事创作大赛评比活动已进入尾声，《故事会》12（下）将刊印参评的选票，读者可投票参与评奖，本刊将根据投票情况评出一、二、三等奖及创作奖。

三、职场故事、中篇故事的评奖活动也将按原定规程进行。本刊将通过网上评议和专家评比相结合的方式，珍视来自每一位读者的意见，公开、公平、公正地进行评比，中篇故事最佳作品将奖励1万元。

四、2012年春，本刊将在南方举办"春华秋实·今年故事更给力"笔会暨《故事会》出版500期征文获奖作品颁奖仪式，与会者有关费用由本刊承担。

五、有关庆祝《故事会》出版500期系列活动的其他信息，本刊将通过"故事中国网"及时发布，请广大读者关注。

把鲜花和掌声送给读者、作者，把鞭策和勉励留给我们，为了把500期以后的《故事会》办得更好，我们将和千万读者、数千作者携手共进，把握发展之源，遵循前进之道，在你我共同的故事世界里谱写未来更加美好的乐章！

蒙面男子一只手将手枪对着他们两人，另一只手紧紧地捏着信封，一边开始往后退，他并没有想要得到其他值钱的东西，在他看来，有了这能使人变成透明的药物，那就足够可以发大财了！

也就在这一瞬间，蒙面男子颓然倒地，手枪"咚"地落在地上，显然，他遭到了意外的攻击。

绅士惊诧地回头望着博士，博士"哈哈"大笑，一边笑着一边朗声说道："嘿，幸好你们每人服用了两片，所以我们才得救了……"

蒙面男子的身后传来了答话声，那是博士的三个助手，但是看不见人，看来神出鬼没果然是有效的。

（发稿编辑：黄美舟）

（题图、插图：安玉民　梁　丽）

16

戏里戏外

□杨晓雄

抢到绣球

如今，越来越多的老百姓衣食无忧，爱上了旅游。这不，高山村这些年富得流油，兴起了旅游热。这回，在村主任老区的率领下，乡亲们组成了一百多人的旅游团，浩浩荡荡地外出观光了。

这天，他们被导游带到了一个具有明清风情的古城。从一个旧衙门出来后，导游扯着脖子嚷"大家加快脚步哟，前面有美女抛绣球招亲，时间快到了！"

大伙来到一座绣楼前，抬头一望，果然上面站着几个漂亮的姑娘，穿着古时候的服装。当中一个小姐打扮的女孩最漂亮，此时正双目流盼，害羞地打量着下面黑压压的人头。

这时，一个腆着肚子的胖老爷说了一阵话，那小姐拿起一个绣球，作势要扔。下面顿时炸开了锅，无数双手举到头顶，都盼着绣球落到自己头上。老区在人群中看得直乐：这些家伙可真会搞名堂！

小姐扭捏了一番，把绣球一抛，那球竟然直冲着老区掉下来。老区下意识地伸手一接，没想到旁边有个家伙一蹦三尺，把绣球抢了去，接着紧紧地捂在怀里，嘴里直嚷嚷："是我的，是我的！我有老婆啦！"

老区一瞧，这个幸运儿居然是村里的二牛，不禁扑哧一笑，心说这小子恐怕真来桃花运了。

几个家丁跑下楼来，挤到二牛跟前，恭恭敬敬地说："恭喜恭喜，请新姑爷上楼拜堂！"

· 新传说 ·

二牛乐得不知天南地北："好好好，拜堂拜堂！"他兴高采烈地抱着绣球跟人家走。

老区想了想，眉头一皱，赶紧跟了上去，只见二牛走到绣楼门口，那几个家丁正围着他要红包："恭喜新姑爷，给个进门红包吧，这是规矩！"几只手齐刷刷地伸到他面前。

二牛乐呵呵地说："好好好，给红包！"他往口袋一摸，一人给了一张百元大票。

老区在后面一瞧，又好气又好笑，这小子倒挺大方！他正要跟进去，家丁却把他拦住了，说只有新姑爷能上楼，其他人只能在下面看。

老区哈哈一笑："我不是外人！咱们两家是亲戚呢，我是新郎官的村长，拜堂这么大的事，男家一个人都没有，不像话吧？"

二牛也冲他招手："村长快来，看我拜堂！"

家丁只好让他上去了。上了楼梯，那儿站着两个丫环，笑嘻嘻地向二牛道喜："恭喜新姑爷！"说罢，两只纤纤小手伸到他跟前。

二牛一愣："还要红包啊？"

家丁在后面解释说："这是小姐的贴身丫环，你要想见到小姐，就得先买通她们。"

二牛高兴地说："原来是这样啊！"二话不说，掏出钱就给，又是一人一张百元大票。老区见状张开嘴巴想劝阻，想想又忍住了。

过了两关，终于登上了绣楼。下面一大片全是高山村的人，一见二牛和老区，顿时嘻嘻哈哈笑起来。

一个管家打扮的家伙高声吆喝道："请新郎官拜见岳父岳母大人！"

二牛一听，冲着老爷和夫人倒头就拜，"砰砰砰"一气磕了几个头。老爷和夫人却面无表情，一言不发。管家在二牛耳边轻声提醒他："快给你岳父岳母大人红包，他们才准许你们拜堂。"

二牛急忙又往口袋掏钱，管家又说："这是给岳父岳母的，怎么也得一人二百吧？"

二牛恭恭敬敬地给老爷、夫人一人递上二百。老爷接了钱，这才笑了："贤婿免礼，快快请起！我今天把女儿许配给你，你可要好生对待她！"

二牛一骨碌爬起来，拍起了胸脯："请岳父大人放心，我们一定会恩恩爱爱，白头到老。"

这时，管家朝下面大声宣布："吉时已到，开始拜堂！"马上就有丫环利索地把二牛打扮成新郎官，让他和小姐牵着一条红绸带，像模像样地拜起了堂。二牛乐得傻了，嘴巴咧到了耳朵根，晕头转向地由着人家摆布。

三拜过后，管家还从屁股后摸出一张结婚证书宣读起来，最后把手一挥："兹准予新郎新娘入洞房，行周公之礼！"下面顿时哄堂大笑，高山村的乡亲们更是冲二牛嚷道："二牛，大白天的，你莫乱来哦！"

丫环推了一把乐呵呵的二牛："抱新娘进洞房呀！"

二牛"哦"了一声，走过去就要抱新娘，谁知新娘也不知害羞还是怕，往旁边一躲，让二牛扑了个空。二牛又抱了几次，新娘都躲开了，下面的人笑得人仰马翻。

丫环忙给二牛提醒"快，给新娘红包，哪这么轻易就能把新娘抱进洞房呀！"

二牛这才恍然大悟，急忙掏了把钱，一起塞到新娘的手里，接着再抱，新娘果然不躲了，任他抱在怀里，大步走进了洞房。

老区看到这儿，正想也跟着进去，管家站在洞房门外一挡"洞房重地，闲人不得进去！"

老区说他是新郎官的村长，管家乐了："村长？家长也不行啊，人家在洞房，你进去参观哪？"

老区没办法，只好站在洞房门外等着。

假戏真做

过了几分钟，突然里面传来新娘的惊叫："你干什么？快来人啊，非礼啊！"

管家急忙冲了进去，老区也跟在后面。一看，二牛和新娘正坐在一张婚床上，二牛抓着新娘的手，愤愤地

说："不能走，你是我老婆，刚拜完堂你就忘了？"

管家忙问怎么回事，新娘哭笑不得地说"我告诉他表演结束了，让他从屋里的楼梯离开，可他死活都不肯，我要走，他也不让！"

管家"呵呵"一笑："这位先生，我们的表演已经结束了，如果你还想当新郎官，可以在下一场继续抢绣球呀！"

二牛愣了一愣，叫道"胡说！什么结束不结束的？我们刚才已经拜过天地、拜过岳父岳母了，已经是两夫妻了呀！明天我就带她回我家去，恩恩爱爱过一辈子，永远不分开！"

管家和新娘一听，目瞪口呆，怔

了半晌，管家才笑着说："先生，你在开玩笑吧？"

"开什么玩笑？"二牛瞪大双眼说，"我娘早就盼着有个媳妇了，我娶了个这么漂亮的新娘，她一定会高兴坏的。"

管家看看他不像说笑的样子，疑惑地挠挠头，回过身来向老区求助："村长，这人是你村里的，这怎么回事？"

"怎么回事？"老区严肃地说，"他是个傻子！他不是在跟你们开玩笑，他是当真的，把你们搞的这些玩意儿当成真的啦！"

管家和新娘顿时"啊"地叫了一声，管家吃惊地说："那怎么办？村长啊，麻烦你快点带他回去吧！"

老区摇摇头："我可没办法！他脑袋是一根筋，凡是他认定的事，你就是拿枪指着他也没用！"老区告诉他们，二牛最喜欢看古装戏，而且老是把戏台上演的戏当真。有一回看戏，上面在演拜堂，他竟然跑上去大骂那个新娘，说是昨晚已经嫁给一个书生了，今天怎么又嫁给老爷啦？

管家和新娘听罢，啼笑皆非，管家对二牛一本正经地说道"先生，我们刚才确实是一个表演项目，现在已经结束了，您还是去玩别的吧。"

二牛把头摇得像拨浪鼓："不走不走，我什么都不玩了，我要带新娘子回家！"

管家火了："你再这样捣乱，我只有叫保安了！"说罢，他就要出去喊保安，就在这时，老区把手一举："慢！你们想硬来啊，等会儿！"说着，他走出洞房，冲下面高声一喊："高山村的人呢，站出来！"

大伙儿都在楼下等着呢，一听喊声，立马齐刷刷地涌过来。管家一看这阵势，慌了神，冲老区连连拱手："村长啊，您想个法子把他带走吧！"

老区板着脸说："没法子，干脆你们报警吧，这小子服警察。"

管家一愣，脸上笑得比哭还难看。老区估计他不敢报警，像他们这种巧立名目给游客设消费陷阱的勾当，警察来了才好哩，不把他们封了才怪！

果然，管家支支吾吾，说报警就不必了，不要伤了和气。请老区行行好，无论如何把他弄走。

老区"嘿嘿"一笑："他当真了，你们演了这么多回，不妨也当真一回算了，让他把新娘带回家去。"话音刚落，新娘"妈呀"一声大叫起来："我不干，我死也不跟这个傻子回去！"

二牛愣愣地望着新娘，着急地说："我不傻呀，我会好好待你的，不打你不骂你，还给你捉虫子玩。"新娘气得把头一扭，不理他……

笑看结局

管家哭丧着脸说"村长，这怎么行呢？这都是假的呀，演戏……"

"假的？"老区冷冷一笑，"红包是真的吧？人家给的钱可是实打实的真货！"

管家额头渗出了汗珠，他走到楼梯口喊道："都上来，都给我上来。"

不一会儿，老爷夫人、家丁丫环都走了上来，管家没好气地冲他们挥挥手："把红包都还给人家！"

他们面面相觑，极不情愿地摸出红包还给了老区，那新娘也忙不迭地把红包还给二牛："给，你的洞房红包，快拿走！"

二牛却不干："不行不行，我不要红包，我要老婆！"

管家抹了把汗，望着老区："村长，您看……"

老区淡淡一笑，打开随身带的行李包，掏出一件古代的戏服和一顶官帽，往身上一套，变成了个威风凛凛的县老爷。

管家看得两眼发直："您也是演戏的？太厉害了，随身还带着这些玩意儿！"

老区笑道："也就是个票友而已。不带这些东西，怎么敢把一个傻子带出来玩？"说着，他叫管家在大厅中央摆上一张案桌，叫几个家丁拿根棍子站在两旁，然后自己往案桌后一坐，把惊堂木一拍："带新郎新娘上堂！"

很快，家丁把二牛和新娘子带到。二牛进来一看，拉着新娘就双双跪在地上，口中大呼："青天大老爷，请你给我做主啊！"说着，又一指旁边的新娘，"我们刚刚拜堂成亲，结为夫妻，可她却要反悔，不肯跟我回去！"

老区点点头，打量了一下新娘，猛地大喊"哎呀，原来又是你这个妖妇，你可知罪？"

新娘吓了一跳"我、我……什么罪？"

老区怒道："你本是青楼女子，勾结恶人，假装与人成婚，实际上却干着谋财害命的勾当。洞房花烛夜，夜深人静时，你的同伙便将新郎杀害，是不是？本官已缉拿你多日，没想到你倒自己送上门来了！"

二牛一听，吓得立刻松开了新娘的手，不由自主地摸了摸脑袋。老区对他说："新郎官，你上了这个妖妇的当，差点就小命不保，幸亏本官及时发现。现判你们两个离婚，你快快下去吧！"

二牛慌忙磕头："老爷英明！"说完，他一骨碌爬起来，一把扯掉新郎官的衣服帽子，逃也似的跑下了楼。

在场的人顿时松了口气，管家冲老区一竖大拇指："村长，您这招真高！"

老区"哈哈"大笑，意犹未尽地一拍案台："来呀，把这个害人的妖妇押下去，打入死牢！"

（发稿编辑：朱 虹）
（题图、插图：安玉民 梁 丽）

锁 爱情的

□ 万里秋风

"这个世界，什么都古老，只有爱情，却永远年轻；这个世界，充满了诡谲，只有爱情，却永远天真。"艾青诗中的爱情永远年轻、天真，我眼中的《故事会》也是如此，不管经历多少个500期，始终青春洋溢、情真意切。

——颜轶超

有个叫小刚的大学生，刚毕业就失业了，失恋了。其实这都怪他自己不好，他性格散漫、不求上进，毕业后没找到好工作，就大大方方在家"啃老"。

女友劝了他几次不听，心灰意冷，提出了分手。

小刚觉得女友是嫌贫爱富，就憋着股气同意了。分手之后，小刚十分郁闷，便到离家不远的"比翼山"去爬山。比翼山因山峰像翅膀得名，又因为有诗说道"在天愿作比翼鸟，在地愿为连理枝"，所以很受情侣游客的青睐。

后来又有人在比翼山用上了"同心锁"。据说同心锁必须是铜的，一是因为铜和金很像，表示情比金坚；二是因为铜和"同"同音，表示两人同心。情侣们在锁上刻上两人的名字，将锁锁在最险峻山峰的铁链上，最后一起把钥匙扔到山下，象征两人永远同心，比翼齐飞！

小刚这次上比翼山就是来解锁

的，因为当初他和女友热恋时，也曾在比翼山上锁过一把同心锁。小刚好不容易找到自己的同心锁，又拉又拽，就是弄不下来。

小刚倔劲一上来，非要想法子废了这把锁不可！找原配钥匙开锁是没戏的，于是他便下山，到一家五金店买了把老虎钳，提着老虎钳，直奔自己的同心锁而去。他用钳子夹住锁，"咯噔"一声，手起钳落，但锁愣是没断。

小刚见状，不禁骂了一声："凭什么老子的爱情那么脆弱，锁却那么结实？"

就在小刚认真解锁的时候，一对年轻情侣从旁路过，小姑娘突然惊呼起来："这人在偷同心锁！"

小刚听了，大吼道"我在解自己的同心锁，怎么能叫偷呢？"

小姑娘完全不信他，眨着水汪汪的眼睛，痛心疾首地说道"这可是人家一颗颗锁在一起的心啊，你怎么可以破坏人家纯真的爱情？"

"对啊对啊！"和她一起的小伙子连忙附和，"今天我非管不可！"

小刚只好指指同心锁上的字，说："'小刚love小倩'，看到没有？看到没有？本人就是小刚！"

小姑娘将信将疑看了两眼，一边的小伙子又先声夺人："切，你有证明吗？你有发票吗？我凭什么相信你？今天不论别的，就是为了我自己

的同心锁，也不能放过你这个偷锁贼！"

敢情这是一对今天来锁同心锁的情侣啊，小刚看他们的模样就很窝火，便说："我看哥们你这熊样，不等别人来偷锁，女朋友也迟早会跑！"

小伙子听了大怒，抡起拳头就要打小刚。小刚没想到对方真要动手，他担心打起来惊动派出所，毕竟自己家在这儿，惹出风波脸上无光，于是他推开小伙子，便往山下跑，很快就甩掉了那对小情侣。

小刚回到家，想想还是不太甘心，他看得出来，那对好事的小情侣是外地游客，这些人一般都是当天玩、当天走的。明天自己不妨再去解一次锁，这样也算了却一段孽缘！

第二天一早，小刚又来到了山上，找到了自己的同心锁。他见四下无人，便重新开工。这时，只听见有人大喊一声："抓小偷！"然后，从一块大石头后面蹿出了两个人！

小刚一惊，再定睛一看，居然还是昨天那对情侣，他不由叫苦不迭：这两人吃饱了撑的没事干，为了抓自己，不但玩完了不走，竟然还玩起了伏击！

还没等小刚反应过来，小伙子一把将他抓住不放，小刚吼道："你有完没完啊？"

小伙子一脸正气地说："我就是

没完没了，因为我要保卫纯真的爱情！"

小刚气乐了："好，以后你每天都来，我奉陪到底！"

身边一直没做声的小姑娘一边掏出自己的手机，一边得意地说"不用天天来了，我都录下来了！"

这不是落下把柄了？小刚见状奋力挣扎，要去抢手机；小伙子在女友面前不能示弱，也是使出了吃奶的力气；小姑娘呢，仍在用手机忠实记录着男友勇斗"歹徒"的画面。

就在三人争执不下的当口，景区的巡警循声而来，将三人一起带进了派出所。经过一番调查，警察也无法确认此解锁的小刚就是那系锁的小刚，但由于涉案价值实在太小，所以此事也不了了之啦。

小刚和那对小情侣一起走出派出所，他越想越气，冲着小伙子说了一句："哥们，清者自清，你懂不懂啊？"

那小伙子也不是省油的灯，他回家就把小刚解锁的片段上传到各大视频网站。网友们反应强烈，赠小刚"解锁帝"的称号，还留下了五花八门的评论——

"八年了，唉，别提它了。"

"七年之痒啊，那锁对我没用了。"

"人都被偷走了，锁找回来有什么用？"

这样的情况真让上传视频的小伙子无语了，他心里在想：难道这个时代真的不相信爱情了吗？

另一方面，小刚也看到了那个视频，他吓得够呛，再也不敢动解锁的念头了，但树欲静而风不止，小刚很快被网民"人肉"出来，甚至手机号也被公布在网上。他发现自己的短信多了起来，内容大都一致："解锁帝，怎么不上山解锁了？我看好你啊！""解锁帝，再解锁时，请把半山亭旁边铁链上一把双鱼牌铜锁摘下来，上面刻着王五和刘丽的名字，挺新的，受累受累，我实在找不到钥匙了。"

类似的短信源源不绝，小刚琢磨着，这么下去不是办法，他脑子一转，便有了打算。

第二天，小刚主动去了景区派出所，他和警察说："我想咨询一下，如果我开一个专门解锁的网站是否会触犯法律？"说完，他出示了这些短信，证明人民群众需要他上山。警察看了短信也是啼笑皆非，的确，人家受人所托去摘下一把锁，这事无论如何不能算违法。

一年后，小刚正在比翼山上工作，突然，耳边传来了一阵惊呼："怎么又是你啊？"他回头一看，这不是那对小情侣吗？

小刚像是遇到老友，寒暄起来："哎哟，哥们，好久不见。怎么，故地重游啊？"

小伙子没好气地说："结婚了，再回来看看……"

小刚赶忙掏出一张名片递给他们，还乐呵呵地说："哥们现在开了

一个服务网站——爱情的锁。是比翼山景区发展委员会的下属单位，专门负责维护比翼山上的同心锁。"他怕小情侣不信，便打开手机给他们看短信，其中有几条是要求他帮忙解锁的，但更多的是发短信请他帮忙给锁擦拭、上油、保养的。

小刚接着说："我的视频火了之后，有很多人委托我解锁，也有很多人骂我，我就琢磨着——这有人失去了爱情，也有人将爱情进行到底了啊！所以，我新开了一个业务：护锁。我把委托人的锁维护好，然后拍照上传到网上，请网友祝福他们！"

小姑娘听了，露出赞许的表情，一旁的小伙子便说："哥们，咱俩不打不成交，这样吧，我们的锁也交给你保养了，你开个价吧！"

小刚笑呵呵地说："要是没有你们俩死缠烂打把我抓住，我可能还在混日子，说起来你们可是我恩人呢。你们的锁，我免费维护！另外，我最近还考虑新增一个业务——在同心锁上增刻宝宝的名字，我等你们的喜讯哦！"

（发稿编辑：颜轶超）
（题图、插图：谭海彦）

小小一个理发店，饱含着多少人的企盼；小小一本《故事会》，凝聚着多少人的目光。任时光荏苒，不变的是那些隽永如新、耐人寻味的老地方、老故事……

——朱 虹

理个发好难

□ 宾炜

大山是个踩三轮车的，带着一家人在城里谋生活，日子过得紧巴巴的，连理个发都不太舍得。

这天，大山一照镜子，头发都盖住耳朵了，再不理实在不像话，他就特意绕路去了之前常去的理发店。谁想到了那里一看，傻了。

这儿本来有一堵老围墙的，有个老头搭了个棚在里面理发，收费超级便宜，每位三元，找遍全城，再也没有第二家，而且几年来价钱一直不变。可现在，围墙已经被推倒了，有几台挖土机正在挖泥……

大山失望极了，垂头丧气地骑上三轮车离开了。他一路琢磨着，老头不干了，但头发总得理吧，上哪儿去找这么便宜的理发店呢？

街上理发的地方倒不少，但都挂着美容美发的招牌，大山连门都不敢进。后来，他发现一家店门外贴着"今日价格"，其中一条是：理发＋洗头＋洗面＋按摩＝25元。

大山犹豫了好久，心想：这个还比较靠谱。他跳下车，壮着胆走了进去，没敢坐下，先向柜台后的老板娘打听："我光理发，要多少钱？"

老板娘说："光理发呀，洗个头总可以吧？"

大山坚决地说："不，就理发，多少钱？"老板娘有些不高兴，没好气地说："十五块！"

大山掉头就往外走，一边愤愤不平地嘀咕道："十五块，亏你好意思要，我不理不成吗？都够我家吃一个月白菜了！"

打这天起，大山上街时就到处留意理发店，想找个便宜点的。结果半个月过去了，也没能找到满意的地方，最少的也得十块钱。大山在门外徘徊了半天，最后还是舍不得出这十块钱。头发呢？却像韭菜似的长得贼快，眼看着就成披肩长发了。

大山跟自己赌起了气，心说长吧长吧，等长到背心了，老子就拿根绳子扎条马辫！

这天，大山刚从家里出来，就看见前面一个老头，走着走着，"扑通"栽在地上。他大吃一惊，赶紧跳下车飞奔过去。大山扶起老头，又是掐人中，又是摸胸口。

幸好老头很快缓过气来，说自己这是老毛病，现在感觉好多了。大山好人做到底，就把老头扶到车上坐着，送他回家。到了老头家一看，房子很小，里面的家具都很陈旧，比自己家好不了多少。看起来，老头是个孤寡老人。

老头拉着大山的手连声道谢："你是个好人哪！"他又笑着打量大山，"小伙子，你年纪也不小了，咋还留这么长的头发哟，该理理啦！"

大山脸一红，挠挠头，不好意思地说："我这不是嫌贵嘛，舍不得理。"

老头微笑着点点头，说："小伙子，明天你能不能来一趟？帮我个忙。"

大山想都不想就拍了拍胸脯，说没问题。

第二天，大山来到老人家，帮老人干了半天活，临走时，老人过意不去地说："小伙子，你也看见了，我是个穷老头，没有什么可以报答你的。"

大山忙说不用不用，老头颤巍巍地从怀里摸啊摸，最后摸出来一张硬纸片，递给大山："我只有送你这个了。"

大山一瞧，只是一小张普普通通的硬纸片，上面有一个模糊的印章，看不清印的是什么。

老头说了一个详细的地址，叫大山晚上八点以后照这个地址找去，并且一定要拿着这张纸片。

大山有点摸不着头脑，便问："大叔，你叫我去干啥？"

"放心，没让你干坏事。"老头喘息着，艰难地说，"去了会对你有好处的。我老了，活不了多久啦，用不着它啦。把它交给你，我放心。"

说着，老头抓着大山的手突然一紧，嘴唇哆哆嗦嗦地说："记住，不要对任何人说起。你要好好保管它，不管什么时候，都不能丢弃！"

大山拿着纸片愣愣地看着，疑惑

不解。老头松开手说："去吧，去吧，按我说的去做。"

大山只好把纸片小心翼翼地藏在身上。回到家，大山拿出来反反复复地研究，也没看出什么名堂来。

天黑后，大山思来想去了半天，决定还是照老头的话去做，他感觉那老头应该不会害他。

老头说的地址是一条非常偏僻的小巷，大山走到尽头后，一看左边开着一扇小门，他张望了几眼，犹豫着走了进去。

穿过一个小院，他看见一间屋里亮着灯光，走进去一瞧，里面坐着一排男人。

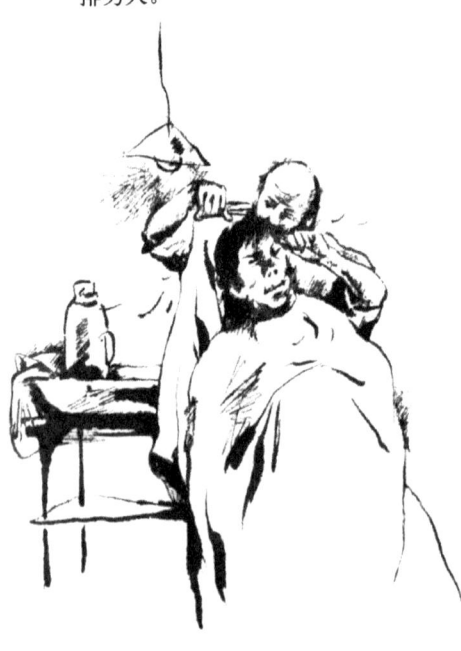

有个家伙冲他摆摆手，示意大山坐下排队。大山坐下来东张西望，屋里也没啥奇怪的地方，再看其他几个人，都是和他差不多年纪的男人，穿着打扮都很朴素，看样子也不像是一家人。看来，也是像他一样拿着纸片来的。大山感觉这儿挺神秘的，一肚子疑惑想问个明白，可见他们一个个都闭着嘴巴一声不吭，也就不敢开口了。

过了一会儿，里屋门帘后有了点动静，接着，里面传出来一个苍老的声音："下一位。"

排在最前面的男人大声应答一声，大步上前，撩开门帘，走了进去；过了不久，前面又一个男人听到提示声后进去了。

就这样，等了好半天，终于轮到大山了。他钻过门帘一打量，怔住了，屋里摆着一张理发台，一个穿着理发服的白发老头站在椅子旁，一只手里拿着把式样老旧的剪子。

大山差点不敢相信自己的眼睛，这不是以前给他理发的老头吗？他顿时眼眶一红，鼻子一酸，喊了一句："师傅，我可找到您老人家了！"

老头"呵呵"一笑，向他伸手："票呢？"

票？大山急忙把手里的纸片交过去，老头接过来瞧了瞧，说："这是乔老哥的呀，他给你的？他怎么样了？"

大山连连点头，把事情经过说了一遍，老头叹了口气："我还以为他走了呢，唉，坐下吧。"

大山惊喜交集地说："师傅，我到处找不到您，还以为您真的不理发了呢，原来回到家里来了呀！"

老头笑着告诉他，自从老地方拆了后，他原本是打算停业的，可仍然有不少老顾客找到家里来。他一想自己还得干下去，有这么多人需要自己呢。干脆，他就把理发店开在家里了，一来这里比较偏僻，年纪大了可以图个清静；二来可以继续为一些有需要的人服务，并且通过和他们的交流，了解外面的世界，让自己的晚年生活不会太孤单。这么做，一举两得。

大山点点头，又问："师傅，您还是收三块吗？"

老头微笑着说："三块，老样子。"

大山既高兴又感慨，他说，自己找遍了全城，理个发最少也要十块呢。

老头给他系上围布，说："三块就够了，我这里不办证，不交租，够我吃饭就行了。"

大山忽然觉得有点过意不去，如今这年头，三块钱实在是太少了，就说："师傅，您随便给我理理就行了，把它剪短就行，别管好看不好看。"

老头没有答话，扶正大山的脑袋，在镜子里打量了好久，这才开始剪。他一边剪，一边说道："哪能随便呢？衣服旧点没关系，一定要干净 人穷点不要紧，一定要精神。每个人都要活得有尊严，形象不能马虎……"

别看老头年纪大了，可拿剪刀的手却稳当得很，丝毫不颤，下手干净利索，不一会儿就剪好了头，接着用剃刀刮脸。

等弄完了，大山往镜子里一瞧，自己果然是焕然一新，一下年轻了几岁。大山感激地掏出三块钱，说："师傅，您手艺这么好，收费又这么便宜，我叫别人都来您这儿理吧！"

老头摆摆手，说那样的话，他就是从早理到晚也理不完，巷子里会排成长队的，所以，他迫不得已采取"会员制"，只对一些符合条件的顾客发放，凭"会员卡"理发。

大山这才恍然大悟，怪不得他救的那个老头，会那么郑重其事地把纸片交给他。

老头从抽屉里拿出一张纸片递给大山，说："这是你的卡，拿好，下次来理发，拿它来就行了。"

大山使劲地点点头，像宝贝一样地把卡收好，老头又拉着他的手叮嘱道："你以后生活好了，用不到它的话，就选个理不起发的人，传给他……"

（发稿编辑：朱　虹）

（题图、插图：张恩卫）

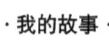 ·我的故事·

家有打工女

□ 王瑞霞

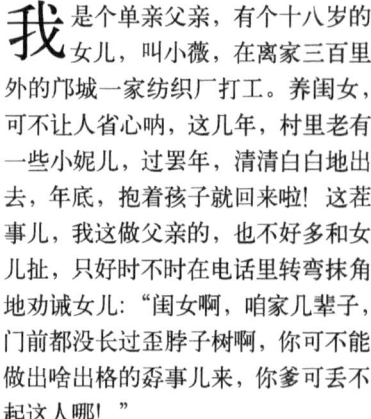

我是个单亲父亲，有个十八岁的女儿，叫小薇，在离家三百里外的邝城一家纺织厂打工。养闺女，可不让人省心呐，这几年，村里老有一些小妮儿，过罢年，清清白白地出去，年底，抱着孩子就回来啦！这茬事儿，我这做父亲的，也不好多和女儿扯，只好时不时在电话里转弯抹角地劝诫女儿："闺女啊，咱家几辈子，门前都没长过歪脖子·树啊，你可不能做出啥出格的孬事儿来，你爹可丢不起这人哪！"

你甭说，怕有鬼，偏偏鬼就上门了！

那天，我到邻居家串门儿，进屋后才知道他家来亲戚了，那是他家的一个远房表哥，我也见过面，他就在邝城我女儿打工的那一家纺织厂当厨师，也算见识了一些新鲜事物。此时，那厨师正唾沫乱飞地讲得起劲儿了："你们是没见识过啊，城里人那个新潮，可真给力的嘞！就在我们厂，女孩子把男朋友领到自己宿舍里，同宿舍的女孩子换个衣服啥的，咋办？背过身去，全解决啦！哈哈哈……"厨师说着，禁不住开怀大笑起来。

我回到家里，平静地做出了一个决定：进城！

到邝城后，已经是晚上了，更糟糕的是，赶上了个坏天气，又是响炸雷又是下大雨的。

我冒着大雨，找到了女儿所在的

30

厂子，向门岗打听女儿的住处。那胖门岗盯着我看了好大一会儿，有点儿幸灾乐祸地说："你来得可真是时候啊！"我听得一愣一愣的。"咋？我闺女小薇她……她咋啦？"

门岗答道："小薇，她好得很哪，就在刚才，她把她对象带到宿舍来住啦！"我大吃一惊。"小薇她……她搞对象啦？"

门岗似笑非笑地说："老乡，在我们这里，男女工人搞个对象并不稀罕，可把对象带到女工宿舍住，那就稀罕啦，你是不知道啊，一个宿舍，可住着八个女工哩，八个呀！"门岗说着，伸出两个手指头，做出"八"字状，在我面前夸张地来回摇晃着。

门岗的胖手指，摇得我头昏眼花，几乎晕倒在地！我咬紧牙关，好容易把身子控制住，直奔女儿的宿舍……

到了宿舍，我把门"咚咚"擂得山响。很快，"稀里哗啦"，门里传来乱作一团的声音。我一边擂门，一边喊："小薇，是爸，我知道你在里面！"屋里沉默了一阵后，门被打开一个缝隙，女儿闪身出来，惊慌失措地说："爸，怎……怎么是你啊？"

看见女儿，我气得浑身打颤："你……你这个要命的，你可真要我的命啦！你出来打工才一年啊，咋就这样成精作怪啦？"女儿拉住我的手，低声哀求："爸，你小声点儿，你

听我说——""有啥好说的，我全明白！你现在就收拾东西，跟我回家，咱回家再说！"我说着，一把甩开女儿，不容她声辩，一脚闯进了宿舍。

一进宿舍，只见七个女孩子背对一张床，像堵墙似的站成了半个圈儿。她们都瞪大眼睛，一脸戒备地盯着我。我知道，她们想要掩藏什么，可床头那一双特大号的运动鞋，已经锥子一样，深深地刺痛了我的心！

我突然间心寒了，不想闹了，也没心情闹了，没意思，真没意思！

女儿见我扭头走了，就追了出来，说道："爸，你听我说——"呸，听你说啥？听你花言巧语编一通胡话哄骗我这乡下老头子？我没理睬女儿，只顾自己走，女儿在身后一个劲地嚷着："爸，你自己找旅店住一宿吧，我也顾不得你啦！"

我走出厂门，任凭大雨滂沱，我漫无目的地在街上游走了大半夜，最后，还是决定把女儿带回家去，再怎么样，她也是我的女儿，我的骨肉至亲啊，我不能由她使着性子成精作怪，放任自流！

想到这里，我返回厂子，重新回到女儿的宿舍。

借着微弱的灯光，我猛地发现，我的女儿，加上她的室友，整整八个人，齐刷刷地坐在宿舍门外，双腿拱起，头枕在膝盖上，一个个睡得正

香！屋檐外的雨斜洒过来，打湿了她们头发，雨水顺着她们的脖子，湿嗒嗒地滑落下来。

这些远离家、远离父母的孩子们啊，她们到底是要干啥呀？

这个时候，天也快要亮了，宿舍的门开了，只见一个满脸浮肿的小伙子走了出来，可还没走两步，就"扑通"一声倒了下去……

八个女孩子一个激灵，霍地站了起来，我女儿第一个冲向小伙子，压低喉咙喊道："姐妹们，快，趁着这时候没人，赶紧把他送医院，别让对面找咱的麻烦！"我看得目瞪口呆，但听说"送医院"，知道这里肯定有是非曲折，事情急迫，我也顾不得细问，急着冲了上去，和姑娘们一起把小伙子送医院……

等小伙子的病情稳定下来，女儿才断断续续地给我道出了事情的来龙去脉：女儿厂子对面，也有一家纺织厂，小伙子就在那里上班。本来两人也不认识，昨天晚上，小伙子当班，发现他们老板欺负一个外地女工。小伙子气不过，挺身而出，那老板当然不买账，找来几个当地人，把小伙子暴打一顿，还把他的行李抛在街上，让他立刻走人。

当时，正是风雨交加，电闪雷鸣，小伙子身无分文，只有一身的伤痛。女儿小薇，对门岗谎称小伙子是自己的对象，把他领进宿舍，让小伙子住

了下来。小伙子到医院后就尿血，一查，原来是肾损伤。医生说，幸亏小伙子昨晚没有过多地走路、淋雨，否则，后果不堪设想，这多亏了女儿啊！

这时候，小伙子的眼里闪着亮晶晶的泪光，对我说："当时，我怕不方便，根本不肯去你女儿的宿舍住。她骗我说，没事，她们宿舍的女工正好都是夜班。第二天，我才知道，你女儿和她的七个室友，在门外坐了整整一夜，那可下着雨哪！"

呵呵，我的这个闺女啊，还真是随我，要是我遇见这事，也一样拔刀相助！我感慨道："闺女啊，是爸的不对，爸错把你当成坏孩子了——不过，你也得把事情给爸讲清楚呀！"

"爸，你让女儿说了吗？"女儿仰起头，看着我的眼睛，说话一字一顿的，"爸，往后你就放心吧，毕竟那些让人说闲话的女孩子少得很哪，你要相信自己的女儿，相信天下的打工妹，她们可都是规规矩矩的好孩子！"

我忍不住说道："闺女啊，我看人家小伙子也不错哩，你们要是有那个意思，爸就给你们定下来！"女儿大笑起来："爸，这男女一接触，就是要搞对象啊？你俗不俗啊？"

我也笑了，看来，女儿是真的长大啦！

（题图：杨宏富）

一次神秘的京城之行，带出了如何选拔人才的千古话题。《故事会》办了500期，能受到读者喜爱，也许秘诀就在于：从传统中寻找新意，发现历史和现实的那个契合点……

——吕　佳

进京不容易

□ 姜红梅

奇特护身符

乾隆年间，济南府出了一个神童何正中，从小便能吟诗作对，才华出众。几年过去，何正中长成了翩翩少年，秀才、举人都考得极为顺利，可偏偏会试连续三次不中。最后一次会试时，何正中结识了一个"老举人"肖大同，这位老兄更加不得志，会试连续四次不中，而且他长得也是歪瓜裂枣，右腿还有些跛。

自从结识了肖大同，何正中的心态平和了不少：看来，普天下比自己倒霉的还大有人在呀！于是两个患难兄弟成了至交，每天喝酒吟诗，倒也自在。

这天，肖大同来找何正中，何正中见他一进门就满脸喜色，不禁问道："肖兄，何事这般高兴？"肖大同"哈哈"大笑道："不用问了，反正是天大的好事，你快收拾收拾，随我上京城吧。"

肖大同不容耽搁，拉着何正中的手就往外走。两人来到大街上，见路旁有两个乞丐，肖大同走到乞丐身边，和对方说了些什么，又从袖子里掏出些碎银子。那两个乞丐接过银子，就把身上又脏又破的衣服脱下，递给了肖大同。

何正中看得莫名其妙，却见肖大同拿着破衣服走了过来，还未靠近，

一股臭味就扑鼻而来,何正中忙用衣袖遮住口鼻,问:"肖兄,你这是做什么?"肖大同摇头晃脑地笑道:"这是我们一路上的护身符!"

何正中满腹狐疑:"若穿得这般破烂,还能受人待见?"

肖大同却笑而不答,自顾自换上了乞丐的衣服,见何正中死活不肯更衣,他突然抓起一把污泥,抹到何正中的脸和衣服上,转眼间,一个英俊男子成了丑八怪。何正中哭笑不得,说道:"肖兄,这下我和你一般模样了,你满意了?"

随后,肖大同雇了一辆马车,何正中心里好奇,就一起上了车。一路上,肖大同好像有什么心事,一会儿皱眉思索,一会儿低头冥想,一会儿又挑开车帘往外观看。

离京城还有好几里地,肖大同就拉着何正中下了车,何正中大惑不解"车钱我们已经付足,为何没到地方就下车?"肖大同低声道:"你想啊,我们这般装扮,一看就是叫花子,你见过哪个叫花子雇车走路的?"

这水不能用

两人走了半天才到京城,何正中从没走过这么远的路,只觉得脚底下火辣辣的。进了城,肖大同从包袱里取出两件干净衣服,叫何正中换上,何正中问:"怎么又换新衣服了?"肖大同说道:"眼下咱们要找地方落脚,你见过哪个叫花子有钱住客栈?"

很快,两人挑了一家客栈住下,店伙计端来两盆洗脸水,然后就退了下去。何正中英俊潇洒,一向注意仪表,挽了挽袖子就要洗脸,说时迟那时快,肖大同一个箭步冲到跟前,抓住何正中的手说道:"慢!"何正中愣了一下,猛一拍脑门:"失礼失礼,肖兄为长,理应你先洗。"

肖大同点了点头:"不错,得我先来。"说着,他从怀里掏出一个灰不溜秋的小丸子,往盆里一放,很快,盆里的水变得浑浊不堪,就好像已有人用这水洗过脸了。接着,肖大同拿出一块白布,对何正中说"这水不能用了,你就拿这布擦一下脸吧。"

何正中丈二和尚摸不着头脑,但还是依言擦了脸,他一边擦,一边奇怪地问:"肖兄,你这葫芦里到底卖的什么药?"

肖大同一抿嘴"都是为你好,为你好。"过了一会儿,店伙计进来,取走了洗脸水。

天擦黑之际,店伙计又送来洗脚水,不料门一关,肖大同又将一个泥丸放入水中,然后不洗脚,过了一会儿,就叫伙计把水拿走了。

睡觉前,肖大同从包袱里取出一捆布条,分了一半给何正中,说:"你跟着我学。"他取了一段布条,一层一层地缠在脚上,见何正中还没动静,他怒道："你怎么不缠呀？"

何正中眉头拧成了疙瘩，说："大丈夫缠脚干什么？又不是女人，要裹小脚。"

肖大同压低声音说："叫你缠你就缠，别问太多。"何正中不由心生疑虑：这次京城之行实在太古怪了，但他知道，肖大同虽然爱开玩笑，对自己却是一片真心，不会存什么歹念的，于是就学着用布条把两脚缠上，脚上顿时像鼓出个馒头，鼓鼓囊囊的。

第二天醒来，两人穿上鞋袜，肖大同凑到何正中耳边低语了一番。结了房钱，两人走过店伙计面前时，故意一瘸一拐，脸上表情痛苦不堪。店伙计见了，忙问："怎么了，客官？"

肖大同咬着牙说："唉，脚肿了，不知怎么回事，可能走路走多了。"店伙计一瞅两人的脚，脚面上果然肿起一大块。

两人一瘸一拐地走出客栈，来到一个偏僻所在，肖大同向四周看了看，低下头，把脚上的布扯了下来，对何正中说："行了，莫要装瘸了，你原来什么样现在就什么样。何老弟英俊潇洒，风流倜傥，到时候一定能挑上。"

何正中摸不着头脑："挑上？挑上什么？"

肖大同"哈哈"大笑："现在想必安全了，我就和你说了吧。这次进京，我们不是来观景，也不是来买东西，我们要参加大挑比试！"

到底考什么

原来，朝廷为了疏导人才过度淤积，就在落第的举人中举行大挑考试，只要通过了，举人也可以获取官职。肖大同就是听说大挑在即，这才拉着何正中进京来的。

晌午时分，大挑的考场里聚满了

人，一问，都是全国各地的举人，有的三次不中，有的四次不中，全是落魄之人。何正中头一次参加大挑，心里没底，悄悄问肖大同："肖兄，不知大挑都考些什么？"肖大同"嘿嘿"一乐："放心，愚兄神机妙算，你准能过关！"

说着话，两人走进一个大堂，只见一名考官左手拿着一叠白纸，右手提了一支毛笔，他打量了举人们几眼，清了清嗓子，说道："从左到右，各人说一下籍贯、乡试会试经历。"

举人们一一开口，只听各地口音都有，有的声音洪亮如钟，有的嗓音却像破锣；有的口齿漏风，有的咬字不准。考官听了，在纸上圈圈点点，记了些什么，接着考官又说："从左到右，每人在堂上走两个来回。"

只见这些举人走路姿态各异，有的一瘸一拐，有的一摇一晃，有的一高一低。考官看完，又在纸上记录下来。

何正中心中不解：这就是传说中的大挑？为何既不考写诗也不考作文？

大挑完毕，肖大同和何正中回到了济南府。过了些日子，传来好消息，何正中"大挑及第"，被选做县丞！何正中欣喜之余也有些纳闷，他赶到肖大同家中报喜，肖大同"嘻嘻"笑道："贤弟有所不知，大挑本意是朝廷选取遗漏的人才，可经办官员看不起我们这些落第举人，懒得费神出题，最终大多以貌取人。你生得眉清目秀，仪表堂堂，走路八字方步，虎虎生风；说话声如洪钟，口齿伶俐，中选自然是意料之中了。"

接着肖大同又告诉何正中，因为参加大挑的举人太多，为了能胜出，有些人不惜出损招，雇人打掉其他举人的牙，打青人家的眼，甚至打断别人的腿，这些都是为了让竞争者变成"歪瓜裂枣"，相貌不入考官的眼。

何正中这才明白过来，肖大同护送自己一路进京，在路上扮叫花子就是为了不让人注意；而每逢大挑之际，客栈的店伙计常被人收买，在洗脸水和洗脚水里放药，人洗了就会脸肿脚疼。

说到此，肖大同叹道："何老弟，你现在知道我为何腿瘸了吧？那是几年前参加大挑时被人害的。那些歹人的法子我都领教过了，所以这次护送你进京，他们再也不能得逞了。"

何正中闻言心中感动，说道"肖兄，再过几年你还能参加大挑，兄弟我能帮你什么忙？"

肖大同笑道："你当官后把那帮兔崽子给修理好了就行。可叹朝廷选拔人才竟以貌取人，我有自知之明，以后不再参加大挑了。"

（发稿编辑：吕　佳）
（题图、插图：黄全昌）

《故事会》发行到第500期了，这500期一路走来，红红火火，离不开故事迷们对我们深厚的感情。

说到感情，大都是相通的，比如谈恋爱，一见钟情固然浪漫，而两情相悦，却也终归要落在朝朝暮暮、点点滴滴的包容与支持之中……

——刘迎曦

爱上垃圾股

□ 廖 静

和平竞争

年初，总社给报社空降了个新经理，叫越洋。这位越经理三十出头，英俊潇洒，文质彬彬，据说后台也很硬；更重要的是，他现在还是单身小伙一个，听上去简直就是个完美的绩优股男。这事立刻让剩女一大把的采编部波澜荡漾、暗香涌动。

这不，同租一套房的三个姑娘：谷雨、阿幸和王悦此时也正芳心大乱、蠢蠢欲动。不过，这三位姑娘关系很铁，谁也不愿为了一个男人伤了闺密的和气。到底该怎么办呢？

这天晚上，三个女人开了个卧谈会，阿幸开门见山："我喜欢越经理，看得出你们也一样，但我们中只有一个能得到他，所以就来个公开透明式追求吧。"

什么是公开透明式追求呢？就是三个女人各显神通追求越洋，相互不干涉阻挠，如果其中一人成功了，那剩余两位自动退出。三个人的友谊不受影响，不管采取何种形式追求，晚上必须在一起公布进展结果。

好办法！当晚，三个女人把手搭在一起，一言为定。

各显神通

从那晚起，三支丘比特之箭一齐射向了越洋。

王悦走的是贤惠、持家路线。她找了个借口把越洋约到家里，房里早被收拾得干干净净，餐桌上也摆放着她的插花作品。接着，王悦端上素四碟、荤四碟、半素半荤又四碟，满满一桌菜，看得越洋眼花缭乱，连连感叹："这简直就是五星级大餐的水准啊！"

王悦笑而不语，又递上自制的鸡尾酒，越洋抿了一下便赞不绝口，直夸谁娶了王悦谁就是天下最幸福的男人。

而谷雨走的是清纯、返朴路线。她穿上大方朴素的裙装，趁着下班时间，羞答答地要让越洋帮她的电脑杀毒。那一副小鸟依人的模样，一下吊起了越洋彰显男子汉魅力的劲头。

趁着等待电脑杀毒的空当，谷雨又发挥特长，侃侃而谈唐诗宋词、明清小说。越洋大学时学的就是古典文学，自然与谷雨相谈甚欢，他赞许地说："谷雨，你真是秀外慧中啊！"

卧谈中，谷雨和王悦都自我陶醉地展示了"成果"后，阿幸却一撇嘴："要真正得到男人，得靠实在的。"

阿幸追求越洋，玩的是性感暧昧。她一袭低胸红裙，喷上迷人的香水，把越洋约到了游泳馆，理由挺直接："这么热的天，我想去游个泳，又没有人保驾护航，要不越经理你陪陪我？"那副火辣辣的模样，哪个男人会不为所动？越洋便欣然前往。

那天很晚了，谷雨和王悦才等到阿幸回来，忙问情况如何。和她们想象中差不多，越洋直夸阿幸是人间尤物。不过打探下来，似乎越洋也没和阿幸有什么实质性的进展，谷雨和王悦才吁了口气，庆幸她们还有机会。

虚有其表

转眼一个月过去了，在三个女人各具风味的柔情炮轰下，越洋还是表现得云山雾罩，弄得三个姑娘进退两难，最后，谷雨灵机一动："不如我们做个测试，套套他心里的小九九。"

测试其实是个陷阱，谷雨制作网页，放上许多爱情心理测试题，然后把地址发给越洋，等他回答完毕后，答案会自动传输到谷雨的电子邮箱。

不知情的越洋果然上当做了题，等在电脑前的三个女人迫不及待地打开了电子邮箱——

问：您喜欢怎样的女人做妻子？

答：什么样的都可能喜欢。

问：您喜欢怎样的婚姻结构？

答：最好是古代妻妾成群的生活啦！

问：在您身边有追求您的女人吗？

答：还不少。

问：其中您有中意的吗？

答：没有，她们都各有优劣。

问：如果一定要让您在她们中选择，您会选择什么类型的？

答：我希望全部都要。

看完答案，三个姑娘一片唏嘘，原来越洋内心深处居然还指望妻妾成群呢，呸，真是异想天开、贪得无厌！三个姑娘顿时热情锐减，停下了追求的脚步。

被捧惯了的越洋，一下同时被三个女人冷落，有点不习惯，便主动示好。谁知王悦对他冷眼相对，阿幸则尖酸刻薄地找茬挖苦。

越洋很奇怪，就问谷雨："你的朋友怎么一夜之间变了脸？"谷雨没精打采地说道："也许是投进的股票赔了吧。"

的确，她们在为自己投错的"爱情股票"郁闷呢。

更巧的是，没几天，阿幸碰巧从总社的同事那里打听到了内幕消息，越洋的底牌被彻底揭开了。原来他是凭着家里和总社社长的关系才有今天的位子，并非什么年轻有为。那同事还暗示，在总社的时候，越洋就爱和女同事扎堆。另外，他上大学时摔伤过，那修长的腿里安过钢筋，至今不能剧烈运动……

一下子，三个姑娘心目中曾经的绩优股顿时变成了垃圾股。正在这时，总社社长的退休报告也批下来了，越洋一下子没了后台，估计现在的职位也未必能保。这下，姑娘们彻底兴趣索然了。

打造优质股

这天，郊区发生了一起矿难，越洋便邀三个女人当副手一起去采访。采访负面新闻可不讨好，不小心还会被人打，要是几个月前，这让人心仪神往的男人还值得讨好，可现在谁愿意为他去闯关破阵呢？

王悦紧皱眉头，称病要去医院；阿幸则大言不惭地说要去接男友的飞机。越洋回头看谷雨，只见她犹豫了

半天，居然点点头。

王悦和阿幸对望一眼：莫非这妮子还想打越洋的主意？

越洋和谷雨驾车绝尘远去，呆了三天回来后，两人突然间亲昵不已。

这天，卧谈会上，谷雨羞怯地宣布："我和越洋恋爱了。"

明知对方是垃圾股，谷雨怎么还要执迷不悟？王悦和阿幸很是不解。

谷雨这才说出自己和越洋在采访中的小插曲。原来，完成原定任务后，越洋觉得要深度采访才有意义，于是，他提议再去访几个周边的煤矿。可在一次下井时，忽然断电了，两人在升降梯里一困就是几个钟头，谷雨当时就吓得浑身发抖。这时，越洋一个劲自责，又想尽办法哄谷雨开心，等讲完了所有的笑话，两个人竟不知不觉聊到了自己的人生经历。

"越洋还说到了自己的伤腿。"说到这里，谷雨顿了顿，见王悦和阿幸好奇地瞪眼，她笑着解释，"我们原来只知其一不知其二呢。他大学时总参加野外生存社团的活动，一次忽然遇上大暴雨，眼见自己暗恋的女同学快滑到山下去了，他义无反顾、挺身而出。讲到这事的时候，他还拍拍大腿，说：'为了爱情，值！'"

见两个姐妹面露惊讶之色，谷雨道出了自己的看法：最开始时大家把越洋想得太完美了，所以一旦发现丝毫的不足，就会引起心理落差、快速

失望。其实，那些所谓妻妾成群的念想，很多男生也都爱挂在嘴边，不过是说说而已，无需多虑。关键还要多接触，观察他如何处世，才能发现他本质的可爱之处。这次采访，越洋不愿按部就班，显出了他的果敢主见；聊到自己暗恋对象的时候，他简直像个大男孩一样羞涩，他对爱情的真诚也可见一斑；在黑暗中，他安慰女生也拿捏有度，确是个谦谦君子。

最后，谷雨得意地说："其实我一直没打算放弃，你们眼里的垃圾股，只要好好地打造，在我手里肯定能变成绩优股。"

果然，越洋凭着矿难采访的新闻报道稳住了经理的位子。成为谷雨的男朋友后，他也用情专一，怎么看怎么符合白马王子的标准。

败下阵来的王悦和阿幸暗自感叹：看来，用什么样的手段征服男人，都不如有一颗包容宽大的爱心来得实在啊，她们输得口服心服……

（发稿编辑：刘迎曦）
（题图、插图：张恩卫）

"故事中国网文精粹"栏目自推出以来受到了广大读者的热情关注。为了把该栏目办得更好，我们欢迎读者把平时在网上看到的既有浓郁的时代气息、又有精彩的故事情节的网文推荐给我们。来稿一经刊用，即致推荐费。本期责任编辑E-mail地址：yaobianji@126.com。

遗失的
五十万

□ 桂 弃

李丽有两个母亲，这是因为她父亲在解放前娶了两个老婆，李丽是小老婆生的。解放后，政府规定一夫一妻制，李丽的父亲与小老婆离婚，李丽跟随父亲和嫡母——也就是父亲的大老婆一起在上海生活。中学毕业后适逢"上山下乡"，李丽便去了内蒙古，从此一家人聚少离多。

时间过得很快，转眼到了2000年，此时李丽的父亲和她生母已去世，不久，嫡母也"走"了。李丽回上海老家整理遗物时发现，嫡母有一个记事本，上面记着"工商银行存折50万"。李丽翻箱倒柜找了半天没找着存折，于是她又去银行查询，银行

答复道：是有这张存折，但钱已被区烟糖公司工会取走。

李丽当时就糊涂了，怪事啊，虽说嫡母原在区烟糖公司工作，但我们家的钱，公司工会怎么能取走呢？这简直是匪夷所思！

李丽带着疑问，来到区烟糖公司，工会主席小谢接待了她。听李丽说了来意，小谢很爽气地说"有这么回事。我们按照当事人的愿望，已将部分钱款发到贫困职工手里了。"原来，李丽的嫡母叫王晴，没有生育，丈夫去世后她一人独居，平时的起居都是单位工会派人照顾的。到了后来，王晴年老体衰，行动不便，她干脆将房产证、存折、身份证都交给工会保管。王晴临终前为感谢公司工会多年的照顾，将50万元的一张存折赠与了

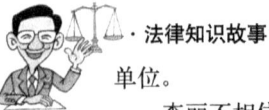

单位。

李丽不相信小谢的解释，一定要他拿出证据来。

小谢从保险箱里拿出两份遗嘱，说："这是你母亲留下的。"李丽赶紧接过，仔细看起来。

两份遗嘱，一份是公司小谢代写的，另一份为打印稿，两份的内容是一样的，均写明将50万元赠与区烟糖公司工会，立遗嘱人处均盖了王晴的章，并按了手印。公司办公室两位工作人员作为见证人，公司工会作为见证单位，都在遗嘱上签名盖章。

李丽了解了事情的来龙去脉，心里不乐意，但人家有凭有据，手续齐全，一时间倒也不好开口，不过回到家，越想越郁闷，毕竟是50万呐！她再想想，自己虽然是"庶女"，不是王晴亲生，但终究是家庭一员，有权处分家庭财产啊！想到这里，李丽就给几个小姐妹打电话，倾诉心中的苦恼，其中有个小姐妹是律师，这位律师详细了解了事情的经过，乐意帮助打这场官司，于是，这事就有了转机。

不久，李丽在多次与区烟糖公司工会协商不成后，上了法庭。

在法庭上，李丽的律师指出：一、王晴识字，可遗嘱上却没有其亲笔签名，故有理由怀疑此份遗嘱是伪造的；二、遗嘱的代书人、见证人与受赠人有利害关系，故遗嘱应视为无效。

区烟糖公司理直气壮，工会主席小谢直接辩护："二十多年来，李丽一直在外地，未尽对父母的赡养义务，而我们工会在王晴退休和生病期间派人悉心照顾，王晴为感恩才立下此份遗嘱。当时她已无力签字，所以才盖了章，按了手印；还有重要一条，王晴多次提到要将钱捐给贫困职工，我们工会一直在经办这事。"

明眼人一看就认定区烟糖公司有理有情，有凭有据，此案必胜，但没想到，法院审理后认为：根据《中华人民共和国继承法》第十八条规定，与受赠人有利害关系的人不能作为遗嘱见证人。本案中，遗嘱代书人、见证人以及见证单位均与区烟糖公司工会有利害关系，故判定王晴的这份遗嘱无效，区烟糖公司工会返还李丽50万元。

律师点评：

故事《遗失的五十万》主要表明一个法律问题，即：遗嘱人在立遗嘱时受遗赠一方不能作为遗嘱见证人。所以，故事中区烟糖公司可能确实对遗嘱人王晴尽了照顾义务，遗嘱也可能就是遗嘱人自己的意思表示，但关键是他们在办理遗嘱时未能注意程序上的合法性，那么，就必然导致无效的结果。

(题图：刘斌昆)

倒着活

□老 三

古时候，泰山附近曾有这样的风俗：老人丧失劳动能力后，就会被儿女扔掉。这个风俗是怎么破除的，有一个传说是这样的……

从前，有个村庄，庄里有户姓张的人家，这家有四口人，两口子和一个儿子，外加父亲张老汉。这一年，张老汉的腿脚不中用了，干不动活了，儿子对他说："爹，你现在活着只能白吃饭了，我准备把你扔掉。"

张老汉眼里淌出两行泪，虽然心中千般不舍，万般不愿，无奈这是习俗，祖祖辈辈都是这么过来的，他又有什么办法？

这天中午，儿媳妇张罗了一桌好饭，还烫了壶酒，一家四口吃了一顿告别饭。饭后，儿子背起父亲，往大山里走去。

走了一个多时辰，来到大山深处的一块平地上。这里林木翠绿，鸟语花香，可又是枯骨遍地，此处就是山里人遗弃老人的地方。

儿子把张老汉往地上一放，跪下磕了个头，说："爹呀，你老人家好自为之吧。"说着，他爬起来，走了。

张老汉坐在枯骨堆中，想想人生一辈子，也实在是没啥意思，反正都是一死，与其这么慢慢渴死饿死，还不如来个痛快的呢。于是，他扶着一棵树慢慢站起来，解下裤腰带挂

到树杈上，准备上吊寻短见。

张老汉刚把头伸进绳套里，忽然，一个穿黑袍子的老太婆从树丛中走了出来，这老太婆不是别人，正是死神。她对张老汉说："老人家，干吗想不开呀？别死呀，有什么为难的事，告诉我，我可以帮你呀！"

张老汉很惊奇，说"你是谁？你能帮我吗？"

老太婆非常肯定地点点头，说："我是神仙，能满足你的任何愿望，你有话尽管对我讲。"

这死神确实有莫大的神通，不过，她可没安什么好心，以前对那些送来等死的老人，她也这么逗他们，那些老人果然上当了，他们提出的愿望五花八门，有的因为记恨被儿女抛弃，便咒自己的孩子死；有的想长生不老，可当他们说出自己的愿望后，老太婆便"哈哈"大笑，嘲笑一番，数落一顿，老人们这才知道上当，有很多当场就被气死了。

现在，老太婆也是这样，她哄骗张老汉："真的，我不骗你，你有什么愿望，说吧，我能满足你。"

张老汉从脖子上摘下绳套，说："我今年60岁了，我想倒着活，就是明年变成59岁，后年变成58岁，越活越年轻……"

老太婆冷笑了一声，说"你为什么要越活越年轻呀？"她想好了，只

要张老汉一说他的理由，自己就借机好好地嘲弄一番，找个乐子。

不料张老汉却说了这样的理由："我要越活越年轻，去照顾越活越老的人。"那个老太婆居然被感动了，她是死神呀，自从有了人类以来，她就存在了，在这漫长的岁月中，她从未体会过什么叫"感动"，而眼下，一个濒死的糟老头子，却让她有了这种全新的体验。

死神的眼中落下了两滴眼泪，她说"老人家，我将满足你的愿望。"说着，她亲自把张老汉搀扶到一条溪流边，那里有搭好的窝棚，有新鲜的野果，有野生的菜蔬……遭遇了这一番神奇的经历，张老汉累坏了，他很快就昏沉沉地睡了过去。

一觉醒来，已经是次日早晨了。张老汉觉得自己果然年轻些，腿脚不那么疼了，精神头也健旺了许多，死神没有骗他。

从那以后，张老汉一天比一天年轻，头发由白变黑，牙齿由少变多，脊背由弯变直……他每日里砍柴去集市上卖，换些生活用品，在深山里过着无忧无虑的日子。

一转眼，二十年过去了，现在，张老汉已由六十岁的老人，变成了四十岁的壮汉。这天，他经过那个堆满枯骨的地方，看到一个白发苍苍的老头，被一个中年汉子背着，来到空地上。中年汉子放下老头，跪下，磕了

个头，说："爹呀，你老人家好自为之吧。"说着，那人爬起来，走了。老人坐在地上，呜呜地痛哭起来。

张老汉躲在树丛中，看得呆了。虽然时间已经过去了二十年，但还是一眼认出这个被遗弃的老头，正是自己的儿子，而遗弃他的，肯定是自己的孙子了！

见到分别了二十年的儿子，张老汉百感交集，他从树丛中走出来，走到老头面前，说："老……老人家，你为什么哭呢？"

老头抬起泪眼，盯着张老汉看了又看，他疑惑了，看样子有点面熟，像是自己的老头子，可自家的老头子早死了，哪会这么年轻？他叹了口气，说："你不是本地人吧？按我们这里的风俗，人老了，干不动活了，就得像我这样被扔掉。"

张老汉说："这风俗真是太野蛮了，哪是做人的道理？一定要改。来，现在我把你背回去，你儿子不养你，我养！"说着，张老汉就背起儿子，往回家的路上赶。

儿子感动不已，说："这位壮士，无亲无故的，你怎么对我这么好？"

张老汉一瞪眼，说"什么无亲无故的？我是你爹！"接着，他就将自己这二十年来的际遇，一五一十地告诉了儿子。

儿子听了，不由放声大哭，说："爹呀，我当年真不该把你扔掉啊，这

种扔老人的习俗，真是野蛮至极、禽兽不如啊！"

父子两人回到家时，孙子一家正在吃饭，忽然看见扔掉的父亲又被人背了回来，顿时大吃一惊，听张老汉一说，哪里会信？于是叫来了一群街坊邻居，乡邻中有些健康长寿的老人，他们当然认得当年的张老汉，眯缝着眼细细一瞅，一个个惊得

像是见了鬼，连连说道："没错没错，千真万确就是张老汉啊，你怎么还活着？还变得这么年轻了？"张老汉又向大伙儿讲了一遍自己的经历，并且吓唬他们说："那个女神仙对我说了，要孝敬老人，才能有好报，才能越活越年轻，才能万事如意。如果谁不听，再扔老人，女神仙说了，她一定会降下灾祸，让这家人断子绝孙、满门遭殃！"

大伙儿听了，哪个敢做声？短短几天时间，张老汉的事不胫而走，到处传扬，许多人扶老携幼来看他，听他讲自己的传奇和尊老敬老的道理。渐渐的，人们或是良心发现，或是怕神仙责罚，没人再敢遗弃老人了，孝敬老人、为老人养老送终成为了新的时尚。

张老汉呢，依然在"倒着活"，他先是帮助孙子赡养自己的儿子，为儿子养老送终。等到他二十多岁时，又帮助自己的重孙子，为自己的孙子养老送终。终于，张老汉小到十岁了，成了一个小孩子，这时家中的老人，已经是他的重孙子辈了。

这一天，张老汉和村中几个小伙伴正在池塘边玩。此时正是荷花盛开的季节，突然间，那几个孩子叫喊着跑回村来，上气不接下气地说，张老汉不知为什么，往一朵荷花上一跳，那朵大大的荷花竟然托着他升到天上去了，一会儿就不见了。

大人们当然不信，他们赶到池塘边，下塘去找，又是掏又是摸的，反复找了好几遍，连小池塘里有几条鱼都数清楚了，可张老汉却是活不见人、死不见尸，难道他真的坐着荷花白日飞升了？

那时佛教刚刚传入泰山地区，人们看到了观音菩萨的画像，这画像上不仅有观音菩萨，一边还有一个善财童子陪侍着。画像传到张老汉那个村，村里的人们赫然发现，这个善财童子，怎么那么像乘着荷花升天的张老汉？

张老汉的重孙子家也请了这样一幅像，这像挂在墙上，一家人围着看，越看越觉得这个善财童子就是张老汉。

重孙子说："要不咱们拜一拜吧，这个善财童子要真是咱们的祖爷爷，就请他老人家显一显灵。"

一家人全跪了下去，念念有词，忽然，一家人全惊呆了，因为他们分明看见画像中的善财童子，正在调皮地向他们做着鬼脸呢……

（题图、插图：刘斌昆）

红版编辑部各编辑邮箱：

姚自豪：yaobianji@126.com；
吕　佳：lujia411@yahoo.com.cn；
叶小萌：xiaomeng.ye@gmail.com；
石莎莎：ssasha@163.com；
丁娴瑶：dingxianyao@126.com。

阿 P 本名王富贵，红星化工厂的工人，人称阿贵，因言行举止颇像鲁迅笔下的阿Q，而有人又觉得Q和P是连襟，所以就叫他阿P。1987年工厂倒闭后，阿P就在社会上打拼，他做过泥水匠，当过小学老师，开过小商店，还出国打过工……他那起起伏伏而又百折不挠的经历，通过《故事会》的传播，渐渐被广大读者熟知，阿P成了家喻户晓的知名人物……

阿 P 填表

□ 张绍庭

最近，阿P是苦尽甘来，幸福指数不断上升，竟三喜临门！

这第一喜，是托人把儿子转到了县重点学校；第二喜是自己在县汽车公司找到了一份工作，当上了三路车的司机。每天虽然是早出晚归，甚是辛苦，但是毕竟有事可做，心里踏实第三喜是妻子小兰，在三路车终点站旁边，租下了一个十平方米的门面房，开了家副食品商店，取名"兰兰副食品批发部"。生意虽不好，也能日赚数十元，不至于在家坐吃山空。

然而，阿P得意了没多久，又开始头痛了，原来是儿子的事。儿子读的一中是贵族学校，学生个个牛气冲天。昨天儿子回来说，张同学挥着拳头威胁他："我爸当局长，你得听我的！"今天儿子回来说，钱同学挑衅他："我妈当主任，你敢跟我比？"儿子说这些话时，总是眼泪汪汪的。阿P听了，心里沉沉的，而小兰还帮着添堵，不住地埋怨阿P："我当初说了不要转一中，你硬是不听，花那么多钱找罪受！"

这天，儿子带回了一张表格，是《学生家庭情况登记表》，内容是填家庭主要成员的工作单位、现任职务等。阿P挠着头皮苦笑着，自己的职业还真有点"填"不出手，小兰在一边说："填'总统'，吓死他们！"阿P一拍脑袋，对呀！反正老师也不会来调查，为了儿子，就蒙一回吧，于是他就在表上填起来：父亲，王富贵，县汽车公司车队队长；母亲，丁小兰，兰兰副食品批发公司业务经理。填完后，阿P将表格交给儿子，拍拍他的头说："以后不会有谁欺侮你了！"

阿P这么一填说来还真管用，在以后的一段时间里，儿子也神气了不少。转眼快到国庆节了，这天儿子带回了一纸通知，上面是这样写的——"王富贵先生：国庆期间，我校组织部分师生（贵子弟也在其中），赴韶山革命圣地参观学习，接受革命传统教育。请求您从您的车队里抽调大型客车一台、司机一名支持我们，时间三天。同时，望能通过兰兰副食品批发公司，解决三十人三天的饮用矿泉水，随车一并带来，不胜感谢！"

阿P一看，高兴得跳起来，抱起儿子转了几个圈，叫着："这回我们要露脸了！"

小兰接过通知一看，皱着眉头担心地说："这不会是摊派吧？"

"摊派？"阿P又仔细看了几遍，责怪道："你读过书没有？这明明写着'抽调'、'解决'，不是'赞助'、'捐献'，这样的话你还搞不懂？"

阿P赶紧来到县汽车公司，找到经理，把学校租车的事告诉他。经理姓张，他说："可以呀，公司有规定，每辆车每天一千二百元。你阿P是公司职工，可以优惠，每辆每天一千。至于司机嘛，就你去吧。"阿P心里突然冒出了一个顾虑，自己去就不好说话了，于是他说："我的车技还不行，另外安排一个人吧。"

张经理一听就说："你是二百五哩，这样一次跟老师联络感情的好机会，你都不抓住，你的儿子还想不想进步？"阿P一听，豁然开朗，连声说："还是经理您站得高，看得远，看问题全面、深刻！"

晚饭后，阿P和小兰就反复讨论，三十个人三天需要多少瓶矿泉水，争来争去，最后还是确定准备三百瓶。

十月一日早晨，阿P带着儿子开车准时来到学校，肖校长带了老师和学生，已经在操场等着了，肖校长老远就伸出双手跑过来："王队长，这次真是要辛苦你了。以前真不知道你当队长，瞧你这气派，真是前途无量啊！"阿P被夸得身子都要飘起来了，心里在说"这人嘛，还是要当官，当官好啊！"

人一旦心情好，时间过得就快，三天的参观转眼就过去了，大家平安回来。晚上，阿P刚一上床，小兰就问："结账了吗？钱拿到了吗？"阿P不高兴地说："你真是个财迷，半夜三更谁与你结账？"小兰觉得也对，就不做声了。

过了两天，公司张经理催阿P结账，阿P只好到会计那里开出了收款收据，拿出三千元先垫上。

这天上午，阿P特地抽出时间，到一中去收钱。来到学校大门口，见肖校长和一个蛮胖的男人，在那里比比划划商量着什么。

肖校长一见阿P，就热情地打招呼："王队长，你到哪里去忙呀？快过来，我给你介绍个朋友。这位是陈老板，我们县里有名的企业家，这次慷慨解囊，准备给我们学校捐十万元，重新修一道漂亮的校门。陈老板，这位是县汽车公司的王富贵队长。他这次也无私援助，组织我们学校三十个师生，到外面参观学习，使我们受益匪浅。我说呀，如果没有你们这些热心人的关心和支持，我们学校的各项工作肯定就上不去，也就提高不了教学质量，结果就是出不了人才……"

阿P目瞪口呆地看着肖校长，只见对方的嘴在一张一合，却听不清他在说什么。阿P那只插在裤袋里、捏着收款收据的手，完全麻木了，僵硬了，想动弹一下的感觉也没有了。

肖校长走了，陈老板朝阿P苦笑一声，说："为了儿子，只好当孙子了。"

回家的路上，阿P心情渐渐轻松了，心里在说：人家陈老板一捐就是十万元，我才花了这么点，算个啥？儿子在学校不被人小瞧才是硬道理，只是回去怎么向小兰交代呢？

这几天小商店生意还好，小兰心情自然也好，一直没问阿P跟学校结账的事，可傍晚，儿子带回一张收据，说："爸，老师要我明天把钱带去。"阿P接过一看，只见上面写道："今收到王富贵父子二人三天二晚住宿、餐费三百八十六元。"

"啊——"阿P大叫一声，"这是怎么回事？"儿子说："老师说这次是自费旅游，住宿伙食费都要算到每个人头上的。"阿P有些愤怒了："租车

费我都无私援助了，还收钱？"旁边的小兰一听就急了，连续发问道："什么？你援助租车费？我们的矿泉水呢？他们算多少钱？按批发价还是零售价？"

阿P耷拉着脑袋痛苦地说："别提了，肯定是肉包子打狗，有去无回了。"小兰一双细眼瞪得溜圆，骂道："你这个窝囊废！就这样任人欺侮、任人宰割？我去找他们算账！他们不给钱，我就告到省里去，告到中央去！"说着就要往外冲。

阿P一把拉住小兰，哀求道："我的姑奶奶，你还想不想让我们的儿子在一中读书了？如果我们得罪了学校，有我们好果子吃吗？那不是活活断送了一代人吗？老婆大人呀，我算了一下，不就是四千多元钱嘛，就算是我们这次租了一部高级轿车，全家人到外面旅游了一趟。"

话说到这个份上，小兰还有什么可说的呢？只得狠狠骂道："填表，填表，你干吗不填总统啊？"阿P心里就乐了，多亏没填总统，要不然学校还不让自己捐赠飞机啊？一想到这，阿P又有一种解脱感，又去忙他的事了。

（题图、插图：顾子易）

·本刊信息传真·

故事会■新浪 微故事大赛

12月征集主题：年

让您的脑细胞兴奋起来，一起跳个舞吧！

这是一次对灵感、睿智、情感和文字驾驭能力的挑战——

用1条微博，讲完1个故事。

《故事会》杂志和新浪微博（weibo.com）联合主办2011微故事大赛，邀请各路故事名家、草根英雄和世外高人展开较量！活动持续全年，每月产生一名金奖得主。

本次大赛所有作品通过新浪微博平台征集，分为"命题故事"和"自选题故事"两部分，命题故事每月一个主题，当月设金奖1名，奖金1字10元（字数低于120的按120字计），银奖2名，奖金1字5元；自选题故事由作者自由命题，全年评出金奖1名（5000元），银奖2名（2000元）。优秀作品将在《故事会》上刊登，并结集出版。更多详情请登录新浪微博页面搜索"故事会微故事大赛"或故事中国网(www.storychina. cn)了解。

12月微故事主题：年。请您根据该主题构思一篇微博故事，力求情节出人意表，立意隽永深远，文字鲜明生动，本月的微故事达人或许就是你！截稿日期：12月21日。

（本期刊物特别选登10月微故事大赛优秀作品，详见P90）

□ 杨 格

钱小乾坤大

欠债还钱

康辉和曹小明都在念高中,是同班好友。这天中午,两人结伴到食堂吃饭,排队到了窗口时,曹小明发现自己钱包忘带了,康辉二话没说,递给他一张十元钞票。曹小明说回教室还钱,康辉随口说"不就十块钱吗?还提什么还不还的,真不够朋友!"吃完饭后,两人又结伴回到教室,不过曹小明并没有把钱还给康辉,不仅如此,此后一段时间,曹小明也没提还钱的事。

一天晚上,康辉和爸妈在一起吃晚饭,说历史老师要收十块钱的资料费,向爸爸康宁要钱。康辉张口要钱时,心里是愧疚的,爸妈工资微薄,平时过日子恨不得一分钱掰成两瓣花,而自己呢,花钱有些大手大脚。他忽然想到曹小明还欠自己十块钱,便随口说道:"嗨,曹小明还欠我十块钱呢,也不提还。"

康宁问怎么回事,康辉便说了事情的经过。康宁听后,皱起了眉头,他明白,家里虽然清贫,但是从来没让儿子受过苦,因此儿子总在别人面前装"大方",不把钱当钱看,这次他一定要改改儿子的坏习惯,想到这里,康宁说:"康辉,你就是这样,初中的时候,有好几个同学向你借钱没还,你都不好意思去要,现在你长大了,应该知道欠债还钱的道理吧?"

康辉有些不高兴了,说:"爸,可曹小明是我的好朋友,为了这十块钱

撕破脸，有必要吗？"

康宁说："这怎么能叫撕破脸呢？欠债还钱，天经地义，你忍心拿父母的血汗钱去维护自己的面子？"

康辉撅着嘴不情愿地说："那好吧，明天我要回来就是。"吃完饭，康宁给了康辉十块钱的资料钱，还叮嘱他要回曹小明的钱。

小题大做

第二天早上，康辉满腹心事地想着：贫穷真是可怕啊，为了区区十块钱，爸爸竟然会不顾及儿子的面子！与此同时，他做出了一个决定，坚决不向曹小明要回那十块钱，历史资料的钱不交了，用这十块钱冒充曹小明的还款。这样，既维系了友谊，又让爸爸以为要回了十块钱，两全其美。

当天晚上，康辉回到家里，康宁主动问他："曹小明还你钱了吗？"

康辉说："还了啊！"说着，他从口袋里掏出一张十元钞票扬了扬。

康宁抓过那十块钱，看了一眼说："康辉，你根本没问曹小明要钱，你是用交资料的钱来冒充曹小明的还债，是不？"

康辉惊讶地说："爸，你怎么知道的？"

康宁说："我早料到你会来这一手，特地在这十块钱上做了记号，你看，记号还在。"

康辉不快地说："爸，你如此煞费苦心，有意思吗？我们家真的穷到没有十块钱就过不下去的地步啦？"

康宁板着脸说："儿子，你不当家，不知柴米油盐贵，十块钱不会从天而降。这笔账，你要也得要，不要也得要！"

"好，我要，行了吧？"

第二天午餐时，康辉准备拉下面子要曹小明还钱，可是话到嘴边好几次，他又硬生生地把它咽了下去。最后，他想出了一个办法：中午不吃饭了，省下十块钱，冒充曹小明还的钱。当然，为了防止爸爸在钱上做记号，他得和曹小明做一个交换。

想到这里，康辉掏出十块钱，说："曹小明，我们俩换一张十块钱吧。"

曹小明瞪着大眼问："换钱干什么？"康辉说："你就别问了，换吧。"曹小明疑惑地抽出一张十元钞票，和康辉做了交换，康辉揣好钱，说："我不想吃了，你一个人吃吧。"康辉在曹小明惊讶的目光中，走出了饭堂。

这天放学，康辉回到家里主动掏出钱包，拿出一张十元钞票，对康宁说："曹小明的钱我要回来了。"康宁"嘿嘿"一笑说："我不要看，但是我知道，你没有要他的钱，是你中午没有吃饭，省下了十块钱抵债，是不？"

康辉惊讶得张着大嘴，好半天，他说："爸，你怎么知道的？"

"不打自招了吧！"康宁得意地

说，"爸爸知道你会这么做，是因为我也曾经干过类似的事情。"

康辉听了，不满地说："就是啊，你自己曾经为朋友不愿拉下脸，为什么要强求我做不讲义气的事情呢？"

康宁说"好了，爸爸的小题大做暂时告一段落。你打个电话约曹小明过来，我请你们吃饭，顺便揭开谜底。"

契约精神

不一会儿，三个人坐在一家饭店的小包厢里。曹小明自然是莫名其妙，这是他第一次接受同学家长郑重其事的请客。康辉更是紧张，唯恐爸爸在曹小明面前提那十块钱的事，令他下不来台。

康宁给两个小伙子各自倒了一杯水，说："两位先生，我给你们讲个故事吧。从前，有个男人，我们姑且叫他康先生吧。康先生非常讲义气，为朋友可以两肋插刀。有一年，康先生的一个好朋友想做一笔大生意，需要一大笔钱，康先生便瞒着妻子，把家里所有的积蓄20万块钱借给了朋友，连个欠条也没向朋友要。因为康先生觉得，借钱本来就是一件讲义气的事情，如果要欠条，这义气就打折了。可是，令康先生没有料到的事情发生了，朋友驾车外出时，连人带车坠入万丈悬崖，尸体都找不到。朋友的大生意当然没有做成，康先生借出去的

钱也没了凭据。你们可能会说，人死账烂，但这句话也得看情况而论。就拿康先生朋友来说，虽然他死了，但他留下的遗产上千万，在这种情况下，他的继承人从情理上讲，是应该还康先生的债的，

因为康先生一家人过得并不好，房子都还是租的，但那个继承人因为没有欠条拒绝还钱，康先生只好吞下了苦果。没了那笔钱后，康先生和家人的生活一直处于困顿中。"

康辉听了这故事后，讷讷地问道："爸，你就是那个康先生吧？"

"是。"

康辉话里有话地说："怪不得你那么抠门！"

康宁笑笑说："先不说抠门的话题，听我把故事说完。后来康先生的那位朋友出现在公安局里，原来，这个朋友并没有出车祸，那场车祸，是他制造的假相。他向许多朋友都借了钱，朋友们都没索要欠条，而他拿着这些钱，和情人私奔了、隐居了，直到他被抓后，才真相大白。"

曹小明问："康叔叔，你和我们说这些干吗呢？"

康宁说："小明，你还记得你曾经向康辉借过十块钱吗？"

曹小明一脸惊诧，康辉断喝一声："爸！"示意康宁住口。

康宁朝儿子摇摇手，说："听我说下去。小明借十块钱，是小事，我之所以小题大做，就是想让你们明白几个道理——一是要认清朋友的真实意图。比如，你小明问康辉借十块钱，为什么这么长时间不还？是忘了，还是本意上想占这点小便宜？如果是后者，那就不是朋友所为了。二是要记住，朋友之间的义气，一定要融入契约精神。亲兄弟，明算账，兄弟如此，朋友更应该如此。你们马上就是大学生了，很快要走入社会，我觉得，明白这些道理，比那些书本知识更重要。"

康辉明白了父亲的良苦用心，他搂着爸爸的肩膀说："爸，你说的这些道理我能领悟，可我还是觉得向好朋友要回十块钱小题大做了。你就不担心，小明为此和我翻脸？"

康宁说："小题大做的目的是想让你们记忆深刻，而小明真会和你翻脸的话，你们就不是真正的朋友。"

曹小明点着头说："康叔叔讲得对！其实，我没有忘记欠康辉的十块钱，我已经还了。那天我借钱时，是说回教室就还钱的，可康辉说，那样做就不把他当朋友，我就没还。不过我偷偷地给康辉交了十块钱的资料费，过几天等发历史复习资料的时候，康辉肯定有。"

康宁的脸上露出了笑意："看来你们果真是好朋友，不过我还是有个要求，在现在这个场合，小明把欠康辉的十块饭钱还了，然后，康辉再还小明十块资料钱，一码归一码。"

康辉和曹小明相视一笑，说："行！"

（发稿编辑：叶小萌）

（题图、插图：谢　颖）

仁义无敌

□ 王乃飞

很久以前，有一个叫关仁义的员外，他人如其名，待人特别仁义，村里人几乎都受过他的恩惠。

这一年隆冬，关仁义从外地收账回来，走到一个叫香炉山的地方，忽见悬崖边一棵树上挂着一个人，关仁义忙把那人救了下来，带回家中。那人醒来后说，自己是走单帮的商人，半路上遇到一伙歹人，银子都被他们劫去了，自己也被抛下山崖……

关仁义叹了口气，商人所说的歹人，就是附近香炉山上的土匪。以前他们从不侵扰周围百姓，最近却兔子吃起了窝边草，连着抢劫了山下好几个村庄，当地百姓都谈"匪"色变。商人遇到他们，能活过来就算是命大了。

几天后，商人能下床了，但由于伤势太重，落下个驼背。关仁义把他收留在家中帮工，大家都叫他"驼子"。

很快到了端午节，这天，外地有一伙杂耍班到村里来献艺，他们带来各种绝技，最绝的是"踩芯子"：一个六七岁的小孩，站在十几米高的杆子上，脚底下踩着一个花瓶，还能做出各种惊险动作，唬得大家惊叫连连。杂耍班围着村子转了半天，在关仁义家门口停留的时间最长，关仁义十分高兴，给了他们不少赏钱。

杂耍班刚走，驼子就把关仁义拉到一边，低声说："主人，你惹眼了！"

关仁义不由吃了一惊，当地话里，"惹眼"是指露白显富、财产被人盯上了。驼子接着说"刚才那些杂耍的，其实是香炉山上的土匪。那个踩芯子的，站在高处把你家尽收眼底，他做的那些动作都是暗号，现在你家有几间屋几道门，人家都摸得一清二楚了。"

关仁义听罢吓了一跳，忙问驼子：怎么就知道他们是土匪？驼子说"我曾被那帮土匪劫过，到过他们山寨，那些人我自然认识。今天我在抬芯子的人里看到一个一只眼的，他就是土匪的大当家，独眼龙老海。"

关仁义倒吸了一口凉气，突然，他想起了什么，说："可是我听说，香炉山的大当家不是独眼龙老海呀，好像叫什么飞天蜈蚣龙庆。"

驼子想了想，说"具体内情我也不知道，我被劫的时候，发号施令的就是那个一只眼的老海。"

关仁义听罢没了主见，驼子就让他把乡亲们召集到打麦场。乡亲们听后也很惊慌，这时，驼子站了出来，说他有一条妙计，能把土匪打退。

驼子的计策很简单，就是炒钉子。先派人去镇上买来了好几筐子铁钉，然后全村家家户户在自家的铁锅里炒钉子，从入夜开始炒，炒热的钉子用簸箕兜着，撒在村口的路上，接着再回去炒，就这样一直不断地炒……

听了驼子的"妙计"，乡亲们纷纷表示，若真能把土匪打退，就是一夜不合眼也要把钉子炒好，谁偷懒谁就不是人！

当天夜里，关仁义没敢合眼，趴在一棵树上听动静。等到二更天，果然听到路上有马蹄声，土匪真的来了，关仁义的心提到了嗓子眼。只听马蹄"嘚嘚"，土匪们一路上连一点阻挡也没有，等到快进村了，突然听到一声马嘶，接着又有好几匹马嘶叫起来，再往后就乱了套，有马匹踩踏碰撞的声音，有人群跌倒喊叫的声音，还有几匹马不知中了什么邪，一头栽进了路边的河里。

那些土匪觉得奇怪，就点起了火把，可火把刚一亮，一支箭就飞了过来，接着村里响起了锣鼓声和喊叫声。土匪们不明白发生了什么事，心里一慌，就如退潮的水，一下子就没了影儿。

等土匪走了，村里亮起火把，关仁义走到村口一看，进村的那段路上铺满了钉子，上面有很多凌乱的马蹄印，他顿时明白了：钉子被炒热了，铺在路上，马踏上去，钉子扎进马蹄，又烫又疼，马一乱，人自然也就乱了……

大家见这么容易就把土匪吓跑了，都很高兴，不料驼子却叹了口气，说："大家先别忙着高兴，更大的祸事还在后头呢！我刚才那一箭，本想把独眼龙老海射死，让土匪群龙无首，结果却让他躲过去了。等他们回过神来，一定不会善罢甘休。"

关仁义一听，又没了主意。驼子说："主人，现在只有让官军把土匪剿灭，才能绝了后患，这事我必须亲自去一遭。"

关仁义瞪大了眼睛："就你？"关仁义并非不相信驼子，只是那帮土匪太狡猾了，以前官府也曾进山剿匪，可香炉山地势复杂，官军来了，土匪就躲进深山，官军连个人影也找不到。

驼子对关仁义说："时间紧迫，我要在他们杀回来之前赶到县城，和官府联络。"事情到了这个地步，关仁义也不多问了，说："我马厩里有很多快马，任你挑选！"

驼子却说："马跑得太慢，我要借主人簸箕一对。"

用簸箕就能跑得快？关仁义觉得奇怪，他顾不上问，便叫人拿出家里所有的簸箕让驼子挑选，驼子挑了半天竟没一个中意的，于是乡亲们把自家的簸箕都拿来了。驼子围着那些簸箕转了一圈，心中有了数，对关仁义说"主人，这些簸箕上都有烧糊的痕迹，可见乡亲们炒钉子都尽了力，这是他们感念你的恩德，在报答你啊，冲着你的仁义，我就是死也值了。"

说罢，驼子拿过一对簸箕，往胳肢窝里一夹，就如凭空长出了一对翅膀。他向前猛走几步，两手奋力呼扇着簸箕，借着那股风，脚不点地，转眼就奔出老远。大家从没见过这等神奇的轻功，望着驼子的背影发了半天

呆。

驼子走后没几天，县城里就传来消息，官府找到了香炉山众匪藏身的洞穴，把他们一网打尽。除了祸根，全村人都很高兴，大家说，一定是驼子起了作用，驼子是全村的大恩人呀！

过了几天，城里又传来消息，那些土匪要开刀问斩了。关仁义和乡亲们听说后就赶到县城，远远看见推来了很多囚车，关仁义挤进人群，一见打头的那辆囚车，顿时吓了一跳——那辆囚车里关着一人，竟然就是驼子！关仁义和乡亲们不敢相信自己的眼睛，愣了半天，才赶上前去，关仁义跪在囚车前，问道："恩公，你这是怎么了？"

驼子睁开眼，苦笑了一下，说："主人，你终于来了，我这是罪有应得呀！现在瞒也瞒不住了，我就是香炉山上的大当家，飞天蜈蚣龙庆！"

原来，驼子真的就是大当家龙庆，他会一种奇特的轻功，所以江湖人称"飞天蜈蚣"。龙庆当初迫于无奈，领着弟兄们落草为寇，他订下规矩，只打劫为富不仁的富户和贪官，对附近百姓秋毫无犯。一年前，龙庆在雪地里救下一人，就是独眼龙老海。老海城府极深，很快爬到了二当家的位子上，他瞒着龙庆，领着弟兄们到处打家劫舍，弟兄们尝到了甜头，都对他死心塌地了。龙庆知道后很是恼怒，老海便先下手为强，设毒计谋害龙庆，多亏龙庆坠落悬崖时被一棵大树挡住，又被关仁义及时救下，这才捡回一条命来。

龙庆流着泪说："我不想看着兄弟们残害乡亲，没办法，只好领着官军去了他们的藏身之处……"

关仁义哽咽道："恩公，你是个好人呀，如果没有你，土匪还不知要祸害多少人呢。我马上禀告县令大人，全村联名担保，免你一死！"

龙庆却摇了摇头，说："不必了，是我自愿领死的，我弟兄中还有些不懂事的孩子在狱中，是我用一条命换他们不死的。主人，我还有最后一事相求：等他们出狱后，请你像收留我一样收留他们，别让他们再误入歧途。"

关仁义流着泪答应了。

行刑的时候到了，几十颗人头落了地，关仁义将龙庆的遗体装殓起来，全村用最隆重的葬礼将他安葬了。

不久后，村里建起了一座庙，庙里供着的神有些奇怪，那神的肋下有一对怪模怪样的东西，像是一对翅膀，仔细一看，原来那是两个簸箕。人们都把那座庙叫作"簸箕庙"，里面的神自然就是"簸箕神"了。据说，从此以后，他就成了保佑当地风调雨顺、五谷丰登的最灵验的神。

（发稿编辑：吕　佳）
（题图、插图：黄全昌）

当激情只剩无奈，曾经的恩爱夫妻应该如何共渡难关？当沉默取代沟通，移动的花盆又暗藏何等玄机？当猜忌大于信任，他们是否能再次找到情感的通路？《故事会》500期为您真情讲述一个关于爱与信任的故事……

——李　丹

移动的花盆

□张　力

欧阳理原是个街头小贩，后来走了狗屎运，赚了钱，开了一家不小的海鲜公司，生意很是红火。月圆星则暗，早年摆摊时，欧阳理和妻子苏珀两人如胶似漆，非常恩爱，可日子好起来了，夫妻关系却频频亮起红灯。

最近几天，欧阳理又和苏珀因为一丁点儿鸡毛蒜皮的事红了脸，双方摆出一副冷战到底的架势，谁也不理谁。

这天中午，欧阳理窝在沙发里看电视，忽然有人敲门，苏珀脚快去开了门。门外传来陌生女子的声音："请问，你们家阳台上是不是摆了好多花？"

苏珀答应道："是，怎么了？"

"是这样的，有一个人看到阳台上的花……"女人的声音变小了些，电视机的声音太嘈杂了，欧阳理竖直耳朵也没听清那女人说了些啥。一会儿，那女人走了，欧阳理眼巴巴地望着苏珀，有心想问明白，但望着她冷冰冰的脸，实在抹不开面子，思来想去，还是忍住了。

也就在这时，欧阳理接到了公司

电话，要立刻赶过去。临走前，他瞥了一眼在阳台忙活的苏珀，一副兴致昂扬的样子，还有那整个阳台上的一片美色，白鹤芋、矮牵牛、彩叶草、常春蔓，争奇斗艳，鲜嫩漂亮，真是美不胜收。

欧阳理默默地下了楼，无意间又抬头望了一眼自家阳台，咦？刚才阳台最左侧是盆白鹤芋，现在竟然变成了矮牵牛！他不禁皱了皱眉头，也没想太多。

一忙就是大半天，欧阳理回到自家楼下已是傍晚，他特地望了一眼阳台，不得了，奇怪的事情又发生了：最左侧的花又变成了长春蔓！苏珀正站在阳台上打电话，之后又匆匆下楼离开了。欧阳理见状，急忙闪躲在一边……

欧阳理上楼进了家门，习惯性地打开了电视，正巧是个家庭调解栏目，讲一个丈夫常年在外做生意，妻子和情人苟合多年，最终连钱带房一块席卷而去，这不，正闹上电视求助呢！

这节目让欧阳理背后冒了一阵冷汗，话说"女人心，海底针"，这两天发生的事太异常了。虽然他对养花不太感兴趣，但他知道苏珀的脾气，她摆的花盆位置是固定的，很少挪动，有一次自己晒鞋子，搬了一盆花，结果被骂了个狗血喷头。

算下来，苏珀已经有近一个礼拜没搭理自己了，却没有一点儿示好的迹象，更可疑的是苏珀心情出奇的好，每次出门前还不忘在阳台上整理下花草，化个淡妆，再神采奕奕地打一通电话。

想到刚才电视上的一幕幕，欧阳理心里敲起了小鼓，换花盆难道是暗号？那天来的陌生女人是不是"现代王婆"？电话又是打给谁？欧阳理这人最爱面子，自己做生意赔钱可以接受，女人给自己戴绿帽子是万不能接受的！

估摸过了两个钟头，苏珀哼着小调进了门，还是不理客厅里的欧阳理。欧阳理想：如果贸然去问，即使有事她也不承认，与其这样，还不如自己留心一下，先把证据拿到手，铁证如山，万一闹到离婚的程度，也有利于自己。

晚上，欧阳理躺在床上，半眯着眼睛想心事。苏珀刚要关灯睡觉，好像忽然想到了什么事，径直走到了阳台。欧阳理竖直耳朵，不多时，传来"咚"的一声响，又在换花盆！怎么大半夜还要折腾？难不成还要传递什么信号？

欧阳理越想越恼火……一扭头，他瞄见了苏珀放在床头的手机，赶紧拿过来翻出通话记录，发现一个陌生号码出现的频率很高，欧阳理正想记下来，苏珀进来了，他只能悻悻作罢。

没想到，一天早上，那个陌生女人又来了："苏小姐，我给你送东西来了。"欧阳理再也忍不住了,刚冲到门口,女人已经走了,而苏珀手里攥着一个小红布包,小布包鼓鼓囊囊的,不知塞了什么东西。

欧阳理没好气地说:"谁?"苏珀也是爱理不理的:"一个朋友。"

"来干什么?"

"你管得着吗?"

欧阳理脸都黑了:"管不着?我是一家之主,有陌生人三番五次来我家,偷偷摸摸的,万一有人要给我戴什么帽子呢?"

苏珀斜了欧阳理一眼:"神经病!"

说不过苏珀,欧阳理便伸过手来要夺布包,苏珀一把将布包塞到怀里,转身走进卧室,"砰"的一声关上了门。

欧阳理都快气炸了,他肯定那布包里藏了什么东西,便偷偷猫在卧室门口,想探探里面的动静,没想到刚巧听到苏珀在打电话,"嗯,收到了。呵呵,你的心思还真细哦……"

欧阳理气得回身坐在沙发上,腮帮子鼓成了蛤蟆。这时,卧室门开了,他见苏珀拿着那个布包走上了阳台,然后又见她把布包里的东西倒进花盆,黑糊糊的,随即她又拿来了水壶,对着那些黑末用水一浇……

"慢!"欧阳理大叫一声,冲向阳台。他揉了揉眼睛,盯着那黑色粉末左看右看,问:"这是什么玩意儿?里面是不是有什么不可告人的秘密?"

"不可理喻。"苏珀恨恨地说了一句,转身就走。

欧阳理的心凉了,那黑色粉末,很可能是烧毁的纸条,说不定就是情书,苏珀看过后一烧,再无凭证,真是最毒妇人心啊!

一连几天,欧阳理都呆在家里找证据,可最终还是一无所获。苏珀倒是很淡定,每天中午起来,第一件事就是换花盆,一直到傍晚,连换多次,最后一次则是临睡前,天天如此,从不间断。

到了海鲜生意的旺季,欧阳理忙

于生意，找证据的事一时也抛到脑后了。一天，忽然市医院打来电话，说苏珀煤气中毒在抢救！

欧阳理如闻晴天霹雳，发疯一样赶到了医院，他见老婆面色苍白地躺在病床上，便心疼地使劲扇自己耳光"我不是东西，我心眼小，我不该耍脾气，可是，你也不能寻短见啊……"

苏珀白了欧阳理一眼："放屁，谁寻短见了？"

"你不是煤气中毒？"

"那是我看电视入迷，忘了灶台上还烧着水，火被溢出来的水浇灭了，煤气才漏的呢。"

欧阳理鼻子一酸，自己这两年只顾着赚钱，连台新煤气灶也没给苏珀换啊，对家人，自己真是太粗心了。

不多一会儿，一个坐在轮椅上的姑娘来到了病房间，女孩儿甜甜地笑着，问道："苏姐，你好些了吗？"

苏珀笑吟吟地说："好了好了，多亏你报了警。"

欧阳理听得一头雾水："这位是……"他厚着脸皮，央求苏珀说出实情。架不住欧阳理软磨硬泡，苏珀才告诉了他。

这女孩叫花晓艳，姓花也爱花，几年前开了家花店。有一次出去送花被车撞了，双腿瘫痪，花店开不了，也不能出去玩，只能在家坐在轮椅上，可是她爱花，看到花，心情就会好许多。她住在苏珀家的对面楼上，从她家能看到苏珀家的阳台，可是因为角度问题，她只能看到苏珀家阳台的最左侧。

女孩笑了起来："苏姐说得不错，我爱花，所以托朋友找到苏姐，说有可能的话，请她每隔一段时间就把阳台最左侧的花盆换一下，那样我就能看到不同的花。有一次，我发现有盆风信子有些枯萎，就托朋友买来了一种特殊肥料送给苏姐。"

欧阳理明白了，这肥料就是那天发现的黑色粉末了，想到这里，他不好意思地低下了头。

女孩说："苏姐告诉我，她是个宅女，大部分时间都在家里，所以她会每过一段时间换一盆花，如果出门时间久不能换花，会打电话给我。可是，今天中午我发现很长时间了，苏姐没换花，也没给我打电话。我觉得有事，就报了警。"

欧阳理心里微微一颤：原来苏珀出门前的神秘电话就是给这姑娘打的啊……自己真是惭愧。忽然，欧阳理又想到一个事，于是问苏珀"白天你换花盆还可以理解，为什么睡觉前还要换一次呢？"

苏珀不好意思地说："我爱睡懒觉，日上三竿才能醒，临睡前把花换了，不耽误妹子看花……"

（发稿编辑：李　丹）

（题图、插图：谢　颖）

□ 方冠晴

愿望传奇

人生是一出戏剧，演的是故事更是生活；人生是一所学校，学的是生活更是思想。创刊500期的《故事会》，用一篇篇激荡心灵的中篇故事，和读者一起品社会百态，悟人生真谛。

——叶小萌

1.游戏恩怨

说到网络游戏，就会想到那些"废寝忘食"、终日沉迷于网吧的学生们，家长们不能理解：网络游戏里有什么吸引他们的？有个学生是这样回答的："网游给了我一个虚拟的人生，现实中的生活除了上学还是上学，枯燥、平淡、乏味，但是游戏不同，那里就是一个江湖，有恩怨，有危机，一语不合，就可以刀枪相见，快意恩仇，过瘾……"

这个学生就是陈砚，今年读初二，是个忠实的网游迷。每天放学，陈砚第一件事就是跑进街边的网吧，玩游戏。陈砚玩的游戏叫《魔法传奇》，在游戏里的角色是一名法师，名字叫"畦念娃"。陈砚喜欢这个游戏，是因为他可以在游戏里挥舞魔棒，施展魔法，向空中召唤雷电，随心所欲地攻击敌人。

陈砚天天玩游戏，除了喜爱，也有点身不由己。游戏都是这样的，初入江湖时的角色都弱不禁风，不堪一

击,只有不断地去历练,去一个叫"魔洞"的地方打怪物,或者不断地去做游戏里交给角色的任务,才能积攒经验值,获得升级,级别越高的人生命力越强,不容易被打死,而魔法力和杀伤力也跟着提升,更有能力消灭敌人。

陈砚在游戏里的法师已经45级了,45级在游戏里级别不算太高,也绝对不低,但他还天天上网泡着历练。这一方面是想让自己更强大,另一方面,则是在赌一口气,他一定要杀掉一个叫"杀作文"的玩家。

那是去年的事,当时陈砚初入江湖,级别低得可怜。为了尽快升级,让自己强大起来,他操纵着游戏里的"畦念娃",壮着胆子到魔洞杀怪。魔洞里的怪物很多,级别都不同,他走着走着,发现前面有一个法师,叫"杀作文",比自己高两级,正被两个级别很高的怪物逼在石壁旁,杀得头顶的血量不足20点。

在游戏里,血量就是游戏角色的生命值,遭受了攻击会减少,吃了补血药才能回升。一旦血量降为0,游戏角色便会死亡。现在"杀作文"的血量不足20点,可见伤势惨重,已经到了奄奄一息的地步。他后无退路,前有大敌,陈砚在一旁看着,心里清楚,只要怪物再来一次攻击,"杀作文"就会一命归西。

陈砚看着实在不忍心,便从旁施了援手,向怪物发出了雷电,那两个怪物受到攻击,身子晃了一晃,向"杀作文"进逼的步子便慢了下来,"杀作文"瞅准这个空当,从两个怪物的缝隙间钻了出来,逃过了一劫。

陈砚当时救"杀作文",与其说是侠义心肠,不如说是同病相怜。他从对方的名字,看出了对方是自己的同类,既然叫杀作文,那一定也是一名学生,而且,也是一名讨厌作文的学生。

陈砚救了"杀作文"的性命,却惹火上身,两个怪物扔下"杀作文",一左一右向他包围过来。以他当时的能力,一个怪物他都难以对付,何况两个?他只能硬着头皮左冲右撞,与两个怪物厮杀起来。他希望"杀作文"能加入进来,与自己并肩作战,但"杀作文"只在一旁袖手旁观,并不出手,倒是在自己的头顶上打出一排字:"你有补血药吗?"

陈砚被两个怪物追得团团转,哪有工夫打字?只能简短地回答了一个字:"有。"

"杀作文"不再说话,而是靠近了陈砚,突然一个雷电火球扔过来,正中陈砚的后背。

陈砚被这突然的攻击弄懵了,没想到"杀作文"的第二个火球、第三个火球接连袭来,就这样,"畦念娃"惨叫一声,扑地毙命。

游戏里的角色一旦死亡,画面将

会变灰，玩家将无法再操纵角色，而角色之前所获得的战利品也将会掉落在地上。陈砚眼睁睁地盯着电脑，看着"杀作文"在"哇念娃"的尸体上踩来踩去，捡起他散落在地上的战利品。

陈砚坐在电脑旁，怒火在心底升腾。他救了人家的命，人家却杀死他，还来抢他的东西，这世界居然真有这种忘恩负义的人！他对着电脑屏幕暗暗发誓，以后对"杀作文"见一次打一次，他一定要教训这个恩将仇报、丧尽天良的家伙。

从这以后，陈砚真这么做了，但遗憾的是他的级别比人家低，打不过人家，反而每次都被"杀作文"给杀了。短短一年的时间，他已经被"杀作文"杀死过26次。于是，陈砚苦苦练级，希望有朝一日自己的级别比人家高。现在，陈砚升到了45级，和"杀作文"的级别是一样的。

这天，陈砚又在游戏里遇到了"杀作文"，他激动了，操纵着游戏里的"哇念娃"，召唤来雷电，瞄准"杀作文"，劈了过去。可是，还没有把"杀作文"打死，"杀作文"却使了一个奸计，将游戏中的"哇念娃"杀死了，他第27次被"杀作文"给杀死了！

陈砚恨不得将电脑给砸了，但现在已经是晚上7点，放学后他已经在网吧泡了两个半小时，再不回去，爸爸就会大发雷霆，他只得悻悻地离开

了电脑。

到网吧收银台结账时，他无意中听到两个男生的谈话，其中一个得意地说："这个'哇念娃'蠢得要命，他跟我打了几十次，每一次都被我给杀了，可他偏偏还要找我打。瞧见没有，这一次他本来占了上风的，我略施小计，他就上当了，就他那智商，真不知道他是怎么在'魔法传奇'上混的。"

陈砚浑身一震，"哇念娃"，这说的不是自己吗？

陈砚循声望去，看到一个年龄和自己相仿的男生，一边操纵着鼠标，一边偏过头去，得意地和旁边的同伴说着话。陈砚情不自禁地走过去，终于在那液晶屏上看到熟悉的游戏画面，那个男生操纵着的人物，正是"杀作文"！

一股怒火"腾"地从陈砚胸膛升起，他想都没想，一个箭步冲了上去，照着那个男生的腮帮子就是一拳。

对方从椅子上翻了下去，躺在地上骂骂咧咧地问："你干什么？"

陈砚懒得搭理对方的任何问话，跨上前去，骑在对方身上，挥拳再打。

"杀作文"的同伴很快反应过来，跑上前来拽陈砚的胳膊，接着几个人扭打起来。

网吧老板过来劝架，虽说他们都是半大的孩子，但打起架来确实有游戏里杀怪的狠劲。老板没办法，只得

痛了，他喉头哽着，流泪了。

陈砚别别扭扭地使着小性子，但最终还是跟着妈妈回家了，他以为爸爸看到他会暴跳如雷，结果没有。爸爸几乎一句话都没说，只是如释重负地叹了一口气。

陈砚将自己关在房间里，不一会儿，他听到爸爸和妈妈在客厅里说话，说的是他上网的事，说着说着，两个人就吵起来，然后越吵越凶，最后爸爸摔门而出。一直到晚饭时，妈妈才来到他的房间，关起门来和他谈心，问他为什么对游戏那样痴迷。

陈砚嘴硬"我哪有痴迷，大家都是这样玩的。"

妈妈问他："每天花两三个小时在游戏上，这还不叫痴迷？那游戏有什么吸引你的？"

什么在吸引自己？杀怪吗？杀怪的目的只是为了升级；升级的目的呢？那当然是为了比"杀作文"的级别高，好找他报仇了，但这话他没法跟妈妈说。

妈妈盘腿坐在床边，苦口婆心地劝陈砚："你都读初二了，明年就要考高中，你这样将时间都花在游戏上，中考时怎么办？"

又来了！为什么大人只会说这个？陈砚有些不耐烦。好在这话是妈妈说的，他的反应并不激烈。他会跟爸爸对着干，但跟妈妈，他不会，他不想让妈妈太失望，说："放心吧，只要我级别升到比别人高，我就不会再玩了。"

妈妈的眼睛亮了亮，但又暗淡了："升到比别人高？你升级时别人也升级呀，什么时候是个头？"

陈砚愣了一下，确实，他花了一年的时间才追平"杀作文"的级别，他想了想，说："不比别人级别高也可以，我可以去打石头人，只要我有能量石，它就可以给我自动补血，增加我的魔法力，这样即使我的级别不比人家高，人家也打不死我，我却打得死人家。到那时，我就不玩了。"

妈妈不懂陈砚说的那些游戏术语，愣怔了好半天，才问："什么石头？什么打石头人？"

陈砚乐了："就是打很厉害的怪时会得到的一种奖励，能量石，可以给角色无限量补血，也可以增加角色的魔法力。有了它不停地给我补血，我就是不死之身，有它给我不停地补充魔法力，我就战无不胜。"

妈妈似懂非懂地听着，又问道："你说你有了那石头就不痴迷游戏了？"

陈砚郑重地点了点头。有了能量石，他还痴迷什么？他现在玩网游的目的就是要报仇，有了能量石，他杀"杀作文"就易如反掌。"杀作文"杀死他27次，他只要一次次地报复回去，就行了。

"那好，你告诉我，那石头哪里有卖？"

陈砚再次笑了起来："跟你说也是白说，那是游戏里的石头，就像学校里奖给好学生的奖品，奖品能买吗？只能靠成绩去争取。那石头得靠打很厉害的怪物才能得到，而且，还要凭运气。"

妈妈沉默着，好半天又问陈砚："你为什么一定要打死人家？玩游戏不就是图个乐吗？"

这一句话将陈砚给问哑了，他咬着牙，一言不发。不是他要打死人家，是人家不断地在打死他呀！玩游戏是图个乐，但那是人家以打死他为乐，他呢，有的只是屈辱和愤恨。如果真像现实中那样，人被杀死了，就没有了报仇的机会，他也不会念念不忘地报仇了。

妈妈看着他，几次张嘴想劝点什么，却似乎不知从何说起，她最终长长地叹了一口气，黯然走出了陈砚的房间。

3. 仇恨升级

自从那天以后，爸爸不再干涉陈砚玩游戏了。妈妈回到邻市，每天晚上都给陈砚打电话，和以往不同的是，妈妈会在电话里问他，打着能量石了没

有。他知道，妈妈不是关心他有没有打到能量石，而是关心他能不能及早从游戏里抽身。能量石哪有那么容易打的？那样的几率像彩票中奖一样。

陈砚天天操纵着"哇念娃"在魔洞打怪，有一次，他又遇到了"杀作文"，陈砚没有理睬，但是"杀作文"却大摇大摆地主动走到他面前，问了一句话："还想找死吗？"

陈砚极力克制自己的怒火，就在这时，一个名叫"小太阳"的法师跳了出来，问"杀作文"："有你这样侮辱人的吗？人家又没招惹你。"

看"小太阳"的等级，不过20来级，却有如此气魄主持正义，实在了不起。不过，陈砚掌心里捏了一把汗，这样的级别敢如此说话，一旦惹恼了"杀作文"，"杀作文"杀死他，比捏死

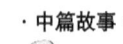

一只蚂蚁还要容易。

果然，"杀作文"回头面向"小太阳"，鄙夷地问道："难道你想找死？"

"小太阳"气得好半天没吱声，突然，他的手一扬，一根毒针刺向"杀作文"。陈砚愣住了，"小太阳"级别虽低，胆气却壮，一言不合，竟向"杀作文"施了毒，顿时"杀作文"全身通红。"杀作文"立即召唤雷电，一个火球打在"小太阳"的头顶上，"小太阳"惨叫一声，倒地身亡。

陈砚本来不想出手，这时再也忍不住了，雷电一道道，又准又狠地劈向"杀作文"。"小太阳"虽然死了，好在他临死前，突然施毒帮了陈砚的大忙，"杀作文"中毒不轻，血量一直在锐减。"杀作文"慌忙服了两次补血药，但仍架不住毒性发作和陈砚的步步杀招。

就在这时，一个叫"龙吟"的法师走了出来，对"畦念娃"说了一句话："趁人家中毒而下手，算什么本事？"他一边说话，一边朝着"畦念娃"直扑过来。

"龙吟"是一个顶尖高手，有80级呢，这样的人惹不起。陈砚本能地想躲开，但已经迟了，"龙吟"横冲直撞，只使出一招，"畦念娃"就惨叫一声，立刻毙命。

陈砚盯着电脑上"畦念娃"的尸体，心里直发憷，这个"龙吟"是不是有毛病？自己并没惹他啊，他怎么助纣为虐，帮着"杀作文"来杀我啊？他看到屏幕上，"龙吟"一招杀了他之后，得意扬扬地走到"杀作文"面前，问道："你愿意做我的徒弟吗？这样就没人敢欺负你了。"

"杀作文"一副谄媚相："我很愿意，能做您的徒弟，太荣幸了！"

看着两个人头顶不断冒出来的对话，陈砚只觉得胸口像是被塞了一团棉花似的，闷得难受。这个"龙吟"真是个糊涂蛋啊，是谁在欺负谁，他弄清楚了没有？

陈砚要找"龙吟"解释清楚，告诉他事情的经过。第二天，陈砚操纵着"畦念娃"，小心地走近"龙吟"，还没来得及打出字来，"龙吟"就猛地一个火球劈过来，要了"畦念娃"半条命。"龙吟"显然是误会了他，以为他走上前是要报仇。陈砚只能赶紧打字，想解释一下他上前的原因，但他还没打出字来，"杀作文"已经跟了上来。"杀作文"见师傅动了手，哪会放弃在师傅面前表现的机会，他冲上前来，左一个火球，右一个雷电，频频地下起手来，不一会儿，"畦念娃"就一命呜呼了。

陈砚的游戏角色已经死了29次，他双眼冒火，恨不得找到"杀作文"和"龙吟"的真人，活活地咬他们两口。这也更加坚定了他要得到能量石的决心，他一定要得到能量石，好找这对狗师徒报仇!

4. 愿望之石

陈砚在网上的时间越来越长,这天,他操纵着"哇念娃"拼尽全力才打死一只怪物,出人意料的是,那怪物轰然倒地的同时,吐出了一样东西,那竟然就是一块能量石!陈砚一看到能量石,喜得心脏"怦怦"直跳,他操纵着"哇念娃",快速跑向那块期待已久的石头,但是,还是晚了一步,"杀作文"不知从什么地方突然冒了出来,猛地蹿上前,抢先一步站在了能量石的上面。

又是这该死的"杀作文"!自己辛辛苦苦打出来的东西,他居然厚颜无耻地来抢了!陈砚恼羞成怒,让"哇念娃"冲了过去。"杀作文"立即发起攻势,陈砚已不管不顾,在"哇念娃"重伤之下,他既不补血,也不反击,还是冲向"杀作文"。

陈砚清楚游戏的规则,是他打出来的东西,他可以立即捡起来,旁人要抢,须要站在东西上面超过80秒才能得到它。他只想快速地冲过去,将"杀作文"撞开,就能将那块能量石收入囊中。

可"杀作文"就是站在能量石上不挪步,同时呼唤起来:"师傅——"果然,那个为虎作伥的恶霸"龙吟"应声而出了。

"龙吟"看到"杀作文"站在能量石上却捡不起来,"哇念娃"又不顾死活地往前冲,立刻知道是怎么回事了,他立即跑到徒弟身边,接替了徒弟的位置,由他站在能量石的上面。

局势陡然之间发生了微妙的变化,由于"龙吟"站在能量石上面,陈砚便不敢往前冲了,以他的能力,他不但撞不开"龙吟",而且会被"龙吟"一招毙命。

就在陈砚又气又恨的时候,一个人跑了上来,他就是那个叫"小太阳"的法师。"小太阳"走到"龙吟"面前,开口责难:"你这样的级别,抢人家小字辈的能量石,不觉得脸红吗?"

"龙吟"根本不将这个低级别的法师放在眼里，对他的话置之不理，可"小太阳"说这话的时候，魔洞里有很多的人，他们都从对话框里看到了这话，于是一瞬间都跑了过来。其实，他们不是来主持什么正义的，而都是冲着能量石来的！

好些人将"龙吟"团团围住，但一看龙吟的等级，却没有人敢出招，在场的人中，还没有能和"龙吟"匹敌的。大家僵持了几秒钟，"小太阳"又发话了："我们这么多人打他一个，难道还打不过吗？"

这一句话很有鼓动性，终于有个胆大的，率先冲了上去，对着"龙吟"雷电乱劈。只要有人带了头，底下众人的胆气都上来了，呼啦啦地，好些人拥了上来，对着"龙吟"，一齐攻击。"龙吟"头上的血量像丢进悬崖

的石头，一个劲地往下掉，终于，他支撑不住了，边打边退，让出了能量石的位置，逃离了游戏。

"龙吟"一让出位置，立即有人重新站到了能量石的上面。这批人其实没有一个是真正的侠义之士，大家出手，都是为了得到能量石，于是就出现了这样的局面：一旦谁站到了能量石上面，大家就群起而攻之，一时之间，谁站上去谁就挨打，谁都想站，但谁都站不了两秒钟。结果，有那么一段时间，能量石上没人敢站了，大家都在混战，能量石倒露了出来。

这是千载难逢的机会，陈砚赶紧操纵着"哇念娃"，趁这个空隙，硬着头皮往人群里闯，但大家都在混战，火球一个接着一个，不时打到他的身上，他离能量石还有老大一截距离，头顶的血量却剩下不到50点了，他吓得赶紧退了下来，只要他被打死了，他就再也没有机会抢到能量石了。他一退下来，"小太阳"就跟过来，问他"干吗不去？"

"没药了。"他回答道，他的补血药用完了，没办法补血了。"小太阳"显然听懂了他的话，立即给了他补血药补血。

陈砚操纵着"哇

念娃"往人群里冲去，"小太阳"跟在他身边，冒死为"哇念娃"补血。"哇念娃"头顶的血量再次回升了，但是，"小太阳"却死在了刀光剑影之中，也就在这时，"哇念娃"径直冲进人群的中心，一下子将能量石收入囊中。"哇念娃"一捡起能量石，那群人的混战立即停了，大家蜂拥而上，一起杀向"哇念娃"，他当即使用魔法，逃出了魔洞。

出了魔洞，陈砚立刻使用了能量石，于是，他的血量"噌"的一下就补了回来，他欣喜若狂"这下我可以找'杀作文'和'龙吟'报仇雪恨了，我再也不怕那对混蛋师徒了！"

兴奋之余，陈砚想到了"小太阳"，他不知道"小太阳"有没有看到他已经夺到能量石了，更不知道他如果说话人家能不能看到，但他还是打了一行字，发了出去"我已拿到能量石了，我不知道你是谁，但我非常感谢你，真的，我们做朋友吧。"

5. 愿望成真

第二天放学后，陈砚准备去网吧杀了"杀作文"和"龙吟"，可是在校门口，被爸爸堵住了，爸爸脸色铁青地说："走，跟我去看你妈妈。"

陈砚一怔，一丝不祥的感觉袭上了心头。

爸爸顿了顿说："你妈妈出了车祸。"

陈砚的心一下子沉了下去。在去邻市的车上，爸爸才跟他讲了妈妈出事的经过。

妈妈是在昨天晚上从公司回住处的途中出事的，她打了一辆黑的，刚一上车，一辆运管所的车就不知从什么地方冒出来，一下子堵在黑的面前，几名稽查人员下了车，直奔黑的而来。黑的司机知道是要查他的营运证，慌了，因为前面的路被拦住，没地方逃，就猛打方向盘，拐进了旁边一条正在维修、停止运行的路。也是慌不择路，速度又快，结果黑的撞在停在路边的一辆压路机上，黑的司机当场死亡，陈砚的妈妈重伤，现在正躺在医院里。

陈砚的心直打颤："妈妈一向是坐公交车的呀，她怎么打黑的了？"

爸爸叹了一口气："那时已经晚上11点了，公交车停运了。"

陈砚知道，不用说，又是公司让妈妈加班，这该死的公司，居然让妈妈加这么晚的班！

来到邻市的医院，陈砚终于看到妈妈了，妈妈浑身缠满绷带，像个粽子一样躺在病床上，她微睁着眼睛，说道："我没事，你们别担心。"

陈砚想故作轻松地笑一笑，但嘴一咧，却哭了。

"哭什么？傻孩子，妈妈真的死不了。"妈妈想伸手摸摸陈砚的头，缠满绷带的手却没能抬起来，她自个儿

笑了笑，"别那么沉重，我真的没事。咱说点高兴的事乐和乐和，你现在不是有能量石了吗？你的愿望终于实现了，我的愿望也能实现了吧？你跟我说过，有了能量石，你以后就不会对游戏那么痴迷了。"

陈砚愣住了，问道："你怎么知道我得到能量石了？"

"是你告诉我的呀，你在系统里传话给我——我已拿到能量石了……非常感谢你，我们做朋友吧。怎么样，我这个当妈的，够朋友吧？"

陈砚僵住了："你是'小太阳'？妈，你也玩游戏了？"

妈妈笑了笑，说："没办法，你有你的游戏愿望，我没办法制止，那就只有想办法帮你早点实现它了。"

"难怪'小太阳'几次冒死帮我呢，原来是妈妈。"说到这里，陈砚疑惑了，"你怎么知道'畦念娃'是我？"

妈妈告诉陈砚，那次他为了游戏离家出走，她回去后就将这件事看得很重，所以特意去学校找陈砚的好友了解过情况。那时她就打定主意，也要加入到游戏中，既亲身体会一下游戏，了解陈砚痴迷游戏的原因，又好在游戏里帮助陈砚早日实现愿望，好让陈砚兑现承诺，所以，她从陈砚好友那里打听到了陈砚在游戏中的名字。

说到这里，妈妈好奇起来"只是——我真的搞不懂，你为什么取'畦念娃'那样一个怪名字，它有什么来历？"

陈砚不由自主地回头看了爸爸一眼，犹豫了片刻，还是说了：他取这样一个名字，完全是因为去年和爸爸一起回农村老家。当时，一些亲戚陪着爸爸和陈砚一起去一个寺庙玩，寺庙的名字叫"田畦寺"。陈砚一见"田畦寺"三个字，就情不自禁地念出了声，他念成了"田娃寺"。爸爸也许是觉得他当着那么多人的面念错了字很丢脸，就狠狠地教训了他一顿，说都读初一了，一个"畦"字都不认识。

说到这里，陈砚的声音小了下来，他看看爸爸，没有底气地说："'畦'字不常用，我一个初一的学生不认识也正常。爸爸只考虑他的面子，他就没考虑过那些亲戚根本没在意我读错了一个字。爸爸当着那么多人的面教训我，我的面子呢？我是那次回来之后才玩游戏的，所以我就取了个'畦念娃'的名字。你不是说那个字要念'奇'吗？我就偏要念'娃'，我在我自己的世界里念'娃'，总没有人骂我了吧？"

爸爸怔住了，脸色铁青"你不说我倒忘了那件事啦，原来，你'畦念娃'的名字是这样来的！"

这工夫，医生来了，制止了大家的谈话，说病人需要休息，将陈砚父子赶了出来。到了走廊外面，爸爸这才细细地打听妈妈的伤势。

医生说："病人没有生命危险，只是可能会留下后遗症，因为她膝盖骨碎裂的程度实在是太严重了，像这样的病人，就是治好了，也会有后遗症，会跛。"

一听这话，陈砚的眼眶红了，爸爸也僵住了。

妈妈显然也听到了，在病房里故作轻松地说："跛了有什么关系呢？只要老公好好的，儿子好好的，别说跛了一条腿，拿我半条命去，都值得。"

这句话让陈砚一直在眼眶里打转的眼泪终于如决堤的河水，倾泻而下。同时，这句话让他怔了一怔，一个一直让他忽视的问题一下子在他的脑子里清晰起来：妈妈不是因为在公司加班才错过公交车的吗？可昨天晚上，妈妈操纵的角色一直在魔洞里和自己并肩战斗呀，妈妈的住处没有电脑，她是为了帮自己实现愿望，帮自己夺得能量石，才一直呆在公司里，利用公司的电脑上网的啊！如果妈妈不是为了帮助自己，她正常下班怎么会错过公交车？她如果没错过公交车，怎么会上那辆黑的出那样的车祸？

一念及此，陈砚扑进了病房，哭出声来："妈，是我害了你，我对不起你啊！"

爸爸一直僵立在门口，这时，他却低下了头："不，砚儿，不怨你，怨爸爸，是爸爸害的。"他一把拉起陈砚就往外走，一直走出医院大门，来到了医院旁边的一间网吧，爸爸找个位子坐下，将陈砚也按在旁边的位子上，喝道："上网，进游戏！"

都什么时候了，还玩游戏？妈妈还躺在病床上呢。陈砚直发懵，不知道爸爸是真的让他玩游戏，还是在挖苦他，但爸爸径直登录上了游戏，操纵着一个角色。陈砚愣住了，爸爸操纵的，居然是"龙吟"，就是自己的仇敌"杀作文"的那个可恶的师傅！

"上啊，上游戏啊！"爸爸催促着一直发愣的陈砚，"上来打我，我绝不还手。"

陈砚僵在那里。

"上来呀，上来打死我！"爸爸还在催，一连催了好几次，见陈砚坐在那里像木头似的一动不动，爸爸终于哭了："爸爸该死，爸爸要是知道你上网玩游戏就是为了这点愿望，早就满足你了，爸爸何苦要天天杀你，还害得你妈妈成现在这样了啊！"

爸爸一边哭一边说，陈砚终于听出了点头绪。原来，爸爸见陈砚一直沉迷于游戏，他去学校找老师商讨过，老师认为，一般学生沉迷于游戏，就是因为在游戏里可以为所欲为，很快意，所以才上瘾的。老师的话误导

了爸爸，特别是看到陈砚在网吧里打人之后，他认为，陈砚之所以玩游戏有瘾，就是常在游戏里杀人，尝到了成功的快乐，如果倒过来，让他遭受挫折，尝到的只是失败的痛苦，就能使他渐渐消除玩游戏的快感，最终离开游戏。所以，他一咬牙，花了五千块钱，从别的玩家那里买来了"龙吟"这个号，他的目的只有一个，见"眭念娃"一次打一次，直到打得陈砚不想玩游戏为止。

爸爸懊恼地说："原来是我错了，我根本不了解自己的儿子，你根本不

是在游戏里杀人上了瘾，而是被杀得上了火，要报仇。你刚才说了'眭念娃'名字的由来，我才总算知道我的儿子是怎么回事，你就是犟性子呀！爸爸惭愧，根本不懂自己的儿子，没将你往外拉，反而往游戏里推。孩子，你不就是要报仇吗？来，爸爸以前杀了你几次，你杀回去，你让'龙吟'死一千次我都乐意呀，'龙吟'本来就该死，他帮着外人欺负自己的儿子……"

陈砚终于眼泪汪汪地扑到了爸爸怀里，第一次紧紧地搂住了爸爸："不，我不杀任何人，从今天起，'眭念娃'死了。爸，我知道你不是真的想帮着外人欺负我，像妈妈一样，你们都有共同的愿望，那是希望我好，只是你们的理解不一样，所以方式不一样罢了。"

说着，陈砚打开电脑，进入游戏，打了一行字——"公告：眭念娃死了，永不复活。"

爸爸摸着陈砚的头，说："其实，游戏偶尔也可以玩玩的，调剂一下生活。"

陈砚说："我知道，只是不能沉迷。"

父子俩相视一下，都笑了，只是笑得有点苦涩，因为，他们都同时想到了躺在病床上的妈妈……

（发稿编辑：叶小萌）

（题图、插图：杨宏富）

后来者居上

- ◆ 原先的饼干，后来叫曲奇；
- ◆ 原先的结账，后来叫埋单；
- ◆ 原先的学习，后来叫充电；
- ◆ 原先的过时，后来叫out；
- ◆ 原先的赌博，后来叫游戏；
- ◆ 原先的加油，后来叫给力；
- ◆ 原先的冒牌，后来叫山寨；
- ◆ 原先的日程表，后来叫档期；
- ◆ 原先的打架，后来叫肢体矛盾；
- ◆ 原先的互利互惠，后来叫双赢；
- ◆ 原先的个性色彩，后来叫酷毙；
- ◆ 原先的新闻机构，后来叫媒体；
- ◆ 原先的决策失误，后来叫交学费；
- ◆ 原先的生产下降，后来叫负增长；

- ◆ 原先的亲密无间，后来叫零距离；
- ◆ 原先的受欢迎程度，后来叫粉丝人气；
- ◆ 原先的万念皆空，后来叫神马都是浮云；
- ◆ 原先的掌控全局，后来叫hold住全场；
- ◆ 原先的环保，后来叫低碳生活；
- ◆ 原先的承受不了，后来叫伤不起；
- ◆ 原先修鞋的，后来叫皮鞋医院主治大夫；
- ◆ 原先管电梯的，后来叫垂直交通管理员。

(**作者**: 代淑蓉; **推荐者**: 秋 树)

水调歌头新编：暗恋篇

美眉几时有？
把酒问室友。
不知隔壁姑娘，可有男朋友？
我欲凿墙看去，又恐墙壁太厚，凿疼我的手。
改用望远镜，屋里人已走。
转楼梯，
低头看，
那某某，
果不单身走，她正挎着俊男肘。
人有悲欢离合，月有阴晴圆缺，此事古来有。
但愿没多久，他们就分手！

(**推荐者**: 秦 然)

家长和孩子

◆ 家长：别人为什么做得到，你为什么做不到？
　孩子旁白：都做得到，那天下大同还是梦吗？

◆ 家长：爸爸妈妈这样都是为你好。
　孩子旁白：你们还是对我差点吧！

◆ 家长：你笨吗？你比谁都聪明，就是不认真不刻苦。
　孩子旁白：原来我比谁都聪明啊，爱因斯坦在我面前都不算啥！

◆ 家长：老师说你……
　孩子旁白：最烦的就是这句，家长的眼中老师都是神。

◆ 家长：家里事你别管那么多，一心想着学习就行了。
　孩子旁白：考试考砸了，我就真成样样都不会了！

◆ 家长：你是我从垃圾堆里捡回来的。
　孩子旁白：我恳请你把我放回去。

◆ 家长：你未来的路还长着呢，就这点小挫折你就倒下了？
　孩子旁白：我怎么觉得是你倒下了？

◆ 家长：多读读那些励志故事。
　孩子旁白：励志故事都是高考没考好，然后打工、创业什么的……

◆ 家长：多去学学别人是怎么做的！
　孩子旁白：这句话的言外之意就是不管我如何，反正别人都比我好！

（**推荐者**：王立帆）

剩女心经

◆ 女人，越老越沉。到了姐我这个岁数，就好像一个硕大无比的铅球，扔出去，没人敢接……

◆ 姐我守了27年的处女身，终于在昨天晚上……变成28年了。

◆ 姐我不是挑剔的人，但还没熟透的都被别人早摘了，熟透的没人摘都烂在地里了。

◆ 以前提到结婚，想到"天长地久"；后来提到结婚，想到"能撑多久"；现在提到结婚，姐我只想"还要多久"……

◆ 姐我为了事业全力奔驰近33年，不曾让任何人跑在我的前面，现在回头一看，追我的男人只剩下——根本不知道在这个世界上存不存在的圣诞老人！

（**推荐者**：秦　好）

（**发稿编辑**：石莎莎　丁姗瑶）

（**本栏插图**：安玉民　梁　丽）

八哥无间道

□ 郑小亮

刘宇两口子工作忙，没工夫照顾母亲，做了一通思想工作后，准备把母亲王婆婆送进养老院。进养老院之前，王婆婆提了个条件："我一定要带上养的八哥，否则免谈。"

刘宇想都没想便答应了，只要母亲安心住下，多几个条件也成啊！

为了让母亲生活得舒适些，刘宇多出了钱，安排了一室一厅独居的房间，还另外请了专门的工作人员照顾，可没想到进院没几天，王婆婆突然打来电话，嚷嚷着"不住了"，要回家。

那会儿，刘宇正在外地出差呢，他匆匆赶了回来，急着去了养老院。王婆婆见了儿子，一叠声地"控诉"那个伺候她的工作人员。那护理员是个男的，身强力壮，可其实也没让他出多少力、做多少事，主要是伺候老人休息，口渴时倒点水呀什么的。刚开始几天还行，到后来越来越不像话，不仅不照顾老人，甚至经常恶语相加……

刘宇气炸了肺，直接找到养老院领导讨说法，可那工作人员却矢口否认，坚决不承认有这回事儿。

领导觉得挺为难，没证据呀，刘宇也很无奈，安抚过母亲后，他便把这事儿忘了。没过多久，王婆婆又打电话给儿子，这回老人坚决不愿再呆在养老院啦！

一接到母亲的电话，刘宇马上又

赶到了养老院。

母亲说的情况，跟上次一模一样，但那个工作人员还是不承认自己有过错，院领导表态说："这样吧，如果情况属实，我们一定严肃处理，还老人一个公道！"

这事儿还真有点棘手，既没人证也没物证，不好调查啊，双方正争吵着、僵持着，王婆婆的那只八哥突然开口了："老东西，老东西……"嗨，这是在骂人哪！

刘宇一听，不由得眼前一亮，冷笑一声，说："我已经知道事情真相了，我的母亲没有说谎，我要求院方

严肃处理，并向我母亲道歉！"

那工作人员很不服气，辩驳道："凭什么？你把证据拿出来看看！"

刘宇对着八哥打了个手势，那八哥又开口了："老东西，老东西……"刘宇指着八哥说："它说的话就是证据！"

那工作人员冷笑道："你打个手势，这八哥就会说句'老东西'，那都是你们训练出来的，这事儿院里的人都知道啊！"

刘宇没有正面回答，突然问道："听口音，你应该是东城县人，对吧？"那工作人员一脸茫然地点了点头，刘宇慢悠悠地说道："你说的没错，这只八哥是我家老爷子在世时训练出来的，我母亲喜欢叫老爷子'老东西'，八哥都学会了……"

大家都不明白了，刘宇说的这番"证据"，分明是对那工作人员有利嘛，工作人员一脸得意，刘宇却"哼"了一声："我家老爷子是玩鸟的行家，我家的八哥自然也和别家不同，它的舌头被修剪成了圆弧形，这样学的话就更加形象、到位，甚至还能学各地的方言，你再听听这八哥说的'老东西'，是不是你们东城县人的口音？"

刘宇又打了个手势，那八哥瞪着小圆眼不停地说道："老东西，老东西……"仔细一听，八哥憋着嗓子说的话，东城口音很重啊……

（题图、插图：安玉民　梁　丽）

为什么救我

□ 凌可新

刘家庄有个光棍，叫刘爱生，他有个毛病，不爱劳动，整天游手好闲的，不是打个鸟，就是撵个野兔，弄得周围的动物们全讨厌他，老远见了就骂他。偏偏刘爱生听得懂动物说的话，于是他下手就更狠了，能捉住就捉，捉不住就和动物对骂。

这天，刘爱生腰里别了弹弓，又要出去找动物们的别扭。他出了村，漫无目的地走了一会儿，发现一只野兔停在前面，像是在等谁，心里一喜，掏出弹弓，"嘭"地一下打过去。那只野兔尖叫一声，一拐一拐逃跑了。刘爱生知道野兔受了伤，高兴坏了，想到能够吃上美味可口的野兔肉，心里美滋滋的，就紧紧盯着，极力追赶。

也不知跑了多远，刘爱生突然觉得脚下一软，低头一看，这才发现自己来到了被村里人称作"死潭"的地方。这地方原先是一片湿地，淤泥不知有多深，早先曾经有人陷进去过，无论怎样挣扎，最后还是陷至没顶，死了。

这些年来，乡邻们就把这里当作了禁区，没人敢来。刘爱生一心只顾着野兔，一不提防，竟跑到了这里，他顿时害怕起来，于是就大叫"救命"。这里地处偏远，村里没人听得见，刘爱生喊也没用，又拔不出脚来，而且越陷越深，很快陷到了腰处，不过还算陷得不太深，要是有人弄一根长竿，还是能够把他拉出来的，于是，他不敢动了，只是高声叫喊"救命"。

这个地方虽说人迹稀少，但动物

不少，刘爱生的叫喊没招来人，动物倒来了好几拨。这时，刚才那只一瘸一拐的野兔也不跑了，它不远不近地看着刘爱生，乐呵呵地说："你不是想吃我的肉吗？来呀，我在这等着你哩！"

刘爱生说"好兄弟，我再也不吃你了，你把我救上来吧！"野兔鼻子里"哼"了一声，说："狗改得了吃屎吗？"刘爱生说："我改我改。"野兔说"等你真改了，我再来救你吧。"说着，它一溜烟地跑掉了。

刘爱生看见不远处有头野猪在慢吞吞地找东西吃，就说："野猪大哥，救救我吧。"野猪抬头瞅瞅他，说："救，倒是可以考虑的，不过，你有没有记得那年冬天，你拿着一张弹弓，

一口气追了我三里地，还把我一只眼给打瞎了……"

野猪越说越恼火，哪里肯过来搭救？刘爱生越陷越深，慢慢陷到胸部了，这时，他不敢高声叫喊了，只能眼巴巴地看着那些动物们渐渐走远，绝望地闭上了眼睛。

也不知过了多久，刘爱生被一个声音叫醒了："喂，你这个人，这是玩什么时髦呢？"刘爱生睁眼一看，原来是一只斑斓猛虎，只见它站在几步外的一个草墩上，正好奇地看他呢。

刘爱生说："虎大哥，救命啊，我没玩什么时髦啊……"老虎眨眨眼，说："噢，我明白了，你是不小心陷下去的吧？你们人也会犯这种低级错误吗？"刘爱生不服气地说："这有什么，老虎也有打盹的时候啊……"

老虎没理会刘爱生说话的语气，想了想说："算了，我不忍心见你受罪，干脆救你一回吧。"它转过身，把尾巴伸给刘爱生，刘爱生赶紧抓住，老虎趴在地上，慢慢往前走，像拔一棵萝卜似的，竟然把刘爱生从淤泥里"拔"了出来。

刘爱生浑身沾满了泥巴，也顾不得脏，急忙冲老虎说了声"谢谢"，老虎瞅瞅他，皱了皱眉头："看看你脏的，哪里像个人呢？那边河里有水，我好

地对老虎说："你真是个好老虎啊！"接着，他又不解地问："野兔和野猪都不肯救我，你为什么要救我呢？"

老虎盯着刘爱生胖乎乎、肉鼓鼓的身体，"咕咚"咽了一口口水，"嘿嘿"地笑起来："我也没有特别的原因，那些野兔野猪什么的，腿灵活，跑得快，我呢，这些日子脚上生了个鸡眼，一时跑不过它们。不瞒你说，我都三四天没吃东西了……"

刘爱生一听吓坏了，急忙说："我……我身上脏得很哩，几天都没洗澡……"

老虎笑眯眯地说："没关系，我不嫌你脏，再说，你这不已经洗得水灵灵的了嘛！"

（题图、插图：安玉民 梁 丽）

人做到底，让你痛痛快快洗个澡吧。"说着，老虎就叼起刘爱生，连推带搡，把他送进了清清的河水里。

刘爱生也没客气，"哗啦哗啦"，上上下下，把自己洗了个干净，又把衣服也洗了，然后他坐在河边，感激

老屋是洗皱的绸缎
夏日纳凉时，招呼你坐下，说一段往事
此时，树影婆娑
阑珊处的老屋，依稀念着：梦里再来

图、文/庞彦

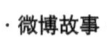
故事会■新浪 微故事大赛

10月优秀作品选登 （主题：收藏）

@ 河北张静娟 游手好闲的儿子想卖掉父亲收藏的邮票，父亲拒绝了。儿子哭求道："爸，儿子过得苦啊……""苦？"父亲劈手就是一巴掌，"当年我在部队，你妈为寄这封信饿了一顿饭，她寄信的目的只是为了告诉我你会走路了……"

@ 弱竹无叶 孤独的作曲家与单身的她是邻居，他们除了惯例的一声招呼外不曾有过其他交往。她曾听他弹过一首很深沉却又夹杂着一点羞涩的曲子，虽然仅此一次，却让她铭心。直到他因病去世，那首曲子终于重见天日，曲子的名字让她泪如雨下：《写给隔壁的你》。

@ 卞刚 李局爱好收藏，一天，下属送给他一幅画，画上有匹骏马站在断崖上，准备腾空而起。李局知道这画价值不菲，回到家，看见九岁的儿子便想考考他，说："你给这幅画起个名字，怎么样？"儿子想了想，说："就叫悬崖勒马图吧！"李局愕然，第二天将画退给下属，还给儿子买了份肯德基"全家桶"。

@ 读易农夫 面对龟田大佐贪婪的狞笑以及身后闪着寒光的刺刀，他老泪横流："容我把这些文物做一下最后的介绍吧——这尊鼎来自夏朝，这个盘来自商朝，樽来自东周，鬲来自西汉……"最后，他捧出一个锦盒，"最珍贵的这个来自民国。"他掀开盒盖，一股烟冒了出来，轰，所有人都留在了1937年的秋天。

@ 男儿国 班里最调皮的李想最近变得很守纪律，老师在课堂上表扬了他。下课后，李想拿出一支录音笔，求老师把表扬他的话再说一遍。老师很生气，问："你是想回家换奖赏吧？"李想说："我爸妈离婚了，妈妈走时说，如果我表现得好她就回来看我……"

@ 吃素的沙漠狼 教授高价买下穷学生浩的一只印有"为人民服务"的搪瓷缸，说是"文革"旧物，极具升值潜力。浩毕业后考上公务员，在官场他学会了如何进步。眼下有个升职机会，可苦于没有活动资金，他便从老家拿回一只同样的茶缸去找教授。教授听明来意，拿出收藏的那只茶缸，当着浩的面扔进垃圾箱，叹道："我看走眼了！"

@ 兼葭苍苍白露为霜 我有一张旧报纸，喜欢在没人的时候拿出来看看。不是看报上的文章，而是一帧小小的照片。这是一场事故的新闻图片，却把我家给照了进去。看着这个久已不在的老房子，我能听到儿时的欢笑，能看到年轻的爸妈，闻着饭前呛人的煤烟，享受着照片上三十年前的太阳。

（大赛启事请见P54）

"岳阳杯"幽默故事创作大赛征文选登
本活动由上海市松江区岳阳街道与本刊共同举办

高手

□ 张以进

这一阵子，疙瘩村王大爷进了几次城，去国土局办点事，办事员让他找局长，可局长不是开会就是下乡，王大爷犯愁了。

王大爷想，自己找不到，让村主任去帮他找找。王大爷特意买了一包好烟，来到村主任家。村主任问找局长有啥事，王大爷说："其实也没啥事，我家屋后有块空地，我想盖个简易房，养点鸡鸭，找局长审批一下。"

村主任说："那还不容易，我帮你找局长说说。"没多久，村主任果然进了几趟城，谁知王大爷问了几次，村主任都是连连摇头，说："局长很忙，我也没找到他。"问的次数多了，村主任说："还是你自己想办法吧。"

这天，王大爷正在发愁，村里的二歪回家了。二歪在城里打工，听王大爷一说，二歪笑开了："这点小事太容易了，我帮你办了。"

到了星期天晚上，王大爷把土特产装成一个包，坐上二歪的摩托车，跟着进了城。两人来到一个小区，奇怪的是，保安见了二歪也不阻拦。来到一户人家门口，二歪拨了一个电话，不一会儿，屋内出来了一位胖墩墩的中年男子，他开了门，问："包裹在哪里？"

二歪说："楼局长，包裹是这位大爷给你的，他还有点事想向你反映一下。"然后，王大爷走上前去，嘀嘀咕咕地说开了，没两分钟，他脸上含笑，二歪就知道事情说好了。

回来的路上，王大爷连声夸二歪有本事。二歪说："在这小城里找人，别说局长，就是县长我也能找到。"

王大爷不觉张大了嘴："这么厉害啊，那你在哪里上班的？"

二歪回答说："快递公司。"

死不瞑目

□ 沈玉亮

俗话说："有钱能使鬼推磨"，可有钱不一定能买得了性命。这不，高级病房里住进一个大款，要钱有的是，世上什么药都买得起，可他还是在劫难逃，数病夹攻，就是要让他去见阎王。

大款临死前还色迷迷的，他出大钱招聘了两个年轻、漂亮的护理小姐，一个叫小姐己，一个叫二喜媚，大

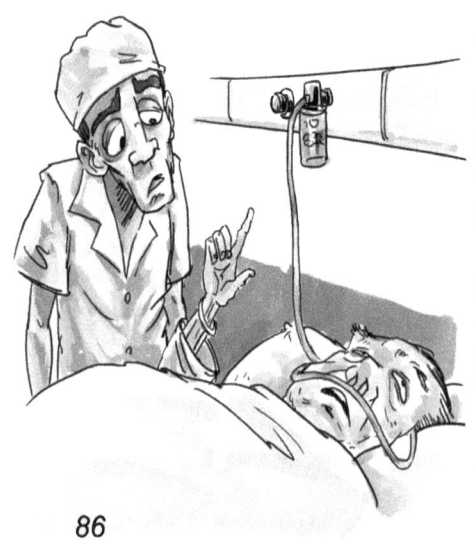

款要求一天24小时轮换着陪护。

就这样特殊护理了三天，这三天里，大款病情渐渐恶化，眼看快不行了，他伸出那只僵硬的手，死死抓住小姐己的手不放，小姐己吓坏了，问："你还有什么放不下的事？"

大款喘着气问："今……今天……这医院里都死了些什么人？"

小姐己告诉他，死了一个患肝癌的中年汉子，还有一个心肌梗死的老太太。

"喔……喔……"大款不住地摇头，就是不肯断气。

第二天，大款又死死抓住二喜媚的手不放："今……今天……又死了些什么样的人？"

二喜媚告诉他，死了一个脑溢血的老头，还有一个患败血症的孩子。

"喔……喔……"大款不住地摇头，还是不肯断气。

第三天，隔壁病房传来哭声，还有人在叹息："花容月貌的一个姑娘，太可惜了……"大款顿时像打了鸡血针，用尽全身力气嚷嚷着："姑娘……姑娘……"

医生闻声赶来，他心知肚明，知道大款的心思，便俯下身子，悄声对他说："今天早上，有个年轻美貌的姑娘遇上车祸，送到医院没多久就死了。"

话音未落，大款猛一点头，放了个臭屁，死了！

稳坐钓鱼台

□ 张小薪

阿 光和同事小丽应约去打牌，两人骑的都是电动车。到了牌友家，主人特别提醒他们，这儿是电动车失窃的重灾区，叫他们锁好点。

阿光一听，紧张起来，上个月他刚被偷了一辆，这辆买了才十多天呢！

真是怕什么来什么，阿光刚开始摸牌，楼下突然响起警报声，他立刻从座位上蹦了起来，拔腿就冲下楼去。一看，虚惊一场，原来是几个小孩打车前走过，大概乱摸了一下，引得报警器狂叫不止。

阿光重新检查了一遍车锁，这才掉头上楼。哪知道才摸了一圈牌，下面又响起了警报声，阿光又条件反射般跳起来，冲下去一看，原来是被旁边的车擦了一下，警报这才响了。

也不知咋回事，警报声时不时就来一下。虽说每次都是虚惊一场，但也把阿光累得够呛，而一同来的小丽却始终气定神闲，屁股连动都没动，压根就没把警报当回事。

就在这时，楼下又响起一阵刺耳的警报声，阿光这会儿正要和牌呢，舍不得离开，他让小丽下去看，小丽却一脸淡定，说肯定又是虚惊一场，不愿意去。阿光不敢掉以轻心，跑下楼一看，果然被小丽说中了，又是虚惊一场。

阿光愤愤不平地想，咱俩的车在一块儿，凭啥每次都是我下去看，难道小偷就不会偷她的车？一琢磨，他决定搞个恶作剧，吓吓小丽。于是，他故意大吼起来："站住！抓小偷啊，偷车啦……"吼完，急急忙忙跑上楼，焦急地对小丽说："叫你下去看看你不去，这下好了，报警器响了照样偷，你的车被人开走啦！"

不料，小丽竟然还是一副稳坐钓鱼台的模样，不慌不忙，白了阿光一眼，说："少来！我的车根本就没装报警器，要偷也是偷别人的，关我什么事？"

你懂的

□ 龚 靖

阿花在一家啤酒厂当文秘，可是家境清贫，所以，她一直做着发财梦。

公司的老板姓王，是一个年近五十的男人，平时为人也还正直，可是阿花一直对他存着歪心思，经常挤眉弄眼、暗送秋波，几次被同事看见，大伙儿都说他俩有一腿。

有一次王总出差，阿花主动要求随同前往，王总想想，也就应允了。从这以后，王总每次出差，都会带上阿花，久而久之，他们的事终于被王太太知道了，王太太不想声张，毕竟家丑不可外扬，于是就找阿花谈判。

王太太约阿花在一家咖啡馆见面，她苦口婆心地劝说道："阿花，你年轻，也漂亮，何必跟着我们家老王呢？这样会枉费青春、断了前程的。"

"可是你看……"阿花摸了摸自己的肚子，王太太一听这话，赶紧去瞧阿花的肚子，果然，那肚子微微隆起……这时，阿花得意地开了口："这——你懂的。"王太太小声地说："嗯，我懂，我懂……那你开个条件吧。"

"我现在没房没车……"说着，阿花又拍了拍自己的肚皮，"你懂的。"

王太太无奈地摇了摇头，叹了口气，说："我懂，我懂，只要你离开我家先生，房子、车子都给你。"

两人协商好后，王太太给了阿花一所房子和一辆轿车，阿花也就提出了辞职，并且写下保证书，声称以后发生的事情和王总无关。

王太太快刀斩乱麻，处理好这事后，准备好好规劝丈夫一番。晚上，王总回到了家里，王太太把这事一说，王总立即气晕了，他说："你搞什么名堂啊，我没有和她发生什么，她那肚子……嗨，每次出去谈业务，她自己老是喝啤酒……"

彻底坦白

□ 邱一仓　改编

一个抢劫银行的罪犯，被抓进了警察局，可是这家伙就是不肯供认窝藏赃款的地方。

"看来只能动用这个了。"警长从抽屉里掏出了一瓶白色药剂，这是警察局的科学研究所刚刚研制出来的新药，叫"自白剂"。这种药目前还没有应用于警察局的一线工作，但是据开发这药的科研人员说，从理论上讲，人只要吃了这种药，就会把自己以前做过的所有事情彻底坦白。

警长对手下说："我们把它混在咖啡里让犯人喝，神不知鬼不觉。"就这样，五分钟后，一杯热气腾腾的咖啡，被端到了银行抢劫犯的面前。

这抢劫犯并不知道内情，十分享受地喝下了这杯咖啡。一分钟后，他的脸变了颜色，一个劲地想捂住自己的嘴，可是他的嘴却不由自主地大张着，他大声喊道："我想起来了，我全

想起来了，我说，我都说⋯⋯"

20天后，负责审讯的警察筋疲力尽地从审讯室中走出来，他呵欠连天，一脸倦色，跌跌撞撞地走进了警长办公室。

警长迫不及待地问道："怎么样了，已经坦白到哪个阶段了？"

那警察强打起精神，说："刚刚坦白到幼儿园阶段，我一个人实在撑不住了，其他同事在帮我继续听呢⋯⋯"

警长不耐烦地问："那什么时候才能坦白到抢劫银行的阶段？"

"估计要半年时间。"

审讯室里，那个银行抢劫犯还在喋喋不休地说着："⋯⋯然后是1978年6月1日，那天我是6点45分起的床。起床后我特别高兴，因为那天我竟然没有尿床，然后是奶奶给我做的早饭⋯⋯"

（本栏发稿编辑：朱　虹　黄美舟等）
（本栏题图、插图：顾子易　包丰一）

杂志＋图书，我们变厚了！平面媒体＋新媒体，
我们变大了！故事会公司成立，我们变强了！

《故事会》杂志创刊于 1963 年，以丛书的形式出版了 24 册，到了 1966 年，由于"文革"的原因而停刊。1974 年，以《革命故事会》的名义复刊（1979 年恢复《故事会》刊名），所谓 500 期，由此而开始。

有幸的是，我经历了这 500 期所有的编辑过程。当读完第 500 期的校样，回想起 37 年的风风雨雨，我确实为自己拥有这一段人生而骄傲，我不知道国内有谁当一本杂志主编的时间比我长？但此时此刻，我更多的是感谢：感谢读者一直喜爱着这本杂志。自改革开放 30 多年来，这本杂志始终处于中国期刊发行量的第一梯队，至今每月还拥有 400 多万的发行量；感谢作者把最好的作品首先寄给我们，在多元文化的冲击下，你们用精彩的故事始终讲述着怎样做人的主题；感谢理论界专家的指点，当年钟敬文教授的一句话"故事与人类的语言共存"，不仅激发起我们对故事文化的热爱，更是充满了对明天的期待；感谢党和政府给了《故事会》这本小杂志巨大的荣誉：连续 3 届获得"国家期刊奖"，并被评为"中国驰名商标"，这殊荣在中国期刊界绝无仅有。

文化产业是一种影响力经济。历经 37 年的经营，《故事会》到底产生了多少经济效益，我已无法统计，仅知道最近 10 年，就上缴了 4 亿多的利润，但"故事会人"并没有以此沾沾自喜，我们内心最为自豪的是，无论走到哪里，都能听到一句话：我是看《故事会》长大的。这才是我和我的同事能一年又一年坚守在这一岗位的原因。

37 年过去了，尽管我们还在那条短短的绍兴路上，还在那幢老洋房里，但我们的产业已从一本杂志发展到系列故事图书，已从平面媒体发展到数字媒体，今天"故事会人"的心愿，是绝不能让几十年打造的文化品牌碎片化，而是要乘势而上，打造一条故事文化产业链，以独特的形式，满足读者新的文化需求。

上海文艺出版集团总编辑

《故事会》主编

2011 年 11 月

501

2011
SEMIMONTHLY
下半月刊

12月
STORIES

欢迎登录本刊主办的"故事中国网"（www.storychina.cn）

STORIES

2011 年 12 月
下半月刊·绿版

社 长、主 编：何承伟

副社长：夏一鸣

常务副主编（兼绿版负责人）：吴 伦

副主编（兼红版负责人）：姚自豪

本期责任编辑：朱 虹

电子信箱：zhong98305@sina.com

绿版发稿编辑：

颜轶超 黄美舟 刘迎曦

美术编辑：李宝强

电脑制作：郭瑾玮

本社办公室电话：021-64375030

上半月刊编辑部电话：021-64332325

下半月刊编辑部电话：021-64336469

（上海市绍兴路 74 号 邮编：200020）

主管、主办：上海文艺出版（集团）有限公司

出版单位：《故事会》编辑部

发行范围：公开

出版、发行总监：张 凯

电话：021-64313938

广告业务：上海故事会文化传媒有限公司

广告总监：张 淮

广告业务：021-34010383

广告投诉：021-64333738

广告经营许可证

沪工商广字 3100320080016 号

发行：中国图书进出口上海公司

·笑话·

多大了

宝宝两岁零十个月大了。这天，妈妈抱着宝宝去楼下溜达，碰到一位邻居。妈妈客气地和对方打招呼："好久不见啊，您今年几岁啦？看上去好年轻啊！"

邻居笑着说："哪里啊，我都快奔五啦！"说着，摸了摸宝宝的小手，亲切地问："宝宝，你几岁了？"

妈妈也鼓励道："宝宝最聪明了，告诉邻居阿姨，你多大了？"

宝宝想了想，说："都奔三了！"　　　　（李伟军）

（本栏插图：包丰一）

短　信

早晨，小夫妻俩为了谁刷碗的问题，吵了起来。随后，两人都气冲冲地上班去了。

到了中午，老婆收到老公发来的一条短信，上面写着：领导，以后像这类活儿，我全包了，不用您再费心了。看完后，老婆不禁心花怒放。

老婆正美着，手机又响了，打开一看，老公又发来一条：刚才那条错发给你了，我是准备给我们科长发的。　　　　（宁　阳）

蹭　伞

放学时，天空突然下起大雨。一个学生见老师没带伞，便热情地邀请老师合撑一把伞。

老师弯着腰钻进学生的伞下，对学生说："你看，老师的个子比你高，还是让老师拿着雨伞吧。"

不料，学生摇摇头，说："不行，这要让别的同学看见了，我多没面子啊。他们一定会以为我在蹭您的雨伞呢。"　　　　（谢小英）

4

惊人广告

小山是本市高考状元，考上了名校。办谢师宴那天，酒店打出一条标语：本酒店热烈祝贺小山同学考上名牌大学。

第二天，街上的广告标语竟铺天盖地：热烈祝贺本校应届毕业生小山同学考上名校；热烈祝贺曾就读本校的小山同学考上重点大学；热烈祝贺本幼儿园优秀毕业生小山金榜题名；热烈祝贺在本医院出生的宝宝小山荣登高考状元……

一家婚庆公司见状，也不甘示弱，打出惊人广告："热烈祝贺曾在本婚庆公司举办婚礼的大山夫妇生下的聪明孩子小山一举成名！"

（陈福国）

· 笑口常开 轻松一刻 ·

这是什么

有个胖女人去商店买东西。她看中了一样东西，把它戴在手上，说："老板，这个夜光手环戴在我手上刚好合适，多少钱？"

老板一看，愣了愣说"抱歉，女士，这个不是夜光手环。"

胖女人疑惑地问："难道这个不是夜光的？"

老板很为难地说："这确实是夜光的，但它是……夜光呼啦圈。"

（摇曳生香）

去哪儿玩

爸爸总担心外面不安全，常常不让儿子出门。这天，他买了一个地球仪回来，想让儿子在家接受启蒙教育。他拿着地球仪启发儿子："这是俄罗斯，这是加拿大，这是澳大利亚……儿子，等你长大了，你想到什么地方去玩呀？"

儿子想了想，答道："我想到隔壁佳佳家去玩！"

（英　子）

验证

丈夫在书房上网，突然听到妻子在卧室里低声说："不，不行，亲爱的，今天不行，咱们明天再见面吧。"

丈夫立刻跑进妻子的房间，质问道"你在给谁打电话呢？"

妻子笑了笑，说："我没打电话，我在看一本女性杂志。上面说，有些话妻子是必须大声说的，比如'亲爱的，把垃圾倒了'、'亲爱的，你什么时候把窗帘挂上'等等。但有一句话，无论妻子说得多小声，也不管丈夫在忙什么，他都能听得见。你看，杂志说得多准！"

（莲　安）

相亲

儿子相亲回来后，李阿姨迫不及待地问："我给你介绍的对象怎么样？"

儿子不好意思地说"还不错。那女孩对我应该也挺满意的，约会期间竟洗了三次脸，可能是为了漂亮，洗个脸补个妆啥的。"

李阿姨一听，乐坏了。就在这时，那女孩给李阿姨打来电话说："阿姨，真不好意思，我看还是……算了吧。"

李阿姨着急地问："姑娘，为什么啊？"

那女孩吞吞吐吐地说："这次相亲太无聊了，我中间洗了三次脸才……没睡着。"

（从　容）

二手车

大张买了辆二手车，得意地对同事说，他这车买得特别合算，七成新。同事过去一看，哪是七成新，分明是七成旧！但同事也没好意思说。

下班后，大张和同事一起走到停车场，发现很多车窗上都插着小广告。大张抱怨说："这些小广告真讨厌，我车上肯定也有。"

同事走到大张的车前一看，果然车窗上插着一张小卡片，上面写着："高价回收旧车。"

（一根葱）

午睡时间

有个女同事中午外出，忘记把手机带走了。之后，她老公不停地打电话来，手机铃声响个不停。此时，一个男同事正在午睡，被吵得不耐烦了，便拿过手机接起来大吼道："我们在睡觉，你烦不烦啊！"

手机终于不响了。半小时后，女同事回到公司，拿起手机给老公打电话。不料，没讲几句，她就怒气冲冲地冲同事问道："是谁？刚才是谁说跟我睡觉来着？"

（吴晓丽）

怕有坏人

妈妈带五岁的女儿去书城买书，一不留神，两人走散了。妈妈急得四处寻找。

突然，妈妈听到广播里喊"陈美美小朋友请注意，你的妈妈在一楼服务台等你……"妈妈一愣，陈美美不正是自己的名字吗？怎么变成"小朋友"了？

妈妈疑惑地跑到一楼服务台，发现女儿居然就等在那儿。妈妈好奇地问女儿："你为什么不说陈美美女士，你的女儿在一楼服务台等你？"

不料，女儿得意地答道："我怕被坏人听到，冒充家长把我强行掳走。"

（覃 塘）

老理发

老王有些秃顶。这天，他来到一家理发店，对理发师说："老哥，凭良心说，像我这头发，理起来多省事，你收费可要优惠点。"

不料，理发师看了看老王的头，说："虽然你的头发稀疏，可我替你理发时，头皮的角角落落都得理到。这就好比在戈壁滩上种麦子，收割时得跑来跑去，那更费劲。"

（小 北）

本栏欢迎来稿，读者、作者可将有新鲜感、有精彩细节的笑话佳作投寄给我们。来稿一经采用，最高稿费为一则100元。本期责任编辑电子信箱：zhong98305@sina.com。

□ 唐
门

永远
不涨价

我是个超级背包客。这回，我独
自往西一走千里，进入了茫茫
大山中。在山里走了几日，这天，我
来到了一条河边，河对岸看样子是个
小镇，岸边还停着一条木船，估计是
摆渡的。我试着喊了一句，没想到马
上传来一声回应："来了！"

几分钟后，船过来了。撑船的是
个头发花白的大爷，肤色黑中透红，
说话中气十足，样子精神抖擞，显然
是多年摆渡练就的身板。我跳上船，
随口问："大爷，过去多少钱？"

"五分！"大爷呵呵一笑，"你是
从外地来的吧？"

什么？五分？我以为自己听错
了，直到大爷又重复了一遍，我还是
不敢相信，便好奇地问道："大爷，您
怎么收这么便宜？五分钱，现在哪还

有人用呀？您就是收两块也不多！"

大爷却严肃地摆摆手，说："这个
价已经收了二十多年了，不能提。"我
更好奇了，便追问道："为什么？"

大爷并不善言谈，我问一句，他
也就答一句。船到对岸时，我才算弄
明白。原来大爷姓管，解放前跟父亲
逃荒到这里，以摆渡为生。有一年这
里发大水，父亲用船救出了很多村
民。从此，村民们就把这对外来的父
子当成了自己人。后来，父亲病重无
钱医治，还是村民们凑钱送去了医
院。父亲临终前叮嘱他，滴水之恩，当
涌泉相报。他们能为乡亲们做的只有
摆渡了，而且五分钱一趟，这个价永
远不能提。

我听完十分感动，又暗暗为大爷
担心：这么少的收入，怎么够他生

活？付钱时，我想都不想，掏出一张百元大钞递过去："大爷，您收下吧，不用找了！"

谁知管大爷一看，脸色立刻沉了下来："你这是干什么？我只收五分钱！"

我吓了一跳，支吾着说"我没零钱……"

管大爷挥挥手说："没零钱就算了。"

我愣了愣，忙红着脸把钱塞回去，然后在钱包里找啊找，好不容易找到一张一块钱的。管大爷接过去说："请等一下，我找钱给你。"

说着，管大爷从怀里摸出一个破旧的小盐袋，掏出一叠零钱来。我一看，眼睛立刻瞪大了，他还真有不少分币呀，有一分、两分和五分的，还有些毛票，最大的面额也不过一元。

管大爷蘸着口水，细心地数了九毛五分钱递给我。我诧异极了，这些分币已经绝迹了好多年，自己也很久没见过了。

告别管大爷，我走进了小镇。这是个古色古香的老镇，不单是街道和店铺，就连镇上的居民，似乎也停留在上个世纪的某个年代里。我不禁有种奇怪而又亲切的感觉。

我当即决定，要在这里多住几天。可当我想找个旅店落脚时，却发现镇上没有旅店。正沮丧呢，突然脑中一闪，管大爷那艘船不就是个最佳

旅店吗？

我兴冲冲地返回到渡口。正好管大爷从对面接了几个人过来，我发现，这些人付钱时，从口袋里摸出的都是五分硬币。我不禁连连惊叹，太不可思议了，在这里，分币竟然还在流通！

管大爷见我折回来，有点奇怪。我把自己的意思一说，他想都不想，就一口答应了："行行行！只要你不嫌弃我老头子，随便你住多久都行！"

我喜出望外，爬上船把行李放进舱内。然后，我在船上陪着管大爷来回摆渡了几趟，天色渐渐暗了下来。管大爷把船停好了，指了指岸边不远

 ·我的故事·

处的一间茅房，说那是他家。然后让我待在船上，他去弄点晚饭来。

过了些时候，我正感觉肚子饿了，管大爷笑着回来了，两只手都提满了东西，往船头一摆。我顿时瞪大了眼睛，有鸡有鱼不算，还有一瓶看上去很不错的白酒。

我当下十分过意不去，这得花掉老人家多少钱啊？对管大爷来说，也许这顿饭就把他一年的摆渡收入都吃光了。我禁不住说了句："大爷，您太破费了，这让我怎么好意思啊？"

管大爷呵呵一笑，说"来的都是客！没酒没菜怎么成？你放心，这酒是别人送的，有些年头了，这鸡是我自己养的，这鱼是我去河里抓的，都没花钱。别客气，随便吃！"

我听了，对管大爷更加钦佩，并暗暗决定，等离开时，悄悄留点钱给老人。否则，这顿饭吃得心中有愧。

于是，我们一老一小就在船头对饮起来，一直喝到半夜，酒瓶都见了底。管大爷不胜酒力，进船舱睡去了。我借着醉意，索性就在船头躺下了，吹着凉风，听着水声，畅快无比。

我正睡得迷迷糊糊，突然听到管大爷在哎哟哎哟地呻吟。我大吃一惊，忙钻进船舱一看，管大爷正捂着肚子，额头上冒出豆大的汗珠。

我大叫一声："大爷，您怎么啦？"管大爷艰难地说出几个字："肚子……疼……"

我二话不说，把他往背上一背，拼命往镇上跑。管大爷在背上给我指路，很快就来到了一家小诊所。

还好，小诊所里有医生值班，立即给大爷挂上了药水。医生告诉我，管大爷这是老毛病了，今年就发作过两次，没什么大碍，挂完药水就好了。

我松了口气，坐在床头守着管大爷。不知不觉，天快亮了，管大爷看样子也没事了，可还得把药水滴完。他从怀里摸出那个"钱包"，让我帮他去付医药费，还说等药水一滴完，他就得马上赶回渡口去，这个时候有人要过江。

我知道，管大爷的钱包里肯定不会超过十块钱，而这番折腾，少说也得上百块，肯定不够。可我也没说话，接过钱包就走。

到收费处一问，里面的女孩噼里啪啦打了一阵算盘，抬头说："一块两毛七分。"

什么？我觉得自己一定听错了。女孩又说了一次："一块两毛七分！"

我愣愣地从管大爷的钱包里数了一块两毛七分，递进去，里面递出来一张单子。我细细一瞧，我的天，千真万确，全部费用就是这么多！其中一项医生诊治费，竟然只要七分钱。

这时天已经亮了，我感到肚子有点饿，打算出去买点早饭吃，顺便给管大爷买一份。来到街上，刚好看见

10

一家包子店摆出热腾腾的包子，我决定就买这个了。

卖包子的胖女人见我靠近，问我要几个。

我说给我来五个吧，胖女人飞快地把五个包子装好递过来。我从自己口袋里掏出一张十块钱给她。胖女人接过钱，正想找零，突然发现了我手上拿着的钱包，神情一下变了。

我看了看手上管大爷的钱包，莫名其妙地问："怎么啦？"

胖女人用一种奇怪的眼神盯着我说："你这钱包哪来的？"

我愣了愣，明白了，敢情她认得管大爷的钱包啊！于是急忙告诉她，

管大爷犯老毛病了，正在小诊所里躺着呢，自己是帮他出来买包子的。

胖女人这才哈哈一笑："我说怪不得呢！"说罢把十块钱递回来，"这钱太大了，不好找，你就从管大爷的钱包里拿一毛五给我吧。"

我大吃一惊："这包子多少钱一个？"胖女人说："三分。"

什么？三分？我简直傻了眼，脱口喊了起来："太便宜了！这里的物价怎么这么低？"胖女人咯咯咯笑了起来："你还嫌便宜呀？"

我认真地说："大姐，你怎么卖这么便宜啊？这包子在城里，至少得卖一块钱！"

胖女人看着我的手上的钱包，说："你这不是给管大爷买的吗？"

我忙说是是是，猛然间有点明白了："管大爷买东西，就这么便宜？"

胖女人点点头，告诉我 当年，管大爷的父亲曾救过很多村民的命，为此他们都心存感激，所以如今，无论管大爷买什么东西，这里的人都按二十多年前的价收。管大爷的摆渡费几十年不变，物价却一年一个样，他们得让老人生活下去，因此对管大爷，这里的物价永远都不会提。

听完这些，我恍然大悟，感动极了。回去后，我向管大爷要了几张分币，我想把这些钱带回去永久珍藏。

（题图、插图：安玉民　梁　丽）

□ 张春风

贾斯汀的导盲犬

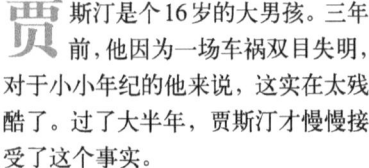

贾斯汀是个16岁的大男孩。三年前，他因为一场车祸双目失明，对于小小年纪的他来说，这实在太残酷了。过了大半年，贾斯汀才慢慢接受了这个事实。

不过，贾斯汀的父亲始终没有放弃为儿子治疗。他不断地给世界各地的眼科专家发邮件，期待奇迹的出现。在贾斯汀生日那天，父亲送给他一条纯种的拉布拉多导盲犬。这条导盲犬训练有素。贾斯汀十分兴奋，给它取名为"博比"。

很快，贾斯汀和博比成了亲密无间的朋友。有了博比，贾斯汀出行变得十分方便，性格也开朗起来。每天傍晚，贾斯汀都会和博比一起散步。他们一路沿街行走，穿过地下通道，来到一个靠海的山坡上，那里空气清新，是贾斯汀最喜欢的地方。

贾斯汀经常会满怀期待地问父亲："博比究竟长什么样呢？我只知道，它全身米黄色，可是，我看不见它的脸。"那时，父亲总是安慰他说："亲爱的，你要坚信，总有一天你会亲眼看见它！"

也许是上帝的眷顾，一天，父亲收到了一位欧洲眼科专家回复的邮件。专家说，他仔细看了贾斯汀的病历，应该还有治愈的希望。父亲大喜过望，当即带着贾斯汀飞赴欧洲。

五个月后，奇迹出现了，贾斯汀的双眼复明了。拆开纱布的瞬间，贾斯汀感觉自己就像在做梦。三年了，他终于又看见了这个多彩的世界，每一种颜色、每一样东西都是那么亲切和熟悉。想起之前的艰辛，贾斯汀忍不住痛哭流涕。

回家后，贾斯汀第一次看见了博比。"上帝呀，它比我想象中还要漂亮，瞧它健壮的四肢，瞧它闪闪发亮的皮毛！"贾斯汀不停地轻抚着它，而博比也摇着尾巴，显得格外亲昵。

就这样，贾斯汀的眼睛好了，博比导盲犬的任务也完成了。但是，贾斯汀将它留了下来。三年的朝夕相处，让他们再也离不开对方。于是，博比变成了贾斯汀的宠物狗。

很快，贾斯汀重新回到了学校，继续未完成的学业。就在这时，贾斯汀喜欢上了一个刚转学来的女生妮莎。

这天傍晚，贾斯汀约妮莎一起去散步。贾斯汀怕自己太紧张，就带上了博比。果然，有了博比，气氛变得轻松多了。妮莎连连赞叹"好漂亮的狗啊！"

贾斯汀骄傲地说："那当然了！博比不但漂亮，而且相当聪明……"话讲到一半，贾斯汀突然闭上了嘴巴。因为，他不希望妮莎知道博比是一条导盲犬，更害怕妮莎知道自己的过去后嫌弃自己。庆幸的是，妮莎并没有察觉。

两人说着说着，来到了一条宽阔的街道。贾斯汀正想往前走，突然，博比紧紧咬住了他的牛仔裤裤腿，使劲往前拽。贾斯汀惊呼道："博……博比，你想干什么？"

博比不吱声，继续拽着贾斯汀。妮莎饶有兴致地看着说："让我看看博比想玩什么小花样？"贾斯汀只好停止了挣扎。

很快，博比拉着贾斯汀来到了盲道，然后，昂首挺胸地走在了前面。贾斯汀气坏了，掉头就走。谁知，博比竟冲上来，再次将他拽回了盲道。

顿时，妮莎哈哈大笑："哈哈，好可爱的博比，竟……竟然把你当成了盲人，它不会是条导盲犬吧？"贾斯汀涨红了脸，只能尴尬地笑了笑。

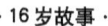

当晚，贾斯汀辗转难眠。最后，他艰难地做出了决定：将博比送走。虽然，他们曾经患难与共，但每次看见博比，贾斯汀就会想起痛苦的往事。这对他来说，是一种煎熬。刚好，附近有个盲人朋友，急需一条聪明的导盲犬。贾斯汀觉得，这应该是博比最好的归宿。

第二天傍晚，贾斯汀决定最后一次带着博比去散步，然后将它送到那个盲人朋友的家里。这条路，贾斯汀和博比一起走过无数次，沿途每一个风景，甚至脚下每一粒石子都那么熟悉。想起将永远失去博比，贾斯汀的眼圈红了，他走得很慢很慢。

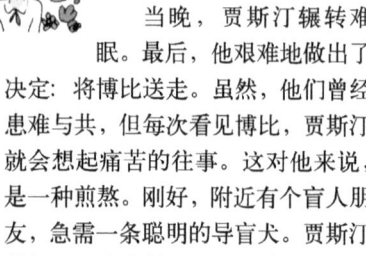

不知不觉，贾斯汀走入了地下通道。突然，通道里的灯全灭了，周围一片漆黑。此时，通道里又没有其他人，贾斯汀进退两难，不禁陷入了莫名的恐慌中。

突然，贾斯汀感觉手中的绳子紧了紧，耳旁传来了博比熟悉的叫声："汪汪……"然后，又感觉博比似乎试图带着他朝前走。贾斯汀犹豫了一下，轻轻抬起了腿。

顿时，贾斯汀觉得自己仿佛回到了过去。那时，博比就是这样每天领着自己，走过这个地下通道，走过一个个暗无天日的日子。有了博比，贾斯汀变得无所畏惧。因为，它是最值得信赖的朋友，它会帮忙躲避所有的危险。就这样，贾斯汀仿佛又变回了盲人，紧紧跟着博比，往通道出口走去。走着走着，贾斯汀不禁泪流满面。

黑暗持续了几分钟。快出通道时，突然"刷"的一声，所有的灯亮了。在闪耀的灯光下，贾斯汀停住了脚步，久久凝视着博比。而博比，也回头默默注视着他。突然，贾斯汀改变了主意。他蹲下身子，轻抚了一下博比，哽咽着说"宝贝，咱们回家！"

从那天起，贾斯汀仍旧每天和博比一起散步。只是，每次他都会闭上双眼，跟着博比走在盲道上。他很享受这样的生活，也终于明白，有些记忆是值得永远回味的。

（题图、插图：安玉民　梁　丽）

赡养老人，是天经地义的事。可普天之下，居然有这样一种"赡养"法……

孝心包干

□ 陈 铭

阿美在城里打工，因为忙着打拼，已经好几年没回过娘家了。这天，她想起来也该回家看看了，便坐上长途车，赶回了老家。

阿美的娘家在一个偏僻的小山村里，家里有五个大哥，都已各自成家了，老大还当上了村长。他们见阿美回来，个个笑逐颜开，一口一个六妹，喊得亲热无比。想当初，五个大哥对她可没这么热情，因为她是母亲捡来的，家里又重男轻女，一碗肉汤兄妹六人喝，经过五个哥哥的嘴，最后轮到她手上时，碗里基本就干了。

走进母亲住的屋子，阿美不禁鼻子一酸。屋内脏乱不堪，锅里只有一碗冷饭，还是前天剩下的。老娘虽说身体不好，但说话倒还利索，抱着阿美痛哭一场。

阿美看出来了，五个大哥并没有尽到赡养老娘的责任。可她也不便多说什么，心想不能再让老娘这样下去，自己这么多年没尽过孝，现在就多补偿一点吧。这么一想，她就提出把老娘接到城里住一段时间。

五个大哥一听，怕她反悔似的，连连叫好。当村长的老大兴奋地说："六妹呀，大哥就知道你是个知恩图报的好妹妹，没有忘记娘的养育之

恩。"当下还拍板决定，老娘与妹妹家住，他们五兄弟每月每人补贴五十块。

阿美听着这些话，打心里就反感，一刻也不想在这儿多呆了。第二天一早，她就带母亲回了城。没过几天，母亲脸上就有了红润，全身上下，焕然一新。

不料，有一天母亲下楼时，不小心摔了一跤，把一条胳膊摔伤了。阿美急忙送她去了医院，又给村里的大哥打电话。

大哥在那头暗吃一惊："摔着了？伤到哪儿了？"阿美说伤到手了。"哦，伤到手啊！"大哥好像松了口气似的说，"我现在在乡里开会，这样吧，你找一下老二。"说着，把老二的电话号码一报，就挂了。

阿美只好又打给二哥，告诉他老娘摔着了手。二哥听罢，沉默了片刻，问："六妹，娘摔伤了哪只手？"

阿美一怔，肚子里不禁来了气：摔到手就是摔到手了，你干吗还要问摔伤了哪只手？这么磨磨叽叽干什么？我也不是叫你们拿医药费来，只是告诉你们，总该来看看吧！

二哥见她没吭声，又问："六妹，娘到底摔到哪只手啊？"

阿美没好气地说："右手。"

二哥长长地哦了一声，又想了想，说："六妹，我明天有个活，推不掉，你等一下，我叫老五打电话给

你。"

阿美张了张嘴巴，一时间不知说什么好，二哥早把电话挂了。还好，过了一会儿，五哥果然打来电话，问了问情况，十分干脆地说："六妹，我现在马上进城！"

阿美心里多少消了点气，五个大哥，总算还有个关心老娘的。

晚上，五哥果然赶来了，从怀里摸出一千块钱给阿美。阿美没有接，说这点医药费她出得起，通知几位大哥，不是想叫他们凑钱，只是想让他们来看看老娘而已。

五哥一听，也没跟她客气，笑着把钱塞回怀里，感慨地说："六妹呀，你虽不是妈亲生的，却承担了做儿子的责任。这样，娘住院期间的活就交给我吧！"五哥还真说到做到，留了下来，一直把老娘服侍出了院。

一晃过了几个月，这天阿美忽然接到电话，说老娘在街上被汽车撞了，好在司机还讲良心，把老娘送进了医院。

阿美急忙赶到医院，一看老娘被撞伤了一条腿。阿美急忙给大哥打电话。和上次一样，大哥说他没空，让她打给老三。谁知老三也说有事，叫她打给老四。结果，老四又叫她打回给老大。阿美气坏了，这些人可真会踢皮球啊。干脆，她直接打给老五，五兄弟里面，就数五哥还有点良心。

哪知道，五哥这回也跟她玩起了

太极，吞吞吐吐地说："六妹呀，我……我明天有事，实在走不开啊！这样吧，六妹，就麻烦你照顾下咱娘……"

阿美的心彻底凉了，愤愤地说："行了行了，你们不想来就不要来了，反正我是不会不管娘的！"

老娘躺在床上默默地听她打电话，最后一抹眼泪，说："老六呀，你不用叫他们了，他们这次谁也不会来的。唉，这都怪我呀，撞哪儿不好，偏偏撞到了这条腿，害了你啊！"

阿美听着老娘的话，感觉有点奇怪，便问："娘，您说什么呀？撞到腿怎么啦？他们就不该来看看吗？"

"这条腿……"老娘难为情地别过脸说，"这条腿是你的呀！"

阿美顿时愣住了，老娘的话越说越奇怪，就追着她说个明白。老娘咬了咬牙，就说了出来。

原来五兄弟早就把老娘当皮球踢了，平常没病没灾还好说，一出了事，个个都不见人影。后来老大就想出一个办法来。啥办法？抓阄！把老娘的身体分成六份，划分责任田。谁抓着哪部分，哪部分就是谁的责任田，就得负责。结果老大抓到了脑袋，老二抓到了左腿，老三抓到了左手，老四抓到了身体，老五抓到了右手，最后就剩下一条右腿，不用说，是属于六妹的。现在她的责任田出事了，五个大哥自然认为该她负责！

阿美听罢，简直是哭笑不得。太荒唐了，天底下竟然还有这么赡养老人的！见老娘一个劲在掉泪，阿美忍着火安慰她："娘，您也别伤心了，既然这样，该我负责的我一定会负责！"

第二天，阿美来到医院，见到了肇事司机。这人是个老板，心肠挺好，提着一堆礼物来看望老人，然后又主动和她商量赔偿的事。

阿美还没想好，这老板财大气粗

地说："这样吧，我一次性赔给你们二十万，这事就算完结了。"

阿美觉得也差不多，就同意了。老板拿出一叠纸，说他连律师都带来了，赔偿协议也写好了，只要老人在上面摁个手印，马上就交钱。

老娘望着阿美说："老六啊，钱是赔给我的腿的，而我这条腿又是你负责的，这些钱你就收着吧。"

阿美心里一阵难过，赶紧说："娘，您别这么说，您全身都是女儿的。钱您收着，该怎么处理，由您自己决定。"

老娘低下头琢磨了一阵，问老板："我过两天再摁行不行？"老板有些奇怪，但还是点头答应了，说过两天再来。

老板走后，老娘说："老六，你给老大打个电话，告诉他这个事，叫他们五个都来。"

阿美一听愣了，随即明白了，老娘到底还是看重儿子啊，虽然五个儿子待她都不好，可老娘还是念着他们。叫他们来，是想分这二十万呢！

阿美心里有气，但也不好说什么，只能气鼓鼓地打通了大哥的电话。老大一听是关于二十万赔偿款的事，立刻痛快地答应了："行行行，我马上通知他们，明天一定到！"

第二天一大早，不单五个哥哥，连五个嫂嫂都来了，大家一脸喜气地拥进了病房。

又等了一会儿，老板也来了。老娘说："你能不能先让我看看那二十万？"老板哈哈一笑，说当然可以，就从包里取出两扎厚厚的百元大票，摆在老娘的床头，拍了拍说："阿婆，您往协议上一摁手印，这二十万就是您的了。"

老娘冲床前一排儿子儿媳说："听见没？只要我一摁手印，这二十万就是我的了。"儿子儿媳们脸上个个喜不自禁，都说："娘，快按了吧，二十万不少了。"

老板取出了协议，指着地方给老娘看，叫她往这里按。老娘点点头，接过协议，使劲坐了起来。她一手拿着协议书，一手拿着印泥，身子费力地往前倾，用印泥往右脚的脚拇指那里摁了一下，又用脚拇指往协议书上摁了一下。

在场的人看着这一幕，顿时都傻了。老板接过协议书，笑着说："阿婆，你得用手指摁啊！"

"不成，不成。"老娘摆摆手，说，"用手指摁，这钱就成老五的了。"

儿子儿媳们一听，纷纷吃惊地叫了一声，瞪着老娘。

"你们都听好了。"老娘用手指逐一点着儿子，厉声说，"这协议是我用老六的脚摁的，所以这二十万应该归老六，你们谁也不许抢！"

（题图、插图：刘斌昆）

租个房真难

□张泇尹

宋平属于普通的工薪阶层，家境并不宽裕。偏偏他女儿珊珊得了一种罕见的疾病，宋平夫妇便带着珊珊，来到省城看病。

到了医院，宋平发现这里人山人海，折腾了一天才给女儿看完病，但检查结果要明天才出来。宋平夫妇只好带着女儿走出了医院。

刚出门，一个留寸头的中年男子就凑上来问："家庭旅馆住不住？"说着，硬塞给宋平一张名片。宋平没有

理睬，带着家人找了一家便宜的宾馆，住了一宿。

第二天上午，宋平一家三口又来到医院。医生告诉宋平，珊珊的检查结果出来了，目前还不需要住院，建议他们先找个地方住下，可能要呆个一年半载，这期间按时来复诊就行。宋平听了很高兴，可想了想，又犯起了难，这么长的时间总不能天天住宾馆吧？

夫妇俩正坐在医院的大厅里商量着，旁边突然有人说话了："兄弟，也是要打持久战吧？"宋平回过头，见说话的是一个穿着朴素的男子，他长相憨厚，怀里还抱着个三四岁的孩子，看起来病恹恹的。

宋平点点头，说："大哥，你也是带孩子来看病的吧？"男子叹了口气，说"是啊！我在家庭旅馆都住了

大半年了，那边离医院近，费用低，过来复诊也方便。你们也可以试试。"

两人聊了一会儿，男子告诉宋平，他叫王伟，还问宋平要了手机号，说以后如果有好房源，会及时通知他，然后就走了。

这时，宋平想起了那张名片。想了想，他还是按照上面的电话打了过去。很快，昨天那个塞名片的中年男子赶来了，乐呵呵地说："我叫阿金，瞧，咱俩还是有缘吧？"

宋平直截了当地问："现在可以看房吗？"阿金点点头，说"跟我来，就在附近。"

很快，他们来到一个有些破旧的小区门口。宋平让母女俩在楼下等着，自己跟着阿金上了楼。进门后，宋平立马傻眼了。这套房子面积不大，却被隔成了好几个单元，每个单元摆了两三张上下铺，凌乱而嘈杂，分明就是群租屋嘛。

阿金指了指一个床位，说"这个怎么样？"宋平皱了皱眉头："这床太窄了，怎么睡得下三个人呢？再说旁边住着陌生人，太不安全了。"

阿金说："没事，等我有了好房源，马上通知你！"

下楼后，宋平把情况告诉了媳妇，媳妇安慰道："这房子要慢慢找，要不咱先在宾馆住几天？"宋平点点头，只好又带着她们回到了宾馆。

接下来的几天，宋平又找了其他房屋中介，看了好几处房子，可都觉得不满意。

这天，宋平夫妇又带着珊珊去医院复查，检查完出门时，刚巧又看见了王伟。只见王伟脸色凝重地抱着孩子匆匆而去，宋平赶紧喊道："大哥……"没想到，王伟只是回头看了看他，也没吭声，就迅速上了辆出租车，疾驰而去。

宋平有些失落，心想那天王伟说有好房源，就给他介绍，也许只是随口说说罢了，便也没放在心上。

这时，那个中介阿金打来了电话，说有一个好房源。很快，宋平和他碰了头。阿金拍着胸脯说："这间绝对好，经济实惠，我特意留给你的。"

到了那里，宋平发现，这是个单间，采光不错，生活设施齐全，房租也相当便宜。他正想答应下来，突然听到隔壁有孩子的咳嗽声。宋平走过去一看，发现那孩子正在吃药。宋平看了看药盒，头也不回地走了。

阿金赶紧追了上去，宋平气呼呼地说："你怎么可以介绍这样的房子呢？那孩子得的是传染病。"阿金无奈地说："没错，这里的孩子得的全是传染病，所以价格才便宜呀。"

宋平火冒三丈地说："你这人太缺德了！我可不能让孩子再得别的病。以后，我再也不找你了！"

阿金斜了斜眼睛，骂道："真是不

识好人心，有钱你住星级宾馆啊，还挑三拣四的！"

就这样，宋平夫妇又在宾馆住了几天。其间，珊珊又开了不少药，眼看兜里的钱越来越少，宋平急得团团转。再这样下去，他们撑不到半年就得回家了。

这天下午，宋平正唉声叹气呢，突然，手机响了："喂，我是王伟，你还没找到房子吗？我这里刚好……有一间，就是……不知道你要不要？"宋平喜出望外："我马上过来看看。"

不一会儿，宋平就按照王伟告诉他的地址，找到了那间房子。谁知，刚进门，就碰上了阿金。宋平诧异地问："你怎么在这里？"

阿金冷冷地说："这套房源，本来就在我手上！你不是说，我这个人太缺德，以后都不找我了吗？"

宋平跺了跺脚，转身就要走。这时，王伟匆匆赶来了："兄弟，你别走啊！"

才几天不见，王伟看起来明显憔悴了许多。他拉住阿金，讨好地说："老板，是这样的！我这个单间不是还剩下一个月的房租吗？就让这位兄弟住吧，后面，就让他继续租下去。"

阿金的眼睛骨碌碌转了转，他"哼"了一声，说："那可不行！咱们合同里写得清清楚楚，房客没到期限就主动搬离，那剩下的时间就作废。所以，他想住的话，得另外掏钱。"

宋平一听，就火了："这人太势利，算了，我不住了。"

王伟急忙拉住宋平，小声劝道："兄弟，现在不是耍性子的时候。"然后，他走上前，继续赔笑道："老板，这合同不是人定的嘛，你就当他是我亲戚，代替我住了，这都不行吗？"

阿金冷笑道："亲戚？你倒说说看，你俩算哪门子亲戚？别以为我不知道，你俩根本就没啥关系。"一

句话，立马把王伟给噎住了。

突然，王伟变得火冒三丈，歇斯底里地吼道："没错，我俩不是亲戚。但我俩都是父亲，并且同病相怜，为了孩子不得已在省城寄人篱下。难道，你就不是一个父亲？倘若你孩子得了重病，你会不会也这样冷酷无情？像你这样的吸血鬼，就该好好揍一顿。"说罢，操起一张凳子就要动手。

不料阿金依旧毫不退让，嚷嚷道："有本事，就朝我脑袋瓜打，我让你吃不了兜着走。"

宋平赶紧拉住王伟"大哥，别这样，打伤人是要吃官司的。"

此时，王伟已经红了眼睛，惨然一笑："吃官司怕什么？反正我孩子都没了，天塌下来我也不怕！"

顿时，整个屋子安静了下来。阿金愣了愣，默默地转身走了。

宋平这才知道，原来，王伟的孩子没了，这才留下了这个单间。他刚刚经历丧子之痛，却第一时间想到为别人排忧解难。怪不得，他看起来脸色憔悴，在电话中又有些犹豫，他是怕自己嫌弃这个单间，嫌这张床不吉利。

宋平轻轻拿过那张凳子放下，拍了拍王伟的肩膀，安慰道："兄弟，太谢谢你了，这里真的很好……"

王伟叹了口气，说："那就住下吧，好好给孩子治病。放心，这里我已经让人消过毒了，很干净！"

王伟还告诉宋平，上回在医院，医生对他说，他的孩子快不行了。悲痛之余，他强打精神，陪孩子最后去了一趟游乐园，所以当时没顾上跟宋平讲话。

临走前，宋平坚持要把这一个月的房钱算给他。不料，王伟摆了摆手，说："我孩子都没了，留着钱还有啥用？你存起来，兴许还能解一时之难呢，也不枉费咱俩相识一场。兄弟，祝你好运！"

望着王伟渐渐远去的背影，宋平的内心久久无法平静。

（题图、插图：谭海彦）

奇怪的
邀请

□ 刘俊杰

李强到省城办事，出发前给最要好的大学同学老三打了电话，让老三到时请他吃饭。

到了省城，李强正要找个宾馆落脚，忽然老三打来电话，问他到了没有。李强说到了，正在找宾馆呢。老三大声说："别找了，上我家来住，我家房子大得很！"

李强愣了一下，客气地说不给他们添麻烦了。老三一听还不乐意了：

"有啥麻烦的？还当不当我是兄弟了？快来！不来，老子跟你急！"

李强心下一阵感慨：真是好兄弟啊，老三这是把他当自己人呢！李强不再推辞，痛快地答应了。

不过，老三说他现在走不开，叫李强自己去他家，还把地址告诉了李强。李强兴冲冲地打了个车，照着地址找到了老三家，敲响了门。

不一会儿，门开了，里面是个年轻漂亮的女人。李强认得，这正是老三的老婆，好像叫阿芳，他们前年结婚的时候，自己见过。

李强笑着自我介绍，说自己是老三的老同学，问她还认得自己不？阿芳怔了怔，笑着说有印象，接着热情地请他进屋。李强一边把带的土特产掏出来，一边说："嫂子啊，我说我要找个宾馆，老三非要我到你们家里

住。我说不好意思吧，他还生气了。这不，我只好打扰了。"

阿芳一边给他倒茶，一边笑着说："没什么不好意思的，我这房子大，就住这儿吧。"说了几句话，她转身拿个小菜篮，对李强说，"你先坐着看看电视，我去买点菜，别客气啊，就当自己家一样。"

阿芳出去后，李强不禁感慨地一拍大腿：老三啊老三，你小子太有福气。怪不得你敢把客人带回家，原来娶了个这么好的老婆！

李强坐在沙发上惬意地喝着茶，看着电视。等了一会儿，老三的电话来了，问他到家没有。李强激动地说："你小子快回来吧，嫂子出去买菜了。"老三说就回就回，今晚上一定好好喝一顿。

又过了一会儿，阿芳买菜回来了，她扎上围裙，在厨房里忙乎起来。足足忙了两个小时，这才把围裙解下，招呼李强吃饭。

李强忙给老三打电话，叫他快点回来。谁知老三说他的事还没办完，叫他们先吃着，不必等。

阿芳也说不用等了。叫了几次，李强都不好意思推辞了，只好起身走到桌子旁。坐下一瞧，嗬，阿芳可真够意思啊，太丰盛了，又是鱼又是虾的，摆了满满一桌子。李强简直有点受宠若惊。

阿芳往李强面前放了只漂亮的酒杯。李强心想，老三也不在，自己一个大男人，在同学家里和同学的老婆吃饭，已经够不好意思的了。再喝酒，那成什么样子？于是连连摆手，说不喝了。

阿芳甜甜地笑着劝他"喝吧，我陪你喝。等会他回来，见没有酒，就该怪我了。"

李强一看，既然人家这么热情，也就只好客随主便了。阿芳果然也给自己倒了一杯酒，笑吟吟地举起来说："李强，我代表我家那位敬你一杯！"

李强却始终感觉有点难为情，这酒喝得很不是滋味。阿芳倒是热情洋溢，不住地给他倒酒、夹菜。阿芳越是热情，李强越是不自在，一边心不在焉地吃着，一边期待着老三快点回来。

哪知一直等到吃完饭，老三还是没回来。李强忍不住又打电话"你小子太不够意思了，我饭都吃完了。"老三连说抱歉，说他单位临时有事，来了个大领导，他得去陪，一吃完饭马上就赶回去。

李强心里十分不乐意，心说早知道这样，还不如找个宾馆自在。在客厅里尴尬地坐了一阵，阿芳忽然过来说："李强，洗澡水我已经调好了，你先冲个凉吧。"

阿芳的热情简直令人无法抗拒，

李强硬着头皮走进了卫生间。等他洗完了走出来，阿芳又马上进去拿他换下的衣服。

李强一看忙说："嫂子，不、不用了，我拿回家再洗。"

阿芳大大方方地一笑："别客气！这不是有洗衣机吗？洗一洗，明天就能穿了。"

李强尴尬透顶，觉得阿芳未免有点热情过度了，说也不是，不说也不是。正在这时，老三打来电话，说他今晚可能回不来了。

李强一听急了："怎么回事？你到底什么意思？"

"老同学，真的对不起啊！"老三说，"我得出差，现在就要走。你呢，就在我家睡吧，我明天一早就回来了。"

李强声音一下大了起来："那不行，不行，我得去找宾馆！"

老三顿时不高兴了："哎呀，你这是不给我面子啊！有什么不好意思的，在我家住就行了，你要走我饶不了你！"说罢，不容分说就挂了。

李强愣了半响，暗暗责怪起老三来：老三啊老三，你说得倒轻松，可你换成我的角度想一想，孤男寡女的，你好意思住吗？

这么一想，李强马上站起来，要出去找宾馆。谁知阿芳一听就急了，赶紧拦住他："都这么晚了，就在这里住吧！你看，床我都给你铺好了。"

李强看得出来，阿芳是真心实意留他在这里住的。争执了半天，李强到底还是拗不过她的热情，硬着头皮又坐了下来，心想，老三，这可是你们两口子坚决要求我住的。你不在意，我也不会在意，别过了又怀疑我做了什么对不起你的事！

李强看了一会儿电视，看看时间刚过九点，但实在不好意思在客厅呆着了，就打算睡觉。阿芳带他走进一个房间，又交代了一番，这才走出去关上门。

李强从来没有这么早就上床的，只好瞪着眼睛发愣。好不容易熬到十一点，他正要闭眼，老三又打来电话，问他睡了没有。

李强没好气地说准备睡了。

老三又问："我老婆呢，睡了吧？"

李强侧耳一听，外面没有声响了，就说："应该也睡了吧。"

"哦。"老三沉吟半响，却似乎无话可说，"那好，那你们睡吧。"

李强感觉老三的语气有点怪，一琢磨，肚子里来了气：妈的，我说要出去住宾馆吧，你却不让，现在又疑神疑鬼的。

迷迷糊糊间，李强快要睡着了，突然被电话惊醒了，一看，又是老三。再看时间，都已经过了十二点了。

老三问："兄弟，睡着了吗？"

李强差点要发火了："刚要睡着，被你吵醒了。你三更半夜打电话干什么？"

"没事，没事。"老三嘿嘿笑着说，"我睡不着，担心你也睡不着，所以打个电话问问，没别的意思。"

李强气得鼻子都歪了，还说没有别的意思，这不是此地无银三百两吗？他再也忍不住了，大声说："老三，这样吧，你要是实在不放心，我不挂电话，你就在那头听，有什么声音你都能听到，行吗？"

老三一听他发火了，赶紧赔着笑说："兄弟，别这么说呀！我能不信你吗？信不过你，我也信得过我老婆吧？别多心了，睡吧。"

李强气鼓鼓地挂了手机。被老三这么一骚扰，他的睡意全跑了。又不知过了多久，他突然听到房门外有响声，心中一惊，眼睛立刻瞪大了。

只见房门被轻轻地推开了一条缝，外面有个人影，先从门缝里朝里面望了几下，然后轻手轻脚地从门缝里闪了进来，关上门，慢慢向他床边摸来。

李强的心顿时怦怦怦跳个不停。他正不知所措，突然"啪"的一声，屋里一亮，那人竟然还把灯打开了。李强一看，像见了鬼一般，从床上跳了起来。此刻站在他床头的，不是阿芳，而竟然是老三！

老三冲他"嘘"了一声，然后往床上一坐，双手紧紧地抓住他肩膀，激动地说："我的好兄弟，你受苦了！"

李强一肚子的疑惑，怒气冲冲地问他："老三，你到底在搞什么？"

老三不好意思地说"兄弟呀，实话告诉你吧，你这次来得不巧，早上我刚跟你嫂子吵架呢。"

李强吓了一跳。原来这天早上老三两口子吵架，老三出门时撂下狠话，说他再也不回这个家了。后来得知李强来到省城，老三突然想出这么一个昏招，千方百计让李强住到他家去，一来是想试探一下老婆的反应，二来也算是对老婆的一个考验。哪知阿芳的态度大大出乎他的意料，弄成了个骑虎难下的局面。

李强顿时恍然大悟，怪不得阿芳对他如此热情，原来她早就识破了老三的招数，想故意气老三呢，就看老三晚上回不回来！

李强又好笑又好气，一巴掌拍在老三后脑勺，说："快过去睡觉吧，嫂子就知道你憋不住，一定会跑回来的！"

（题图：谭海彦）

绿版编辑部各编辑邮箱：

吴　伦：wulun@vip.sohu.net

朱　虹：zhong98305@sina.com

刘迎曦：liuyingxi1203@163.com

颜铁超：yanyichao1004@sina.com

黄美舟：piggybank81@sohu.com

永远盖不完的房子

□ 米凤鸣

小林在城里找了个女朋友，名叫小芙。两人情投意合，感情甚好。这天，小芙提出，想去小林的老家看望他的家人。小林顿时犹豫了，因为他母亲早亡，父亲是个精神病患者，现在由姑姑照顾。他怕小芙知道真相后会和自己分手，所以一直没提过老家的情况。

考虑了半天，小林还是撒了谎："其实，我父母双亡，老家也没什么亲戚，没必要回去了。"小芙安慰道"我不会嫌弃你的出身，只是想看一看生你养你的地方，毕竟那是你的故乡啊！"没办法，小林只好答应了。

第二天，两人就坐长途车回到了小林的老家水秀村。一进村，小芙就对村里古色古香的房子产生了浓厚的兴趣。因为，她学的就是建筑设计。很快，他们来到了小林家。那是三间普通的瓦房，却造得别有一番风味。小芙看得兴奋极了。

吃过午饭，小芙想一个人四处逛逛。小林担心地说："还是我陪你去吧。"小芙摆了摆手："我又不是小孩，丢不了！更何况，我习惯一个人研究建筑。"小林只好作罢。

一路上，小芙简直看花了眼，对着各种古建筑不停地拍照。不知不觉，就越走越远了。

突然，小芙看见不远处有个中年男子，正蹲在地上摆弄着什么。走近一看，男子手里拿着泥刀，正在用碎砖盖房子。男子摆砖、和泥的手法相当熟练，应该是个不错的泥瓦匠。

小芙停下脚步，好奇地问："大叔，你在干什么？"男子抬起头，咧嘴傻笑道："我给壮壮盖新房，嘻嘻！"说罢，自顾低头盖房子。

小芙觉得这个男子精神有些问题，可不知为什么，小芙莫名地被吸引住了。她蹲下身子，注视着男子的一举一动。

不一会儿，男子丢下泥刀，抓起旁边一根木头开始雕刻花纹。小芙正看得入神，突然，身后传来一声怒吼："怎么又出来盖房子了？还不快回去！"

小芙回头一看，只见一个黑黑的中年女子冲上来，拉起男子就走。男子一边挣扎，一边倔强地说："不嘛，我要给壮壮盖新房！"女子哄道："壮壮还小，以后再盖，乖……"说罢，拽着男子走了。

回去后，小芙将这事告诉了小林。小林愣了愣，假装镇定地说："早让你别四处乱跑了，这次运气好，万一你遇上一个武疯子，那可就麻烦了！"其实，姑姑早就打电话告诉小林，他女朋友小芙撞见了他父亲。

第二天上午，小林生怕夜长梦多，催促着小芙赶紧回城。不料，小芙摇了摇头，说："不行，我还要去找昨天盖房子的大叔。"

小林一慌："找……找他干吗？"小芙笑着说："哎呀，说了你也不懂。昨天，我发现大叔雕刻木头的手法十分特别，可能是一种失传已久的技艺。今天，我一定要探个究竟。"小林太了解小芙的倔脾气了，不达目的决不罢休，他只好同意了。

可奇怪的是，小芙在村子里转悠了一上午，也没发现大叔的踪迹。她哪里知道，小林早就让姑姑将父亲藏起来了，并且跟乡亲们打了招呼。小林又劝道："你说的大叔不是咱们村的，连我都不认识。咱们还是回城吧。"

可这一次，小芙却较了真，气呼呼地说："我不管，要是找不到大叔，我就不回去了！"这下，小林急了。无奈之下，小林只好悄悄打电话给姑姑，让她将父亲放出来，然后假装陪着小芙一路寻找。很快，两人就在路边找到了。

小芙兴奋地跑上前，亲切地问："大叔，又给壮壮盖新房呢？"林父点了点头。小芙举起了相机，对着林父拍了又拍。不一会儿，林父就盖完了四面墙，又刻了个木制雕花，只差一个屋顶了。

突然，林父丢下泥刀，坐在地上号啕大哭起来："没有瓦了，盖不成新房了，呜呜……"小芙指了指旁边一堆青瓦，说："这里有瓦呀。"

林父哭道："这个瓦不行……"小芙正不知如何是好，姑姑出现了，手里捧着几片青瓦，喊道："乖，镇德窑

28

的瓦片来了……"林父立刻破涕为笑，接过瓦片盖起了屋顶。

小芙见状，不解地问："为什么他只要镇德窑的瓦片呢？"姑姑却沉默不语。

很快，林父盖完了房子，小芙连连赞叹："哇，好漂亮！"话音未落，林父抬脚猛踹了几下，房子轰然倒塌。随后，林父蹲在地上，掩面而泣，仿佛一个受伤的孩子。

小芙呆住了："大……大叔为什么要这样？"姑姑摇了摇头，伤感地说："我也不知道。每次他从家里跑出来，就拿着泥刀不停地盖房子，盖完了，都会将它推倒。十几年来，他每天都是盖了又推，推了又盖……"

看到这里，小林突然红了眼睛，说："小芙，咱们走吧！"

当晚，趁小芙睡着了，小林悄然起身拿起了相机。数码屏幕上，记录了白天父亲盖房时的每一个动作、每一个神情。看着看着，小林想起了当年，不禁泪流满面。

第二天清早，小芙出乎意料地说："咱们回城吧。"谁知，小林拦住了她，哽咽着说："小芙，我要向你坦白……"

小林告诉小芙，他母亲很早就过世了，是父亲把他带大的。父亲是个泥瓦匠，在小林上中学时，父亲打算帮他盖新房。那时，父亲拿着泥刀站在墙头，他就在下面

递砖。等盖完了四面墙，父亲便去镇德窑拉瓦片，不料，半路被车撞成了重伤，从此精神出了问题。

小林痛苦地说："工作后，我很少回家，所以，从没见过父亲一个人玩家家。直到昨天，我才明白，原来父亲的心里一直有个结。他始终觉得，家里的房子还没盖完，自己没尽到做父亲的责任。他每次将玩家家的房子盖了又推，推了又盖，那是因为，他渴望重新拖回镇德窑的瓦片，像当年一样，和我一起盖完那个屋顶。"

听完小林的话，小芙叹了口气，说："其实，我早就猜到大叔就是你父亲了。"

原来那天，林父在路边盖房子，

小芙一眼就看出，房屋结构跟小林家的如出一辙。小芙觉得事有蹊跷，便找借口留了下来。而昨天相遇时，父子俩举手投足之间那么相像，更加确定了她的判断。

小林羞愧地说："对不起，原本我打算时机成熟后，再跟你坦白的。因为，我怕失去你。"小芙听完，沉默了。

当天上午，小林带着小芙再次找到了父亲。这一回，小林蹲在路边，陪父亲玩起了过家家。就像十几年前一样，小林负责和泥递砖，父亲负责盖房，父子俩你来我往，配合得十分默契。看着看着，小芙的眼睛湿润了。她

对着父子俩，飞快地按下了快门。奇怪的是，这次盖完那栋房子，父亲竟然破天荒地没有将它推翻。

回城的车上，小芙依偎在小林怀里，深情地说："放心吧，我永远都不会离开你。从今往后，让我们一起照顾大叔。"其实，原本小芙决定回城后，重新考虑这段感情。因为她觉得，一个嫌弃亲生父亲的男人，不值得她托付终生。但庆幸的是，在关键时刻，小林良心发现了。昨晚小林偷偷翻看相机，今天又陪父亲盖房的点点滴滴，都被小芙看在了眼里。

（题图、插图：张恩卫）

·本刊信息传真·

新浪第二届微小说推荐作品选登

主题：穿 越

由新浪微博主办的第二届微小说大赛已经结束，作为合作媒体，故事会同时征稿并遴选佳作推荐进入复评。大赛详情请见故事中国网（www.storychina.cn）。

@柴牛 鉴于全民穿越潮的加剧，管理局决定提高五倍穿越费，以期普通百姓知难而退。此举一出，社会虽反响强烈，但申请人数仍呈快速增长势头。该局不解，约谈数十申请人，问其原因。众说纷纭"那里的空气没有污染"、"那里的食用油都是原生的"，最后，一小女孩轻语："那里没有麻木的车来车往……"

@liang德文 他死于心肌梗塞，神看在他平时多做善事，给他一次穿越的机会。他说："我要回到那里。"他在篮球场上，挥洒汗水，一瞬间，心肌梗塞而

死。他再次见到神，神问："你为什么还要上场？本来你可以活久一点。"他说："我穿越并不是为了改写命运，只是为了再次享受打球的乐趣。"

@霜夜白 她酷爱书法，对古今书法家仰慕不已，其中最爱王羲之。她许愿，要是能得到书圣亲笔墨宝，死而无憾。一天早晨醒来，她竟躺在王羲之面前，赤裸的身上沾满墨迹。王羲之深情地注视着她，她不由得脸红，难道书圣……败笔！她还没缓过神，只听王羲之一声长叹，她已被揉成一团，扔到了地上。

特别搅局

□ 魏 炜

陈西大学毕业没几年，最近刚刚辞职。这天，他看到一家建筑公司在招人，他学的刚好就是建筑设计，于是就过去应聘。

陈西连过几关，主考官把他带进一间密室，指着一位西装笔挺的年轻人，给陈西介绍说："这位是我们的董事长刘伟先生。"然后又转身对刘伟说："这个小伙子技术好，够机灵，应该是个合适的人选。"

刘伟当场又出了几个问题，陈西回答得滴水不漏。刘伟满意地点点头，压低声音对陈西说："我想让你去完成一个特殊的任务。如果你答应，我就可以录用你。"

陈西一愣，小声问："什么任务？"

刘伟说，他想让陈西到另一家名叫成林的建筑公司，承担一项特殊任务，就是在他们研究项目时提出反对意见，给他们搅局。陈西一听，既感到好奇，又有些害怕。

看陈西还在犹豫，刘伟进一步解释说，搅局也就是提出反对意见，这完全是正常的工作，绝对不会违法犯罪。而且他已经在成林公司安插了帮手，会帮助陈西顺利应聘过关，万一有闪失，他可以再回到本公司工作。陈西这才放宽了心，点头同意了。

很快，陈西在成林公司的应聘中顺利过关。公司领导觉得他是个难得的人才，把他分到了设计部。

陈西赶紧跟刘伟汇报了。刘伟马上让人事部跟他签了一份劳动合同，还塞给他一张工资卡，告诉他工资会定期打到他的卡上，有事就电话联系，但不要到公司露面，以免引起他

人的怀疑。从此，陈西就正式到成林公司上班了。

成林公司是一家古建公司，主要承担文物古建的修复工作。最近，公司就承担了一项工程。设计部高部长提出了设计方案，老总也很快批了下来。这时，陈西想到了刘伟交代给自己的任务，就拿着设计方案琢磨，很快就找到了毛病。他对高部长说："不能按这个方案施工。"

高部长一听，来了兴趣"怎么不行啊？"

陈西指着设计图纸上的房顶说："这房顶设计得有问题。不应该在木架子上空挂瓦呀。下面不做铺垫，那瓦等于是悬空状态，很容易断裂漏雨。"

高部长点点头说："你说得有道理。但要想做铺垫，成本就高了。小伙子，咱得精打细算，才能赚钱啊。"

陈西倔强地说："再怎么精打细算，也不能在程序上省。不然，咱做出了豆腐渣工程，那是在砸咱自己的牌子和饭碗呀。"

高部长有点不高兴地说："这个项目由我负责设计，老板签字施工，跟你一点关系都没有，你就别操这份心了。"

陈西见状，决心亲自去找老板谈谈。老板名叫刘大成，是个大老粗，当年靠包工程起的家。陈西开门见山地说："老板，这个工程不应该这么干，

木架子上那道工序不能省。"

刘大成不耐烦地挥挥手说："你说的我都知道，但那么做成本太高。你去干活吧。"

陈西站着没走，却反问他："你知道雷老大吗？"

刘大成顿时变了脸色，冷冷地说："你提他干吗？"

陈西重重地叹了口气说："我原来就在雷老大的公司里干。就因为偷工减料，他盖的大楼塌了，砸死了那么多人。他不光要倾家荡产地赔偿一切损失，还被抓进了监狱。老板，你不想成为雷老大第二吧？这个工程完工以后，可是要向民众开放的，每天进出那么多人，万一因为房顶漏雨泡朽了木架子，掉下来砸伤了人，您的罪过也不小啊。"

刘大成一听，吓得脸色煞白，但他还是硬撑着说："你小子，竟敢来吓唬我？"

陈西看他脸色都变了，就知道他怕了，接着说道"您创下这么大的家业也不容易，本来是要颐养天年了，如果因为偷工减料进了监狱，那可真不值啊。"

刘大成越想越害怕，喊来了高部长，让他重新设计方案，不要考虑钱的事儿，只要把活儿干好就行。

陈西初战告捷，马上给刘伟打电话报告。刘伟表扬了他一番，鼓励他再接再厉，并给了他一千块钱奖金。

陈西挂上电话，感觉好极了。

没过两天，高部长的新设计方案出来了，他特意拿给陈西看，问他还有什么问题。没想到陈西鸡蛋里挑骨头，摇摇头说"部长的设计里还是有个缺憾。"

高部长惊讶地瞪大了眼睛："你说出来我听听！"

陈西解释说，这个文物建筑附近都是老城区的危房，最近正在搞旧城改造，会动用重型设备，产生的震动很大。高部长新设计的房子根基较浅，很容易被震裂，出现一系列的问题。

高部长点了点头说："你说的很有道理。但要深注根基，开支很大，我得跟老板汇报一下。"说完，他拿着方案去找老板了。

老板听高部长汇报完了，就让陈西过去。陈西一进门，刘大成就冲他吼起来："你是质监局的卧底吗？这么横挑毛病竖挑刺，小心我开除你！"

陈西赌气地说："你就是开了我，我也得说！你以为盖房子是小事啊？人命关天！根基不牢，万一给震塌了，砸死了人，再毁了文物，让你倾家荡产都赔不起，还得去坐牢！"

刘大成气得脸色铁青，暴跳如雷："滚，你给我滚！"

陈西一甩手说"走就走，我还怕跟着你倒霉呢！"他转身就要走，刘

大成却突然叫住了他，叹了口气说："就按你说的办吧。"

两天后，新方案又出来了，高部长又拿给陈西看，这回陈西终于挑不出毛病了。

高部长又把方案拿给老板过目。刘大成没看方案，先问他"你问过那小子了吗？高部长笑着说"那小子说了，没问题。"

刘大成感慨地说："那小子说没问题，看来是真的没问题了。"于是就签了字，布置施工的事情。

这时，陈西偷偷溜进洗手间，给刘伟打电话，沮丧地说，那套设计方案真的很完美，他实在挑不出毛病，没办法再搅局了。刘伟笑着说，已经搅了两次局，这就不错啦。他又给陈

西打了两千块的奖金。

就这样，陈西以特殊的身份在成林公司干了下去，这一干就干到了年底。老板给每位员工都发了红包，唯独陈西没拿到。

陈西找到刘大成，问他为什么不给自己红包。刘大成生气地说："你还好意思跟我要红包？哼，你害惨了我！这年底一算账，我比去年少赚了几十万。起先我还不明白，后来终于找到了原因。自打你一来，就到处给我添乱，还吓唬我，让我重新设计方案，增加了成本，赚得就少了。这几十万，我还没找你赔呢！"

陈西赌气地说："狗咬吕洞宾，不识好人心！你也不想想，这一年里，建筑界出了多少事，有多少建筑商进了监狱？就算有些没进监狱的，也因为自己做了豆腐渣工程，成天心惊胆战的。再看看你，心里坦然，吃得香，睡得着，脸色都变好了，看着都年轻了。"

刘大成听完，突然哈哈大笑道："你这小子，我假装心里憋气，跟你发发脾气，你嘴上还这么不饶人！罢了罢了，我算服了你啦。你啊，还真是我的福星！"说着，就递给陈西一个大红包，还告诉陈西，就因为他们公司严守程序，保证质量，取得了业界的一致认可，很多大公司都来找他们施工呢。他是真心诚意地感谢陈西。

陈西松了口气，偷偷一看，红包里竟有两万元。他不禁高兴起来，忙给女朋友打电话，两个人约定晚上到一家高级饭店去吃饭庆祝。

晚上，两人来到了饭店。正边吃边聊，突然看到刘大成和刘伟有说有笑地走进来，陈西顿时愣住了。

这时，刘大成也看到了他，走过来亲热地拍拍他的肩，对刘伟说："他就是那个质监局的'卧底'，哈哈。"接着又给陈西介绍，说刘伟是他的儿子。此时，刘伟偷偷给陈西使眼色，让他假装不认识。很快，刘大成就跟几个人进了包房。

不一会儿，刘伟出来了，给陈西使了个眼色。陈西便跟着他出了饭店，来到了一个僻静处。

刘伟笑着说："你都看到了，我也就不瞒你了。我是刘大成的儿子。我爸这个人呀，爱占便宜，总想偷工减料多赚钱，怎么劝他都不听。但他有个弱点，就是胆子小，怕吓。可我们做晚辈的，也不好吓他。他那些下属，也只会哄他，根本不可能吓他。面试时，我看你脾气够倔，敢说话，业务又好，就请你过去了，结果还真把他给吓住了。他虽然少赚了点钱，但工程质量有了保证，我心里也就踏实了。我想请你接着干下去，成吗？"

陈西听了，既意外又感动，他望着刘伟真诚的眼神，点点头说："好，我干。"

（题图、插图：张思卫）

祸从口出

□ 刘 晖

缺德拜年

俗话说，人善人欺，人恶人怕，真是一点儿也不差。从前，玉州有个叫聋五的人，既聋又哑，他的老婆是个跛脚，所幸生有一对聪明伶俐的儿女。一家人老实巴交，经常被村里人欺负。

这天是大年初一早上，大伙儿见了面，都要道一声恭喜发财，互相说些吉利的话。可村里有个叫八狗的家伙一见了聋五，眼珠子一转，就动起了坏心思。他一脸坏笑地迎上去，一边拱手，一边一本正经地说道："聋五叔，祝你今年当跛佬，老婆当哑巴，儿子学做贼，女儿去卖肉！"

聋五听不见，不知道八狗说什么，还以为八狗跟他说好话哩。他也是满面堆笑地拱着手，嘴里咿咿呀呀地应和。八狗暗自得意，走到没人的地方，忍不住捂着肚子大笑了一场。

八狗是个牛贩子，过了年不久，他就赶着一群牛到北海贩卖。没想到，这条道走了半辈子从没出过事，可这回刚到半路，青天白日的竟遇上了强盗。

那伙强盗一哄而上，牵牛的牵牛，打人的打人，一眨眼工夫就把牛都抢走了。八狗反抗不成，还挨了一顿拳脚，身上的钱也都被抢走了。他躺在地上眼睁睁看着牛群远去，捶胸顿足，连叹倒霉。

忽然，领头的强盗又快步折了回来，手上提着一把寒光闪闪的大刀。八狗一见，大吃一惊："你还想干什么？"

强盗恶狠狠地说："你把我们的面目都看过了，明天一去报官，我们

兄弟还有命吗？倒不如一不做二不休，送你去阎王爷那儿告状去！"

八狗吓得瑟瑟发抖，不顾一切地给强盗跪下，脑袋磕得像捣蒜一样："好汉饶命，饶命啊！我绝不报官，如果报官，叫我一家都死光！"

强盗见他吓成这样，禁不住哈哈大笑，又见他苦苦哀求，一时软下心肠，说道："也罢，留下你这条命，你要是敢反悔，定追到你家杀个片甲不留！"

八狗连声说："不敢不敢！"

强盗又喝道"不过，看你也不像

个老实人，得给你留个纪念，是生是死，看你自己的造化了！"说罢，倒转刀口，用刀背猛地朝八狗小腿砍了一刀。只听得咔嚓一声，那腿八成是断了。

八狗痛得大叫一声，昏死过去。等睁开眼一瞧，强盗已经走得没影了。他抱着断腿呼天抢地，大喊救命。幸好后来遇到了一个过路的郎中，他替八狗接回了腿骨，再用草药给他敷上，临走，又留下了几帖药。

八狗就地躺了半个多月，忍饥挨饿，风吹雨打，靠好心的过路人施舍一点吃的，勉强活了下来。等脚稍微能走路了，八狗求人给他做了根棍子，一瘸一拐，一路乞讨着走回家。

恶言成真

八狗一连走了两个月，这才看见自己的村子。这时他脚上的伤已经好了，但到底落下了终生残疾，成了跛子。他一跛一跛地走进自家院子，一眼就看见老婆坐在院里缝衣，他眼泪一下就流了出来，轻声叫道："老婆，我回来了！"

他老婆猛地抬头看见他，吓了一跳，指着他说不出话来。八狗一怔，接着明白了，自己这模样老婆怕是认不出来啦。他哭着说道："老婆，我是八狗啊！你以为我死了吧？唉，一言难尽啊，今年我太倒霉了！"

他老婆这才认出是丈夫来，扑上

来又哭又喊，夫妻俩抱头痛哭了一场。八狗忽然觉得奇怪：老婆怎么光哭，却不说话？八狗急忙推开她问道："你怎么啦？怎么不说话呀？"

他老婆指着自己的嘴巴，双手乱摇，嘴里咿咿呀呀的，分明说不出话来了。八狗又惊又疑，问老婆怎么回事？怎么就突然不会说话了呢？

他老婆还是指手画脚，说不出一个字来。八狗看了半天，一挥手说："算了！你快点给我做顿好吃的，先让我吃饱肚子再说。"他老婆点点头，转身去做饭。

不一会儿，老婆做好了饭菜，还打来了酒。八狗狼吞虎咽地吃了顿饱饭，等他惬意地喝下最后一杯酒，又觉得不对劲了，抬头问老婆"我的宝贝儿子和乖女儿呢？我回来这么久，怎么没见过他们出来喊声爹？"

老婆一听，眼泪顿时流了下来。八狗心里一沉，觉得有点不妙，他抓住老婆的手，焦急地问："他们怎么啦？你快说呀！"

可老婆哪还能说得出话来？她又不会写字，把八狗急得团团转。刚好，八狗有个侄子听说他回来了，就过来看他。

听他一问，侄子一声长叹："我弟他……不学好呀，半夜跟人家跑去偷东西，被抓起来了，现在还在大牢里呢。八婶见你久久不回，又没有一点音信，日日哭，夜夜哭，都哭成哑巴

啦！"

八狗一听傻了，儿子平日好好的，怎么跟人家做起贼来了？他又问侄子："那你妹呢？"

侄子头一低"别提了，上个月她去镇上买东西，走到村口就不见了，八成是被人抢走了，至今没有一点消息。"

八狗顿时如五雷轰顶，一屁股跌到地上。他一路上想着，回到家就好了。哪知道，才三个月工夫，家里居然出了这么多事，并且每个人都出事了。

他想着想着，哇的一下哭了出来，两只手使劲捶地："老天爷，你怎么把所有的倒霉事都落在我家啊！"

侄子忙上前扶起他，说道："八叔，还是先想办法，把我弟赎回来再作打算吧。"

八狗一想也是，于是赶紧四处筹钱，借遍亲朋好友，筹了一大笔钱，托人带去县里。

过了两天，那人从县里回来了，把钱一分不少地交还给他。八狗吃了一惊："怎么，钱还不够？"

那人叹道"不是钱不够，活该你儿子今年该有牢狱之灾呀！县里刚换了大人，那是个清官，不爱钱，你儿子得在里面关上半年了。"

八狗傻了半天，想想也无可奈何，看来这都是天意啊！

赎不出儿子，八狗只好一边找郎

中给老婆治病，一边寻找失踪的女儿。可说来也怪，他老婆的嗓子只是哭哑了，说不出话而已，本该好治才是，可换了多少个郎中，喝了多少汤药，却都不管事。再说女儿这边，活生生的不见了几个月，音信全无。

自作自受

这天，八狗坐在家里，苦着脸唉声叹气，左思右想。他实在想不通，为什么这么多倒霉事接二连三地找上自己家。突然他一个激灵，记起了大年初一早上，自己对聋五做的那件缺德事：当时，他祝聋五今年成跛子，没

想到自己反倒成了跛子；祝聋五老婆今年当哑巴，不料自己老婆成了哑巴……真是太邪门了！

八狗脸色煞白地怔了半晌，突然一下跳了起来，叫道："天哪，我可怜的女儿！"八狗猜到女儿的下落了。因为自己当初对聋五说，祝他女儿今年卖肉。女儿莫名失踪，现在肯定被卖到妓院了！

八狗谁也不敢告诉，一个人悄悄去了县城，找遍了所有的妓院，果然找到了自己的女儿。他跟老鸨提出要赎女儿，可结果却让他大吃一惊。过去一向乖巧听话的女儿，却不愿跟他回家，自愿留在妓院里。

八狗苦求半天，但女儿就像着了魔似的，丝毫不为所动。八狗没法子，只得一抹眼泪，回家了。

过了两天，八狗越想这事儿越邪门，怎么自己对人家诅咒的话，都报应到自家人头上了呢？他怀疑聋五是不是暗中对他施了什么法，于是决定去找个算命先生问个明白。

八狗找到县城最有名的胡半仙，遮遮掩掩地把自己家的事说出来，请胡半仙看看，能不能找出原因并破解。

胡半仙伸着五根手指头掐来掐去算了半天，忽然一拍桌子，连喊奇怪："看你们全家人

的八字，照理说运数好得很，并无半点灾祸，怎么就如此不幸呢？"

八狗一想，既然不是命中注定，那原因肯定出在聋五身上了，他又支支吾吾把自己对聋五做的缺德事说了出来，解释说自己只不过是开个玩笑，聋五并没有生气。

胡半仙听罢，大感兴趣，沉吟道："确实古怪！你那个五叔呢？我要亲自去会一会，把这事弄个明白！"

八狗听他要去，自然求之不得，当即带着胡半仙去找聋五。

进了聋五家，八狗一看聋五正在院里劈柴，心中不禁一阵慌，轻声喊道："五叔。"

聋五浑然不觉，胡半仙有点诧异地问："你五叔耳朵听不见？"八狗点点头。

胡半仙想了想，便走过去，拱手说："五兄，你好啊！"

聋五这才发觉来了人，忙放下手中斧子，堆起笑，咿咿呀呀和来人应答。

胡半仙微微一怔，猛地一拍腿，说道："我明白了！"挥手向聋五道别，径直走了出去。

八狗忙追上去，问他怎么样？胡半仙说："我已经知道原因了，出去再说。"

可出了聋五家，胡半仙却一言不发，扭头便走。八狗一看慌了，忙拦住问："先生，为何走得如此匆忙？"

胡半仙拨开他的手，摇摇头，抬腿又走。八狗一看，忙又追了上去，一直追到村口的桥头，胡半仙这才肯停下脚步。

八狗拱手苦求："先生，求你说个明白！"

胡半仙皱皱眉头，厌恶地说："你不该对一个又聋又哑的老实人做那等缺德事呀！"

八狗脸一白："我已经知道自己错了，都怪我这张嘴！"说罢，啪啪啪打了自己几个大嘴巴。

胡半仙叹道："你听说过一句话吗？杀敌一千，自损八百啊！"八狗茫然地摇摇头。

胡半仙接着说："你对人家说那些恶毒的话，他不生气，那是真的，因为他听不见。你自觉得意，殊不知你的话伤到别人，也会害了自己。"

八狗喃喃地问："此话怎讲？"

"正所谓人善人欺天不欺，人恶人怕天不怕呀！"胡半仙感慨不已，"他以为你对他说的是恭喜的吉利话，而他也要对你说句吉利话，可他是哑巴，说不出来，你也听不到，他说的是'同喜，同喜'。嘿嘿，老话讲得好啊，好的不灵，坏的灵！"

八狗呆若木鸡，问可有解法。胡半仙一笑："明年再说吧！"说完，不管八狗怎么苦留，执意走了。

（题图、插图：谢　颖）

职场上，明争暗斗、勾心斗角是常有的事，但害人之心切不可有，否则说不定会聪明反被聪明误……

做一回 经理

□ 杨汉光

周华到一家大公司面试。他非常想得到这份工作，可是刚走进公司的大门，他的心就凉了半截，因为他大学时的班长林伟峰也来面试。读大学的时候，林伟峰各方面都比周华强，周华担心自己不是林伟峰的对手。

连周华在内，来面试的总共有六个人。负责面试的张经理对他们说："我先让你们共同生活一天，明天再面试。记住，在这一天一夜里，你们六个人之间，必须尽可能多地互相了解，这关系到你们明天面试的成绩。"说完，就把六个人带到隔壁一个套间里，叮嘱他们要像一家人一样共同生活。

张经理一走，六个人就议论开了，都说没见过这样面试的，猜不透张经理葫芦里卖的什么药。这时，林伟峰想了想，说："依我看，张经理让我们在一起生活，无非是要考察我们团结合作的能力。"

周华插嘴说："那应该让我们在公司里上一天班才对呀。"

林伟峰笑笑说："生活比工作更能考验人，多少海誓山盟的恋人，结婚后都合作不好呢。"

正说着，就有两个人在厕所门口吵了起来。一个叫王明德的面试者把另一个刚进厕所的人硬拽出来，王明德说他憋不住了，要先方便。另一个人气得七窍生烟，两人当即吵起来。

林伟峰走过去提醒道："你们别以为明天才面试，从我们见到张经理的那一刻起，面试就开始了。说不定，两位现在上厕所，也在面试的范围。"

两个人听了，都吓了一跳，赶紧寻找四周有没有窃听器，见没什么异样，才稍稍放心。此时，被王明德拽出来的那位不吵了，他很有礼貌地对王明德说："您先请。"王明德却毫不谦让，连声"谢谢"都不说，就进了厕所。

周华把林伟峰拉到一边，小声说："你提醒那两个家伙干什么？少两个竞争对手多好。"

林伟峰笑了笑，说："你呀，什么都好，就是有点小心眼。出门在外，大家都不容易，看开点，好心会有好报的。"

等那两个人上完厕所，林伟峰郑重地跟大家说："我们现在是一家人了，千万不能闹矛盾。没准张经理还安排了另一组人来面试，让两组暗暗竞争。如果我们这组出了问题，他就在另一组选人了。"

大家觉得林伟峰的话非常有道理，很自然就把林伟峰当成了头儿，问他接下来该怎么办。

林伟峰说："不用紧张，我们还是按照张经理的安排，尽可能多地互相了解吧。明天他肯定要问我们的，可不能出什么纰漏。"

在林伟峰的提议下，六个人立刻召开"家庭会议"，每个人都做了详细的自我介绍。从自我介绍中，周华才知道林伟峰大学毕业后，在两家大公司做过，有丰富的工作经验，这让他又添了几分自卑。

很快到了晚上，六个人住的是三室一厅，睡觉时要两个人同住一个房间。周华和林伟峰最熟，两人就住到了一起。他们整整十年没见过面了，久别重逢，自然天南海北地聊到半夜。林伟峰对许多事情都有独到的见解，让周华自愧不如，周华对明天的面试更加没有信心了。

第二天早晨，张经理过来了，他一进门就问："你们准备好没有？我来面试了。"

张经理先把六个人一个个单独叫到一间房里，分别询问对别人了解得怎么样。之后，张经理才把他们集中在一起，围着一张桌子坐下。

张经理正色道："你们都是优秀的人才，可惜我们公司这次只招一个人。今天，我要在你们六个人中，选出一个最优秀的来。"

周华紧张得大气都不敢出，他下意识地瞥了一眼林伟峰，心想，如果没有这位老同学，自己的机会肯定大得多。

张经理接着说："你们共同生活了一天一夜，从刚才的询问中，我知道你们已经相互了解得很透彻了。下

面，我就把主动权交给你们，让你们每个人都当一回招聘经理。"

周华不敢相信有这种事，小心翼翼地问："张经理，难道您让我们自己决定自己的命运？"

张经理点点头，说："对，就是让你们六个人自我筛选。"

张经理给每个人发了纸和笔，然后说："我们用淘汰法进行招聘，先把最差的那个人淘汰掉。请你们把自己认为最差的那个人的名字，写在纸片上交给我。可以到角落里去写，免得互相看见不好意思。"

大家拿着纸和笔，一个个散开。周华坐到沙发上，就着沙发的扶手，毫不犹豫地写下"王明德"三个字。王明德自私自利，不但跟人抢厕所，别的事也斤斤计较，跟谁都合不来，周华觉得他是六个人中最差的。

可刚写下王明德的名字，周华就狠狠掐了自己一把，在心中骂道：你怎么这么傻？这可是决定命运的一票啊！应该把对自己威胁最大的那个人弄出局，越是差的，越要留着。别人越差，自己才越有希望。

周华赶紧把写有"王明德"的那张纸片放进口袋里，决定重写一张。谁对自己威胁最大呢？毫无疑问是林伟峰。只要他被淘汰掉，自己很可能就是最强的了。可林伟峰是自己的老同学啊，怎么能害他？

周华有点不忍心对老同学下黑手，但转念一想，如果林伟峰不淘汰出局，自己这次面试就不可能获胜，以后想找一份好工作就更难了。而林伟峰那么优秀，今天在这里落选后，说不定明天就能在别的地方找到更好的工作。这么一想，周华心里就舒坦多了。

这时林伟峰走过来问："老同学，想什么？怎么还没写好？"原来他们五个人已经把纸片交给张经理了。

周华生怕林伟峰看见自己写他，就用手遮住纸片，飞快地写下林伟峰的名字，再将纸片迅速交给张经理。

张经理看过纸片后，当场公布结果，林伟峰得四票，王明德得两票。林伟峰惊得目瞪口呆，不相信自己得了这么多票。张经理把六张纸片摊在桌面上，让他自己看。

林伟峰趴在桌上，盯着那些纸片仔细看。周华的心一下子提到了嗓子眼。读大学时，林伟峰对他的笔迹熟悉得很，虽然过了这么多年，但八成还能认出来。

果然，林伟峰很快捡起周华投的那一票，望着周华问："老同学，你怎么也向我开刀？"

周华没有勇气迎接林伟峰的目光，不由自主地低下头，本能地抵赖"我……我没写你。"

林伟峰追问："那你写的是谁？"

周华小声回答："我写的是王明德，看，草稿还在这儿。"他把口袋里的纸片掏出来，递给林伟峰。

林伟峰对草稿不屑一顾，他仰天大笑："老同学，读大学时你是我们班的才子，现在怎么写三个字都要打草稿？"

林伟峰将王明德的两张票摊给周华看，指着其中一张说："这张是我写的，你看另一张的笔迹，是你写的吗？"

周华羞得面红耳赤，尴尬极了。幸好林伟峰不再难为周华，他拿起行李，失望地走了。

周华想拿回自己投的那一票，可看看桌面，发现那张纸片被林伟峰带走了。那张小小的纸片，是周华投向

老同学的匕首，刺伤了林伟峰的心。

林伟峰走后，周华重新提起精神，继续参加面试。

张经理在外面接了个电话后，才把几个人重新召集起来。张经理出人意料地说："虽然我叫你们淘汰最差的，但我估计你们会淘汰最好的，因为你们都想把对自己威胁最大的人踢出局。结果正如我的预料，谢谢你们把林伟峰踢给我。"

几个人听了，如同晴天霹雳，一下子都呆住了。周华知道上了张经理的当，却无话可说，谁叫自己心眼这么小，连老同学都不放过，自我淘汰，理所当然。

张经理拿起王明德的两票，继续说"让我高兴的是，还是有两个人写了王明德，其中一票是林伟峰投的，我很想知道另一票是谁投的。老总刚才打电话给我，说可以多录取一个人。"

周华自己没戏了，却依然想知道这个幸运儿是谁。不料，王明德拍拍张经理的肩膀说："老张，还是再通知一批人来面试吧，这票是我自己投给自己的。"

天哪，王明德竟然是张经理安插的卧底！周华彻底傻了眼。

（题图、插图：张恩卫）

（本栏目欢迎来稿。来稿可从邮局寄发，也可从网上传递。如为电子邮件，请发以下信箱：zhong98305@sina.com）

大城小爱

□廖华

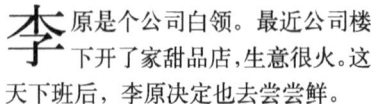

李原是个公司白领。最近公司楼下开了家甜品店，生意很火。这天下班后，李原决定也去尝尝鲜。

一进门，李原发现门口坐着一对情侣。两个人脸色不好，显然刚闹了别扭。这时，一个女服务员微笑着走到那对情侣身旁，那微笑就像窗外的阳光，让李原觉得眼前一亮。李原看了看她的胸牌，记住了她的名字：林舒佳。

林舒佳对那男孩说："先生，如果您还没有想好吃什么的话，我向您推荐一款甜品——心太软。这是一款巧克力软心蛋糕，味道很不错的。"

很快，"心太软"端上来了，林舒佳对柜台里打了个手势，店里响起了《心太软》的旋律。那男孩捧着蛋糕对着女孩唱了起来"你总是心太软，心

太软……"女孩终于笑了。

看两人言归于好，林舒佳又不失时机地说："我们这儿还有一款饮料，叫'阳光总在风雨后'，很适合两位现在的心情，两位要不要来一杯？"两人也同意了。

看到这里，李原不由得暗暗佩服。他找个座位坐下，指名要林舒佳服务。林舒佳问李原需要什么，李原故意说："你看我现在的样子，适合吃点什么呢？"

林舒佳打量了他一阵，突然笑了："先生，你现在很适合来一款'初恋时光'，因为你的眼神显示你正处于热恋中，至少你是有意中人了。"

李原愣了一下，脸不由得有些发烧，难道她真能看出别人的心事？

这时，旁边有个女人点了份甜品，林舒佳忙端过去。就在她放下盘子转身走开时，女人不小心碰翻了盘子，甜品掉到了身上。女人大叫一声，说是林舒佳弄脏了她的裙子。

林舒佳委屈地解释着。这时，过来一个戴着店长胸牌的胖妹，她一边呵斥林舒佳，一边向女人道歉。但女人还是不依不饶，非得让林舒佳赔一条裙子。

李原看不下去了，站起来说"我明明看见是你自己不小心碰翻了盘子，怎么能怨别人呢？"女人的口气这才软了，林舒佳连忙说"重新给这位女士做一份，记在我的账上。"

事情总算平息了，林舒佳过来向李原道谢，两人聊了一会儿。就这样，两人熟识了。

从此以后，李原常常光顾甜品店，借机与林舒佳聊天，两个人越聊越投机。林舒佳告诉他，小时候家里很穷，连糖果都买不起，所以很想长大后在糖果店工作。现在儿时的梦想虽然实现了，但还想开一家属于自己的甜品店。

李原听了，心里偷偷笑了，开一家甜品店的钱他出得起。他决定，找个机会向林舒佳表白！不料，因为公司有事，李原出差了近一个月。这个月，他都没有和林舒佳联系。其实他想林舒佳都快想疯了。

回到家后，李原买了一份礼物放在包里，准备马上去林舒佳店里向她表白。可刚出门，天就下起雨来，他心里隐隐有种不好的预感。

在甜品店门口，李原几乎和一个人撞了个满怀，一看正是林舒佳，她今天穿了一条漂亮的裙子，光彩照人。她对李原笑了笑，挥挥手就跑了出去。李原看见一个帅气的男人为她撑着伞，护着她上了一辆宝马。顿时，他觉得胸口像被人猛击了一拳，透不过气来。

"看什么呢？你知道那个男的是谁吗？那可是我们董事长的侄子，管着几十家连锁店呢。"身后响起了一个阴阳怪气的声音。李原回头一看，是经常在店里见到的胖妹，奇怪的是她今天没戴店长的胸牌。

李原故意看着她的胸牌说："今天怎么啦，店长微服私访？"

胖妹脸上一红，说"现在林舒佳是店长了，咱哪比得上人家，有董事长侄子青睐。对了，林舒佳说，这杯饮料叫'相思风雨中'，是她特意给你调的，你慢慢喝吧。这是她的手机号码，说让你喝完了提点意见。"说完，胖妹把一杯饮料和一张纸条递给他，冷笑着走了。

李原喝了一口饮料，有点甜，又有点苦，再看看外面的风雨，好一个"相思风雨中"！林舒佳这是在有意讥讽自己单相思吗？想到林舒佳此刻

正同董事长侄子浪漫,而自己却在这里品尝这杯苦涩的"相思风雨中",李原不由得心灰意冷。

结账的时候,李原气呼呼地对胖妹说:"告诉林舒佳,她调的这杯'相思风雨中'实在太难喝,我再也不想喝了。"说完,就走出了甜品店。

回到家后,李原一夜没睡。他可以帮林舒佳开一家甜品店,可绝对开不起几十家连锁店。要是有一种能一夜暴富的法子就好了。

过了两天,刚好有个朋友给李原打来电话,说他正和人合伙开地下银行,利润很高,问他要不要加入。要在平时,李原一口就回绝了,但现在他只想快点赚钱!李原投入了一笔钱,不久就收到了一笔利息,果然比

做什么生意都强!他一咬牙,把所有的家当都投了进去。

没想到,之后他的卡上再也没有钱打来了,那个朋友也消失得无影无踪。李原意识到自己已变成了一个一无所有的穷光蛋。

这段时间,李原也曾试着拨打胖妹给他的那个手机号码,没想到竟然是空号。他有一种被戏弄的感觉,便扔了那张纸条,再也不去想了。

李原决定离开这座伤心的城市。离开以前,他想最后去一次甜品店,就当道个别。

进了甜品店,胖妹迎了上来。奇怪的是,她今天又戴上了店长的胸牌。胖妹冷冷地说:"来找林舒佳的吧,人家都不稀罕当店长了,收拾东西准备出国深造了。"

"出国?"李原愣了愣,心里一阵发酸,看来,林舒佳和那董事长的侄子进展得很顺利。

"谁说我要出国了?"正在这时,林舒佳从里间走了出来,她来到李原身边说,"我已经辞职了。你既然来了,就让我最后请你一次吧,算是朋友间的告别。"

林舒佳端上了甜品,这是一座用奶油蛋糕做成的城堡,漂亮得像一件艺术品。但李原没心思品尝,他看着林舒佳,沮丧地问:"辞职了?是去给董事长侄子当全职太太了吧?"

林舒佳的脸一下就红了,直视着

他问："连你也信这个？这就是你这么久不来的原因？"李原躲闪着她的目光："那天我亲眼看见……"

林舒佳愣了一下："你看见了什么？"想了想，忽然笑了，"那天董事长的侄子的确来接我了。但他接的可不止我一个，每家连锁店都有一名代表呢。是胖妹告诉你的吧？她平时总是压着我，结果董事长的侄子来考察的时候，很欣赏我，撤了她的职，升我做了店长，她当然说我坏话。"

李原又问："那出国和辞职又是怎么回事？"林舒佳说"公司想培养我，可我想开一家自己的甜品店。再说，我也想离开这个伤心之地。"说到这里，她摇了摇头，"算了，别说这么多了，快点尝尝这个吧，这可是我亲手做的。"

李原心里一动，故意说"那天那杯'相思风雨中'也是你亲手做的，可我觉得味道不怎么样……"

林舒佳一下子有点生气了："味道不大好？我做了一个月才做成功这款饮料！"她叹了口气，幽幽地说，"那天我跟自己打了个赌，我调好了饮料等着他，赌他会不会来，赌他能不能品尝出我这一个月苦涩又甜蜜的思念。没想到，他喝了饮料，留下一句伤人的评价就走了，没有给我打电话，也没有再回来……"

李原吃惊得几乎要跳起来："原来是这样，对不起，我误会了。不过我打过那电话，是空号。"林舒佳想了想说"一定是胖妹做了手脚。哎，算了，都过去了……"

李原想去握住她的手，手伸到一半却又缩了回来"对不起，我本来想帮你开一家甜品店的。可现在，我已经变成了一个穷光蛋。你还会接受我吗？"

林舒佳不回答，却拿起了切蛋糕的小刀："我们一起来品尝这道甜品吧。它需要两个人齐心协力、步调一致才能品尝。"说罢，两个人一起握着刀，小心翼翼地切开了奶油城堡。李原不由得瞪大了眼睛，里面竟然是两个相拥亲吻的半透明卡通小人！

林舒佳得意地笑道"怎么样，吃了一惊吧？这两个小糖人是用果冻和蜂蜜做的，需要两个人齐心协力切开，否则就会破坏造型。其实这道甜品并不贵，只是制作比较精心。你明白我的意思吗？"

李原动情地握住了林舒佳的手："我明白了。现在有没有钱并不重要，只要用心，我们就能过得好。"

林舒佳红着脸想抽出手："谁说要跟你一起过了？我已经想好了，我的店就用这款甜品做主打，名字就叫'大城小爱'，取自一首歌名，店名也叫'大城小爱'。你看好不好？"

"好！"李原忘情地大喊一声，把她的手握得更紧了。

（题图、插图：佐　夫）

岁月悠悠，时光流转，带不走的是那份牵绊多年的深情厚意……

兄弟鞋

□田 光

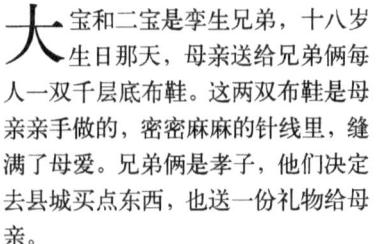

大宝和二宝是孪生兄弟，十八岁生日那天，母亲送给兄弟俩每人一双千层底布鞋。这两双布鞋是母亲亲手做的，密密麻麻的针线里，缝满了母爱。兄弟俩是孝子，他们决定去县城买点东西，也送一份礼物给母亲。

吃完早饭后，大宝和二宝穿上母亲做的布鞋出发了。他们还没有来到县城，就碰见一队国军，军队里还有些民工，每人肩上都扛着一箱弹药。兄弟俩躲避不及，被一伙官兵抓住，两只沉甸甸的箱子，立刻压到他们的肩上。大宝和二宝被迫扛着弹药，迎着呼叫的寒风，跟随队伍小跑着前进，离家越来越远。

两天后的黄昏，天空飘起了雪花，枪炮声突然在雪花中爆响。队伍立刻大乱，二宝跟着乱哄哄的队伍，冒着枪林弹雨，一会儿向东跑，一会儿向西跑。枪炮声停息的时候，二宝才发现，大宝不见了。

二宝想回头去找哥哥，一个长官拦住他说："那边是共军，你去找死啊！"长官身后，不知什么时候多了一群蓬头垢面的士兵，个个面黄肌瘦，像快饿死的乞丐。

二宝向旁人打听，才知道好多国军被共军包围了两个多月，弹没有尽，但粮食早就断了。二宝跟随的部队是奉命去解围的，结果不但没有解围，反而自己也被围了进去，成了瓮中之鳖。

当晚，二宝就尝到了被围之苦，肚子饿得咕咕叫，可包围圈里可吃的东西只有雪水。二宝唉声叹气，大叫倒霉，原先被围的那些官兵却三五成群地挤在一起取暖，一声不吭。二宝问他们怎么这么耐得住，难道肚子不饿，一个老兵白了他一眼，极简短地回答："说话更饿。"

为了节省体力，二宝不敢叫喊了，也挤到老兵身边，一块儿取暖。

好不容易熬过一个又冷又饿的长夜，天亮时，官兵们不约而同地骚动起来。二宝问出什么事了，老兵说："飞机要来空投粮食了。待会儿，我抢米，你抢鞋。"

二宝问抢鞋干什么，老兵说："这里能烧的东西几乎烧光了，许多人开始吃生米。我也吃了两天生米，昨晚才想到，胶鞋是可以当柴烧的。小兄弟，待会儿别人抢米时，你在后面脱他们的鞋，脱得几双鞋，就能煮一顿饭了。"

二宝摇摇头："天这么冷，脱人家的鞋，太缺德了。"

老兵撇撇嘴，说："那你就等着饿死吧，我另找个搭档。"

二宝可不想死，他赶紧说："叔，我听你的。"

说话间，天边就响起了隆隆声，

一架飞机很快飞到了头顶上，对面的共军立刻向天空开火。为了躲避炮火，飞机飞得高高的，结果投下来的粮食，有好多落到了共军的阵地上。不过，还是有一大袋粮食，拖着降落伞落在离二宝不远的地方。刚一着地，官兵们就蜂拥而上，野狗争肉般抢起来。老兵一手拿匕首，一手提着用裤腿做成的小布袋，冲在最前面。

大家围着粮食争抢时，许多脚伸在外面，有的还跷向天空。二宝犹豫了一会儿，才抓住一只高高跷起的鞋子，使劲一拽，那鞋就像玉米棒子一样被扯了下来。鞋的主人只顾抢米，居然一点反应也没有。二宝把心一横，一连脱了十几只鞋子，扭头就跑。

二宝刚回到战壕，老兵也回来了。老兵嘴角流了血，额头也肿起一个包，付出这么大的代价，只抢到一点点米，仅够两个人吃一餐。二宝真诚地说："叔，太难为你了。"

老兵擦掉嘴角的血，高兴地说："没事，咱俩有饭吃了。"

二宝自告奋勇煮起饭来，钢盔是锅，雪块当水，胶鞋当柴。点火时，二宝忽然发现，那堆胶鞋里，竟然有一只千层底布鞋。他拿起布鞋一看，这不是哥哥的鞋吗？天啊，自己竟然脱了哥哥的鞋！

二宝连火都不烧了，发疯似的呼叫哥哥，却没有人回答。老兵问清真相后，安慰二宝说："你哥肯定在战壕里，先做饭，吃了饭我和你一起去找他。"

二宝只得先煮饭吃。没想到，他和老兵饭还没吃几口，共军的总攻就开始了，大炮轰得天崩地裂。二宝把哥哥的鞋揣在怀里，趴在战壕中听天由命。等枪炮声渐渐远去后，二宝战战兢兢地爬出战壕，发现到处都是解放军，他赶紧举起手说："我投降。"

解放军战士看看二宝的衣服，扑哧一声笑了："老乡，你是被抓来的民工吧？投什么降？我们是自己人。"

解放军对二宝非常好，问他愿意

参军，还是愿意回家。二宝实话实说"扛一回弹药，我的胆都吓破了，哪里还敢参军？我要找到哥哥，一块儿回家，免得我娘担心。"

解放军也帮二宝找哥哥，可找了半天，依旧活不见人，死不见尸。二宝只好独自回家。

母亲在家里快要急疯了，看见二宝进门，就扑过来一把抓住，连珠炮似的问："我的小祖宗，你这几天去哪儿了？你哥呢？他怎么没回来？"

二宝把这几天的遭遇告诉母亲，然后抽了自己两个嘴巴，泪流满面地说："娘，我竟然脱了哥哥的鞋，我不是人啊！"

母亲也流下了眼泪，说："孩子，这不是你的错，怪只怪这兵荒马乱的世道。"

这之后，二宝和母亲四处打听大宝的下落，可始终没有他的消息，只有那只千层底布鞋，一次次勾起母子俩伤心的回忆。

岁月如梭，不知不觉就过了三十年，母亲已经白发苍苍，二宝也已经做了爷爷。他们对大宝的怀念却一点也没有变，二宝常常拿出那只千层底布鞋，给儿孙和村里人讲述当年的故事。

这年，母亲因病去世。埋葬母亲的时候，二宝依照母亲生前的叮嘱，将那只千层底布鞋一起埋进了坟墓里。

从此，二宝看不见哥哥的布鞋了，连那些伤心的往事，也不敢再向人诉说。他常常一个人坐在母亲的坟头上，吧嗒吧嗒地抽着旱烟，对着远方的天空出神。

二宝在母亲的坟头上望了一年又一年，他对哥哥的思念，终于感动了老天。一个阳光灿烂的早晨，离家五十年的大宝，终于回到了家乡。原来，大宝后来到了台湾，参加了国军，退伍后住在养老院里。

兄弟俩抱头痛哭，哭够了，二宝低头看哥哥的脚，发现大宝的脚掌一只长，一只短，左边脚掌的五个脚趾都不见了。

二宝问哥哥的脚趾呢，大宝叹了口气，说："唉，就在我和你走散的第二天早上，我去抢空投的大米，米没抢到几粒，鞋子却不见了一只。我还没找到鞋子，解放军的总攻就开始了，我只好赤着一只脚逃命，走了两天两夜，几个脚趾都冻掉了。"

二宝哽咽着说："哥，你那只鞋子是我脱的。"

二宝把那天的奇遇告诉哥哥，兄弟俩感叹不已。大宝问那只布鞋呢，他想看看。二宝说："在娘的坟里。"

正好家乡修路要占用母亲的坟，大宝和二宝就另择新址，选了个良辰吉日，给母亲迁坟。

挖开坟墓，揭开棺材盖，真是神了，那只千层底布鞋，居然完好无损地躺在母亲的骸骨边，母亲缝制的针痕，还依稀可见。大宝伸出颤抖的双手，想捧起这只历尽沧桑的布鞋，可布鞋一上手就化成了尘土。

大宝捧着化作尘土的布鞋，给母亲磕了三个响头，泪流满面地说："娘，大宝回家了，您快看我一眼啊！"

（题图、插图：佐　夫）

·本刊信息传真·

法律知识故事征文

本刊推出的"法律知识故事"，通过发生在我们身边的、短小而具体、在法理上容易混淆的个案，生动、形象地宣传法律知识。这些知识注重现实性、实用性，真正起到解剖一个案例、明白一个道理的作用。

为鼓励作者深入生活，写出高质量的法律知识故事，我刊决定面向全国征文。

本次征文也欢迎读者和法律界人士提供相关素材、案例，一经录用，即付稿酬。

来稿方法：1. 从邮局寄发，请在信封上注明"法律知识故事"字样，本刊地址：上海市绍兴路74号《故事会》杂志社，邮编：200020。2. 从网上传递，可寄以下信箱：wulun@vip.sohu.net，请在主题上注明"法律知识故事"字样。凡已和我刊编辑有联系的作者，稿件可继续投给原编辑。

夜明珠

□ 徐树建

丁原是个玉石商人，听说南国边城多玉，当即风尘仆仆地赶了过去。等进入边城已是黄昏时分，他正四下寻找歇脚的地方，忽听得前面传来一阵阵叫好声。

丁原走过去一看，原来是个卖艺的正在赶场子，只见他中等身材，赤裸着上身，正一边"啪啪啪"大力拍着胸膛，一边大叫道："各位父老乡亲，请看在下一口气吞下三颗铁球。如果认为在下还算有些本事，就请赏些个钱……"

丁原暗吃一惊，这吞铁球可是险之又险，一不小心就会出人命。正担心着，那汉子已接连吞下三颗鸭蛋大的铁球。

接下来，在众人的注视中，只见汉子伸长脖子仰天大叫。只听得"噗、噗"两声响，两颗铁球从他口中喷了

出来，掉在地上当当直响。众人纷纷拍手叫好，只有丁原暗叫一声："不妙！"因为他看到汉子青筋毕露，疲态尽现，刚才没有一口气把三颗铁球全吐出来，他还有余力吗？

汉子拼命运着气转着圈，头上豆大的汗珠滚滚淌下，猛然间再次仰天一吐。可是，并不见有铁球喷出，再看那汉子，已脸色发紫，仰天就倒。

众人顿时哗然。这时，丁原大叫起来："有没有壮汉过来一位？我有银子打赏！"当即有一个壮汉上前，丁原喊道："壮士快和我一起倒提起此人的脚，迟了他必死无疑！"

于是，两人竭尽全力把卖艺的汉子倒提起来，可汉子还是浑然不知。丁原腾出一只手拼命拉扯汉子的头发，大声叫道："快撑住，吐出来，用力、用力！"

·烟雨长海 朝花夕拾·

忽然，倒悬着的汉子惊醒了，当即再次聚气，发出一声大喊，"咣"的一声，第三颗铁球终于从口中喷了出来。大伙儿见状都松了一口气，丁原累得一屁股坐在了地上。这时，卖艺的汉子终于一口气缓了过来，丁原喘着气劝道："这位兄台，这行当实在太过危险，以后切不可如此卖命。"

汉子神色凄然地摇摇头，然后一揖到底，说："大恩不言谢，先生，就此别过。"

第二天一大早，丁原往城外山脚下的玉石市场赶路，经过一座小树林时，突然发现一棵大树上吊着人！

丁原飞快上前把那人救了下来，所幸那人只是刚刚上吊，很快就醒了过来。丁原仔细一看，不禁失声叫道："原来是你！"上吊之人竟是昨天那卖艺的汉子。

在丁原的一再追问下，汉子这才说出实情：原来家中老母病危，他无钱给老母治病，所以昨天才冒着生命危险卖艺，尽管如此还是凑不齐银两，万念俱灰之下这才起了死意。

丁原听罢，二话不说从怀中掏出两锭银子，说："这银子你先拿去给你母亲治病，以后这轻生念头可万万不能有了，你一走倒是解脱了，可怜你老母又有何人依靠？"

汉子接过银子，双手禁不住微微颤抖，说："先生的教诲我记下了。对了，听先生的口音不像是本地人，不知先生到此地所为何事？"

丁原当即坦言相告，那汉子听完，担心地说："先生孤身一人来到此地，这玉石交易又向来鱼龙混杂，恐怕多有危险。这样好了，如果先生不嫌弃的话，我就随先生前去。有个本地人在场，对方不得不顾忌些。先生稍等，我把银子送回家就来。"说完，飞快地跑了。

丁原在原地等了好一会儿，也没见汉子前来。他摇摇头，心说这汉子怕只是卖卖嘴皮子而已，当即动身上路。刚走了一会儿，只听得身后脚步声大作，回头一看正是那汉子。汉子气喘如牛地叫道："先生怕是等急了吧？我给老母抓了药，所以耽误了些时辰。"

两人很快找到了一个卖家，那卖家带着他们来到山坳中一间偏僻的屋子。丁原开门见山地说："听说贵处有夜明珠现世，本人想求购一颗，价钱好商量，不知阁下手中可有？"

那卖家一听，当即拿出两块浑圆形状、拳头大小的石头来，说："这其中一块便是，你倒赌赌看。"

丁原连连摆手，说："我不是来赌石的，我是个老老实实的生意人，请阁下拿出现成的夜明珠来……"

那卖家把眼一瞪桌子一拍，大声说道："告诉你，到了我这儿，你赌也得赌，不赌也得赌。赌着了你发财，赌不着，给我扒了裤子回去！说，要哪

个？"话音未落，一侧的偏房里冲出几条大汉来，个个虎视眈眈。

一看这情形，丁原心里顿时凉了半截，这时那卖艺的汉子笑吟吟地说话了："我说老板，既然是做生意的，那就得遵守做生意的规矩是不是？你刚才说这两块原石里有一块是夜明珠，此话可当真？"

那卖家听卖艺的汉子操着一口纯正的本地口音，便不敢太过分了，当即说道："那是当然！我这儿也不算

是纯粹的赌石，纯粹的赌石是双方都不知石头内是否有货。而在我这儿，我是知道的，从而让客家有一半的运气。"

汉子点点头，说"老板可否宽限我们一点时间，五天行不行？五天之内一定给你个说法。"

那老板略一沉思，说："行，给你个面子，可我只等三天。在这三天内你们尽管瞧。不过，你们不得对这原石有一点损伤。还有，不要妄想逃走，否则，休怪我不客气！"说完，就让下人把两人关进了一间屋子。

等卖家走后，丁原望望紧锁的大门，垂头丧气地说"想不到这生意竟是强买强卖，我说兄台，三天之内你能看出个名堂吗？"

汉子一笑，说："先生，你尽管放宽心好了。我是土生土长的本地人，还能看不出吗？就把石头放在我这里，三天后我给你答案！"

一晃到了中午，看守的人送来了饭菜，汉子叫道："给我送一大壶醋来，我这人是非醋不下饭的。"看守瞪了他一眼，但还是送来了一壶醋。

汉子当即美滋滋地喝起醋来，一眨眼的工夫就喝了半壶。丁原在一旁看得直泛酸水，说："喝这么多的醋，你吃得消吗？快吃饭吧。"

汉子却笑嘻嘻地说"先生，我与你不同，我长年跑江湖卖艺，居无定所饭无定时，所以养成了吃一顿管三

天的习惯。先前在家里我已吃过一顿，现在肚里连一粒米也容不下了。"

丁原听了，心中虽觉得奇怪，但也只好独自吃了。到了晚上，那汉子依然只是喝醋，一粒米也不吃。

第二天汉子依旧如此。到了第三天晚上，丁原发现不妙了，只见汉子面如土灰，神情萎靡。丁原惊叫道："你是不是病了？"

汉子微微笑道："先生尽管放心，我没有大碍，明天一出这牢笼自然就好了。"一说起明天，丁原的脸色顿时阴沉下来，明天就要赌石了，自个儿却连半分的把握也没有，也没见汉子对石头有半点研究，看样子是血本无归了。

正担心着，汉子忽然轻声叫了起来："先生，你看仔细了！"只见汉子微蹲马步，双手下压作运气状，同时伸长脖子张嘴向天。丁原正一头雾水，却见汉子突然间涨红了脸，使足全身力气大吼一声："起！"

话音刚落，一样东西从汉子口中喷了出来，落在地上当当作响。此时，汉子已累得倒在地上。丁原忙扶起汉子，只听汉子气息微弱地说："快看石头！"

丁原一愣，再看汉子吐出的石头，在暗淡的烛光下竟发出绿荧荧的光芒来。天哪，里面竟是一颗夜明珠！石头表面还裹着一层血丝。

丁原大惊，颤声问道："你什么时候吞下夜明珠的？"

汉子嘴角露出一丝微笑，答道："三天前我背着你吞下两块原石中的一块，所幸没有赌错……"

丁原恍然大悟道："整整三天你不吃一口饭，只喝下整整六大壶醋，就是为了用醋和你的胃液溶化掉包裹夜明珠的一层外包浆，是不是？"

汉子点点头，说："是的，我只能出此下策。先生不必为我担心，莫要忘了我的老本行，我连铁球都能吞得下吐得出，何况一块小小的石头？在这世上，这法子大概也只有我能使了。现在赌对了，明天我们把另一块石头交还给卖家便可。"

丁原想了想，又问："那万一赌错了呢？"

汉子神情疲惫地说："赌错了也无妨，原石本就是浑圆的，在我胃中缩小了一小圈，肉眼根本难以察觉。再说那卖家做梦也想不到我会用这招，到时我们买另一块就行。"

丁原再也忍不住了，哽咽道："为了这颗珠子，你用血肉之躯打磨了三天三夜，差点要了你的性命，在下如何担当得起？"

汉子笑道："先生你一连救了我两次，还救了我老母亲，大恩大德即便我死了也难报啊！"

丁原大叫一声"好兄弟！"两人便紧紧抱在了一起。

（题图、插图：黄全昌）

□ 李金鹏

三捞竹简书

捞书救人

战国时期，光渔村有个叫黑泥鳅的小伙子，水性极佳，能在水里游，泥里爬。因为他皮肤黝黑，身子光溜，所以大家都叫他黑泥鳅。

这天，黑泥鳅和一位朋友张之景在河边闲聊。这时，走过一个穿着华丽的人，捧着竹简书边走边读，身后还跟着一个随从。突然，读书人看到兴奋处，一挥手臂，只听"咚"的一声，竹简书掉进了河里。

读书人急了，抬脚把随从踹进了河里，大声命令道："快去捞书，捞不到我宰了你！"

黑泥鳅和张之景在一旁看得傻了，本来觉得读书人应该知书达礼，没想到竟如此野蛮。再看那随从，在水里一阵乱扑腾，嘴里直喊："田公子，我不会游水啊。"

那个叫田公子的人站在河边，叉着腰叫道："你要是捞不到书，就别上来了。"

眼看要出人命，黑泥鳅来不及多想，就"扑通"一声跳进河里。他把落水的随从推到岸边，对田公子说："公子等一会儿，我把竹简书给你捞上来。"然后长吸一口气，一个猛子扎进河底。不多时，黑泥鳅钻出水面，手里攥着竹简书，爬上岸来，交到田公子的手里："书还给你，你就不要再难为这位小兄弟了。"

田公子对黑泥鳅刮目相看："你水性好得很，愿不愿意在我手底下做事？"黑泥鳅嘿嘿一笑"我就是一个粗人，只懂种田赶牛，不懂什么礼数，干不了事的。"

过了几天，田公子又带着随从来到河边读书，读到兴奋处，手一哆嗦，"咚"的一声，竹简书又落入河中。田公子又抬脚把随从踹入河中。这一幕刚好又被黑泥鳅看到了，他心说：罢了，见死不救三分罪，还是到河里捞书吧。

黑泥鳅当即一个猛子扎进河中，过了好一阵，他钻出水面，换了口气又扎入水中，几次三番，黑泥鳅在河里泡了一个多时辰，这才把竹简书捞出来。他气喘吁吁地把竹简书送到田公子手中，说："公子，以后不要在河边看书了，竹简书掉进去不要紧，人要是掉进去可就麻烦了。"

田公子接过竹简书，忽然闻到一股刺鼻的恶臭味，不禁用衣袖捂住了鼻子："什么气味这么难闻？"

黑泥鳅表情痛苦地说："几日前我下地割麦，背上被拉了一道口子。这几天下雨，我的茅屋漏水，床上发潮，怕是伤口溃烂吧。"

黑泥鳅回去的路上，正巧碰到他的朋友张之景。张之景也闻到了恶臭，他仔细查看了黑泥鳅背上的伤口，眉头一皱："伤口化脓了，要是不及时处理，恐怕周围的肉都得烂掉。"

回到家，张之景把黑泥鳅背上的脓血挤出，敷了几种草药，用粗布扎好，又开了内服的草药叫黑泥鳅煎着

喝。不出三天，黑泥鳅背上的伤口不再恶臭，很快就好了。

黑泥鳅摸了摸伤口，对张之景说："我和你认识多年，却不知你还会医术呢。"张之景哈哈大笑："这些年你没病没痛的，我空有一身医术也无用武之地啊。不过，以后如果有人问起你后背是怎么好的，你千万不要把我说出来。"

没过几天，黑泥鳅赶着牛车回家，在路上又遇到了田公子，田公子正要用衣袖捂鼻子，这时旁边的随从说："公子，这小子身上没有恶臭了，估计背上的伤已经好了。"

田公子愣了愣，心中觉得有点奇怪，那天看到黑泥鳅背上的伤很严重，一般的郎中没有一年半载是治不好的，怎么这小子的病这么快就好了？

田公子问道："你后背上的伤竟然痊愈了，可曾遇到什么神医，吃过什么仙丹？"黑泥鳅笑笑说："公子莫要说笑，我一个山间农夫哪会有什么仙丹？我只是生得皮糙肉厚罢了。"

田公子又问："怎么可能，你看过什么郎中没有？"黑泥鳅摇了摇头："我没钱看郎中，吃的是粗茶淡饭而已。"

说完，黑泥鳅就走了。田公子皱着眉头一阵思量，突然，他把随从叫到身边，在其耳边说了几句。随从听了，脸顿时变了颜色。

苛刻命令

第二天，村里来了许多士兵，把村子团团围住，还把村民赶到了河边，黑泥鳅和张之景也在其中。

不多时，田公子出现了。黑泥鳅倒吸一口冷气，原来这田公子可不是一般的公子，竟然能支配身披重甲的士兵。张之景低声说道："这田公子莫不是齐襄王之子田建？怪不得他脾气如此暴躁，竟为一本竹简书而把随从踹入河中，视人命如草芥啊。"

这田公子正是齐国君主田建，他给身边的随从使了个眼色。随从便走到村民面前，扯着嗓子说道："齐王爱读书，昨天晚上，不慎把书掉入河中，今天你们全村的人要把书找到。书捞上来，全村人每人赏赐粮食；捞不上来，全村处斩！齐王有令，如果从河里捞出来的书有所损坏，全村仍然处斩！齐王明天来河边要书。"

很快，齐王走了，村子被许多士兵包围着，村民想要逃跑是万万不可能的。

全村人中，水性最好的当然要数黑泥鳅。但尽管如此，要在这么大的河里捞出一本竹简书谈何容易。上次深水捞书，在知道落水位置的情况下，还费了九牛二虎之力，现在齐王只说书掉入河里，并没指明位置，自己得挨个地方搜。

黑泥鳅借来几条渔船，每条船上都有名青壮小伙，手里拿一根芦苇，船上还备着干粮。黑泥鳅把河面分成十几块，按着顺序在河底摸索。为了抓紧时间，他会先沉到河底乱摸一阵，然后到一条船下拿着芦苇吸几口气再沉入河底。每隔一个时辰才会爬到船上歇一会儿，吃几口干粮。

直到天黑，黑泥鳅在河底搜索了一大半，仍然没有捞到竹简书。但为了全村人的性命，他拼着最后一丝力气，沉入河底继续捞书。突然，他在河底碰到了一样东西，用脚一踹，觉

得那似乎是个木箱子。他赶紧钻出河面，让人把箱子拉到了船上。

众人拿着火把凑近一看，不禁吓了一跳，这木箱子横窄竖长，分明是口棺材！这棺材密不透水，外面不知涂了什么东西。

黑泥鳅叫人把箱子打开，里面竟然躺着一个人！这时，张之景走上前去，探了探气息，低头思量：奇怪，这人已经死了，不过身体还没完全发凉，但这箱子肯定投入河底有段时间了，按理说人应该凉透才对。

再一想，张之景恍然大悟：这箱子是密闭的，里面有一定的空间，想必这人被关到箱子里时是活着的，过了一阵子才被憋死。

黑泥鳅不想耽误时间，又沉到河底继续捞书，但捞了一整夜，仍然未见竹简书！黑泥鳅有些担心：河底都搜完了，并没有发现竹简书，难不成齐王根本没把书丢进河里？

张之景围着木箱子想了半天，突然说道："难不成……这人就是竹简书？"众人大眼瞪小眼，都惊得说不出话来。

张之景走到跟前，让人把箱子里的人抬了出来，扒掉衣服，查看了好一会儿，并未发现蹊跷之处。他又叫人把箱中人翻过来，背朝上，众人一看，都惊出一身冷汗！只见这人后背上写着密密麻麻的字，原来他就是"竹简书"！

神医救书

黑泥鳅高兴得跳起来："太好了，竹简书捞出来了，我们全村人得救了。"张之景眉头一皱，说："别高兴得太早，齐王说过，捞出的书不得有损坏，否则我们还是难逃一死。"

黑泥鳅还是不明白："这人不缺胳膊少腿的，能有什么损坏？"

张之景神色凝重地说："人死后皮肤会变硬变紧，后背上的字就会变形认不出来，这'书'不就损坏了？"

黑泥鳅的心一下子悬了起来："那……怎么才能不损坏？"

张之景沉吟道："齐王明天才会来到这里，到时小字恐怕认不出来了，唯一的办法就是让这人活过来。现在他死去不久，小字还未变形。"

众人大气都不敢出，死人怎能活过来？那不成诈尸了？

张之景叫人把箱中人抬到一张板凳上，后背朝上，然后在其手腕上绑了两根绳子扯到一棵大树上。他取出长短不一的银针，一共扎了近百针。一个时辰后，死人竟然哼了一声，把周围的人都吓得连退几步。张之景见人有了气息，忙端过一碗草药汤，慢慢喂下去。

没过多久，箱中人竟然真的活了过来。他看了看周围，不禁失声痛哭，把周围的人吓得抱成一团。黑泥鳅胆子大，问他："你活过来了，还哭什么？"

箱中人说："我是齐王手下的一个普通士兵，昨日被绑了扔到木箱里，沉入河底。我没犯法没犯事，却差点命丧黄泉。"众人听了，皆唏嘘不已。

第二天，齐王来到河边，见箱中人活了过来，后背上的字一字未损，不禁喜笑颜开："是谁把我的'书'捞出来的？"

黑泥鳅答道："是草民。"

齐王点点头，说："好，那是谁把我的'书'救活的，不会也是你吧？"

黑泥鳅摇摇头，说："当然不是小人，小人把他捞上来时，他已经没了气息，是一位过路神医把他救活的。我们想要报答神医，可他很快就走了。"

齐王一瞪眼："走了？把人救活就走了？"

黑泥鳅说道："是的，我们怎么拦也拦不住，他健步如飞，眨眼间就没了踪影。大王，当初您说如果村子里有人把书捞上来，并且书未有损坏，就恕我们无罪。"

齐王脸一沉，说："本王当然说话算话，你们都可以活命。"突然又眉头一皱，对一旁的谋士说："你不是说用捞书这一计就能把神医引出来吗？"

谋士说道："能把死人救活，果然是神医。之前那个黑泥鳅后背化脓，竟能在短时间内痊愈，我以为神医就在这个村子，没想到……"

齐王只好气呼呼地带着士兵走了，全村人都长出了一口气。黑泥鳅好奇地问张之景："张兄弟，你医术这么高，为何不去齐王手下做事？"

张之景微微一笑，说："齐王这次捞书就是想把神医引出来，然后弄到他身边给他调理身子，好让他作威作福。可是你看，齐王为达目的，什么事都做得出来，竟然把活人绑到箱子里活活憋死。如果我们没把'竹简书'救活，我们全村人的命也都没了。齐王如此残暴，你不觉得他活得越长，对普天下的百姓越是种不幸吗？"

(题图、插图：黄全昌)

阿P当能人

□ 严 彬

　　一天，阿P陪小兰回娘家，吃饭时小兰说起一件事：自己有个女同学，在乡下当老师，嫁了个城里的老公，她想调进城，也舍得花钱，可就是烧香找不着庙。

　　真是说者无心，听者有意。阿P心中一动：原来几天前，阿P在酒桌上结识了一位能人。这家伙在城管局上班，门路很多，神通广大，人称"关系哥"。关系哥说他与马副县长是铁哥们，平时专门帮人搞老师调动！

　　想到这里，阿P"啪"地放下酒杯，豪情万丈地对小兰说："你这个同学真舍得花钱的话，我给她办！"

　　"就凭你？"老丈人在一旁哈哈哈地笑出声来，"算了吧，人家可不是找厕所门！"

　　阿P见老丈人瞧不起自己，心里不由得十分郁闷，咕哝道："你女婿大小也是个能人，不信，咱是骡子是马拉出来瞧！"

　　见阿P说得铁板钉钉当当响，小兰半信半疑，赶紧给那同学打电话。对方果然求之不得，第二天两口子就提着大包小包的礼物登门拜访。两口子一脸恭敬地向阿P讲述他们的困难，诚惶诚恐地听着阿P的解释，还不停地点头，简直把阿P当成了指路明灯。

　　阿P有点飘飘然起来，仿佛觉得自己真成了个能人似的。他当即收下五万块钱和材料，正正经经地打了张收条，说道："这事我一分钱不要，就为露个脸而已。"

　　送走客人，阿P马上去找关系哥。关系哥也爽快，收了五万块钱和材料，当场也给阿P打了收条，还特别声明，倘若在下个学期开学前办不成，当即全额退款。

　　很快就要开学了，小兰的同学三

天两头打电话来问阿P事情的进展。接完电话,阿P转头就去问关系哥,关系哥又去问马副县长。传回来的消息令人鼓舞,办成的机会大于百分之九十九。

然而一眨眼,新学期已经开学了,老师调动也已结束了,却没有小兰同学的份。阿P有些慌了,赶紧找关系哥,对方遗憾地告诉他,因为这次马副县长接的单太多了,所以只能忍痛放弃几个。

阿P大吃一惊:怎么会这样?一个副县长亲自操刀的事,还会失手?但事已至此,只得无奈地对关系哥说:"那快把钱退给人家吧!"

关系哥一口答应,但又说,钱既然进了马副县长的口袋,让他拿出来,可能需要一点时间。

阿P眼冒金星,考虑来考虑去,决定还得瞒着小兰的同学,等退了钱再说。于是就对人家说,事情还在办,让她再等一个学期。

哪知人家警惕起来,说不办了,要退钱。阿P慌了神,只好一边稳住小兰的同学,一边拼命催关系哥,可等到的回答都是叫他再等等。

这一等又是一个学期。眼看就快到春节了,小兰同学一天三个电话,一天比一天追得紧,口气也越来越不客气。到后来,甚至充满了怀疑的口气,就差没说出骗子这个词。小兰不知内情,也逼着阿P快办,这阿

P后悔得真想扇自己的耳光。

到最后,阿P终于被逼急了,呸,光脚不怕穿鞋的,他决定自己去找马副县长!

阿P在家里转了半天,最后咕噜咕噜灌了半瓶酒,仗着酒意,拨通了马副县长的电话。话筒里传来一个威严的声音:"喂,你哪位?"

阿P说:"马县长,我、我是阿P……"

"什么阿P?"

阿P说:"就是阿P啊!我请您办过事,是老师调动的事……"

马副县长沉吟片刻,说"工作的事情,请你到办公室谈。"

阿P忙说:"不是不是,您已经办了,不过没办成。"

马副县长不耐烦了:"什么阿P阿Q,对不起,我不认识你!"说完就把电话挂了。

阿P拿着手机愣了半天,恨恨地想:妈的,你以为你是县长,就可以赖账,白吃不抹嘴啊?把老子惹毛了,老子上法院告你去!

又过了几天,阿P回到家,一进门就愣了。小兰同学一家人坐在客厅里,地上放着几个大行李包。

见他回来,小兰的同学说"阿P,那笔钱是我们一家的命根子,拿不回来,我们没法活了。这个年我们只能在你家过了,什么时候拿回钱,什么时候回家。"

阿P只觉得脑袋轰的一响。接着，小兰怒气冲冲地从卧室冲出来，一点儿情面都不给他留，指着他鼻子就骂："你猪鼻子插葱，装什么大象？你没有金刚钻，揽什么瓷器活？你拴个死老鼠就想冒充打猎的呀？滚出去，把自己卖了还钱给人家！"

阿P一时间悲愤交加，气血上冲，喊道："你们放心，这笔钱我就是不要命，也会还给你们的！"然后一扭头，走了出去。

在街上胡乱转了几圈，阿P越想越气，小兰的同学能住到我家来讨债，我就不能住到你马副县长家吗？于是他打听到马副县长家的地址后，提着一个行李袋就上门去了。

一个胖女人打开门，瞧了瞧他提的袋子，点点头，让他进来。接着，马副县长走了出来，阿P一见，嗷的一声扑上去，揪住马副县长的衣领就骂："姓马的，你拿钱不办事！你就是阎王爷，也得把钱吐出来！"

马副县长勃然大怒，指着他鼻子问："你是谁？你想干什么？"

"我是阿P！"阿P怒视着他，"你收了我的钱，事没办成，为什么推三阻四不退款？"

那边马夫人拿起电话正要报警，马副县长突然喊道："等等，先别报警，让他把话说清楚。"

阿P把关系哥打的收条复印件拿出来，冲马副县长直晃："瞧瞧，这是证据，上面说得明明白白，办事人是你马县长！"

马副县长拿过收据仔细看了看，哈哈一笑："同志，你一定被骗了！"

阿P一惊："什么？被骗？"

马副县长不慌不忙，拉他在沙发上坐下，感叹地说："阿P同志啊，请你用脑子想一想。我就算给某些人走关系，也不至于明目张胆地到处打广告吧？"

阿P一想，额头冒出了汗："那、那……"

马副县长严肃地说："我以人格保证，绝对不认识这个打收据的人。"

阿P觉得脑袋嗡嗡乱响。马副县长说："我问问城管局，到底有没有这个人。"说罢开始打电话。

阿P怀着最后一线希望，支起耳

朵听。谁知越听越是心凉，对方告诉马副县长，关系哥只是他们局的一个临时工，几个月前已经辞退了，听说是跑到外省做生意了。

阿P脸色惨白，呆若木鸡。马副县长亲切地拍拍他的肩膀："你要是还不相信，现在给他打电话，说我就在这儿。"

阿P颤抖着手打关系哥的手机，打了半天，关系哥才接电话。阿P悲愤填膺地说："我现在就在马副县长家，他想和你谈谈！"

"别别别！"关系哥沉默了一会儿，说，"阿P兄弟，我也不跟你打哑谜了，这笔钱我先借来做生意，一定会认账的。等生意好转了，我就还你！"

阿P气得破口大骂："骗子！你不得好死！"阿P心想，这下完了，小兰的同学才不管你是不是受害者呢，这五万块债看来自己是背定了。

阿P失魂落魄地走到门口，马副县长忽然叫住他："等等。"接着叹口气说，"阿P同志，我很同情你。不过我也要批评你，不正之风就是你们这样助长起来的。但是，这个冤大头不能让老百姓当。这样吧，你把材料给我拿来，我看看符合条件的话，尽量帮你的忙。"

"真的？"阿P喜出望外，紧紧握住马副县长的双手，眼眶都红了，"马县长，以后我再助长不正之风，您把我枪毙一百遍！"

第二天，阿P就把材料给马副县长送过去了。过了一段时间，马副县长的秘书给阿P打电话，说这对夫妻分居满两年了，按照当地的规定，可以安排老婆调进城了。阿P一听，乐坏了。

小兰的同学顺利地调进了县城，有好事者传阿P上面有人，不少人提着大包小包找上门来。每当这个时候，阿P就会学着马副县长的样子，批评道："不正之风就是你们这样助长起来的！不行，不行！"

(题图、插图：顾子易)

·本刊信息传真·

阿P系列幽默故事征文

阿P系列幽默故事栏目开辟二十多年来，深受读者欢迎。为了把这个栏目办得更好，本刊再次面向全社会征稿。

来稿方法：1. 从邮局寄发，请在信封上注明"阿P故事征文"字样，本刊地址：上海市绍兴路74号《故事会》杂志社，邮编：200020。2. 从网上传递，可寄以下信箱：wulun@vip.sohu.net，请在主题上注明"阿P故事征文"字样。凡已和我刊编辑有联系的作者，稿件可继续投给联系的编辑。

为何裁掉

□ 文彩平

有一家大型电器生产公司，近几年效益滑坡，公司濒临破产的边缘。这时，有外国人找上门，要跟他们合资，愿意注入新的资金和设备。这可是天上掉下的馅饼，公司领导立刻同意了。

在签合同时，外方提出，公司的员工太多，在注入资金之前，必须裁掉一半的员工。如今公司一共有1000个员工，裁掉一半也就是说只能剩下500个。

公司的王总感到非常为难。这些员工大部分是老员工，跟他一起奋斗多年了，裁掉哪一个，他心里都不好受。王总几经交涉，外方就是不松口。

无奈之下，王总召集公司领导和职工代表进行商讨。有个职工代表叫

李杰，见大家都想不出好办法，就说："我看就用抓阄的方法来决定，抓到500号之前的留下，500号之后的走人。一切听天意！"

大家一听都纷纷摇头："荒唐！怎么能用这种方法决定去留呢？"于是这个方法被否定了，王总说："我们先摸摸底吧！看看有多少位职工愿意领取一笔经济补偿金离开的。"

然而，愿意拿经济补偿金走人的员工还不到100人。同时，又产生了一个新问题。那些员工知道要裁员后，个个都心惊胆战，有关系的天天托人求情，王总家的门槛都快被踏破了。在这种情况下，李杰的建议被通过。

那天，公司大堂里人声鼎沸，每位员工心里都忐忑不安。抓阄开始，抽到500号之后的员工，说明要被裁掉，当下就跌坐在地上，大哭一场；而抽到500号之前的员工，则是喜极

故事会2011年12月下半月刊·绿版 **65**

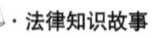

而泣。整个场面轰动极了。

李杰是搬起石头砸自己的脚，他抓到了600号，当然得走人。但他不甘心，去找律师咨询。律师当下就说"这是违法的，公司不能用赌博的形式来决定员工的去留。"李杰立刻纠集了大批工人到劳动部门申诉。

后来，上级部门出面纠正了这一荒唐做法，他们组成了一个综合测评小组，对职工的各项业绩进行考察，得出分数。前500名的留下，后500名的裁员，并支付他们经济补偿金。

经过考核，李杰排在第498名，可以留下来。他松了一口气，直呼幸运。然而，两天后，李杰又接到了通知 他被裁员了！他想不明白，为什么自己在前500名，还是被裁掉了呢？

不甘心的李杰找到了劳动局局长。然而局长跟他说，这是他们劳动局在审核的过程中提出来的，因为有3名职工虽然处于500名之后，但在经济性裁员中是不能被裁员的。原来这3名员工，其中一名被检查出怀孕了；一名在公司曾因工伤留下残疾；还有一名是因为生病，正处于医疗期内。正因为这样，这3名员工补了上来，最后3名退下，因此把李杰砍了下来。

李杰听完这些后，心里很难受。这时王总把他叫了过去，说："我有位朋友正在做茶楼生意，我跟他说一声，叫你过去帮忙，应该没问题。"

最后李杰接受了事实，去了茶楼，开始了新的工作。过了几个月，他意外地接到王总的电话，王总竟然叫他回去上班。李杰一时之间是丈二和尚摸不着头脑。

原来公司和外方合资非常顺利，公司逐步走上正轨。这时，公司需要加大产量，但人手不够，需要重新招人。根据劳动法的规定：用人单位在裁员后六个月内要录用人员的，应当优先录用被裁减的人员。就这样，那批被裁掉的兄弟姐妹又回来上班了。

律师点评：

根据劳动法有关规定，用人单位不得与劳动者解除劳动合同有四种特殊情况：患职业病或因工负伤确认丧失或部分丧失劳动能力的；患病或负伤，在规定的医疗期内的；女性在孕期、产期、哺乳期内的；法律、行政法规定的其他情形。另外，用人单位裁员应当遵循严格的法律规定和程序。如用人单位裁员后六个月内要录用人员的，应当优先录用被裁减的人员。

这个故事主要是围绕上述法律内容表述的。其一，用抓阄方法决定裁员显然违背法理；其二，尽管李杰测评中排名在留用范围，但因出现不得解除的法定因素，最终还是面临裁员境地；其三，由于公司短期发展顺利，在进行裁员后六个月内仍需招人，故李杰依法被优先录用。

（**题图**：杨宏富）

人的一生，会遇到很多十字路口。走错走对，往往就在一念之间。如果当时能做出正确的第一选择，那么很多悲剧就不会发生……

□ 邢 东

致命狂飙

1.意外肇事

邵飞今年17岁，是个业余越野摩托赛车手，参加过几次大赛，成绩还不错，他的目标是转为职业赛车手。他的父亲邵佰金，是嘉元市著名的企业家，家底殷实，对儿子是有求必应。为支持儿子实现梦想，他给邵飞买了最好的装备，单是那一辆血红色的进口摩托车，就花了不下30万。

邵飞平时练车，通常是在城郊的一片渣土场上。这天早晨，天刚微微亮，邵飞就来到了渣土场边。他整理了一下手套，正了正头盔，一轰油门，随着一声巨大的轰鸣声，摩托车一下蹿进了渣土场。起伏不平的土丘，在他的车下成了一马平川，一个个特技动作被他演绎得轻松自如。

此时，前方是两个连续的高台，邵飞的身体慢慢抬起，油门踩得恰到好处。只见摩托车腾空而起，滑过了一个完美的曲线，好一个漂亮的"飞跃双峰"！

可就当摩托车飞到最高点的时候，邵飞惊呆了：他突然发现，在第二个高台后面的坡道上，赫然躺着一个衣衫破烂的乞丐！

邵飞慌忙大喊"快闪开！"话音未落，摩托车已重重地朝乞丐砸了过去。摩托车摔倒了，邵飞也跌出去好几米远，他顾不上看自己身上有没有伤，连忙起身去看乞丐。这一看，邵飞傻眼了。只见那个乞丐浑身上下血肉模糊，已经没气了。

邵飞愣了一会儿，站起身来，朝四周看看，一个人也没有。他手忙脚乱地扶起摩托车，飞快地跨了上去，一轰油门，朝公路上驶去。

邵飞一边飞奔，一边在心里祈祷：千万别遇到熟人。可怕什么来什么，没骑多远，一辆迷你越野摩托从马路对面开了过来，嘎一声横在了邵飞跟前。摩托车手摘下头盔，冲邵飞挥了挥手，说："邵大公子，今天怎么走得这么早？"

邵飞心里暗暗叫苦，对面这个车手叫蔡强，也是个越野摩托发烧友，

因为染了一头黄发，大家给他起了个外号叫狮子王。说实话，邵飞打心眼里看不起狮子王，倒不是因为他胯下那千把块钱的破摩托和他身上的旧赛车服，而是这个家伙玩起来啥也不顾，就在市区的大街上，也敢飙车，也敢耍特技。就他这德行，根本不配玩越野！可今天，邵飞却一点儿底气也没有，他干笑了两声，说："强哥，我今天有事，不练了，得赶紧走！"

蔡强嘿嘿一笑，说"邵大公子平时连我"狮子王"的外号都不喊，一直叫我狮子头，今天怎么叫起强哥来了？看你这一身上下又是土又是泥的，是不是练习的时候摔跤了？"

邵飞点了点头，说："是，今天不太顺，刚到这儿，就滑了一跤，怕不是好兆头，不练了。"说完，一加油门，绕过蔡强，走了。

邵飞回到家，直接把摩托车开进了别墅后花园。他抄起地上的水管，冲着摩托车狠狠冲了一气，然后脱掉赛车服，扔进了洗衣机里。这才坐下来，看着摩托车发愣。那个乞丐的影子，老是在他眼前晃来晃去。

邵飞正发愣，

冷不丁有人拍了他肩膀一下，把他吓了一跳。他扭头看去，原来是父亲邵佰金晨练回来了。

看到邵飞脸色不太好，邵佰金关切地摸了摸儿子的额头，问："小飞，我记得你今天一早就去练车了，怎么这么快就回来了？身体不舒服？"

邵飞摇了摇头，说："没事儿，今天感觉状态不太好，练了两圈就回来了。对了爸爸，今天你怎么自己出去晨练了？林叔叔呢？"

邵佰金苦笑着说："你就别提那个林黑子了，这家伙越来越不像话了，整天神出鬼没的，哪像个保镖的样子？要不是看他跟你老爸打拼了十几年，又教了你几年越野摩托，我早就把他开除了！这不，从昨天半夜到现在一直找不到他，手机也关机，真拿他没办法！"

邵佰金叹了口气，回屋了。邵飞站起身，刚要回屋，手机突然响了起来，他犹豫了一下，接通了电话，耳边立刻传来了蔡强油腔滑调的声音："邵大公子，今天你那一跤，摔得可挺准啊！不过你们这些公子哥儿，都有个习惯性的毛病，那就是拉了屎不记得擦屁股。今天要不是我发现了现场，估计你就要倒大霉了！"

邵飞有些结巴了："强哥，你说的是……什么意思？我怎么……怎么听不……明白？"

蔡强哼了一声，说："听不明白？

那我就报警好了！现场有车辙印，整个嘉元市，就你有这种摩托车，再加上我这个目击证人……哼！"

邵飞急了："强哥，你别……咱们有事儿好商量，好商量！"

蔡强阴冷地笑了笑，说："对，咱们有事商量着来，那就啥事儿都能摆平。实话告诉你，我已经把尸体处理掉了，现场也打扫干净了。邵大公子，你说我替你干了这么多活儿，你是不是该出点血犒劳犒劳我？我最近看中了一辆新款的越野摩托，从香港那边运过来的，不贵，才3万块，可我手头有点儿不太宽裕……"

邵飞连忙答应："强哥，你别说了，等会儿你把银行卡号发给我，我把钱给你打过去……"接完电话，邵飞站起身，朝屋里走去。

过了一会儿，大门打开了，一个身材魁梧的汉子小心翼翼地走了进来，他用充满血丝的眼睛看了看楼上邵佰金的房间。

这时，楼上传来了邵佰金的喊声："林黑子，你昨天半夜上哪儿去了？今天有个重要的会议，差点被你耽误了！"林黑子应了一声，朝楼上走去。

2. 上门挑战

几天之后，邵飞打了辆出租，直奔渣土场。在离渣土场几百米的地方，他让司机停下车。从车窗里望去，渣土场上，几个摩托车手正在练习，其中蔡强的那辆新越野最扎眼。蔡强一边轰着油门在土岗间跳来跳去，一边尖叫着，俨然成了渣土场上最耀眼的明星。而在这之前，这种荣耀一直属于他邵飞啊！

邵飞一连在家闷了几天，心里七上八下的没个着落。邵佰金工作很忙，每天早出晚归，虽然曾问过邵飞为什么不去练车了，但邵飞随口编了个理由，邵佰金也就没有太在意。

可没过多少天，蔡强又来电话

了，张嘴就要30万，说上次那辆新车在训练的时候摔烂了，他也要买一辆邵飞那样的新车！

邵飞一听，脑袋都大了：虽然自己家很有钱，但父亲对钱管得还是比较严的。上次那3万块，已经把自己的零用钱都掏光了，现在上哪儿搞30万去？再说了，就算自己弄到30万，给了蔡强，谁敢保证他不会继续要50万、100万？

邵飞有些懊悔了，那天出事儿以后，要是自己不跑，直接报警的话，无非是被抓进公安局，那样至少自己可以说清楚。可现在，这个蔡强却让自己有话不敢说，有车不敢骑，整个人像关进了闷罐子，这日子比在监狱里还要难受！

邵飞强忍着怒火，哀求蔡强：自己确实没有那么多钱，而且也不可能从父亲那里拿到那么多钱。如果蔡强能宽限他些日子，等他成了职业车手，自己挣钱了，也许可以满足他的要求……

蔡强一听就乐了："等你邵大公子当了职业车手再给钱？那还不得等到猴年马月去？再说了，万一你成了气候，你还会认这笔账？不过，我也不是蛮不讲理的人，你拿不到钱也是实话。你等着，我给你创造机会，让你有机会拿到这30万！"说完，就挂了电话。

邵飞心里忐忑不安的，这个蔡

强，是个什么都干得出来的流氓货色，谁知道下一步他会怎么样呢？一连几天，邵飞都没有出门，他在等着门外响起警笛声，等着闯进来几个警察，把自己带走。可这情景却一直没有出现。

这天，父亲邵佰金笑呵呵地走了进来，递给他一封信，说："儿子，你不是一直想自己开创事业吗？现在有个发财的机会，一下能赚30万，你想不想试试？"

邵飞愣了，30万？这个数字他太熟悉了。他拿起信，信封上的收信人写的是他父亲的名字，掏出信纸，里面居然是一封挑战书。对方提出要和邵飞来一场摩托车越野赛，地点就在郊区的渣土场，赌注是30万，落款是蔡强。

邵飞摇了摇头，对父亲说："爸爸，这不是比赛，是赌局！我不想干这种无聊的事儿！"

邵佰金没想到儿子会拒绝，他拍了拍儿子的肩膀，说："怎么了？害怕了？这哪像我邵佰金的儿子。你放心，我已经让林黑子暗地里观察过了，这个蔡强花架子不少，可真正水平并不比你高。而且，他的摩托车性能比你的差远了。这场赌局，他根本就没有获胜的可能！"

邵飞使劲晃了晃脑袋"爸爸，您忘了？您以前曾经告诫过我，绝对不能和黄赌毒沾边，这次比赛，明摆着

就是一场赌博，赌注下到了30万！您怎么能让自己的儿子下赌场呢？"

邵佰金愣了愣，神秘地一笑，说"儿子，你放心，老爸有办法把这场赌局洗白了。我可以出30万奖金，赞助这场比赛。你需要做的，就是在比赛中获胜，把属于咱们家的钱拿回来！"

邵飞还想辩驳，父亲却抢先说道："就这么定了。儿子，你知道，30万对我邵佰金来说，根本就是小菜一碟。可我不能让人家站在我的门口，指着我的鼻子向我挑战！这次你一定能胜，一定要胜！"说完，转身走了出去。

看父亲走远了，邵飞一下跳了起来，抓起电话，拨通了蔡强的号码。蔡强早有准备，他嘿嘿一笑，说："邵大公子，我知道你手里没有30万，这次我给你找了个机会，让你光明正大地从你爹那里弄出30万来，这个办法怎么样？记住，到比赛的时候，你一定要输！别担心你爹的脸面。如果你敢赢，我会让你和你爹脸上更难看！"说完，蔡强啪的一声挂了电话。

邵飞拿着电话，愣住了，这场比赛，究竟该怎么比呢？

3. 赌命赛道

几天以后，一场由邵家"赞助"的越野摩托挑战赛开始了。渣土场上，

邵佰金已经派人布置成一个简单的赛道。赛道起点处，聚集了一帮越野摩托发烧友。原来，蔡强早早就把要和邵飞进行"巅峰对决"的消息在圈子里传了出去，这些人，都是被他邀来做见证的。

邵佰金坐着豪华轿车来到了渣土场，他和林黑子下了车，先来到邵飞跟前，轻轻捶打了邵飞的胸脯儿下，冲邵飞竖起了大拇指，然后又走到蔡强面前。林黑子把手里拎着的密码箱端平，啪的一下打开了箱盖，里面是码得整整齐齐的30沓百元大钞。大家发出了一阵惊叹声，蔡强的眼珠子都快要掉出来了，他伸手想摸摸那箱子，却被林黑子拦住了。

邵佰金轻声问蔡强："小伙子，我的30万已经放在了这里，你的30万呢？"

蔡强嘴里嚼着口香糖，慢悠悠地说："我的30万？不就在您保镖的手里吗？"

邵佰金一怔，随即嘿嘿笑了起来："小伙子，我佩服你的勇气，可我不屑于你的人格。本来我是不屑于和你打交道，不过我不能看着别人向我和我儿子挑战而不应战！至于你的30万，我早就料到了：你根本拿不出来。不过，我也可以明确地告诉你，这笔钱，你也拿不走！这场比赛，你必败！"

蔡强双手一摊，满不在乎地说："实话跟您说，我蔡强就是个臭要饭的，今天你们家这30万我吃定了！能不能拿出30万奖金，是您的事儿；能不能拿走奖金，那是我的事儿。你说是不是，邵大公子？"

听到"臭要饭的"这几个字，邵飞心里咯噔一下子，他知道，蔡强话里有话。

比赛马上就要开始了，围观的车友们私下早就定出了胜负：蔡强车不如人、技不如人，肯定是想发财想得鬼迷心窍了，才干出这种脑残的事儿来。

邵飞看了看蔡强，又瞅了瞅前面弯弯曲曲的赛道，脑袋里一片空白，甚至连裁判挥旗喊出发，他的反应都慢了半拍。直到蔡强的摩托车轰鸣着冲出了大半个车身，他才恍然大悟，一加油门，冲了出去。

两辆摩托车在渣土场上飞奔起来，虽然蔡强抢先出发了一步，可没跑出多远，邵飞的摩托车就追了上去。不比不知道，一比吓一跳，30万的摩托比3万的摩托强得太多了！邵佰金高兴地连连挥手："儿子，甩掉他！让他看看我们邵家人的厉害！"

转眼间，两个人并驾齐驱已经开了好几圈，只剩下最后一圈了，邵佰金使劲招呼着："儿子，超过他！甩掉他！"

邵飞下意识地加大了一点儿油

门，摩托车迅速提速，一下把蔡强甩在了后面。就在这时，蔡强突然在后面摁起了喇叭。围观的人们都笑了，你以为这是在马路上骑摩托啊？摁喇叭管啥用？

可这尖厉的喇叭声，却让邵飞的心一沉，抬头看前面，正是上次他做腾空的那个高坡。蔡强的喇叭声，一下让他想起了那个蜷缩在高坡下的乞丐，邵飞手里的油门随即松了下来。

蔡强的摩托车从高坡上飞了过去，邵飞的摩托却由于加速度不够，腾空高度太低，在落地的时候发生了侧滑，这一下，就让蔡强超过去了十几米。等邵飞调正方向，再次追赶的时候，已经晚了，蔡强的摩托车已经停在了林黑子面前。他伸出手，去抓林黑子手里的密码箱。林黑子一闪身，躲过了蔡强的手，一翻腕，锁住了蔡强的胳膊。蔡强"哎呀"一声叫了起来。

这时候，众人已经围了过来，看林黑子动手了，大家都有些愤愤不平。邵佰金走过来，冲林黑子吼了一声"放手"，然后亲自把那个箱子拿过来，递给了蔡

强，说："你赢了，这是奖金，邵家企业最讲的是诚信，祝贺你！"说完，和林黑子一起转身朝豪华车走去。

蔡强打开密码箱，从里面拿出一叠百元大钞，递给身边的兄弟，扯着嗓子喊了一声："走啦，今天我请客！"说完，发动了摩托车，呼朋唤友地走了。

邵飞愣在了终点，看着人们都散去了，他才一脸无奈地发动摩托车，朝父亲的轿车那边开了过去。

看邵飞过来，邵佰金并没有发火，他拍了拍儿子的肩膀，说"儿子，别这么垂头丧气！胜败是兵家常事，爸爸不心疼那30万块钱，爸爸最怕的，就是你从此一蹶不振。挺起腰杆来！"

邵飞冲着父亲苦笑了一下，摇了

摇头，发动摩托车，独自走了。

看着邵飞的背影，邵佰金叹了口气，扭头对林黑子说："今天的比赛很怪，你教了小飞这么长时间，难道你看不出来，小飞是故意输的？凭他的实力和装备，那个姓蔡的绝对不可能胜小飞！抽空你调查一下，看看究竟是怎么回事儿！"

公路上，蔡强和一帮发烧友鸣着喇叭，大呼小叫地飞驰着。林黑子驾着车，眼睛死死盯着蔡强，似乎没有听见邵佰金的话，那眼神里，带着一丝贪婪，一丝仇恨……

4.风云突变

回到家，邵飞在屋里憋了整整三天。三天过后，当他从屋里出来的时候，邵佰金吓了一跳，儿子明显瘦了，可眼神却变得坚毅而明亮。

邵飞告诉父亲，他想通了，要再和蔡强比试一次。这次，他不会再给蔡强一点儿机会，一定要让他输得心服口服！

邵佰金笑了，他没想到，儿子居然这么快就从失利的阴影中走出来。他安慰邵飞：先暂时休养几天，等养足了精气神，他立刻就安排和蔡强的重赛。

邵飞点了点头，回到了屋里。在他的书桌上，已经写好了一份肇事经过说明书，他已经下定了决心：在和蔡强完成对决后，就去公安机关自首。这些日子，他的心每天都在痛苦中挣扎。他的眼前，一会儿漂浮着那个乞丐血肉模糊的影子，一会儿显现出蔡强那得意洋洋的神情，一会儿又变成父亲那失望的眼神。自从他十四岁开始接触越野摩托，他就希望自己成为真正的赛车手，一个拥有快乐和责任的赛车手。可现在的他呢？像一只胆小卑微的老鼠，他再也受不了担惊受怕的日子了。

可一连十几天过去了，重赛的事还是一点儿着落也没有。邵飞追问过几次，邵佰金说一直联系不上蔡强。邵飞私下里也给蔡强打过几次电话，可都是关机。这个家伙，估计是有了钱，到什么地方潇洒去了。

这天，邵飞正在家里擦拭摩托车，邵佰金兴冲冲地从外面走了进来，告诉邵飞一个消息：蔡强死了！前天，蔡强在郊外环山路上开快车，结果失控出了意外，连人带车撞到了岩壁上，车被撞成了碎片，人也咽气了。

"蔡强死了？"邵飞简直不相信自己的耳朵，"怎么会这样？"

邵佰金嘿嘿一笑，说："儿子，中国有句古话，叫'天作孽犹可恕，自作孽不可活'，蔡强虽然赢了你，但老爸看得出来，他赢得并不光彩！人是不能做亏心事的，做了亏心事，鬼就来敲门。怎么样？他先上西天了吧？

你说，这不是报应吗？"

邵飞摇了摇头，说："爸爸，蔡强死了，警察会不会怀疑咱们？前些天，我刚刚输掉了那场比赛，输掉了30万……"

邵佰金拍了拍自己的胸脯，说："你放心，不会。你老爸我在生意场上打拼多年，做人的原则从来没变过，违背良心的事我不干，违法犯罪的事我不干。否则，你老爸也不会不带保镖就一个人出去晨练！"

邵飞听了，心里一震。过了一会儿，他突然抱住父亲，哭了起来："爸爸，我不配做您的儿子，我干了违背良心的事，干了违法犯罪的事啊！"

邵佰金惊呆了，他推开邵飞，瞪大了眼睛盯着他，问："你说什么？你究竟干了什么？"

邵飞把在渣土场砸死乞丐、被蔡强要挟、最后故意输掉比赛的经过说了一遍。

邵佰金听完，长叹了一声："傻孩子，你为什么不早说？当初你在渣土场砸中乞丐，咱们该报警就报警，该赔偿就赔偿，你还不满18岁，可以减轻处罚。可你这一跑，蔡强又死了，很多事就说不清了！"

邵飞傻眼了："这可怎么办？爸爸，那个乞丐的死真的是个意外啊！"

邵佰金沉思了好长时间，最后，他叹了口气，说"小飞，你先别着急，

我先找律师好好咨询一下，然后咱们再做定夺。"

邵佰金的话音刚落，门突然被推开了，林黑子从外面走了进来，随后把门关死，说："大哥，不用咨询了，这事最好解决了。蔡强一死，就没有人知道小飞砸死乞丐的事了，这件事就等于没有发生过。大哥，你踏踏实实做你的生意；小飞，你继续玩你的越野摩托，我跟我职业队的朋友说好了，下周他就会给你安排入队测试。什么蔡强，什么乞丐，跟咱们没有任何关系！"

邵佰金听完，生气了："黑子，在孩子面前，你怎么能这么说话？小飞心里要是背负了过失杀人的包袱，他一辈子都不会安生。每当骑上摩托车，他就会想到那个乞丐，你怎么指望他会成为一个出色的赛车手？"

林黑子冷冷一笑，说："大哥既然这么说，你就送他去公安局自首好了！只可惜，你们邵家这么大的家业，你的宝贝儿子，就这么白白毁掉了！"

邵佰金大怒："林黑子，闭上你的臭嘴，小飞不过是意外失手，他还是个孩子，你这么说，想吓唬谁？"

林黑子一点儿也不恼，他把两手一摊，说："大哥，实话跟您说吧，那个蔡强，是我杀的！您说您还能脱掉干系吗？"

此言一出，邵飞和邵佰金顿时呆住了。

5.悔之晚矣

林黑子告诉邵佰金父子俩：自打上次邵飞输掉比赛之后，他就开始暗地里调查蔡强。当他打听到，蔡强居然利用乞丐要挟邵飞，林黑子顿时就对蔡强起了杀心。因为他知道，依蔡强的无赖脾气，他是不可能放过邵飞的，所以这些天他一直在跟踪蔡强。前天，他终于找到了机会，蔡强一个人去环山路上兜风，林黑子用一辆没

牌照的汽车，把蔡强撞向了岩壁，一下把他了结了。之后，那辆肇事汽车被他开进了水库里，一点儿痕迹也没留下。

说到最后，林黑子扑通一声跪在邵佰金跟前，双手拉住邵佰金，说："大哥，我这么做，全是为了您的公司、您的儿子。您要是觉得不放心，干脆把我捆起来送公安局得了！您放心，我会把砸死乞丐、撞死蔡强的事儿全担起来，我去给他们抵命。不过，您可千万不能把小飞送进去啊！他还是个孩子，这一进去，一辈子就全完了！"

此时，邵佰金一句话也说不出来了，他拍了拍林黑子的肩膀，摇了摇头，走了出去。

林黑子站起身，摸了摸邵飞的头，说："小飞，好好练你的车吧！乌云都散了！"说完，他哼着小曲，跟着走了出去。

可平静的日子仅仅过了三天，生活就被邵佰金的一个电话打乱了。这天，邵飞正在家里望着天空出神，邵佰金给儿子打来电话，让他马上到公司去一趟。

邵飞骑着摩托车来到公司，一进办公室的门，他几乎愣住了。三天不见，父亲似乎一下老了十几岁，整个人都变得萎靡不振。

看到邵飞进来，邵佰金挥挥手，让邵飞坐在对面的沙发上。邵飞坐

下，发现面前的茶几上摆放着一大摞档案。邵佰金指了指那些档案，说："儿子，昨天上午，警方已经来公司找我调查了。从他们的话语里，我听得出他们已经开始怀疑你和林黑子。我咨询过律师了，你是过失伤人，年纪又小，加上自首，很快就可以出来。爸爸现在只有把你送进公安局了。你放心，爸爸一定等你出来！"

看着父亲斑白的鬓角，邵飞的眼泪在眼眶里直打转，他站起身，想安慰父亲几句。

突然，办公室的门被一脚踹开了，林黑子从外面闯了进来，一只手抓住邵佰金，另一只手握着一把匕首，抵在了邵佰金的脖子上。

邵飞急了："林黑子，你想干什么？赶快放开我爸！"

林黑子惨笑了一声，说："干什么？阻止你们爷俩干傻事！你们想过没有：一旦自首，你邵老板可以推得一干二净，邵公子可以减轻处罚，我林黑子会落个什么下场？肯定是死刑！我拼死拼活为你们家效力这么多年，最后却落得这么个结果，你们还有没有良心？"

邵佰金摇了摇头，说："黑子，这件事我也有责任，你放心，我绝不会逃避。另外，所有的赔偿都由公司出资，咱们力争获得蔡强家人的谅解。再加上你是自首，不一定被判死刑的！"

"算了吧！"林黑子打断了邵佰金的话，"你这样做，只是为了洗脱你儿子的罪名！他又不是我儿子，我凭什么为他进监狱？老板，我现在也不求别的，你只要让我安安全全地离开这里，一切都好说！"说完，他拉着邵佰金朝门外走去。邵飞紧紧跟在后

面。

院子里，邵佰金的豪华车就停在那里，林黑子逼着邵佰金上了车，朝跟出来的众人挥了挥刀子，恶狠狠地吼道："谁也不许报警，否则我一刀捅了他！"说完，发动了汽车，飞也似的冲了出去。

"别伤害我爸爸！"邵飞喊了一声，跨上摩托车，也跟着追了出去。

两辆车很快上了环城公路，虽然林黑子把油门踩到了最大，可依然没能甩掉邵飞。两辆车就像疯了一样，在公路上狂飙起来。

汽车里，邵佰金的心提到了嗓子眼儿，他看了看速度表，已经超过了每小时240公里。以这样的速度，哪怕轧到公路上的一粒小石子，汽车和摩托车都有可能飞出去，酿成大祸。他劝林黑子赶紧停下来，可林黑子只是嘿嘿冷笑，根本不听他的。前方五六百米就是路口了，那里警灯闪烁，路面上已经摆好了路障，一群警察站在前面，挥手示意林黑子停车。

可林黑子没有一点儿减速的意思，依然驾车朝前猛冲。眼看一场群死群伤的大事故就要发生了，邵佰金突然用肩膀朝林黑子猛地撞了过去，林黑子手一晃，方向盘动了几下，高速行驶的车子立刻侧翻了。随着尖厉的金属划地声音，车子砰的一声撞断路边的护栏，翻下了路基。随即，一团火光腾空而起。

"爸爸！"跟在后面的邵飞大喊一声，眼泪刷地流了下来……

现场一阵忙碌，一个警察走了过来，他拍了拍邵飞的肩膀，说："小伙子，节哀吧！"

邵飞把双手伸了出去，说："我跟你们走！我承认，我砸死了一个乞丐，之后逃逸……"

不过，邵飞很快就被放了出来。警察告诉他，经法医鉴定，那个乞丐并不是被邵飞砸死的。在邵飞砸中他之前，他就已经被撞成了重伤，被肇事司机扔到了渣土场。肇事司机在离开之前，怕乞丐没死，又在他身上捅了八刀。根据痕迹比对，那刀伤来自于林黑子的那把匕首。也就是说，林黑子身上，其实背负了两条人命！

得知这个真相，邵飞呆住了，乞丐、蔡强、父亲、林黑子的面容一个个出现在他眼前。如果当初自己、蔡强、林黑子，能够做出正确的第一选择，那么，今天的这一切，还会发生吗？

（题图、插图：杨宏富）

稿约："中篇故事"是本刊的重要栏目，我们热诚欢迎广大作者来稿。来稿要求：1.题材需有新鲜感、时代感；2.情节性强，并且能把新鲜、奇巧的情节的演绎和人物的塑造较好地结合起来；3.篇幅：15000字以内。本栏目稿酬从优。来稿可从邮局寄发，也可发电子邮件，本期责任编辑E-mail地址：zhong98305@sina.com。

中医药文化博大精深，这里讲述一组有关药材名字由来的民间传说。

东紫苏

汉末年的一个重阳节，华佗看见几个青年在比赛吃螃蟹。他知道，螃蟹性寒，吃多了会生病，就好心上前相劝。可那几个青年吃得正起劲，哪里听得进去！当晚，那几个青年和华佗投宿在一家客栈。半夜，那几个青年大喊肚子痛。华佗晓得他们是吃多了螃蟹中了寒毒，可当时还没有治这种病的药物，华佗也不知该怎么办。

就在这时，华佗想起了自己以前采药时，发现一只水獭正在贪婪地吃着螃蟹。没过多久，这只水獭便躺在地上打起滚来，可能是吃多了螃蟹。后来，它爬到岸上，吃了一些紫色的草叶，又躺了一会儿，竟然没事了。于是他去郊外采了一些那种紫色的草，又立即煎汤给几个青年服下。不一会儿，那几个青年的肚子就不痛了。

因为这种药草是紫色的，吃到肚子里又感觉很舒服，所以，华佗就把这种药草取名为"紫舒"，传到现在就成了"紫苏"。

刘寄奴

传说刘寄奴小时上山砍柴，见一巨蛇，急忙拉弓搭箭，射中蛇首，大蛇负伤逃窜。

第二天，刘寄奴又上山，隐约听见远处传来阵阵捣药声。他随声寻去，见草丛中有几个青衣童子在捣药，便上前问道："你们在这里为谁捣药？"

童子说："我王被寄奴射伤，故遣我们来采药，捣烂敷在患处就好了。"刘寄奴一听，便大吼道："我就是刘寄奴，专来捉拿你们。"

童子吓得弃药逃跑，刘寄奴便将草药和臼内捣成的药浆一并拿回，用此药给人治疗，颇有奇效。后来，刘寄奴领兵打仗，凡遇到枪箭所伤之处，便把此药捣碎，敷在伤口，很快愈合，甚为灵验。但士兵们都不知道叫什么药，只知是刘寄奴射蛇得来的神仙药草，所以就把它叫做"刘寄奴"。这是唯一用皇帝的名字命名的中草药，一直流传到现在。

车前草

相传，尧舜禹时期，江西发生水灾。舜帝知情后，派禹前往江西治水。此时正逢夏天，天气炎热，很多人晕倒发烧，小便短赤，大大延误了工期，急得禹不知所措。

这时，一位大爷捧着一把草要见禹，禹问其何事。大爷说："我是喂马的马夫，我发现马群中有一些马撒尿清澈明亮，饮食很好。而有一些马却不吃不喝，撒尿短赤而少。原来那些饮食很好的马经常吃长在马车前面的这种草。我就扯了这种草喂那些生病的马，结果第二天这些病马全好了。我又试着用这种草熬成水给一些病人喝，结果他们的病也好了。"

禹听后十分高兴，于是命令手下都去扯这种草来治病，结果患病的人喝了这种草熬成的水后，很快就痊愈了。

因为马匹是在马车前面吃的这种草，所以他们就将这种草药命名为"车前草"。

断肠草

这天，乾隆皇帝微服私访来到镇江。在一家客店投宿后，乾隆感到身上奇痒难熬，辗转不能入睡。他便披衣起床，去了一家草药铺，并将病症告诉了药铺郎中。

郎中检查之后，告诉乾隆"你患的是疥癣，是皮肤病中的一种顽疾，能治，但用药后不能用手直接抓痒，更不能入口，因为此草药有剧毒。"

乾隆好奇地问："先生能告诉我此草药的名字吗？"

郎中告诉他，这叫'断肠草'。相传当年神农尝百草，遇到了一种叶片相对而生的藤子，开着淡黄色小花。他摘了几片嫩叶放到口中，刚嚼碎咽下，就毒性大发，还没来得及吃解毒药，神农的肠子已断成了一小段、一小段的样子。这种令神农断肠而死的藤子，就被人们称为'断肠草'。

乾隆的顽疾被治愈了，他重赏了这位郎中，又挥毫为其草药店写下了"神农百草堂"几个大字。自此，它便名震大江南北。

（本栏插图：安玉民　梁　丽）

不怕鬼的

□ 张晓新

小宝买了套二手房，高兴劲儿还没过，却从邻居那里听到一个消息，那房子以前死过人，死的是个年轻漂亮的女孩，后来据说还闹起了鬼。这房子卖了几年也卖不出去，最后让小宝当了冤大头。

得知这事儿，小宝脑袋顿时大了。和老婆一商量，老婆死也不愿意搬进去住，说情愿在街上支个帐篷。思来想去，小宝只好到处贴广告想把房子转让掉。眨眼过了三个月，来看房的人倒是挺多，可都是见了一回面就没下文了，估计这房子闹鬼的事已经传开啦。

没办法，小宝只好把房价一降再降，最后降成了个半卖半送价，可尽管这样，仍然没人敢接这个烫手山芋。

一天，小宝正在家为房子的事发愁，忽然有个买房的人找上门来。这男人三十多岁，斯斯文文，戴着眼镜，像个白领。

小宝根本没抱什么希望，无精打采地带他去看房子。眼镜慢条斯理地在房子里走了一圈，脸上不动声色，微笑着问："大哥，还是那个价吗？"

小宝苦笑着说千真万确，如果真诚心要，还可以给他打九折。

"是吗？"眼镜点了点头，说，"那我要了。"

小宝一怔，这家伙还真要了！可接着，他就明白了，这家伙一定不知道这房子的内幕，以为捡了个大便宜呢。小宝人好，觉得这么做对不住良心，犹豫了片刻，感觉还是不能把痛苦转移给另一个无辜的人，就说："我可得和你事先说明了，这房子以前死过一个女孩，听说后来还闹鬼。你敢要就要，不敢要就算了，以后后悔可不关我的事。"

此话一出，小宝以为眼镜一定会大惊失色，没想到，眼镜却淡淡地一笑："是的，我听说了，我要。"

小宝倒是吃了一惊，想了想，还是不放心，又提醒说："这房子有鬼！"

"不就是鬼嘛，"眼镜冷冷一笑，"鬼有什么可怕的？"

小宝见他如此不在乎，又看他脸色有点发青，不知咋回事，脚底一股凉气直冒上来，不由自主地打了个哆嗦。

眼镜看着他，嘿嘿笑着说："大哥，咱们明天就办手续吧。"

小宝一咬牙，心说我不管你是人是鬼，反正我已经告诉过你了，以后你要被鬼缠上，我可不管。

房子出手后，小宝松了一大口气，但心里觉得眼镜这人好奇怪，就时不时地留意一下。一晃过了半年，他回去过几趟，问遍了左邻右舍，都说没啥奇怪的事发生。眼镜和一个女孩同住，两人过得挺好，晚上也没听到他们家有什么不对头的动静。

小宝有点后悔了，那小子不怕鬼，倒让他捡了个大便宜！

三年后的一天，小宝路过那套房子附近，忽然看见墙上有个房子转让的广告，一瞧，居然就是自己卖给眼镜的那套，留的联系人名字也是那个眼镜。

这下小宝来了兴趣，这家伙怎么又要把房卖了？他忍不住冒充买房人，拨通了眼镜的电话。不一会儿，一辆车停在他身边，眼镜从车上跳下来。一看小宝，马上就把他认出来了，笑着说："大哥，你不会真的要买回去吧？这房子有鬼呀！"

小宝吓了一跳："真的闹鬼了？"

眼镜摇摇头，说："闹倒是没闹，啥事也没有。"

小宝奇怪了："那你怎么想卖掉呢？你们不是一直住得好好的吗？"

眼镜叹了口气："是住得挺好的，我也舍不得搬呢。可不管怎么样，知道这房子里死过人，心里面还是挺不舒服的，干脆就买套新的住吧。"

小宝挠挠头皮"你买的时候，不是一点都不在乎吗？怎么住着住着，就在乎起来了？"

"那时候……"眼镜嘿嘿一笑，"她是鬼，我也是鬼，谁怕谁呀？"

小宝一听，脸色不禁一变。

眼镜拍拍他肩膀"放心，我现在不是鬼了。"

小宝疑惑地盯着他："那……那你以前……真的是鬼？"

"是呀！"眼镜说着，拉开车门坐了上去，丢下一句，"穷鬼！"

（题图、插图：安玉民　梁　丽）

冠军也作弊

怎么样？"杜德爽快地答应了。

第二天晚上，两人在约定的酒吧碰面了。萨姆见杜德穿着普通，便不客气地说："老朋友，看来，你和我混得也差不多嘛。怪就怪我们的职业，天生只能让别人消遣。"

杜德却满不在乎地说："我现在是个生意人，经营着一个停车场。你有什么事快说吧，我很忙。"

萨姆一字一句道："我想再跟你比赛一场，但是要赌两万美元。"

杜德不屑地说："两万美元太少了，这点钱对我来说简直是耻辱。"

萨姆哼了一声，不依不饶地说："你怎么不承认，你和我一样没有朋友，只有债主呢？其实你是怕输掉这场比赛的钱。你是不是不敢应战？"

被萨姆一激，杜德傲慢自负的性格又暴露了，他激动地说："谁说我不敢应战？更何况我也不会输！只是我

一　十年前，杜德和萨姆是拳坛上大名鼎鼎的明星。尤其是杜德，临近退役还连续两年夺得冠军，这让萨姆再也没有报复的机会，便含恨结束了自己的拳击生涯。

如今，萨姆的日子过得贫困潦倒，他开始冥思苦想，想找到一个快速发财的方法。突然，他想起了老对手杜德，顿时眼前一亮。

萨姆想方设法找到了杜德的电话，打了过去，电话很快通了："喂，是杜德吗？还记得我吗？我是萨姆。"

杜德接到电话，很是意外："萨姆？你怎么会给我打电话？有什么事？"

萨姆热情地说："咱俩已经有二十年没碰面了，明晚去酒吧喝一杯，

们再打一场还有什么意思？"

萨姆依旧不死心："年轻的时候，我们为荣誉而打；现在，我们为生存而打。我们都上了年纪，过不了多久，贫穷和疾病就会把我们逼上绝路。只有一种解决办法，能使我们两人当中的一个摆脱困境。"

杜德淡淡地问："什么办法？"

萨姆压低声音说道："我们找一个隐秘的地方，比如旧体育馆或者仓库，然后关上门，就我们两个人来一场生死决战。这样，我们用不着支付场地租金和其他费用。我们各自把赌注放在桌上，谁赢了谁拿走。"

杜德终于有点心动了："你的主意倒不错。可这笔钱我们得去借。输了的人怎么办？"

萨姆冷笑一声，说："他只好自认

倒霉。你干不干？"

杜德思忖片刻，咬牙说："两万太少，五万吧。"

萨姆毫不犹豫地答应了。

三天后，萨姆和杜德按照约定，来到市郊一幢废弃的楼房前碰头。两人按照职业比赛的规则，还带来了一只闹钟和一面锣。

两人把各自的赌注放在一张桌子上，然后一个敲响了锣，另一个瞅了瞅闹钟，同时走到屋子中间。两人同时喊道："不许击打违反规则的部位。"

话音未落，萨姆冷不防一记重拳打中杜德的下巴。顿时，杜德就倒在地上，不省人事。昔日的冠军怎么会被一拳击倒？原来，萨姆偷偷作了弊。他在拳击手套里藏了一个小沙袋，能把一头牛打倒。

萨姆计划得非常周密，打倒杜德后，他迅速脱去拳击手套，换上另一副棉手套。然后，他从布袋里取出一根绳子，套在吊灯的钩子上，打了个死结。接着，拿过一把椅子，费了好大劲将杜德抱起来，把他吊在绳结上，布置成杜德上吊的现场。

干完这一切，萨姆得意地笑了，杜德的身上没有伤痕，也没被人下毒，因此谁也不会怀疑，他不是自杀。

最后，萨姆把桌上的赌注统统装进了袋子里。离开之前，萨姆在杜德面前停了下来，喃喃道："原谅我，杜德，我作了弊，没有给你还手的机会，因为我必须赢得这场比赛。但无论如何，赢得荣誉的仍然是你。很快，你的照片就会被登在所有的报纸上，人们将回忆起你这位伟大的冠军，特别会提到你在那些打败我的比赛中的出色表现。唯一让我感到遗憾的是，今天，当命运最终决定我俩当中谁是赢家时，你却看不到我一生中唯一一次拥抱你……永别了，杜德！"

萨姆拎着袋子，走出破旧的楼房。刚走到街道拐角处，一辆汽车突然停在他面前，从车里冲下来几个警察，命令道："扔下袋子，不许动！萨姆，你被捕了！"

萨姆一点也不害怕："凭什么？"

警察冷冷地说："我们都知道了！你向杜德挑战，并且杀了他，抢了他的钱。你作弊了，冠军！"

萨姆手有点发抖："你们……有什么证据？"

警察冷笑道："因为你并不知道，杜德也作了弊。当你们换装准备比赛时，他偷偷安了一个摄像机。事先他已和电视台谈妥了，电视台愿意出一百万美元，买下你们这场比赛的直播权。就这样，所有的电视观众都看到了一桩犯罪的经过，而不是一场比赛！你明白了吗？"

萨姆听完，彻底瘫在了地上。

（改编：悠 悠）

（题图、插图：安玉民 梁 丽）

·本刊信息传真·

2011年"岳阳杯" 幽默故事创作大赛选票

姓名		性别		文化程度		电话	
地址						邮编	
选票编号							

说明：

1．经初评委推荐，有45篇作品进入大赛得奖候选名单，详情请见故事中国网（www.storychina.cn）。请读者选出您最喜欢的5篇作品（只需填写作品编号，不必填写篇名），多填无效。

2．本次评选采用书面投票与网络投票两种方式，以得票数确定作品的各奖项名次。

3．选票可复印（制）。

4．填写好的选票请放入信封内，并在信封上注明"选票"字样，于2011年12月31日前寄出。来信请寄：上海市绍兴路74号《故事会》杂志社，邮政编码：200020。

5．本次大赛特设读者奖。具体奖项为：一等奖1名，奖金1000元；二等奖3名，奖金各500元；三等奖10名，奖金各100元；读者参与奖100名。主办方将根据读者投票的准确率确定各奖项名次。

6．投票结果将于2012年1月下旬在故事中国网公布。

保 镖

□ 秦晋之

小混混阿强看上了小区里新搬来的一个女孩。他费尽心思想接近对方，可女孩养了两只体型壮硕的德国牧羊犬，像两个忠实的"保镖"，女孩走到哪里，那两只牧羊犬就跟到哪里，让阿强无机可乘。

阿强心里恨得牙痒痒，他绞尽脑汁想除去那两只牧羊犬。这天，阿强收到一条广告短信：本公司专售各种麻醉喷剂，强力快捷，无效退款。阿强心里一动，试着买了一支，去宠物市场往一条硕大的猎犬上偷偷喷了一下。嘿，还真神！没几秒钟，那猎犬便软绵绵地倒下了。阿强不禁狂喜！

当晚，阿强熬到半夜，看女孩家的灯熄灭了，就迫不及待地带上那瓶麻醉喷剂，悄悄爬上了女孩家的阳台。

事情进展得十分顺利，阿强只朝两只牧羊犬身上喷了两下麻醉剂，牧羊犬还没来得及发出声音，便乖乖倒下了。阿强还不解恨，他掏出匕首往这两个"保镖"身上戳了几刀。

就在这时，屋里的灯突然亮了。女孩打开阳台的门，看到倒在地上的两只牧羊犬，顿时吓呆了。

看着女孩楚楚可怜的样子，阿强觉得骨头都快酥了，他迫不及待地扑了上去，不料居然扑了个空。他还没反应过来，一记重拳便迅速打了过来，紧接着膝盖又被狠狠踢了一脚。阿强"扑通"一声摔在地上。女孩一个箭步冲上去，在他背上又重重补了一脚。阿强痛得哇哇大叫，再也动弹不了。

头晕眼花中，阿强听到女孩打起了电话："老板，对不起，我没尽好保镖的职责。牧羊犬被人伤了。不过你放心，人被我抓住了，三十几万的狗呢，他得负全责……"

天哪，原来这女孩才是"保镖"！三十几万的狗啊！阿强感觉脑袋"轰"的一下，彻底晕了过去……

看你来不来

□ 竹 韵

张大爷最近住进了养老院，他经常和其他老人在一起聊天解闷，日子过得还挺愉快。只是儿子忙于工作，总不来看他。这天，张大爷给儿子打电话："我最近不太舒服，经常头晕，心脏也不太好。"儿子回答："您等着，我很快就安排好！"

张大爷抿嘴笑了。他赶紧把隔壁的老王和老李都请到自己房里，想让他们看看自己的儿子有多孝顺。

很快，来了个老中医，进门就问："哪位是张老先生？您儿子特意派司机把我送过来，给您号号脉！"

张大爷顿时目瞪口呆。老中医一边号脉一边说："您儿子真孝顺！现在有多少孩子对父母都不闻不问啊。"

很快，这件事就在养老院里传开了。很多老人都眼红：这么有钱的儿子，还这么孝顺！

过了不久，六一儿童节到了，张

大爷给儿子打电话："小孙子要过节了，我给他准备了点钱。"

不料，儿子却说："您孙子要什么有什么，钱您留着自己花就行了！"

老王感叹地说："还是你儿子好啊！给钱都不要！"张大爷张了张嘴，却什么也没说出来。

转眼过了一个月，张大爷又给儿子打了个电话，然后就哼着小曲，去活动室找几个老朋友聊天去了。

过了一会儿，张大爷看了看表，笑着说："等会儿我儿子会来。"老王有点奇怪："真的？他不是很忙吗？"

就在这时，外面传来一阵急匆匆的脚步声，张大爷的儿子真的出现了！只见他一个箭步冲到张大爷身边，着急地问："是谁？在哪儿？您都这么大岁数了，怎么还这样？"

张大爷笑而不答。老王听得一头雾水："这是怎么回事？"

张大爷微微一笑，凑到他耳边说："刚才我给儿子打了个电话，告诉他，我明天结婚！"

特殊行业

□ 陈新祥

王老汉是个多年的"碰瓷党"，经常跑到马路上制造点"交通事故"，讹点钱花花。这天，他又往路上一躺，"痛苦"地呻吟起来。

不一会儿，一对夫妻骑着电动车过来。王老汉赶忙哀求道："快扶我一把！"男人正想下车，车后座的女人掐了他一把，两人头也不回地走了。

一击不中，王老汉还是没死心。

他见一辆大货车驶来，又向司机招手求救。不料，司机竟远远闪到一边，加大油门跑了。王老汉气得从地上蹦起来，大骂道："你们这些人，还有没有良心？竟然见死不救……"

这时，一辆小轿车迎面驶来。王老汉急忙往地上一躺，不想这一"躺"太过仓促，还真把腿给扭伤了。

王老汉疼得哎哟哟叫个不停，轿车司机见状急忙下了车，热心地把王老汉扶到车上，边踩油门边说："大爷，您再忍忍，医院马上就到了。"

王老汉听了，心中暗喜，总算逮到一个了。到了医院，医生又是帮他包扎伤口，又是安排各项检查，好不热情。王老汉满意极了，心想，这回可以大赚一笔了。

检查完毕要结账了，王老汉却发现轿车司机不见了。这下他急了，想去找医生说明"情况"。刚走到办公室门口，就听到里面传出阵阵笑声。王老汉偷偷一看，顿时眼前一黑。

只见办公室里，医生将一沓钞票塞到轿车司机手里，眉开眼笑道："最近你帮医院拉客，提成赚了不少啊！不过一定要保留好证据啊。"

轿车司机摇了摇手中的微型摄像机，笑道："放心，干我们这一行，玩的就是专业，证据都在这里面呢。不过说起赚钱，你们医院才厉害呢！这次的医药费加起来至少七八千，够那"碰瓷佬"受的了……"

热情的女孩

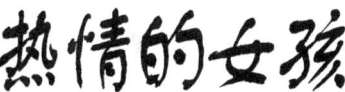

□ 邓祖薪

阿毛和一个女孩相亲。结果双方都十分满意，一直聊到深夜才分手，并且互留了电话。

第二天，阿毛起得晚，错过了班车，只好匆匆步行上班。

突然，一辆小车停在阿毛前面，一个女孩探出头来问："喂，想搭车吗？"阿毛一看不认识，但一想既然人家这么热心，何不搭个顺风车呢？他就坐了上去，连声说："谢谢，小姐，没想到能碰上你这么热心的人！"

女孩冲他甜甜地一笑，并拿过一份早餐递给他："你还没吃早饭吧，快吃点。"阿毛顿时受宠若惊，忙推说自己吃过了。

到了阿毛的公司门口，女孩问他几点下班，阿毛照实说了。

女孩说："下班后，你在这儿等我，我可以送你回家。"

阿毛愣愣地点了点头，女孩对他微微一笑，把车开走了。

阿毛心神不宁地走进公司，一整天都在琢磨那个热情过度的女孩。他总觉得女孩有点似曾相识的感觉。阿毛断定女孩是爱上他了，所以想用这个方法接近他。

这么一想，阿毛既兴奋又为难。这个女孩长得十分普通，远远比不上昨晚和他相亲的那个女孩。但她有车，看样子应该很富有。怎么办呢？

快到下班时，阿毛终于作出了决定，让漂亮见鬼去吧！他马上给昨晚的女孩打电话，直截了当地说："经过昨晚的思考，我觉得我们并不合适交往，所以我希望你能忘了我。"

电话那头一片沉默。阿毛想了想，又说："实话告诉你吧，我今天刚刚遇上一个最适合我的女孩，她虽然没有你漂亮，但她有车……"

"好吧。"女孩开口了，"这样的话，下班后，你不用在公司门口等我了……我今天只是没有化妆而已。"

教授和鸡

□ 高亚娇

老张、老王和老赵都是大学教授。这天，他们结伴去郊游，来到一家农家乐饭店。等菜的空当，三个人站在院子里东一句西一句地闲聊。忽然，老张被角落里的几只鸡吸引住了。只见那几只鸡上蹿下跳，拼命扑腾。

老张是个动物学家，他见状忧心忡忡地说："你们看，青天白日的，这几只鸡乱叫乱跑。要知道这动物对地震可是有预感的，这里别是要闹地震吧？"

老王主攻的是心理学，他一听，不禁哈哈大笑道"老张，你也太杞人忧天了。在我看来，这根本没什么大不了，咱们是生人，动物见了生人，自然会惊慌害怕，不足为怪。"

老赵听完，连连摇头道："依我看，你们说的都是表面现象，没什么科学依据。以我对食品学的深层次研究，这些鸡如此反常，多半是因为现在一些黑心养鸡户，为了提高产蛋率，在鸡饲料中加入了不良添加剂，这样很有可能导致鸡的机能出现变异。"

三个人谁也说服不了谁，在院子里吵了起来。这时，农家乐老板端着菜从厨房里出来，笑着说："看样子，三位都是做学问的人。不过，你们的分析都不对。"

"哦？"三人都瞪大了眼睛，问，"那你倒说说，这鸡为什么乱扑腾？"

老板脸上露出一丝苦笑，说"那是因为，今天下午乡长要来我这儿吃饭。唉，乡长最爱吃鸡了，隔三差五地会来这里，而且每次都会亲自挑鸡。久而久之，这些鸡就跟有了特异功能似的，哪天乡长要来，它们都知道。你们说，都大难临头了，它们哪有不害怕的道理啊？"

（本栏题图、插图：包丰一　顾子易）